魅丽文化　桃天工作室

只想一口吃掉你

夭川/著

百花洲文艺出版社
BAIHUAZHOU LITERATURE AND ART PRESS

图书在版编目（CIP）数据

只想一口吃掉你 / 夭川著 . — 南昌：百花洲文艺
出版社，2018.8
　ISBN 978-7-5500-2924-8

　Ⅰ . ①只… Ⅱ . ①夭… Ⅲ . ①长篇小说－中国－当代
Ⅳ . ① I247.5

中国版本图书馆 CIP 数据核字（2018）第 154189 号

只想一口吃掉你

夭川 著

出 版 人	姚雪雪
责任编辑	郝玮刚　陈少伟
特约编辑	巩思燕
装帧设计	李 娟
出版发行	百花洲文艺出版社
社　　址	南昌市红谷滩新区世贸路 898 号博能中心 A 座 20 楼
邮　　编	330038
经　　销	全国新华书店
印　　刷	湖南凌宇印刷有限公司
开　　本	880mm×1230mm　1/32
印　　张	10.5
版　　次	2018 年 8 月第 1 版第 1 次印刷
字　　数	239 千字
书　　号	ISBN 978-7-5500-2924-8
定　　价	32.80 元

赣版权登字　05-2018-302

网　　址　http：//www.bhzwy.com
图书若有印装错误，影响阅读，可向承印厂联系调换。

目录

I Love you

// 目录 //

I Love you

❤ 前言 ❤

故事发生在 2116 年。

各行各业都存在着令人惊叹的强者，其中有年少成名的天才画家，有才华横溢的伟大工程师，还有将不可能化作可能的奇迹厨师……

群星璀璨，光芒四射，他们的人生被世人称为"传奇"。

可是冥冥之中，仿佛有谁将生命的计时器刻进了这些传奇人物的命运里，让他们最终都难逃一个结局。

见证这一真相揭晓的，是一个少女和一只猫。

而此时，这只猫，它还不是一只猫——

"周琰，你在做什么？"被强行从宿主体内剥离的它此时只能暂时勉强维持像一团雾气一般的实体形态，脆弱得仿佛随时都有可能被风吹散。

屋外下着暴雨，明明是白天，天却黑了一半，它身下是 35 层楼的高度，楼下马路的行人和车辆都是密密麻麻的小点，连汽车的鸣笛声都是那么的遥远。

只要男人一松手，它便万劫不复！

雨水被风吹到男人脸上,他的眼神比密布的乌云还要可怕,语气冰冷残酷:"七年了,我终于要摆脱你这个废物了!"

它难以置信地道:"你不能这么做!"

"不能?我凭什么不能?"男人冷笑着,然后将它往下狠狠一掷,"永别了,废物!"

"不——"

它被扔下了35楼,呼啸的风声让它想起多年前进入这个世界的第一天。

七年前,它被投放到这个世界,寄宿在命定之人体内,帮助它的宿主从一个小小的夜市摊小贩走到料理界的顶端,风雨兼程,共进同退,却没想到宿主竟忘恩负义,背着它偷偷和一个没有主人的系统勾搭上,还从那个坏心眼的系统那里获知了暂时屏蔽它和永久摘除它的方法。

震惊,失望,伤心,绝望……

明明它只是一个系统,无血无肉,无欲无求。

现在却感受到了人类经常挂在嘴边的"心痛"。

错愕与悲愤阻碍应急功能的正常运转,内部的智能意识也拒绝思考。

大雨滂沱,它就这样从高空坠落。

♥ 第一章 ♥

| 烧酒 | 小鱼干 |

立夏时节，春寒渐退。

微风撩起湛蓝色的窗帘，窗外的阳光愈发明媚，一束阳光趁机而入，泼洒在室内色调简约的单人床上。

此时已日上三竿，可床上的女子仍在安睡，乌黑的长发如绸缎般铺开，一截纤长优美的脖颈宛如瓷玉，肤色白皙，精致的侧脸像是一幅静止的画像。

"喵……"

一只灰蓝色的异国短毛猫跃上床头，先用扁扁的脸蹭了蹭女子，见没有反应，便索性伸出肉乎乎的猫掌，在女子的脸上拍了两下。

"嗯……"女子似乎感觉到了拍打，不自觉地在睡梦中皱起了眉头，然后嘟囔一声，翻了个身，正好压在了浑圆的扁脸猫身上。

"喵！"

虽然女子身材清瘦，但对于一只猫来说，还是跟一座小山差不多。扁脸猫被压得登时瞪大双目，惊叫一声，毛都炸了，痛苦地挣扎起来。

而令人咋舌的是，这只猫并不只是喵喵喵地叫，从它嘴里竟然蹦出了人话！

"啊啊啊啊啊救命！"扁脸猫说人话时的声音难辨性别，更接近变声前的小男孩，"救命啊！这里有人虐猫！还有没有人管管啦！本喵大王要被压死啦！"

被它这么一吵，慕锦歌总算是醒了，她蹙着眉睁开眼，正好对上扁脸猫绝望的双眸。

四目相对，扁脸猫秒怂，乖巧道："靖哥哥，早上……哦不，中午好！"

对于这个外号，慕锦歌没有说什么，而是抽开了手，径自起床洗漱去了。

今天是周三，她每周的固定休假日。

她在一家名为Capriccio（注：意为随想曲）的创意餐厅担任主厨，厨房里除了她以外，只有两个兼职的大学生。做厨房工作一向很累，更何况在人手不多的情况下，凡事都要亲力亲为，每天上班起早贪黑，好不容易放假了当然是要先睡个饱觉。

洗漱完后，慕锦歌才稍微清醒了些，一转身就看到跟在自己身后的扁脸猫烧酒。

烧酒老早就起来了，用着期待的眼神望着她，"大餐！大餐！"

慕锦歌神色淡淡："嗯？"

烧酒说："今天你休息，我不想吃猫粮了，给我做大餐吃吧！"

"菜都没买，做什么大餐……中午吃速冻饺子，晚上吃泡面。"

烧酒大感意外，十分失望，"靖哥哥，作为一个厨师，你这么懒你合适吗？"

"作为一只猫，你这么挑嘴你合适吗？"

烧酒不服气道："我是一只挑剔的美食系统！"

慕锦歌照样给它驳回去："作为一只系统，你吃东西你合适吗？"

"……"

说出来可能没有人信，这只一脸愁苦的加菲猫居然是一个美食系统。

——准确来说，应该是这只猫里住着一个美食系统。

事情要追溯到一个月前，那时慕锦歌还不是Capriccio的主厨，而是鹤熙食园的一名学徒，遭男友江轩的背叛和师妹苏媛媛的陷害，被师父程安借题发挥赶了出来，生活一下子没有了着落。

而就在她陷入困境之际，这只名叫烧酒的猫出现在她的生活里——原本是在小区垃圾桶边饿得奄奄一息的流浪猫，在吃了她自制的小鱼干后便缠上了她。

"……其实我的真实身份是一个美食系统,本来是寄宿在人的大脑里的,但我的前宿主听信一个妖艳系统的谗言,把单纯不做作的我给强行剥离了,还高空抛物,把我从35楼扔下去,没想到正好砸进了一只死猫的身体里。

"我很欣赏你做出来的小鱼干,此刻我正式决定,要和你缔结契约,承认你是我的代理宿主,所以你现在才听得见我说话。"

——当听到扁脸猫一本正经地说出这番话时，慕锦歌以为自己疯了。

虽然认识她的人大多都觉得她不正常，但这还是她头一回自我怀疑。

不过之后发生的事却证实了烧酒的身份：在慕锦歌被赶出食园后，程安就在B市圈内暗地里放出话，让她的求职屡屡碰壁，得知此事后，烧酒便在脑内检索出了正在招人且不在程安影响范围内的合适餐厅，为慕锦歌提供了地点与具体路线信息，并且给予了她一份相当于敲门砖的礼物——料理独特而诱人的气味，让她做出来的"黑暗料理"在外在上至少一样具有吸引力。

在它的提示与帮助下，慕锦歌成功地获得了在Capriccio的工作，并令这家本要关门的餐厅起死回生。

突然，传来了敲门声。

烧酒刚想好该怎么反驳回去，就被这敲门的声音给打断了思路，还没有存档。

它不由得恼道："谁啊，该不会是包租婆来催债了吧？"

慕锦歌瞥了它一眼："那就把你给抵押出去。"

听到这话，烧酒一溜烟就跑进厨房乖乖吃猫粮去了。

慕锦歌走到了门前，隔着门问道："谁？"

门外很快就回答了过来，是一个字正腔圆的男声："您好，请问是慕锦歌小姐吗？"

慕锦歌打开最里面的防盗门，留着外面的铁门。只见外面站了四个西装革履的男人，个个都有一米八以上，为首的看起来也就是刚才说话的那个，戴着副眼镜，一副精英的样子。

"是，请问有什么事吗？"

"慕小姐不用紧张，我们不是什么坏人。我是高扬，在华盛就职。"说着，男人从铁门的缝隙中递了名片，"其实事情是这样的，一个月前我们老板养的猫丢了，然后前几天有人看见慕小姐带了一只和我们老板的那只很像的猫回家，所以我们过来看一下是不是我们老板丢的那只。"

竟然是来找烧酒的！

而就在慕锦歌思索着怎么应答的时候，高扬继续说道："慕小姐，我们这边有猫的体检资料和血液样本，去兽医院验证一下就可以了。"

听这语气，如果不是十拿九稳，是不会这样找上门来的。

慕锦歌心里一紧："前段日子我的确抱了只流浪猫回来，但它吃饱以后就从阳台跑掉了。"

高扬客气道："请问慕小姐方便让我们进屋子里看一下吗？"

"不方便。"慕锦歌冷冷道，说罢便想把门给关上。

"靖哥哥，究竟是谁啊？"

好巧不巧，就在这个时候，烧酒吃完猫粮从厨房跑了出来。

它这句话在慕锦歌听来是人话，传入高扬等人的耳中，就是连续好几声的猫叫。

慕锦歌手一抖，把门给关上了。

然而，门外面的人就算没有看到烧酒，也听到了猫叫。

高扬隔着门道："慕小姐，我能理解您爱猫的心情，我们也不完全确定这只猫就是我们老板的那只，所以您也不用太担心，如果兽医院出来的结果是不匹配，那您大可以继续收养着这只猫，而且我们这边将为您提供一年份的高级猫粮和指定兽医院的三年免费驱虫及疫苗作为赔偿。"

慕锦歌没有说话，这时烧酒也从这一番话中猜到了对方的来意，知道自己坏了事。

见门内没有反应，高扬又道："慕小姐，实话跟您说吧，这只猫是特别的，不能说重新买只新的替代。如果慕小姐家里的猫确实是我们要找的那一只，那无论用什么手段，我们都要把猫给要回来。"

慕锦歌看了看烧酒，低声问道："你应该知道这只猫原来的主人具体是谁吧？"

之前烧酒曾说过，经过对那只猫身体记忆的解读后，它得知那猫原本养在一户富贵人家，"烧酒"这个名字也是原来的主人取的。

烧酒少见地沉默了，过了一会儿才叹道："如果他们老板姓侯的话……那就是百分之百正确了。"

而就连慕锦歌这种不关注新闻的人都知道，华盛是 B 市侯氏名下有名的家族企业。

烧酒见慕锦歌不说话，忙表决心："反正现在是要猫没有，要系统有一只！"

慕锦歌揉了揉额角："我该怎样向他们解释他们要找的猫壳子没变芯换了？"

听她这话，烧酒有种不好的预感，"靖哥哥，难道你打算……"

慕锦歌静静地注视了它一会儿，墨黑的眼眸如一场寂夜，看不出任何情绪。

她蹲下来，摸了摸它的头，轻声道："你可以远程获取我的料理数据，并不是离了我就不行。"

烧酒有点慌了，用两只前爪拽住她的衣角："可我不想走！"

"费这么大的工夫找一只猫，说明它的主人真的很重视它。"

"这只猫饿死街头的时候，门外的那些人做什么去了？"烧酒玻璃珠似的眼睛可怜兮兮地望着她，"难道你就不重视我？"

慕锦歌沉默了几秒，才开口："我……"

"慕小姐，希望您能打开门让我们把猫带去鉴定检查。"门外突然响起的声音打断了慕锦歌的话，"如果您不配合，那么不好意思了，我们会一直守在这里等您出来，这个小区现在到处都有我们的人。我们不会伤害您，也尽量避免给周围的人带来困扰，所以报警是没有用的。您也不想单单为了一只猫，就影响到自己的生活与工作吧？"

"滚蛋吧你！"

烧酒狠狠地朝门外叫了两声，但并没有什么威慑力。

慕锦歌站了起来："你从阳台跑出去吧，小心点不要被发现。"

烧酒愣了下："那你怎么办？"

"华盛是正规企业，又不是黑道，你担心什么。"

烧酒急道："这群人肯定不会善罢甘休的，说不定会监视你。"

"嗯，可能吧。"慕锦歌不甚在意地笑了笑，"人家是正当找猫，我们不在理，就计较不了这些了。"

烧酒垂下了小脑瓜，不知道在想什么。

慕锦歌催促道："快走吧，我要开门了。"

不料烧酒突然道："不了，我跟他们回去吧。"

慕锦歌惊讶地看了它一眼，只见那张扁平丑萌的脸已经抬了起来，正定定地望着她，样子还是一如既往的苦大仇深，好像谁欠了它几千袋猫粮似的。

但它说话的语气却很轻快："我想通了，你说得对，我不是非要在你身边不可，每天你早出晚归，回来就倒头睡觉，其实我在不在都没区别，与其在你这破屋子里待着，还不如回到侯家少少爷的豪宅里，有豪华的猫爬架，有数不清的昂贵玩具，还有各种口味的皇家猫粮……对了，还有专人给我洗澡理毛修指甲，要风得风要雨得雨。"

"……"

"怎么了，舍不得我啦？"烧酒哼了一声，"不行，本喵大王可是一个很注重生活品质的系统，是有追求的！所以你阻止不了我的，还不赶快给本大王把门打开送出去？"

"……"

"我是个系统，不像你们人类，那么多愁善感。更何况咱们只相处了一周，感情不深，分开也算是个解脱吧，我早就不想看你这张棺材脸了。"

"……"

慕锦歌看它一眼，犹豫了下，但最终还是把门给打开了。

见门终于开了，高扬上前一步："慕小姐。"

"喵……"

烧酒主动地走到他面前，抬头对他叫了一声。

臭浑蛋，还不快把朕带走？

高扬愣了下，看向慕锦歌："慕小姐，这猫……"

慕锦歌道："你们带去检查吧，我猜应该就是你们老板丢的那只。"

"多谢慕小姐，事后我们这边一定会重金答谢！"

"谢礼就免了，"慕锦歌淡淡道，"好好对它就行了。"

高扬将烧酒抱了起来，微笑道："慕小姐不用跟我们客气，之后会有人来跟您联系的。"

慕锦歌突然道："我以后可以去看它吗？"

高扬有些难为道："这个……我会帮您问下我们老板的，问完后再给您答复。"

看这个回答，多半是不能了。

慕锦歌又问："那我以后可不可以托你们给它带点吃的？它喜欢吃我亲手做的。"

"这……"高扬皱了皱眉，"慕小姐，这样吧，我们先带猫去宠物医院检查，小赵留在这里，他会给你留我和他的联系方式，到时你想送东西过来的时候直接联系我或他就行了。"

"好吧。"

烧酒朝慕锦歌挥了挥爪，很是洒脱道："靖哥哥，我走了之后，不要偷懒，要继续勤奋地研究新菜式哟！"

高扬抱着它，告辞道："慕小姐，我们走了，不好意思打扰您了。"

说着，高扬抱着烧酒和另外两个人转身走了，只留下一个墨镜小哥等着拿料理。

烧酒趴在高扬的肩上，一直望着慕锦歌，道："靖哥哥，我要吃小鱼干，就你第一次给我做的那种，还想吃炒饭！"说着说着，它的语气就变了，没有了刚才的轻松愉快："我想吃烤鱼想吃面条想吃水果派想吃燕麦条……我还有好多好多想吃的东西，你都还没来得及做给我吃呢！"

等到高扬抱着它下了楼梯，视线里完全没慕锦歌时，烧酒的声音如同晴转多云转阴转暴雨般，瞬间崩溃了，声嘶力竭道：

"慕锦歌！就算你不来找我，本喵大王也会想办法逃出来看你的啊！

"呜呜你一个人的时候别老吃那么随便，别到时候我回来的时候你都猝死了！

"呜呜呜说好一起看电影的你不许找其他猫去看，更不能找狗！

"呜呜呜呜猫粮不许给我丢了我还会回来的！还会回来的！"

高扬："……"

慕锦歌："……"

猫叫一声比一声凄厉，每下一楼，就有一层的住户打开门来看热闹。

"这猫咋回事儿啊，是要带去做绝育还是咋的啊？"

慕锦歌说："……这个傻系统。"

讲真，高扬活这么大，还是头一回看见猫哭。还哭得那样凄凉。

给老板打了个电话汇报完情况后，他坐进了车的后排，对坐在前面驾驶座上的同事小刘道："开车，去少爷住的公寓。"

小刘一边把车开出宠物医院，一边通过后视镜瞅了瞅坐在后座上的那猫，啧道："都说狗忠诚，我看这猫也不差，从小区哭到医院，再从医院哭回车上，叫得肝肠寸断的，连兽医都说它伤心过度。"

高扬叹了口气："让它尽情哭个痛快吧，到了少爷那里可就不能这么横了。"

话罢，车内便陷入一阵短暂的沉默，默契又诡异。

烧酒哭唧唧地抬头。

过了会儿才听小刘幽幽道："是啊，毕竟是那个少爷……"

坐在副驾驶座的小李叹道："是啊，毕竟是那个少爷……"

高扬也又跟着叹了句："是啊，毕竟是那个少爷……"

咋回事儿啊，咱能别说话只说一半吗？

沐浴着车内三人同情的目光，烧酒一脸茫然地到达了目的地。

它被高扬抱下车，进到了记忆中出现过的那栋高级公寓，进了电梯，又出了电梯。

在按下门铃后，过了一会儿，大门打开了。出现在它面前的是一个二十岁出头的青年，身材高挑，有一米八五左右，宽肩长腿，穿着一件白色印花卫衣和黑色长裤，打扮得十分新潮，散发着年轻的朝气。他生着一双好看的桃花眼，眼角微微上挑，隐约带着抹笑意，直鼻薄唇，五官仿佛是用玉雕琢的，面相俊美，就像是电视上的明星。

他看着高扬怀里的烧酒，勾了勾嘴角，笑容带着点邪气："小家伙，好久不见。"说罢，他伸出手，想要揉一揉扁脸猫圆滚滚的脑袋。

烧酒现在正是抵触情绪高涨的时候，怎么可能乖乖就范，当即挣扎起来，张开小嘴晃动脑袋，试图以尖尖的牙齿为武器吓退迎面而来的敌人。

"喵喵喵喵！"

滚开滚开，休想触碰本喵大王，凶死你！

然而那只大手并没有因此退缩，只是稍稍一滞，随后便十分从容地按住了他的头，五根骨节分明而修长的手指牢牢地将它的脑瓜禁锢住了，却又不至于把它捏疼。

"……"

动……动不了！烧酒完全蒙了，一时间忘记了挣扎。

过了数秒，那只大手才收了回去。眼前的阴影移开，烧酒终于得以再次与它的"主人"对视，玻璃珠似的眼眸映出年轻男子似笑非笑的俊脸——

姓名：侯彦霖（24）

性别：男

身份：华盛娱乐艺术总监，侯家二少爷

说明：宿体"烧酒"的命名者，"烧酒"第一任主人侯彦晚的弟弟，后因侯彦晚怀孕，成为"烧酒"第二任主人

特别说明：（骷髅）

烧酒飞快地扫描出他的信息，暗自吐槽：这个特别说明是什么鬼，怎么还是个表情？！骷髅头？难不成这小少爷是骷髅精不成？

被高扬抱进屋内后，它还一直在寻思，然而当它看到室内如小型城堡般的猫爬架和分盘装好的高级猫粮后，便瞬间把这个疑惑暂且抛到脑后了，决定化悲愤为享乐，及时行乐，珍惜当下。侯彦霖也没怎么逗它，径自玩自己的去了，任高扬和其他两个助理忙上忙下，乐意当个甩手掌柜。

差不多两个小时后，先前留在慕锦歌那儿交代事宜的赵姓助理回来了，还带回来一个素色的保温食盒。

小赵没有直接把食盒给侯彦霖，而是在门边朝高扬招了招手，轻声："扬哥，你来看一下。"

"怎么了？"

高扬走了过去，小赵像分享什么秘密似的，轻手轻脚地把食盒打开，有些为难地低声道："这是慕小姐做的，说是带给猫吃，你看这……"

这食盒盖子一揭开，一股奇异的香味便溢出来。

闻到这股独一无二且熟悉的味道，烧酒顿时转移了注意力，迅速地从豪华型的猫爬架上跳了下来，甩着四条腿屁颠屁颠地跑到了客厅。

高扬本来对小赵有些不满，心想你当着少爷的面遮遮掩掩像什么样子，一点都不稳重成熟，然而当他看清食盒里装着的东西后，才知道小赵这已经非常不容易了，换他来也不一定能表现得更沉着冷静。

当初为了找猫，他调查过慕锦歌，知道她是职业厨师，所以那时听她说想时不时做点东西给猫吃的时候，他并不感到意外，甚至最后答应了她的请求。

可是现在看来，她真的是一名职业厨师吗？！

"什么味道？你俩背着我在吃什么呢？"侯彦霖正盘着两条长腿在沙发上打PSV，闻到这股奇异的味道后抬起头看向两人，挑了挑眉，笑容带着好奇。

高扬和小赵皆一怔，面露难色，犹豫着是否要去辣一辣自家老板的眼睛。

烧酒在两人脚下打转，喵喵喵地叫道："这是靖哥哥给本喵大王做的小鱼干！你们这两个坏蛋要是敢私吞，我咬死你们！"

仿佛能听懂它讲话似的，侯彦霖玩味地看了它一眼，继而又问："是捡到猫的那个人送过来的吗？"

高扬和小赵面面相觑，只好点了点头。

"拿过来，我看看。"

高扬没有办法，只有把食盒放到了他面前的茶几上，一边说道："少爷，这是那位小姐给猫做的吃的，当初带猫走的时候我擅自答应了她这方面的请求，您看……"

侯彦霖看了眼食盒里泛着绿色异常光泽的小鱼干，不以为意地笑了笑，有些吊儿郎当："看来她和我姐一样啊，都是厨房杀手。"

高扬提醒道："说出来您可能不信，这位小姐是一家餐厅的主厨。"

"真的假的？"侯彦霖放下手中的PSV，又仔细端详了盒中的食物一遍。

"千真万确。"

侯彦霖单手托腮想了想，漫不经心道："你说她是不是因爱生恨，觉得既然自己得不到，那还不如投毒毁掉。"

高扬震惊："少爷，那我们……"

"以上是我最近投资拍摄的一部电视剧的内容。"侯彦霖懒洋洋地打了个呵欠，"超级狗血老套的剧情，你说我要是骗巢闻来演，他经纪人梁熙熙和我哥会不会砍了我？"

高扬："……"我不会拦着他们的。

"喵……"

烧酒后腿支撑着身体，两只毛茸茸的前爪有些费力地搭在茶几上，一张扁扁的大圆脸像是初升的太阳般探了出来，茶色的大眼睛直直地盯着桌上那眼熟的食盒。

侯彦霖注意到了它的小动作，朝高扬问道："你带它去医院时，兽医没说什么？"

高扬被问得一头雾水："医生说一切正常，怎么了吗？"

侯彦霖指了指烧酒："我怎么觉得它走的时候是猫，回来了就成狗了。"

高扬默默瞥了烧酒一眼，不得不说在这一点上，他和他们家少爷保持高度一致。侯彦霖用筷子夹起一个小鱼干，朝烧酒示意："想吃？"

"喵！"这是一只沉迷装猫不可自拔的系统。

侯彦霖看了它一眼，啧道："噫，没想到你这么重口味。"

"……"小子我警告你你这是在玩火！

看着那张天生不开心的扁脸，侯彦霖噗地笑出声，悠悠然夹着小鱼干凑到烧酒面前晃了晃，可是每当烧酒张嘴准备咬下去的时候，他又猛地将手往后一收，让它扑了个空。侯彦霖笑道："蠢猫。"

"喵！"你一个成年人欺负一只猫合适吗？

高扬同情地看了烧酒一眼，开口道："少爷，还是把这个食盒扔掉吧，谁知道里面的东西吃了后会怎么样。"

烧酒怒目而视，愤愤道："哥哥做的料理虽然卖相不佳，被称作'黑暗料理'，但是吃下去你才知道是难得的美味！没吃过就别说话！不识货的愚蠢人类！"

然而高扬并不能听到它的话，只能听到几声急促的猫叫，而他早已习惯烧酒愤怒的叫声。于是他继续道："那位慕小姐看起来就有点奇怪，据我们了解，她是一个很孤僻的可怜女人，几乎没有什么朋友，这只猫可以说是她唯一的陪伴，因失去这只猫而做出什么极端的事情，也是很……啊！"

还未等他说完，烧酒就一下跳到了茶几上，扑上去朝他的手指咬了一口。

叫你叨叨叨，一个大男人这么八卦！

高扬捂住手指，无语道："这猫怎么这么凶？"

"谁让你这么说它欣赏的人的？"侯彦霖不紧不慢地朝扁脸猫招了招手，"来，烧酒，到我这儿来。"

烧酒狐疑似的看了看他，总觉得这人好像也能听到它说话。

……不可能吧，照理说应该只有慕锦歌才能听到才对。

它迟疑了几秒，还是跳到了侯彦霖的身上，用爪子够了够筷子上的小鱼干。

出猫意料的是，这次侯彦霖没有再耍它了，真的把小鱼干喂给了它。

这盘小鱼干的确和外面那些小鱼干不一样，气味奇怪不说，外表也覆着一层诡异的绿色，看起来就像从污染严重的湖水中捞上来的死鱼。

谁知一口下去，既不烫舌，又保持着迷人的酥脆感，火候掌控得极好，外酥里嫩，狭窄的鱼腹内还平平地埋了层细心剁碎的菜蓉，芹菜为主，牛乳作料，吃起来毫无一般鱼干的浓重咸味，取而代之的是一种爽口清新的口感，口齿留香。

——真它喵的太好吃了！

味觉带来的冲击感令烧酒爽得连毛都要立起来了，索性整只猫舒服地趴在了侯彦霖的腿上，眼睛眯成了一条缝，格外心满意足地叫了一声。

见此，高扬担心道："少爷，这只猫一脸痛苦的样子，要不要打电话叫下医生？"

"喵！"去你的一脸痛苦！本喵大王只是长得愁眉苦脸而已！

侯彦霖语气轻松道："没事，死了的话就跟我姐说是被老鼠吓死的。"

"……"

鱼干很小，烧酒很快就吃完了一条，然后意犹未尽地舔了舔嘴，"猫"视眈眈地望向茶几上食盒里剩下的部分。

侯彦霖察觉到它的视线，把整个食盒都端了起来，而后低头看着它，一双桃花眼似笑非笑。他问："好吃？"

好吃，很好吃，相当好吃！

烧酒抬起头叫了一声，然后讨好似的蹭了蹭侯彦霖的衣服。

然后下一秒，它就听到了咀嚼发出的细微声音。

只见侯彦霖一只手将食盒举到它够不着的高度，另一只手从中拿了条小鱼干，送进嘴里嘎嘣脆，吃得津津有味。

他这个举动实在是太突然了，把站在一旁的高扬和小赵都快吓坏了。

"少爷！"高扬一激动都破音了，随时准备叫救护车，"您没事吧！"

沉默了好一会儿，侯彦霖面无表情道："我可能要死了。"

就在高扬和小赵迅速地掏出手机，正要拨打"120"的时候，又听侯彦霖幽幽叹了一句："真是好吃到死。"

高扬抓狂道："少爷，请你不要拿这种事情跟我开玩笑好吗！"

侯彦霖认真道："我没有开玩笑，真的很好吃。"

"不，我是说……"

"高扬，"侯彦霖语重心长道，"你这么不成熟稳重，能在小赵面前树立好榜样吗？"

"……"怪我咯。

捉弄完高扬，侯彦霖又伸手拿起第二条小鱼干，却只是放在手里把玩似的端详，数秒后才扬起嘴角，发出一声轻笑："这就很有意思了。"

见侯彦霖认可了慕锦歌的料理，烧酒颇有些骄傲地喵了一声。

哈哈，愚蠢的人类，见识到靖哥哥的厉害了吧！

……咦？等等！那是慕锦歌做给我吃的啊喂！

本喵大王允许你吃一条，但没允许你吃第二条！

啊啊啊！停下来！！你给我停下来！！！

人类！我警告你！再继续吃下去可不要怪我不客气了！

呜呜呜……求求你给我留一些吧！

烧酒眼睁睁地看着自己的小鱼干被侯彦霖吃了一条又一条，直至食盒里空空如也，内心是极其崩溃的。它望向侯彦霖，既委屈又愤怒："喵！"

侯彦霖本来是要擦手的，见它这副样子，不由得笑了笑，把油腻腻的手指凑到它的嘴前，懒洋洋道："喏，赏你的。"

滚滚滚！烧酒作势就想在那根修长白净的手指上也咬个牙印。

然而这时，侯彦霖悠悠然地补了一句："要是敢咬我，就让你一辈子都吃不到那个人送来的东西。"

烧酒一听，很没出息地把嘴闭上了。

"嗯？究竟是怎么样的人，对你来说这么重要？"见此，侯彦霖笑眯眯地摸了摸它的头，然后把油都蹭到它的毛上，最后还不忘说了句，"乖。"

小人！坏蛋！魔鬼！大魔头！

烧酒泪流满面地腹诽着，总算明白了那个特殊说明的含义。

"锦歌姐，四号桌要一份青果红糖蛋！"

"九号桌要一份特制海鲜派！"

"锦歌姐，七号桌的客人问他们的芥末土豆泥要多久才能好？"

…………

又是忙碌的一天，现在的客流量换作以前根本不敢想。当时 Capriccio 的原主厨兼老板病逝，老板娘宋瑛悲痛不已，无心经营，等到从国外散心回来后再开业，才发现连熟客都已经走光了，更无厨师愿上门应聘，无奈之下宋瑛打算就此关门，没想到慕锦歌的到来为这家店注入了无限的希望。

而今时今日之景也是慕锦歌不曾料到的——她与生俱来有感知食材联系的天赋，总能做出搭配清奇却意外美味的料理，但这样的料理做出来后总是卖相古怪，因此被人认为是"黑暗料理"，望而生畏，再加上她我行我素，少言寡语，性格孤僻，所以理所当然地成为旁人眼中的"怪人"，受尽误解和非议。

然而这一切都在Capriccio有所改变，不仅她的料理受到了认可，而且老板娘宋瑛也对她十分和善，厨房里兼职的郑明和大熊甚至成了她的小迷弟。

直到Capriccio十点打烊，慕锦歌才终于歇一口气。

"宋阿姨，锦歌姐，那我们走啦，拜拜！"

"你俩路上小心啊！"

"明天见。"

郑明和大熊每晚都是回学校宿舍睡，而自打生意忙起来后，每每下班，慕锦歌多是累得不想再动了，于是经常和宋瑛一起留宿餐厅的里间，反正这里麻雀虽小五脏俱全，漱洗睡觉的地方还是有的。

更何况那只扁脸猫已经被归原主有一段日子了，她现在是了无牵挂。

漱洗完后，慕锦歌一沾枕头就睡着了，不知道睡了多久，迷迷糊糊中被人推醒了。此时房间里漆黑一片，估摸已经凌晨了。没有开灯，唯有月光透过右墙高处的小窗口投进来，给了双眼一点勉强的视野。

宋瑛凑到她跟前，声音有点发颤："锦歌，锦歌……"

慕锦歌睡眼蒙眬，"宋姨，怎么了？"

"锦歌，你起来一下好不好？"宋瑛小声道，"门外总是有奇怪的声音，像是有谁在敲门，我睡眠浅，一下子就醒了。"

慕锦歌渐渐清醒了些，她坐了起来，胡乱捋了把头发，屏息一听，还真有。

"咚，咚，咚。"

应该敲的是店门，由于这中间还隔着里间的一扇门，所以声音听起来比较微弱。但在这深夜响起，已经足够诡异恐怖了。

慕锦歌皱眉："这么晚了，怎么还有人敲店门？"

宋瑛幽幽道："可能不是人……"

慕锦歌："……"

宋瑛颤声道："锦歌，你说会不会是我老公，在地底下得知餐厅红火后回来看一看？"

慕锦歌哭笑不得："宋姨，你别瞎想。"

"不是我瞎想，这越想越像啊，以前我老公敲门也是这频率……"

慕锦歌不得不哄道："生意不好才回来看，生意好的话许叔肯定就安心投胎去了。"

宋瑛道："那会不会……是投胎前想要再跟我说几句话呢？"

慕锦歌无奈道："宋姨，我觉得你还是担心下门外是强盗比较科学。"

入室抢劫远比幽灵出没的可能性高多了。

慕锦歌没有开灯，而是打开手机的手电筒，找到了水果刀和扫把。

她一只手拿着刀，另一只手拿着扫把，对宋瑛道："宋姨，你留在里间，要是听到门外有大动静，就立即报警，然后打电话给大熊和小明，小声点。"

宋瑛担忧道："锦歌，你别去，我们现在就报警吧。"

慕锦歌道："现在还不确定情况，我先出去看看。"

"可是……"

"宋姨，你不用担心。"慕锦歌低声道，"如果真是许叔，我会通知你的。"

"……"阿姨担心的不是这个啊！

慕锦歌轻手轻脚地把里间的门推开，走了出去。少了一扇门的阻挡，敲门的声音更加清晰了，就像是有个小拳头在一点点地砸门。

然而与之伴随的，还有断断续续的说话声——

"慕锦歌！你别躲在里面不出声，我知道你在里面！"

"你有本事做'黑暗料理'，你就有本事开门啊！"

"嘤嘤嘤你开门啊……"

"靖哥哥！是我！我猫汉三回来啦！"

"我好饿，好累，如果你再不开门，我就要死掉了！"

"啊啊啊——我刚刚好像看到一只老鼠蹿进了草丛！好可怕！"

"嗷嗷嗷——救命啊啊啊！"

慕锦歌："……"不是很懂你们这些养尊处优的家猫。

不管怎样，听到这个熟悉的声音，她还是松了口气。

伸手按下墙壁上的开关，餐厅门口的灯突然亮起，只见门外没有任何人，视线往下，只有一只灰蓝色的肥猫。

烧酒的眼睛在夜里发着绿光，它十分激动道："靖哥哥！"

慕锦歌把餐厅门给打开，将它给拎了进来，"半夜三更的，你是红拂女吗？"

烧酒一被放下地，就用两只前爪抱住了她的小腿，"靖哥哥我好想你！"

等等，这个称呼为什么莫名其妙就对上了？

慕锦歌把门给重新锁好后，蹲下来摸了摸它的脑袋："你怎么会在这里？"

"我能定位你，知道你没回家，所以过来了。"

"不，我是说你怎么跑出来的？"

"这个就说来话长了……"

烧酒舔了舔鼻子，想起了两天前的那幕——

经过差不多一个月的相处，它发现侯彦霖是一个很喜欢看杂志的人，上至军事政治财经，下到漫画游戏鬼故事，各种五花八门的杂志订了许多，每个月初和月中助理都会抱着一沓沉甸甸的刊物来访，然后又抱着一堆旧的杂志离去，十分辛苦。

出猫意料的是，大魔头并不是买来玩玩图新鲜，而是真的会去看，阅读量和阅读速度都很惊人，把工作时间和自己的时间兼顾得非常完美，是一个颇有效率的人，一点都不像外人传的那样是个游手好闲的小少爷。

但是不知道为什么，他总是只在外人面前呈现自己玩世不恭的一面。

两天前，烧酒惊奇地发现这个大魔头居然还订阅了《食味》！这本美食杂志它再熟悉不过，它的前宿主曾多次登上过这本刊物，第一次接受访谈也是这本杂志做的。

"喵——"见此，它颇为好奇，便跳上沙发靠背顶沿，缓缓地向正在低头看书的侯彦霖靠近。谁知道就在它即将能够看清那本杂志的内容时，侯彦霖突然把《食味》给合上了，侧过头看了它一眼。

烧酒吓了一跳，身体一倾，整只猫狼狈地从沙发靠背摔到了坐垫上。

"噗。"熟悉的嘲笑从头顶上方传来，"蠢猫。"

你才蠢！你全家都蠢！

烧酒数不清自己究竟是第多少次腹诽侯彦霖了，拜这个性格恶劣的坏蛋所赐，它觉得自己的思维模式越来越偏离预设的高冷系统，越来越接近容易情绪化的人类了。

如果最开始它被安排的宿主是这个人，那它宁愿选择系统崩溃。

侯彦霖将它捞了起来放在腿上，抚了抚它的毛，过了好一阵才开口道："明天开始我要去S市出差三天。"

烧酒哼了一声，并不想理他。

"高扬和小赵也跟我一起去，所以家政阿姨会负责你的一日三餐。"

喊，你不如把我寄养到靖哥哥那里去。

"那位阿姨有点粗心，"侯彦霖顿了顿，下半句压低了声音，"如果你要逃的话，就好好抓住这三天的机会。"

呵，你说谁会……啥？

被欺压了将近一个月的烧酒猛地将小脑袋抬了起来,错愕地看向侯彦霖,正好对上那双含笑的桃花眼。

"喵?"是我听错了吗?

然而侯彦霖只是捏了捏它的脸,笑着说了句"乖"后,便把它放下,出门工作去了。——现在想起来,烧酒都觉得很是莫名其妙。

不过……嘛,既然它现在已经成功逃离魔爪,就暂且不想那么多了!

于是它对慕锦歌说:"靖哥哥,这个我之后再跟你说吧!现在我都要饿扁了,给我做点吃的好不好?"

这时,可能是迟迟都没听到外面有动静,宋瑛从里间出来了,唤了声:"锦歌?"

慕锦歌侧头看她,安抚道:"宋姨,没事,一只猫而已。"

"猫?"宋瑛愣了愣,迟疑着走了过来,"呀,真的是猫啊!"

"喵——"烧酒冲她可怜兮兮地叫了一声。

宋瑛被那小眼神看得连心都要融化了,蹲下来爱怜似的摸了摸它的头。

烧酒也十分配合,甚至还眯起眼睛讨好似的蹭了蹭宋瑛的手心。

宋瑛感叹道:"我以前还真没见过这么丑的猫,丑得可爱。"

烧酒:"……"

慕锦歌点头道:"是啊,又丑又蠢的样子。"

"……"够了本喵大王要告你们猫身攻击!

撸了会儿猫,宋瑛疑惑道:"虽然这猫有些脏,但看它这品种,不是野猫吧。"

慕锦歌淡淡道:"迷路的家猫吧。"

"看它这么胖,行动不是很敏捷的样子,应该走不太远,或许就是这附近谁家养的。"

"喵!"谁说我胖!我这是虚胖!都是这身猫毛的错!

我可是跋山涉水走了一整个白天过来的!脚力 Max 的运动健儿猫!

慕锦歌按了按它的头,示意它别吵。

宋瑛想了想,决定道:"既然可能是附近的猫,那就把它养在店里面吧,这样来来往往的人多,说不定它的主人就能找来了。"

慕锦歌皱眉道:"可是在餐厅里养猫……"

宋瑛道:"不让它进厨房就行了,我来照顾她。"

慕锦歌无话可说,看了烧酒一眼。

烧酒显然很高兴,主动舔了舔宋瑛的手:"喵——"

宋瑛摸了摸它的毛，笑道："真乖。"

真是一只沉迷装猫、无法自拔的系统。

慕锦歌的睡意是彻底没有了，她转身进厨房给烧酒随便弄了点吃的，放在盘子里端到了它的面前。谁知烧酒像是三天没吃过饭似的，狼吞虎咽，也顾不得食物残渣糊一脸了，两只前爪按着瓷盘，一副绝对领域不许靠近的霸道模样。

呜呜呜实在是太感动了，它又可以吃到这种奇奇怪怪的料理了！终于！不用再吃千篇一律的猫粮和罐头了！

最重要的是！这一盘全是它的！没人跟它抢！

宋瑛惊呆了："猫可以吃这些东西吗？"

慕锦歌道："应该可以吧。"反正这不是一只简单的猫。

"真是太可怜了。"宋瑛感叹道，"真不知这小家伙经历了什么，饿成这样……可怎么还这么胖呀？"

"喵——"

烧酒流泪，说出来你们可能不相信，这一个月我每天都在养尊处优地被欺负！

♥ 第二章 ♥

| 紫菜包饭 | 沙拉 |

　　Capriccio里还是一如既往的忙碌，但自从有了烧酒后，店里的乐趣便增添了不少。

　　以前每回过了高峰期，餐厅里的两个男生不是累得倒在桌上睡觉，就是刷手机做低头族，现在休息时间完全以逗猫为乐趣，尤其是郑明，隔三岔五就拍烧酒的照片到朋友圈，整一个晒猫狂人。

　　大熊有一次忧心忡忡地跟慕锦歌说："锦歌姐，自从有了烧酒后，小明都不怎么提找他前女友复合的事情了，你说他会不会从一个异性恋'弯'成了人猫恋？"

　　"……"还能这样"弯"？

　　不过总而言之，四人一猫相处得还是很愉快的。

　　本以为日子就会这样相安无事地过下去，然而在一周后的某一天，事情发生了转折——

　　午间时段，慕锦歌终于处理完所有特制订单，得空喝了口柠檬水，在一旁指点大熊翻炒普通菜单上的一道干煸四季豆。

　　郑明拿着订单进了厨房，高兴地道："总算可以清闲一下午喽。"

　　大熊奇怪地看了他一眼："大白天说啥梦话呢？"

　　郑明敲了他一下："你忘啦，前几天顾小姐预订的今天下午包场。"

大熊恍然："哦对！她有说带多少人过来吗？"

郑明道："说是带一个朋友过来尝尝。"

大熊瞪大了眼睛："两个人就包场？这么豪？"

"你懂什么。"郑明压低声音，"我之前在网上随便查了下顾小姐的资料，人家还有百度百科呢，家庭背景很不一般，朋友也肯定非富即贵，包下我们区区一个小餐厅一下午，对他们来说根本算不得什么。"

大熊道："你好八卦噢。"

郑明一本正经道："这不叫八卦，这叫情报收集。"

大熊："哦。"

两人口中的"顾小姐"名为顾孟榆，是 Capriccio 重新开张后的常客，因为总是习惯在饭后拿出电脑在店内码字而令店里的人印象深刻。

除此之外，她还有另一个身份——知名美食评论家朔月，她的点评见解独到，言语生动，一针见血，最爱做的就是砸那些名不副实的"名家"们的场，心直口快，毫不留情，行事颇为张扬，很多大师老前辈都要敬她三分，二十五岁就已在知名美食杂志《食味》设有专栏，名为"安知鱼之乐"。

在这个酒香也怕巷子深的时代，Capriccio 能有如今的火爆，其中顾孟榆在《食味》上的推荐功不可没，所以店里的人都对她十分敬重。

慕锦歌对所谓的"八卦"没什么兴趣，径自出去喂猫去了。

看着放在眼前的妙鲜包，烧酒难以置信道："你竟然又给我喂罐头！"

慕锦歌蹲着跟它说话："以前你看到妙鲜包不是挺高兴的吗？"

烧酒略崩溃："现在不一样了！"

慕锦歌问："那厨房有剩菜，要吗？"

"你竟然给我吃剩菜！"烧酒抬高了声音，悲愤道，"我可是一名阅菜无数的美食系统！怎么能吃别人吃剩下的东西！还沾着愚蠢人类的口水！"

慕锦歌冷冷道："剩菜和罐头，自己选一个。"

烧酒不得不妥协："……还是罐头吧。"

慕锦歌摸了摸它的脑袋，叮嘱道："我进屋躺一会儿，你老实点。"

烧酒知道慕锦歌工作很累，所以也没再发什么牢骚，埋头乖乖啃粮了。

阳光照进房间的一角，清场后的餐厅洋溢着午后慵懒的气息。

把东西都收拾好后，宋瑛出门办点事，只留郑明和大熊在外面一边看店，一边拿着逗猫棒有一下没一下地陪烧酒玩。

突然，店门被推开，一双酒红色高跟鞋率先踏了进来。

随即顾孟榆的声音响起："咦，店里什么时候多了只猫呀？"

大熊和郑明都没想到她会这么早来。

郑明有些慌张地站了起来："顾小姐您来了啊，那我马上去叫锦歌姐起来。"

顾孟榆看起来比慕锦歌年长几岁，留着棕红色的斜分短发，妆容精致冷艳，身穿一套春夏休闲款小西装，气质成熟，并没什么太大变化。

唯一不一样的大概就是这次她不是独自一人。

一个长得相当俊美的男人跟在她身后，天生一双会笑的桃花眼，嘴角微勾，透着几分邪气。他个头和大熊差不多高，头上戴着顶棒球帽，身上穿着一件印着骷髅头的T恤和一条黑色破洞长裤，宽肩长腿，脚上踩着双风骚十足的大红色球鞋。他看起来就像是娱乐圈里的青春偶像，与顾孟榆站一起仿佛是姐弟俩。

顾孟榆莞尔道："不用不用，本来就是我们比预定时间来早了，先坐下来吹着空调聊聊天也行，不急。"

郑明说："那行，我去给你们倒杯水。"

顾孟榆道："多倒一杯吧，还有个助理在停车，等下就过来。"

"哦哦，好。"

为了让道，大熊把烧酒抱了起来。

这时它才有机会面朝门口，看见两位来客的真面目。

——这不看不知道，一看吓一跳！

烧酒瞬间惊愕地瞪大眼睛，玻璃珠似的双眼映出某人笑吟吟的模样。

侯彦霖伸出右手摸了摸它的头顶，笑道："玩得很开心，嗯？"

烧酒顿时猫毛耸立，猛地从大熊怀里跳了下来，跑去挠里间的门，一边挠一边嚎道："啊啊啊慕锦歌救我！大魔头来了啊啊啊！"

顾孟榆奇怪地看了它一眼："这猫怎么了，突然就跟见了鬼似的。"

侯彦霖懒洋洋地笑了笑："怕生吧。"

没挠多久，里间的门就打开了，慕锦歌戴着口罩走出来，头发都还没来得及盘，只松松地扎了个马尾。她低头看着烧酒，不悦道："烧酒，你吵什么？"

烧酒一把抱住她的小腿："那个欺负了我一个月的大魔头来了！"

大魔头？

慕锦歌抬眼看去，招呼道："顾小姐下午好，这位是……"

顾孟榆介绍道："这位是我好友的弟弟，他看了我这个月的专栏后特别想来尝一尝你做的菜，所以就带他过来了。"

侯彦霖笑容灿烂地招手："嘿，我叫侯彦霖，很高兴能见到你。"

慕锦歌顿时心下了然，淡淡道："侯先生你好，我是慕锦歌。"

侯彦霖幽幽道："我知道。"

慕锦歌心想该来的总算要来了。

却不料侯彦霖笑眯眯地补充道："孟榆姐在专栏里提了你的名字。"

慕锦歌蹙起了眉头："只是这样？"

侯彦霖两手揣兜，耸了耸肩："我一点儿都不知道之前是你捡了烧酒这件事。"

慕锦歌："……"

这时正好高扬停完车过来，一进门就看到了烧酒，诧异道："这猫不是跑丢了吗？怎么会在这儿？"

顾孟榆从刚才开始就一头雾水："你认得这猫？"

"这是大小姐送给少爷的猫，三月的时候跑丢过一次，后来找着了，没想到前几天少爷出差的时候这猫又跑了，本来少爷说这次跑了就算了，不用找了，没想到……"高扬顺着烧酒抱着的腿看上去，登时愣了下，"慕小姐？"

他想起来了，怪不得来的时候觉得 Capriccio 这个名字有点熟悉，这不正是慕锦歌工作的餐厅吗！

第一次找到猫，是在慕锦歌家里；第二次找到猫，是在慕锦歌店里。

来来去去都跟慕锦歌有关，而且她还一直都记挂着猫……

怎么想都很可疑！

高扬看向慕锦歌，意有所指道："慕小姐，总不会那么巧，这猫第二次走丢，又是被你捡到的吧？"

慕锦歌目光骤然冰冷："你是什么意思？"

"我是什么意思，慕小姐最清楚。"高扬推了推眼镜，语气隐隐透着轻蔑，"只是没想到慕小姐说一套做一套，还了猫又后悔，为了一只猫，竟然做出这种偷鸡摸狗的事。"

大熊一听，急道："喂，你怎么含血喷人啊！这猫是自己找上门来的，宋阿姨可以做证！"

高扬哼道："你们都是一个餐厅的人，一丘之貉，当然互相帮着说话……少爷，顾小姐，要不我们还是带着猫离开吧，我去取车。"

顾孟榆满头问号，而侯彦霖只是笑着，不置可否。

"慢着。"慕锦歌拦住他，"你说我偷猫，有证据吗？"

高扬嘲道："还需要什么证据，难道一只猫会自己逃出公寓，然后跑这么大老远来让你偶遇？"

烧酒："喵！"明明这就是真相好吗！你这个伪·夏洛克·扬·福尔摩斯！

慕锦歌注视着他，问道："猫逃走那天是星期几？"

高扬看了侯彦霖一眼，得到同意的示意后才答道："家政阿姨说是周四。"

慕锦歌道："周四那天Capriccio正常营业，从早上8点开店到晚上10点打烊，我全程都在，如果你不信的话可以调店门口和厨房的监控。"

高扬皱眉："或许你找了其他人帮你呢？"

"调查我最近跟谁有过接触，对高助理来说并不难吧。"慕锦歌冷笑一声，"毕竟连我是一个孤僻又古怪，几乎没什么朋友的可怜女人这种事情都知道，不是吗？"

高扬一惊："你怎么知道？！"

这句话他明明只跟少爷说过，说这话的时候还被那该死的扁脸猫咬了一口。

这时，一直袖手旁观的侯彦霖终于开口道："高扬，闭嘴。"

慕锦歌问："侯先生也觉得是我偷的猫？"

侯彦霖看着她，似笑非笑："不是。"

"喵！"没错没错，明明是你自己让我逃的！

听到猫叫，侯彦霖低头看了烧酒一眼，勾着嘴角道："看来烧酒很喜欢慕小姐啊……这样吧，如果慕小姐今天能专门为我特制一道料理打动我的话，我就把烧酒送给你，并且让高扬跟你道歉，但如果做出来的菜不能让我满意的话，我就要把烧酒带走。"

要是放在平常，慕锦歌也就这么算了，但偏偏今天还没休息够就被突然吵醒，起床气一下子就上来了，到现在还没散。

她冷冷道："高助理不仅诬蔑我，还侮辱我的同事，所以道歉不够，还要他在这里给我义务性打一个月的下手。"

没想到侯彦霖答应得很爽快："行。"

慕锦歌不再看他们，进里间换好衣服和盘好头发后，径自进了厨房。

郑明在外面招呼了顾孟榆几句，也和大熊进厨房去了。

"简直太过分了！"一关上门，大熊就忍不住气愤道："要不是看他是顾小姐朋友的助理，我真想一拳揍上去！"

郑明问："锦歌姐，他们说这是第二次捡到这只猫，是怎么回事啊？"

慕锦歌沉默了几秒，才道："纯属巧合。"

大熊嚷道："就是说嘛，锦歌姐怎么可能是那种人，分明是那姓高的把自己的失职怪到锦歌姐的头上！"

"他会怀疑，也是正常。"慕锦歌淡淡道，"但怀疑和言语断定，不一样。"

郑明有些担心道："锦歌姐，那个姓侯的小哥让你为他特制一道菜，也就是说你要在这么短的时间内想一道新料理出来吗？"

"嗯。"

慕锦歌打开冰箱，想看有什么可以用得上的食材。突然之间，她的目光一顿。只见她从中拿出一瓶红色的饮品，问道："这是你们买的饮料？"

郑明举手："啊，那是我带过来的，想着休息时可以喝来着，结果忘了。"

慕锦歌道："借我用一下。"

郑明好奇："你要用汽水做料理？怎么用啊？"

慕锦歌眉头微皱："安静，不然就不让你们待在厨房了。"

"……"两个人赶紧闭嘴了，珍惜这次见证奇迹的机会。

明明是创造一道从未尝试过的新料理，但令大熊和郑明惊异的是，慕锦歌在选择食材时竟没有丝毫犹豫，自从拿出那瓶饮料后，接着很快就挑好其他要用的食材，在处理台井井有条地做起来。

然而第一步，就震惊了围观的两人。

——她竟然把淘好的米倒进了装着小半碗汽水的碗里！

看着大米浸在粉红色汽水中不停地冒出咕噜咕噜的小气泡，就像是发生反应的化学试剂，大熊忍不住劝道："锦歌姐……你冷静一点，不要被气糊涂了。"

慕锦歌正在切肉："我很冷静。"

"可是……"

菜刀猛地剁在了菜板上，发出一声闷响，慕锦歌冷冷道："出去。"

一个平时没有起床气的女人突然起床气上身，一般威力都比较强大。

于是郑明和大熊就这样被赶出了厨房。

"喵——"导火线却只是在门口舔舔肉垫，幸灾乐祸。

大熊忧心忡忡道："小明，要是锦歌姐把厨房给炸了，我们该怎样跟宋阿姨交代啊？"两人有些惆怅地互看一眼，干脆就守在了厨房门口，以免发生什么意外时能最先冲进去帮忙。

"喵——"烧酒伸了个懒腰，两个小蠢蛋哟。

不过他们的担忧并没有成为现实，当慕锦歌端着料理推开门的时候，身后的厨房不仅完好无缺，还在她边做边收拾的良好习惯下依然保持干净整洁。

郑明好奇地望了盘中的东西一眼，登时一愣。

慕锦歌做的大概是紫菜包饭，但和市面上的紫菜包饭不同的是，这道料理中的米饭全都均匀地染上了淡淡的水红色，而中间夹的食材也很简单，没有黄瓜条，没有泡菜，没有胡萝卜……有的只是五花肉。

先不论那红红的米饭能不能吃，光是那团肉就看着很腻好吗！

而且那个姓侯的小哥，一看就是富人子弟，会吃这种廉价的东西吗？

慕锦歌没有在意两人讶异的目光，径自把料理端到了侯彦霖和顾孟榆坐着的桌子上。

"请慢用。"

侯彦霖放下手机，凑上去端详了一番，然后拖长了声音："哎——"

慕锦歌道："请问侯先生有什么问题吗？"

"没有没有，只是有点惊讶。"侯彦霖冲她笑了笑，"原来你也会做这么可爱的菜啊！"

在一旁默默看着的高扬：少爷你的审美坏掉了吗？

慕锦歌一愣，怎么都没想到会得到这样的外观评价，这时顾孟榆清咳一声，解释道："你别理他，这小兔崽子一天到晚净会撩妹。"

侯彦霖笑嘻嘻道："哪有，孟榆姐你不要黑我。"

说着，他随意地用筷子夹了一块盘中粉嫩粉嫩的紫菜包饭，送入口中——

啊！夏天的味道！

西瓜汽水渗入每一粒米饭中，带着其他糖类配料所不具备的特殊甜味，清爽又张扬，让人不由自主地回想起学生时代的夏日时光，午后太阳正烈，上学路上在小卖部买一瓶冰爽十足的汽水，便是自以为最好的解暑神器。

微甜的米饭有点像八宝饭，但又比八宝饭多了一分干脆分明，咀嚼时在口齿间留下青春腼腆的甜意。而包在中间的五花肉口感正好，经适量蜂蜜的渗透，肉质变得格外鲜嫩，与西瓜汽水味的米饭和最外层包着的海苔竟搭配得天衣无缝。明明是再廉价不过的食材所组成的料理，竟能带给味觉奇遇般的享受！果然，今天这一趟没有白来。

侯彦霖嘴角上扬，十分满足地享用着慕锦歌为他做的这道料理。

见盘中的紫菜包饭被一扫而光，慕锦歌问道："不知道侯先生对这道菜是否满意呢？"

侯彦霖用纸巾擦了擦嘴角："我很喜欢。"

慕锦歌看了眼高扬："那……"

高扬头皮一麻，求助似的望向侯彦霖：你让我演的这出戏！你不能把我搭进去啊Boss！

侯彦霖幽幽地道："吃了这道菜后，我突然觉得那样还不足以弥补慕小姐。"

慕锦歌面无表情地看向他，不知道对方想搞什么花样。

侯彦霖认真道："下属犯错，我作为他老板，也有一定的责任。所以猫还是送给你，歉还是由他道，至于免费一个月打下手的事情，就换成由我亲力亲为吧。"

慕锦歌有些惊讶地看着他："……你确定？"

侯彦霖笑道："咱们签个合同摁手印都没问题。"

高扬：哎哟喂我的小祖宗！你这还不如把我给搭进去呢！

侯彦霖刚把话给说完，就遭到了多方的反对。

高扬大惊失色："少爷！你这样任性的话，侯总会开掉我的！"

顾孟榆睁大了眼睛："彦霖，你这是想让我被你姐弄死吗？！"

烧酒叫得格外尖锐："喵！"

慕锦歌："……"这个不知道是富几代的人脑袋是不是坏掉了？

侯彦霖不紧不慢地道："我哥和我姐那边我会自己去说的，你俩放心，不会连累你们的。"

慕锦歌突然开口："他们放心，我不放心。"

侯彦霖笑吟吟地望着她："嗯？慕小姐有意见？"

慕锦歌直言不讳："高助理起码能做事，你能做什么？"

没想到侯彦霖"噗"地笑了出来，悠悠然道："你别看高扬长得很靠谱的样子，其实家务十项全不能，什么粗活都没做过，他的合租室友小赵跟我投诉了不下百次说他不讲卫生乱扔袜子，他妈妈因为每次来看他工程量太大所以坚持在老家锻炼体能。这种人来了你们餐厅，只会炸厨房瞎捣乱，免费打工一个月保证让你们无端亏损小半年。"

闻言，四人一猫纷纷向高扬投以复杂的目光。就连慕锦歌听完后都一时语塞："……我没想到他是这样的人。"

侯彦霖叹了口气，用着恨铁不成钢的语气："是吧，所以说人不可貌相。"

高扬："……"这大概是他被黑得最惨的一次。

这时，宋瑛办完事回来了，进门一看人全集中在一块儿，吃惊道："顾小姐来了呀……咦，你们怎么都围在这儿？"

顾孟榆起身解释道："老板娘，我们……"

"原来您就是这家餐厅的老板娘啊，"然而侯彦霖已经大步流星地走到了宋瑛面前，笑容灿烂，语气诚恳，"您好，晚辈侯彦霖，一直很想来你们家餐厅吃一次，今天总算实现了，真的非常喜欢你们家餐厅。"

宋瑛愣了，受宠若惊："啊……谢谢支持。"

侯彦霖故作惊讶："不过说老实话，刚才吓了我一跳，还以为看到了年轻时的影后沈婉娴走了进来，阿姨您的眉眼和气质简直不能再像了！"

"哪有哪有，我就比沈婉娴小几岁而已。"这份恭维显然正投宋瑛下怀，她有些不好意思地笑了笑，"不过竟然被你看出来了，当初《醉醒梅》热映那会儿，还有好多人说我是翻版沈婉娴呢，老了后长胖了，就没人这样说了。"

侯彦霖夸道："您哪里胖了？要我说，您这样正好，身材匀称，气色红润，素颜也很漂亮。沈婉娴现在老了，远远不如您呢，瘦得皮包骨头，脸上也全靠打玻尿酸撑起来，离了镜头看，一点都不好看。"

宋瑛被他说得高兴极了："哎呀，你这个年轻人太会说话了，跟嘴上抹了蜜似的。"

侯彦霖一本正经道："那是看阿姨您真漂亮才夸的，一般人我哪会嘴上抹蜜啊，直接拿线缝起来沉默是金了。"称呼一下子就从"老板娘"到"阿姨"了。

顾孟榆幽幽道："真是似曾相识的一幕，他之前就是这样把我妈收买的，从此我妈对他比对我和我哥还亲。"

高扬："……"怪不得侯总有次说少爷是中老年妇女收割机，从小逢年过节从三大姑八大姨那里收来的红包都比他厚。

郑明和大熊心里咯噔一下，完了，我不再是宋阿姨喜欢的宝宝了。

只听侯彦霖兜着兜着就把话题兜回正轨了，他道："阿姨啊，我对餐饮行业挺感兴趣的，想要深入了解一下，我看您这儿人手好像还缺，可不可以把我给收了呀？我不要钱，做一个月的白工，要是做得不好，您尽管数落我，绝对不带还口。"

宋瑛已经完全被他的美色和花言巧语迷惑了，呵呵直笑："像你这么一表人才的男孩子，我还怕请不起呢，怎么能让你做白工呢？"

"真的，阿姨，只要您愿意收我，别说不要薪酬了，倒贴我也愿意啊！"

"哎，你这孩子……"

侯彦霖想了想，道："那……阿姨，您要是实在过意不去，就包我一日三餐吧。"

宋瑛对他的好感度已经在短短几分钟达到了一个不得了的高度，于是爽快地答应道："这个当然没问题！"

"谢谢阿姨！"侯彦霖笑眼弯弯，"我还有最后一个请求，希望阿姨也能同意，那就是我对慕小姐的料理很感兴趣，想要进厨房给她打下手，可以吗？"

慕锦歌黑着脸："我不需要！"

宋瑛劝道："锦歌啊，现在大熊独立去负责炒菜了，我正想给你找个帮手呢，不然你多累啊……我看小侯就很合适，乖巧懂事，一看就很靠谱的样子，就他了，以后你俩好好相处吧。"

侯彦霖露出整齐的白牙，笑着看向慕锦歌："以后还请慕小姐多多关照了。"

慕锦歌看着他，冷漠道："行，我一定好好关照你。"

事情说定后，高扬和顾孟榆先走了，侯彦霖留下来熟悉工作环境。

他换了一身衣服出来，就看到烧酒一脸严肃地蹲坐在门口，十分不悦地盯着他。侯彦霖笑眯眯地问："想我了？"

"喵！"想你个大头鬼！

侯彦霖低笑两声，然后蹲下来捏了捏它的大饼脸，另一只手指了指厨房："羡慕吧，我要进去干活了。"

"喵！"看我靖哥哥怎么狠狠收拾你。

侯彦霖摸了摸它的毛，突然没头没脑地冒了一句："烧酒这个名字，是我取的。知道这个名字的人不多，高扬算一个，但他几乎不怎么叫。"侯彦霖低头注视着烧酒，说到下半句时还放慢了语速，"可你说，为什么慕锦歌知道你叫烧酒呢？"

烧酒"猫"躯一震，怔怔地望向他。

"喵？"你、你在说什么？宝宝假装听不懂的样子！

"哈哈哈。"侯彦霖揉了揉它的小脑瓜，又回到平时懒洋洋的语气，"别这么紧张嘛。"

"如果真的是碰巧取了相同的名字的话，那未免太有缘分了吧。"侯彦霖站了起来，理了理衣服，转身前留下一个意味深长的笑容，"你说呢？"

看到这抹笑容，烧酒顿时猫毛耸立。

没有再理身后发愣的猫，侯彦霖走进厨房，阳光灿烂地打了个招呼："嘿！"

"哈哎……喀。"大熊本来也想客气地回一句，但见身旁的慕锦歌一言不发，仍然低头做着事情，便立马住了嘴，转为一声掩饰性的干咳。

侯彦霖抱着双手，好奇地凑过去看："现在是在为晚饭做准备吗？"

大熊见慕锦歌没有开口的意思，便主动解释道："现在是先做内部的饭，大家吃饱了好迎接客人。"

侯彦霖微诧："这么早？你们吃得下？"

大熊道："我们午饭也会提前吃，所以间隔时间差不多。"

"噢，这样啊！"侯彦霖看到慕锦歌从电饭煲舀了四碗饭出来，"慕小姐不吃吗？"

慕锦歌面无表情地纠正道："缺的那份是你的。"

侯彦霖笑了："为什么？"

"你不是下午才吃饱吗？"慕锦歌瞥了他一眼，"刚才听你的语气，应该还不饿的样子，正好等下我们吃饭的时候你把厨房收拾一下，外面的地给拖一遍，顺便给猫喂点食。"

侯彦霖挑了挑眉，道："慕小姐，你知不知道你现在特别像电视剧里刁难小白花女主的恶毒女配？"

"知道的话就趁早滚蛋。"

侯彦霖郑重其事道："作为一名优秀的从商人员，我当然具备诚实守信的优良品质，愿赌服输，说做一个月就做一个月。"

"愿赌服输，"慕锦歌直视他的双眼，冷冷地一字一顿道，"就要听我的话。"

沉默了十秒，侯彦霖沉声道："我觉得我好像错了。"

慕锦歌淡淡道："现在走还来得及。"

"你不该是恶毒女配。"侯彦霖幽幽叹道，"你应该是相识初期对小白花步步紧逼的霸道总裁。"

慕锦歌嘴角一抽："你见过给别人打工的总裁？"

侯彦霖认真道："没有经历艰苦奋斗的总裁，不是好总裁，酝酿不起日后的邪魅狂狷。"

慕锦歌："……"

"以上是我最近看到的某个剧本的台词。"侯彦霖一秒变脸，顿时笑得阳光无害，"你们快去吃饭吧，我会好好完成布置下来的任务的。"

就在慕锦歌和大熊端着饭菜准备出去的时候，郑明突然以五十米短跑的速度冲进了厨房，差点和大熊撞到一起。

大熊惊道："你被狗撵了啊？外面的猫不会有事吧！"

"不是、不是狗！"郑明激动得有点语无伦次，"不是狗，是前女友！"

不知详情的侯彦霖一副看热闹不嫌事大的样子："你这么怕你前任？你渣了她？"

"不是不是！"郑明终于情绪稳定下来了一点，"小红明天要来找我！"

侯彦霖好奇地问道："噢，因为小三要来找你，所以前女友来闹了？"

郑明一噎："小红就是我前女友。"

侯彦霖拍了拍手："名字太般配了，不在一起对不起教科书啊！"

郑明："……"为什么这个人才来第一天我就想让他走了？

翌日清晨，慕锦歌一打开店门，就看到那张让人讨厌不起来的笑脸。

侯彦霖不知道是多早到的，独自一人背对着大门坐在石阶上，穿着件黑T和牛仔裤，背着一个印花帆布包，头上戴着一个白色耳罩式耳机，似乎在听歌，样子看起来就跟个在校大学生似的。

也不知道他怎么就隔着耳机听到了身后开门的动静，只见他取下耳机挂在脖子上，然后头往后仰，看着开门的慕锦歌，嘴角一扬，露出阳光十足的笑容："嘿，早上好！"

慕锦歌不可思议地揉了揉眼："就你一个人？"

侯彦霖道："嗯，小明和大熊应该晚点会到吧。"

"我不是说他们。"慕锦歌四处望了望，"高助理和赵助理没跟过来？"

侯彦霖伸了个懒腰："他们跟来干什么，估计还在睡大觉吧。"

慕锦歌注意到不远处的停车区好像多了一辆宝马，于是问："你开车来的？"

侯彦霖笑道："不，我骑车来的。"

"骑车？"

"是啊！"侯彦霖伸手一指，指向另一个方向靠在梧桐树下的一辆山地车，颇有些得意，"看，我的汗血宝马！"

慕锦歌："……"

说着，侯彦霖似乎有些惆怅："前年骑行川藏线，没想到半途爆了胎，最后不得不连车带人一起回来了。"

慕锦歌问："没带备用胎？"

"其实带了。"侯彦霖沉沉地叹了一口气，"但没办法，溜出来的事情被家里人发现了，先不说我爸我妈，光我哥一个人就够难应付的，在抓我这方面又比较有经验，趁我爆胎下车检查的时候，几个身材魁梧的壮汉突然从一辆车上下来就把我给拿下了。"

"……"那确实挺遗憾的。

然而侯彦霖又道："不过我还是挺感激它突然爆胎的。"

慕锦歌看着他："为什么？"

侯彦霖一脸认真道："你说我要是晒个高原红或是高原黑回来，还能继续靠脸吃饭吗？"

"所以啊，家里那么多车，只有它有跟我进家门的殊遇，其他的都只有寂寞地待在车库里的份儿。"

你有本事把汽车开进屋里试试看。

慕锦歌不想再听他扯淡了,面无表情地终结话题:"进来帮忙。"

自从生意好起来后,Capriccio的供餐时间和营业时间就做了再次调整,取消了早餐供应,将开门时间延迟到了十点。用宋瑛的话来说就是,钱可以少赚,够用就行,人不能累坏了。

侯彦霖跟着慕锦歌进了室内,正好遇到宋瑛刚漱洗回来。

宋瑛道:"啊,小侯那么早就来了啊!"

侯彦霖笑道:"一想到今天就要正式开始工作了,就兴奋得很早就醒了。"

宋瑛抿着嘴笑:"我要是你父母,不知道该多高兴,有个这么懂事上进的儿子。"

烧酒一醒来就听到二人的对话,用肉掌扒拉扒拉了下眼屎,冷冷地喵了一声。

哼,虚伪!

侯彦霖也笑眯眯地跟它打招呼:"早啊,小烧酒。"

烧酒跑到另外一个角落趴着,转过身以屁示人。

宋瑛道:"先坐下吧,锦歌在做早饭,等一会大熊来了,就开饭。"

侯彦霖问:"郑明不来吗?"

"小明跟我请了一天假,说下午要和小红见面,然后一起到这里喝茶。"

"这样啊!"侯彦霖点了点头,"我还是去厨房帮把手吧。"

厨房内慕锦歌正在把刚榨好的绿色汁液倒进几个杯子里。

侯彦霖靠在门框看了一会儿,突然捏着嗓子喊了句:"靖哥哥。"

"我跟你说过多少遍了你不能进……"慕锦歌蹙着眉头回头,这才发现站在门口的不是某只蠢系统而是侯彦霖,登时愣了一下。

侯彦霖一脸无辜:"不能进厨房?你没跟我说过啊!"

慕锦歌问:"你刚刚叫我什么?"

"锦歌歌啊!"侯彦霖笑嘻嘻地道,"唔,感觉一般人的名字最后一个字叫成叠词的话都会挺可爱的,可是你的名字好像不是这样呢,听起来就跟叫靖哥哥似的。"

慕锦歌还是觉得奇怪:"你刚才叫我时的声音怎么那么奇怪?"

"喀,可能是一段时间没喝水,嗓子干了吧。"侯彦霖走到慕锦歌身后,伸手越过她拿起了一杯刚倒好的绿汁,"这个,我可以喝吧?"

因为离得近,慕锦歌可以闻到对方身上带着的淡淡木质香气。

"可以,不过每人只有一杯。"慕锦歌往旁边移了几步,与他保持一定的距离,似乎有些嫌弃,"以后来上班,不要喷香水,特别是在厨房工作。"

哦呵,撩妹失败。

侯彦霖笑了笑，喝了一口杯中的绿汁，一种丝滑而奇妙的口感在口腔间蔓延开。他惊道："Green Smoothie（绿色冰沙）？靖哥哥，你都放了些什么？"

"芹菜、薄荷、牛油果、菜椒。"慕锦歌语气冷淡，"再这样叫我，你就没有早饭了，霖妹妹。"听到这个称呼，侯彦霖呛了一下。

出乎慕锦歌意料的是，无论是昨晚还是今天，这位侯二少都表现得很好。

原本以为大少爷养尊处优笨手笨脚会碍事，没想到做事还是挺眼明手快的，对厨房里的工作上手也快，但凡慕锦歌交代过一遍的事情，都记得一清二楚。

大熊羞愧地低下头炒菜，不好意思说自己来了那么久还经常忘记哪个东西放在哪个橱柜里，配合慕锦歌时也总是因为跟不上步伐而被嫌弃。

做完下午茶时段的最后一单，慕锦歌摘下口罩准备休息一会儿，正打算转身拿水的时候，一杯温热的柠檬水便适时地递到了她面前。

侯彦霖笑道："师父请用。"

慕锦歌不太能理解对方跳脱的思维，但还是要表扬下他的工作："谢谢，你做得很好，辛苦了。"

侯彦霖眨了眨眼，伸出手："奖罚分明，才能提高效率。"

这是在向她讨奖励？

"你等下。"慕锦歌在宽大的外衣兜里掏了掏，然后把摸出来的东西放在对方摊开的手中，"给你。"

侯彦霖愣了下："这是什么？"

慕锦歌道："奖励啊！"

侯彦霖没有想到她真的会搭理自己："原来你喜欢吃糖？"

慕锦歌淡淡道："在厨房站久了，偶尔低血糖，所以随身带着几颗。"

侯彦霖视线向下，只见手中放着的两粒水果糖是很廉价的山寨货——正牌他吃过，是国外的一个牌子，虽然山寨货的外包装和正牌很像，但商标却有着一字之差。大概是因为厨房温度比较高，劣质的糖果有些融了，揭开糖纸时黏糊糊的。

慕锦歌道："不喜欢的话直接扔掉。"

"不，我很喜欢。"侯彦霖吃了一颗，把另一颗放进了口袋，"味道不错。"

"是吗？我觉得不怎么好吃。"

侯彦霖："……"

不知道怎么回事，郑明和他的前女友蒋艺红来得比预定的时间晚一点，不过还好座位仍在保留时间段内，二人在宋瑛的带引下坐在了靠窗的位置。宋瑛拿着订单进厨房时悄悄道："两个孩子眼睛都是红的，好像不是很顺利。"

侯彦霖喷道："看来这事儿要黄啊！"

大熊道："估计是了，其实小明和他前任在很多事情上都有分歧，就连口味喜好都不一样，一个喜欢吃甜，一个喜欢吃辣。"

"哎……不过确实，闹起矛盾的时候就算是很小的不同都会引起大麻烦。"

"对啊！"

这时，慕锦歌突然道："把黄油、低粉、奶粉、淡奶油、鸡蛋拿过来。"

侯彦霖是最先反应过来的，很快就把东西收集齐了放到了厨台上。

大熊问："锦歌姐，你要做什么啊？"

慕锦歌没有停下手上的活，回答道："做完这个就做曲奇。"

大熊奇怪道："曲奇？可是小明他们没有点曲奇啊，锦歌姐你是不是看错了？"

慕锦歌道："倾情馈赠。"

大熊还是一脸茫然："啊？"

"嘘——"侯彦霖笑了笑，"不要问了，继续干活吧。"

郑明和蒋艺红把点的东西都吃完后，相对无言，气氛有些尴尬。

半晌，蒋艺红才小声道："小明，我看还是算了吧。"

郑明猛地抬头："算了？为什么要算了！你难道对我一点感觉都没有了吗？"

蒋艺红道："我们在一起对彼此来说都太辛苦了，正因为相互喜欢，才会相互迁就。我喜欢吃甜，你就好几次忍着牙痛陪我吃，医生说你本身牙质就不好，是易蛀体质，结果就因为我，你现在大牙全蛀了；你喜欢吃辣，我也不好意思跟你说我不能吃，结果每回陪你撸串吃完火锅干锅后都胃疼得在床上打滚，加剧了胃病。"

"所以，我看我们还是……"

"不好意思，打扰一下。"

伴随着一个冷淡的女声，一个白瓷盘被轻轻地放在了二人中间。

郑明惊讶地看着来送菜的慕锦歌和侯彦霖："锦歌姐？侯少？"

慕锦歌道："本店新品赠送泡菜曲奇一份，请享用。"

侯彦霖也戴着口罩，桃花眼中透着笑意："我就是个跟班的，不用在意。"

蒋艺红惊讶地看着盘中又红又黄的几团："泡菜……曲奇？"

郑明忙道："尝一下吧，锦歌姐每回的新菜式都能给人惊喜。"

蒋艺红不太愿意吃这种奇怪的东西："我已经很饱了，还是不吃了。"

侯彦霖开口道："反正之前都忍过那么多痛苦为他改变口味，这次就当最后一次为了他而勉强吃一样东西，如何？"

蒋艺红愣了下，轻声道："最后一次？"

侯彦霖微笑道："不过一块饼干的分量，吃下去应该也没什么。"

郑明道："我和你一起吃。"

蒋艺红沉默了几秒，才点头："好吧。"

说完，她和郑明一人夹起一块用泡菜包裹着的曲奇饼，送进了嘴里。

"嘎嘣——"奶香酥脆的曲奇在口中咬碎的瞬间，饼干的香甜与泡菜的辣味和蒜味相互调和，既不过甜，又不过辣，甜辣交织成一种适中的口味，就像是保持平衡的天平，两边都刚刚好，制作得相当精准。

蒋艺红喃喃道："好吃……竟然不辣……"

郑明也同时道："好吃，而且不甜！"

话音刚落，两人皆是一愣，相视一眼，都有种豁然开朗的感觉。

"喵——"

烧酒慵懒地躺在地上打了个呵欠。唉，笨蛋情侣哟。

侯彦霖每天都是男生中到得最早的那一个，而慕锦歌也渐渐习惯做早饭时身边多这么个人满嘴跑火车，有时看他逗那只蠢系统，也是挺有趣的。

最开始排斥他，是因为存在某些偏见，以为他只是个养尊处优的大少爷，五谷不分四体不勤，来这里纯粹是图新鲜找乐子。但共事了一段时间后慕锦歌发现，侯彦霖虽然的确是含着金钥匙出生的，但非常独立，做事勤快，脑袋也很聪明，当初跟宋瑛说想要发展餐饮业，也并不是胡编乱造的，是真的有这个打算。因此，慕锦歌对他已没了最初的刁难与刻薄，相处得还算融洽。

这天正在煮面，就听侯彦霖问道："师父，为什么出了厨房你还总是戴着口罩呢？"

慕锦歌垂着眼，淡淡道："习惯。"

侯彦霖拖长声音，道："哎——夏天这么热，不会在脸上焐出痱子吗？"

慕锦歌："……"

侯彦霖突然凑近，语气有些遗憾："师父你明明长得那么好看，把脸遮上多可惜。"

慕锦歌后退两步，瞪道："下次再靠我这么近，我就把面倒在你脸上。"

"嘤嘤嘤靖哥哥你好凶噢。"

听到这语气与用词，慕锦歌第一反应便道："不要模仿烧酒说话。"

侯彦霖挑了挑眉："模仿烧酒？"

慕锦歌这才意识到自己说错了话,不太自然地移开了视线,语气冷淡:"总之,你没事不要老跟我说话。"

侯彦霖两手插在兜里,歪着头问:"为什么?"

慕锦歌冷冷道:"因为我是个奇怪的人,很多人都觉得我有病。"

侯彦霖笑了:"是因为能听到猫说话吗?那很巧啊,我们是病友。"

慕锦歌动作一滞。

反应了几秒,她才重新看向身边那人:"你说什么?"

侯彦霖却并不正面回复,而是眨了眨眼:"明天周三休息,刚刚听宋阿姨说店里有些东西需要采购,一起去吧。"

慕锦歌皱眉道:"你刚刚说的是什么意思?"

侯彦霖笑容中透着狡黠:"想知道的话,明天就和我一起去买东西吧。"

"喂!"

"师父,面要煮坨了。"侯彦霖指了指锅,"就这样,我先出去帮忙打扫啦。"

走出厨房,侯彦霖才把一直揣在兜里的右手给抽了出来。

摊开手心,手中是原本应该躺在慕锦歌厨师服口袋里的几颗山寨水果糖。

偷梁换柱这种事情虽然是第一次做,但出乎意料的顺手。山寨的和正牌的包装很相似,想必如果不是特别注意的话,是不会察觉的吧。今天,那个人应该会觉得糖好吃吧?想到这里,他勾了勾嘴角,心情十分愉悦的样子,拖地的时候都哼着小曲。

Capriccio每周三固定休息,一般宋瑛这天也不住在餐厅里,所以慕锦歌带着烧酒回了家,打算第二天坐公交车去商场跟侯彦霖会合。

晚上到家的时候,她把白天侯彦霖说的话告诉了烧酒。

沉思了一阵,烧酒开口道:"其实我也怀疑过他是不是能听到我说话。"

慕锦歌问:"你不是说只有我能听到吗?"

"理论上是这样的。"烧酒一脸严肃,"但我这个情况实在是很特殊,被前宿主剥离后进入的是一只宠物猫。系统原则上和宿主是从属关系,所以宿主能听到系统讲话,而猫和主人也是从属关系,我在想是不是因为大魔头是原烧酒心中认定的主人,所以导致现在我用烧酒的身体说话,他也能有所感知。"

"也就是说,他的话是真的?"

烧酒哼道:"不好说,大魔头那个人忽悠技能满点,又爱捉弄人,性格十分恶劣,信用值极低!"

"……"你到底被他做了什么?

"而且就算真的像我刚才推测的那样,也不知道他所说的'能听见'是怎么样的一个程度，究竟是和你一样能清楚地听到我的每一句话，还是只能隐隐约约感觉到一个模糊的意识。"烧酒顿了顿，"反正明天你带上我一起去吧，我试一试他。"

　　慕锦歌玩了一会儿它的小肉垫，才道："可是商场会允许带宠物进去吗？"

　　"你把我背在包里不就行了？"

　　慕锦歌看了他一眼，缓缓道："很重。"

　　烧酒瞪大了眼睛："你这是在嫌弃我？！"

　　慕锦歌道："连大熊都说你该减肥了。"

　　烧酒不服气道："我只是虚胖而已！都是这一身猫毛的错！"

　　慕锦歌挑眉："那正好，我现在帮你把毛剃了吧。"

　　烧酒惊恐地后退两步："你别过来！"

　　"啊啊啊……住手啊啊啊……我胖我承认我胖还不行吗，快住手！"

　　——慕氏剃毛，专治各种不服。

♥ 第三章 ♥
|芝士|

翌日。

慕锦歌背了个双肩包，拉链稍稍开了个口，露出一小张忧郁的猫脸。

侯彦霖见状，问道："它怎么了？"

慕锦歌言简意赅："被剃毛了，不开心。"

侯彦霖好奇道："剃成什么样了？让我看看。"

然而他的手刚要碰到拉链，烧酒就凶巴巴张开猫嘴，威胁似的露出尖尖的牙齿。

它表情狰狞，恨恨道："走开！我咬起人来自己都怕！"

侯彦霖乐了："哟，脾气还挺大。"

"你现在别招惹它。"慕锦歌诚恳道，"还是给它留点可怜的自尊吧。"

"啧，说的也是。"

"……"烧酒感到前所未有的绝望。你俩啥时候成一个阵营的了！

两个虐猫狂魔凑在一起还能不能好了！你们这样很容易失去我的知道吗！我还只是个宝宝啊！

不过无论它内心怎么呐喊，都改变不了被剃毛的事实。

在商场买完清单上的所有东西出来，慕锦歌终于忍不住主动问道："现在你可以告诉我有关听见烧酒说话的事情了吗？"

"嘘！"侯彦霖脸上虽然仍然带着笑，但眼神却变了，他压低声音道，"师父，不要取下口罩。"

慕锦歌感到莫名其妙："怎么了？"

"有狗仔。"侯彦霖没有看她，而是一直目视前方，轻声道，"你先去右边那家甜品店找一个隐蔽点的位置坐下，等下我就过来。"

然而还不等慕锦歌回答，他就压了压棒球帽檐，提着两大包东西快步向相反的方向拐去。留下一猫一人有点茫然。

烧酒躲在背包里喵了一声："怎么办？真的要按他说的做吗？"

慕锦歌沉声道："不是说要问清楚吗？那就等吧。"

此时离午后休闲的时段还远，所以甜品店里人不多，慕锦歌很轻松地就找了一个角落的位置，是在死角的两人位。大概之前很少有人会主动选这么偏僻没风景的地方坐，所以服务员引路时再三好心提醒空位还有很多，这边光线不太好，可以换个地方坐。

慕锦歌淡淡回道："没事，我们就是要找个见不得光的位置。"

服务员："……"

慕锦歌点了份榴梿班戟，等了差不多半个小时，侯彦霖才回来。

他全身衣服都换了一套，帽子没了，但脸上多了个黑色口罩，上面非常中二地印着一行"此人多半有病"。

正好站在箭头指着的方向的服务员："……"我招谁惹谁了？

等对方点完东西后，慕锦歌问道："买的东西呢？"

侯彦霖叉了她剩下的那一半榴梿班戟，放进口中，一边道："放回餐厅了。"

"绕了那么远？"

侯彦霖轻描淡写道："我让高扬来接了我，然后让小赵开着车把狗仔引到三环外了。"

听起来经验很丰富的样子。

慕锦歌看向他："你也会被记者追？"

"谁叫华盛现在是娱乐圈里的一霸呢，"侯彦霖笑了笑，"虽然我上面还有一个哥哥两个姐姐，但不是联姻成婚的，就是醉心学习的，搞不出什么花边新闻，所以那些娱记自然把注意力放到了我身上，一天到晚净瞎编，不是猜我和我哥关系不好要争权，就是猜我不务正业生活糜烂……刚回国那会儿跟得厉害，后来看我没啥料可以爆就老实多了，没想到还有不死心的。"

慕锦歌不是很理解："反正你又没做什么见不得人的事，他要拍就拍，何必花这么大工夫去甩掉他？"

侯彦霖认真道："拍我倒无所谓，但拍你不行，我不能把圈外人牵连进来。"

这时烧酒从慕锦歌抱在身前的背包里钻了出来，站在了桌子上，摇了摇尾巴。它啧道："没想到你小子还有点良心嘛。"

侯彦霖看着它，愣了下，随即爆笑道："哈哈哈……你这个样子，哈哈哈……"

只见剃了毛后的烧酒只有脑袋、尾巴和四只爪子还保持着以前的样子，灰蓝色的身体却像被脱了件毛大衣，看起来瘦了两圈不止，衬得毛茸茸的扁脸格外大，而爪子上明显比身体厚实的茸毛就像给它穿了两双鞋子。

侯彦霖捂着肚子，毫不收敛地笑道："哈哈哈……瞧你这爪子，哈哈哈……还穿雪地靴呢你，哈哈哈……"

烧酒暴躁道："啊啊啊……不许嘲笑我！"

侯彦霖笑得眼泪花都出来了："哈哈哈……好好好，我不笑了，哈哈哈……"

烧酒恼羞成怒，威胁道："再笑我就抓你脸了！"

"啊哈哈哈……"

慕锦歌抱住想要冲上去给对方一爪的扁脸猫，开始切入正题："你说你也能听到烧酒说话，是真的？"

侯彦霖擦了擦笑出来的眼泪："当然。"

慕锦歌问："就跟听普通人说话一样？"

侯彦霖描述道："是吧，感觉像是还没变声的小男孩的声音。"

烧酒平息下怒火，扬起圆润得没有下巴的下巴，哼道："那这样吧，我说一句话然后你重复一次，看你说的是不是真的。"

侯彦霖忍笑道："行啊！"

嘿嘿，报复的机会来了！

烧酒一字一顿道："我是笨蛋。"

侯彦霖扬着嘴角："你是笨蛋。"

烧酒咬牙切齿地又说了一句："侯彦霖是阴险狡诈自恋小气性格恶劣的大浑蛋！"

侯彦霖幽幽道："侯彦霖是阳光帅气英俊潇洒高大威猛的好青年。"

烧酒愤怒地向慕锦歌举报他："靖哥哥，他是假货！"

没想到这时侯彦霖倒是完全复述了："靖哥哥，他是假货。"

"你才是假货！"

"你才是假货。"

"不许学我说话！你这个变态！"

"不许学我说话，"侯彦霖嘴角的笑意更深了，"你这个大夏天穿雪地靴的变态。"

慕锦歌点评道："非常完美，货真价实。"

烧酒内心崩溃。

侯彦霖两手交错，放在桌子上："为什么我的猫会变成这样？"

慕锦歌反问："你觉得是为什么？"

"成精了，抑或是……"侯彦霖看着烧酒顿了顿，"被别的什么给附身了。"

慕锦歌道："你不害怕？"

侯彦霖笑了笑："有什么好怕的，那张蠢萌蠢萌的扁脸一看就不是什么厉害角色啊哈哈。"

烧酒："……"

慕锦歌继续问道："高助理刚带烧酒回去，你就知道它能说话？"

侯彦霖答道："是啊，回来的第一天就满地打滚说想靖哥哥，吵得要命。"

烧酒忍不住问："那你为什么从不问我？"

"刚开始我以为是自己出现幻听了。"侯彦霖不紧不慢道，"时间久了，才知道不是幻觉，还以为自己突然点亮了某种技能，懂了猫语，觉得很神奇。"

烧酒："……那后来呢？"

"后来就是第一次到Capriccio的时候，我一进来你就吓得去挠门，然后师父开门时我听见她叫了你的名字。那时我就纳闷，怎么她知道你叫烧酒呢？难不成养过你的都会听猫语了不成？"

慕锦歌看着他："所以，你试探了我。"

侯彦霖笑道："是。"

慕锦歌沉默了几秒，道"一般人对于这种匪夷所思的事都会敬而远之吧。"

"我就喜欢奇妙的事物，乐在其中还来不及呢，怎么会敬而远之呢？"侯彦霖调整了下坐姿，"好了，你们现在能告诉我这是怎么一回事吗？"

烧酒与慕锦歌对视一眼，才回头娓娓道来："既然你能听见我说话，说明你也是我半个主人，属于保密协议范围内的知情者，那我就勉为其难地告诉你吧，其实我……"

说来话长，长话短说，一说就是二十分钟。

"……事情就是这样。"烧酒说得有点渴，低头舔了舔慕锦歌专门给它倒的矿泉水。

侯彦霖道："这绝对比我今年看到的任何一部剧本都要精彩。"

慕锦歌问："你不相信？"

"不，我相信。"侯彦霖捏了捏烧酒的扁脸，"这种倒霉的惨事一听就像是会在你身上发生的。"

烧酒愤愤道："小子你要打架吗？"

侯彦霖幽幽道："好男不跟蠢猫斗，尤其是刚剃了毛的。"

"啊啊啊……本喵大王跟你拼了！"

看着把烧酒调戏得团团转的男子，慕锦歌低声道："真是一个奇怪的人。"

侯彦霖抬起头，语气轻松道："所以我不是说了嘛，我们是'病友'。"

"……并不觉得这有什么好高兴的。"

"这样师父就不会是一个人了啊！"侯彦霖一双好看的桃花眼笑得弯弯的，瞳眸明亮，"以后要是再有人说你有病，说你骗人，起码还有我相信你看见或听见的都是真的，不是吗？"

慕锦歌一愣，随即有些不太自在地移过目光，手上抓起了背包，道："我去一趟洗手间。"

望着她的背影，烧酒舔了舔爪子："呀，害羞了。"

侯彦霖模仿着它的语气："呀，害羞了。"

烧酒夯毛道："你怎么又学我说话！"

侯彦霖笑眯眯道："不学可以，让我摸摸你的雪地靴。"

"滚！"

而就在一猫一人闹得欢快的时候，不远处的双人桌来了两位客人。

听到那两人说话的声音，烧酒耳朵一动，突然道："这个声音有些耳熟！"

听它这么说，侯彦霖也静了下来，这时隐约可以听到那边的对话声传来——

"媛媛啊，你看起来心情不太好，是在你舅舅那里工作得不顺心吗？"

"是啊，不只是工作，和轩哥也不是很顺利。"

"怎么会这样？那个叫慕锦歌的不是已经被你赶走了吗？"

…………

侯彦霖压低声音，悄悄问道："他们是谁？怎么会提到锦歌？"

烧酒死死地盯着那个方向，道："女的叫苏媛媛，男的叫苏博文，两个人是堂兄妹关系。"

"你都认识？"

"只要是关乎靖哥哥过去每个命运转折点的人物，我都能读取他们的人物资料。"烧酒严肃道，"认定靖哥哥为宿主的那一刻，我获知了靖哥哥在遇见我之前的记忆片段，在其中听到过苏媛媛的声音，所以刚刚一下子就识别了出来，倒是那个苏博文的声音我没有听过。"

侯彦霖捕捉到了关键词："你说命运转折……这两人对锦歌造成过什么影响吗？"

烧酒道："苏媛媛是鹤熙食园老板的外甥女，抢了靖哥哥的前男友江轩，还在吃了她的料理后装晕进医院，让大家都觉得靖哥哥做的东西有问题，把靖哥哥赶出了食园。至于苏博文，资料显示职业是医生，工作地点正好是苏媛媛当初住院的拉基私立医院，既然是可读取对象，那么我想他肯定和苏媛媛那次进医院的内幕脱不了干系……我要过去听他们在说什么，然后利用内设的自动录像功能，说不定能捕捉什么有用的信息。"

就在它准备跳下桌子的时候，侯彦霖握住了它的后腿："等等。"

烧酒一个踉跄，很是不悦地回过头："干吗！"

"我会给锦歌打电话说这边出现娱记，让她在外面等我们。"即使戴着口罩，也能想象出此时侯彦霖嘴角扬起的笑容，"在去找锦歌之前，你要不要和我一起搞事情？"

这边苏博文正好听苏媛媛讲完慕锦歌离开鹤熙食园后的传闻。

"堂哥，你能不能再帮我一次？"苏媛媛看向他，语气隐隐带着股狠劲，"慕锦歌做的东西能不能吃本来就是个谜，要是这次也有谁吃了后出点什么事，那她这次不仅又要丢工作，好不容易积攒起来的名声一定也随之一落千丈，到时候在圈子里就彻底臭了，我看她在 B 市这一行还待不待得下去！"

苏博文叹道："媛媛，得饶人处且饶人，既然她已经离开鹤熙了，你还管她那么多干什么？"

苏媛媛："堂哥，你不知道以前她在食园是怎么欺负我的！轩哥现在都还记挂着她！再说了，她做的料理那么猎奇，让她赶快滚蛋才是为了大家好，不然迟早闹出人命来！"

苏博文担忧道："可是媛媛，我不能再帮你像上次那样开假病历了，风险太大。"

苏媛媛笑道："用同一个方法整垮她两次肯定不行，所以堂哥，我都想好了，你帮我弄点药过来。"

苏博文："药？"

苏媛媛点头："嗯，就是那种能让人上吐下泻，症状像食物中毒的那种。到时候再花钱找个脸生的托，去她那里点个菜把药下下去，这样病历肯定是真的了。"

苏博文有些为难："媛媛，这……"

苏媛媛哀求道："堂哥，你就帮帮我吧，拜托拜托，这对你来说应该是小事一桩，但对我来说是攸关幸福的大事啊！"

苏博文犹豫了下，还是道："好吧，我试一试，最快下周末给你。"

苏媛媛脸上绽放甜甜的笑容："谢谢堂哥！"

"喵——"

这时，两人才注意到不知道从什么时候起，旁边的空桌子上趴了只猫，一双茶色的大眼睛正直勾勾地盯着他们。

苏媛媛蹙起了眉头："哪儿来的猫？"

苏博文道："可能是这个店里养的吧。"

"喵。"烧酒跳下桌子，迈着四条短腿跑到他们这桌前，仰着头可怜兮兮地望向他们。苏博文把它抱了起来放在桌上，抚了抚它的猫背："这猫什么品种啊，脸可真扁。"

苏媛媛有些嫌弃地笑道："真丑。"

不过见扁脸猫在苏博文手下十分温顺乖巧的样子，她最终还是忍不住伸出了手。可是她的手才刚挨到猫的脑袋，烧酒就猛地抬头，龇牙咧嘴地朝她扑了过来！

"啊！"

苏媛媛一惊，下意识地挥手想把它推开。

然而明明手上没用什么力，可她的手刚一碰到猫，就见加菲猫如被重锤狠狠抡了一下似的，身体在半空中滑过一个抛物线，往旁一飞，最后重重地落在了隔壁座位的软沙发上，不动了。

"儿砸（子）！"

还没等苏家兄妹反应过来，就听一声撕心裂肺般的痛苦叫喊，随即只见一个穿着灰色宽松 T 恤的高个口罩男从旁边冲了过来，激动地跪在沙发前，以抱婴儿的姿势小心翼翼地将一动不动的加菲猫抱了起来。

侯彦霖粗着声音，操着一口东北口音："儿砸，儿砸，你睁开眼睛瞅瞅，是你爹来了！儿砸你喵一声啊，别吓唬你爹！"

烧酒直挺挺地躺在他怀里，扁脸朝上，小嘴微张，大眼涣散，尾巴无力地垂了下来。

苏博文："……"

苏媛媛："……"

侯彦霖抱着猫站了起来，一脸愤怒地看向苏媛媛，眼中隐隐可见泪光："我刚才可都瞅见了！就你！就你这女的把我儿砸给撂地上的！"

苏媛媛睁大了眼睛："不是我！"

侯彦霖冷笑一声，满口大碴子味："不是你，那猫还能自个儿飞出去咋地？！还整这么个抛物线！摔得整只猫都瘫成这样儿了！"

苏媛媛急道："是它先扑过来，所以……"

"你瞅瞅，你瞅瞅，你自个儿都承认了！"侯彦霖下半张脸戴着口罩，上半张脸皱成一团，额前故意弄乱的碎发遮住了点眉眼，不仔细看根本认不出他是谁，"它扑你，就它那小样儿，还能把你咋地！你瞅你自个儿往那儿一站你这么大个人，下手一点儿不知轻重，一巴掌给打成这样！"

苏媛媛百口莫辩："我……"

苏博文劝道："这位小哥，你冷静一下。"

侯彦霖毫不客气地冲他吼道："冷静个屁！瘫的不是你儿砸你可不着急！"

见越来越多人的目光投了过来，苏媛媛觉得脸上热辣辣的，只想赶快息事宁人："这猫可能只是摔晕了，缓一缓就好。"

侯彦霖冷笑："缓缓？回光返照一下就嘎儿屁了咋地？"

苏媛媛委屈得都快哭了："你、你怎么不讲道理啊！"

侯彦霖抬高了声音："哟呵，虐猫的还要跟我讲道理了？！"

苏博文也觉得很没面子，出声道："小哥，这样吧，我们赔你钱。"

"有钱了不起？有钱就可以虐猫了？"侯彦霖恶狠狠道，"今天我把话撂这儿了，我不稀罕你们那几个臭钱，但是如果我儿砸真的有个三长两短，我和它做鬼都不会放过你们！"

说着，侯彦霖抱着烧酒，气冲冲地离开了甜品店，留苏家兄妹二人在原地尴尬地接受路人或好奇或谴责的目光。

出门走得稍远的时候，一直僵直的烧酒才动了动，在他怀里灵活地翻了个身。它不由得赞叹道："看不出来你还是个演技派。"

"感谢《乡村爱情》。"侯彦霖腾出一只手把凌乱的头发往后抓了下，变回平时说话的腔调，低声问道，"视频拍好了吗？"

烧酒颇为得意："还用你说，本喵大王可是视频音频两不误的智能系统，而且还可以联网发送！"

"记得发一份到那个男的工作的医院。"

"那当然。"

"还有，"侯彦霖顿了顿，"这件事算是你我之间的秘密，最好个要让锦歌知道。"

烧酒舔了舔鼻子："知道了，我也没打算说。"

侯彦霖笑道："真乖。"

走到报刊亭，慕锦歌显然已在那里等了好一会儿了。

见侯彦霖抱着猫过来了，她问："摆脱狗仔了？"

"嗯，稍稍吓唬了一下，让他们长点记性。"侯彦霖低头看了眼烧酒，"对吧？"

烧酒叫了一声："喵——"

慕锦歌："……"

怎么感觉这俩背着我偷偷达成了什么协议？

侯彦霖才来 Capriccio 半个多月，就已经和店里的人打成一片了。

出差回来的顾孟榆听说了这件事，十分欣慰，点菜时问郑明道："那慕小姐呢？她和彦霖相处得还好吗？"

郑明想了想："锦歌姐和侯少关系还不错吧，经常看他俩一起逗猫来着。"

顾孟榆笑道："是吗？那就好。"

郑明道："不过挺出乎我意料的，没想到侯少这么能吃苦，干活也挺麻利的。"

"嗯，这点他倒和他哥哥姐姐们不一样。"顾孟榆喝了一口茶水，"彦霖小时候身体不好，总是不能像其他小孩一样随心所欲，自由被限制得很紧，所以长大后身体好了，就格外不服从家里的管制。他海外留学的时候还经常瞒着家里人去做那种洗盘子、炸薯条一类的兼职，有一次在路上发气球被他二姐撞见了，据说追了他半条街。"

"……"真是个不让人省心的富二代。

这时，一个清脆的少女声响起："孟榆！"

顾孟榆和郑明同时寻声望去，只见出声的是一个穿着粉红色连衣裙的女生，身材娇小，模样可爱，留着整齐的刘海和姬发式，杏眸水灵，唇红齿白，长得就像是精致的瓷娃娃。

她像是刚来，站在旁边，望向顾孟榆的神情很复杂，似乎是喜悦，但又像是有点生气。

顾孟榆惊讶道："悦悦，你怎么在这里？"

肖悦双手抱于胸前，哼道："我来见识见识你在专栏里夸赞的店是个什么水平。"

郑明心想这小萝莉真是年纪轻轻口气不小，但面子上还是要微笑着招呼道："小妹妹，就你一个人吗？"

"小妹妹？"肖悦皱着眉毛看向他，"你多少岁？"

郑明愣了下："二十。"

肖悦说话的方式和她甜美可爱的外形完全不符，她不爽道："老娘今年二十五了！谁是你小妹妹啊！变态！"

……哈？什么？！！

二十五了？

你明明看起来连十五岁都没有好吧！

一脸震惊的郑明在伪萝莉鄙视的目光中石化了。

肖悦拉开椅子，坐在了顾孟榆的对面，一脸不高兴道："和服务员都可以聊那么久，看来你对这里很熟了嘛。"

顾孟榆说："还好吧。"

肖悦黑着脸道："怪不得这么久都没来一味居吃了，原来天天都往这里跑。"

顾孟榆说："哪有天天，也就每个月两三次而已。"

肖悦的脸更黑了，她冷笑一声："能让你保持这个频率，看来你是真的很喜欢这家主厨做的菜咯？"

顾孟榆微微一笑："慕小姐的料理很独特，我相信你尝了以后一定也会喜欢的。"

嘟、嘟、嘟、嘟、哔——

不爽指数瞬间爆表！

肖悦回头冲郑明凶巴巴地喊道："喂！"

郑明上前："呃，请问小姐您是要点餐吗？"

"谁说要点单了！"肖悦暴躁道，"你们什么时候午休？"

郑明道："……两点到三点。"

肖悦看了看手上的表："很好，那我等到那个时候。"

郑明感到莫名其妙："等什么？"

肖悦指着顾孟榆道："等着和你们那个姓慕的主厨比比看，谁的料理更能打动这个女人的心！"

顾孟榆："……"

郑明："啊？"

顾孟榆扶额："不用理她，大概是出门没吃药。"

肖悦不满地瞪了她一眼："孟榆！"

顾孟榆脸上没了笑容："我明白了，你是来搞事儿的是吧？"

肖悦道："是又怎么样？"

"厨房只有慕小姐一个主厨，工作辛苦，休息时间是要拿来睡觉的，没空陪你闹。"顾孟榆看着她道，"既然你不服气，那不如和我一起点道菜，吃完以后你的心中自然就会有一个结论的。"

肖悦哼道："我才不吃这家餐厅的东西！"

顾孟榆故意挑衅道："不敢吃吗？"

"谁不敢了！"激将法对肖悦这种暴脾气来说格外管用，"吃就吃，把菜单给我！"

郑明："……"确定真的是二十五岁而不是十五岁吗？

接过顾孟榆递来的菜单，肖悦粗暴地翻了翻，语气不耐道："什么破餐厅啊，怎么海鲜那么少？"

郑明嘴角一抽，强忍住心中的不快，上前提示道："您可以点今日特制创意菜，是虾。"

"虾？"肖悦脸上终于浮现出一抹笑意，"好，就这个了。"

论做虾，那可是她一味居的看家本事！

她倒要看看，这个姓慕的要怎么在她面前班门弄斧！

郑明忧心忡忡地拿着订单进了厨房。

"锦歌姐，"放下订单，他犹豫着开口，"顾小姐来了。"

慕锦歌低头忙着做菜，只是应了声："哦。"

在一旁洗菜的侯彦霖道："小明，听你这语气，似乎不太欢迎孟榆姐来？"

郑明知道他和顾孟榆关系好，于是赶忙解释道："顾小姐帮了我们这么大一个忙，人又好，哪里会不欢迎，只是今天……嗯，稍微出了点状况。"

大熊好奇地搭话："咋了？顾小姐心情不好？"

"不是她心情不好，"郑明顿了顿，"是她旁边的人心情很不好。"

大熊问："有朋友跟顾小姐同行？"

"与其说是同行，不如说是尾随吧。"郑明跟侯彦霖描述起肖悦的样子，"不知道侯少你认不认识，是一个长相很可爱说话很粗鲁的女生，看起来只有十四五岁的样子，实际上年龄比我们都大。"

侯彦霖将慕锦歌需要处理的菜给放好，然后趁机把手悄悄探进身旁人宽松的衣兜，把早上没来得及替换的进口糖果换进去，然后不动声色地站回原位，漫不经心地答道："应该是孟榆姐在美食圈内的朋友吧，我不认识。"

郑明想了想："说起来，我好像听见她提起过什么一味居。"

"一味居？"大熊有些惊讶，"那不是 B 市有名的海鲜酒家吗？你是本地人都不知道？"

"我对吃的这方面又不关注，而且我和我身边的人都不常吃海鲜……"郑明突然想起什么似的，一副恍然大悟的样子，"怪不得她一拿起菜单就在找海鲜呢，原来是来砸场子的啊！"

侯彦霖笑了笑："哇，砸场子，听起来就很刺激。"

"感觉锦歌姐总是能遇上这种很刺激的事，听说之前在鹤熙的时候，就遭遇了渣男小三这种狗血的……"大熊嘴快，说了半句话才看到郑明的眼色，忙收住话头，"锦歌姐，对不起……"

慕锦歌不以为意："没事，你说吧。"

虽是这样说，但大熊不敢再继续这个话题了，倒是侯彦霖一边打蛋，一边笑眯眯地问："哎，那个渣男有我帅吗？"

"……没有吧，"郑明顿了顿，见慕锦歌是真的不在意，才继续说下去，"其实之前我和大熊在网上搜到过他的照片，还看到本地新闻说他要出师开餐厅了，搞得还挺隆重。"

虽然很不情愿这样回答，但事实的确如此。慕锦歌的前男友江轩是鹤熙食园主厨程安的大弟子，也是慕锦歌的师兄，虽然长得仪表堂堂，算是一枚帅哥不假，但放在侯二少面前就实在太普通太暗淡了。

"师父，你看，小明都这样说了。"侯彦霖挑眉，"按照狗血剧本的套路，这时候你应该找我做你的现男友，然后领着我在他面前走一圈，让他发现你竟然有了一个在外貌气质财富才华上都碾压得他粉身碎骨的优秀现任，顿时脸被啪啪啪地打到毁容，心如刀割……"

慕锦歌用手指弹了下菜刀，与刀面发出的清响一样冷的是她的声音："闭嘴，不然我就让你被刀割。"

郑明："……"

厨房外是硝烟战场，厨房内是案发现场。

二十五分钟后，郑明为顾孟榆一桌端上了今日特制创意料理。

此时肖悦正跷着二郎腿，背靠着椅子，手上刷着手机，而手机壳是与她的形象完全不相符的金属风。

见郑明端着托盘过来，她嘲讽道："真慢，你们是在考验客人的耐心吗？"

郑明忍住翻白眼的冲动，微笑道："不好意思让您久等了，请您慢用。"

菜还没上桌的时候，肖悦先是闻到了味道，只觉得很是独特，难以言喻，还算能够引发她的兴趣，对得起顾孟榆在专栏里"菜有异香"的评价。

然而当她看清盘中料理的尊容时，顿时整个人都不好了。

肖悦难以置信："这是虾？！"

只见盘中盛放的是一块块类似肉扒之类的东西，呈奇怪的奶白色，表面有油煎发黄的痕迹，肉上还淋了一道道土黄色的汁液，似乎是花生酱，但仔细一看发现比花生酱要稀得多。……总感觉有点，恶心。

郑明负责任地介绍道："这是本店主厨今日特制，蓝纹味增丘比虾。"

"蓝纹？"肖悦瞪大了眼睛，"难道是蓝纹奶酪？"

郑明回道："是的，我们使用的都是法国进口蓝纹奶酪。"

肖悦震惊了。要知道，蓝纹奶酪是出了名的重口味，亚洲人一般都接受不了。

她在欧洲旅游时曾尝过一次，当时就差点吐了，把这种奶酪给拉入了黑名单。

结果现在……蓝纹奶酪还和味增混在一起了？！

光是想想都让人觉得可怕！

相较于肖悦的一惊一乍，顾孟榆的反应普通太多，语气平静道："不愧是慕小姐，总能做出别出心裁的搭配……悦悦，不是你点的这道菜吗？怎么不动筷呢？"

肖悦看了看她，又抬头看了看郑明："你们是在耍我吧？"

"什么？"

肖悦生气道："故意端这么一盘乱七八糟的东西上来，想羞辱谁呢！"

"这位小姐，你是不是有点太过分了！"郑明忍无可忍，终于爆发了，"中午客人那么多，厨房一直在忙，谁有空专门给你做这么一道菜来耍你？厨师们都是看着订单做菜，同一时段点今日特制的又不止你一个人，谁知道一道菜会端给其中的哪位顾客？我说你未免有些自我意识过剩了吧？"

肖悦呵呵道："厉害了，这就是你们这儿的待客之道？服务态度这么差，你就不怕我跟你们老板投诉你！"

郑明道："你投诉啊！看是我先被开除，还是你先被我们老板娘拿着扫帚赶出去！"

"你……啊！"

顾孟榆趁肖悦张嘴反驳的时候，用筷子夹了盘中一块淋了酱汁的肉扒状物体塞进了她的嘴里，一边道："你这张嘴啊，只会得罪人！"

争吵声戛然而止，等肖悦反应过来的时候，已经闭上了嘴巴，下意识地咀嚼了起来。

突然，她睁大了眼睛，漆黑的瞳仁映出室内的灯光，如同有星光在眼底闪烁。

顾孟榆看她终于慢吞吞地咽下了嘴中的食物，笑道："怎么样，是不是还不错？"

"怎么会这样……"肖悦有些失神地喃喃，"蓝纹芝士与味增混在一起做配料，竟然不仅没有败口味，反而互相咬合得十分出彩，有一种……难以形容的味道。"

有点咸，有点烈，舌尖残留着刺激的口感，但在肉扒嚼烂后，这份口感便与鲜甜滑嫩的肉扒完美结合在一起，烙下深刻的美味，令人回味无穷。

而这个肉扒……肖悦不由得赞叹道："这个做法是怎么想的？将虾打成泥后，竟然是和了沙拉酱做成虾块，味道妙不可言！实在是让人食欲大开！"

虽然很理解这种感觉被慕锦歌的料理刷新三观的感受，但郑明还是被她前后太大的反差给吓到了，问道："这位小姐，您没事吧？"

肖悦道："我不姓'这位'，我姓'肖'。"

郑明道："肖小姐，您……"

肖悦径自又夹了一块放进嘴里，头都不抬："要搭讪等下再来，现在是用餐时间。"

"……"正好其他桌有吃完要收桌的，于是郑明默默走开了。

等到两点结束午间营业的时候，餐厅里只剩下坐在2号桌的顾孟榆和肖悦了。

慕锦歌从厨房走了出来，只见她摘了帽子，口罩取了半边挂在耳朵上，一边走一边喝水，身后还跟着一只活蹦乱跳的大猫。

顾孟榆冲她打招呼道："慕小姐！"

听到有人叫自己，慕锦歌脚步一停，看了过来，她身后跟着的扁脸猫也跟着停下脚步并望了过来。

顾孟榆笑道："新料理很好吃，十分有创意。"

慕锦歌嘴角稍稍往上扬了一扬，淡淡道："谢谢。"

随后，她打开里间的门，进去换衣服了。

郑明提着大袋厨房垃圾出来，看到两人还在，有些意外："咦，顾小姐你们还在啊？"

顾孟榆指了指坐在自己对面的人，"悦悦说想和慕小姐见一面。"

郑明道："锦歌姐刚刚出来了，有看到吗？"

"嗯，打了招呼。"顾孟榆奇怪地看了眼像是呆住似的肖悦，"悦悦？

你怎么了？"

肖悦动了动嘴唇："我……"

"嗯？"

"她……"

"啊？"

"你……"

顾孟榆满头问号："你到底想说什么？"

"你没告诉过我原来主厨长得这么好看啊啊啊！"肖悦终于做了自进门以来最符合她形象的动作——少女似的两手捂脸，"刚刚那个微笑，那说话的声音，妈呀简直太帅了！而且个子也高！做菜又好！啊啊啊怎么能这么棒！"

郑明："……"好的，锦歌姐又成功收获一个迷妹。

慕锦歌换下工作服，抱着猫出来了："发生了什么，外面怎么这么吵？"

肖悦站起来冲到她面前，十分激动道："你、你好，我叫肖悦！你可以叫我悦悦！"

慕锦歌莫名其妙："你好。"

烧酒歪头："喵？"

由于两人身高相差将近20cm，所以肖悦要稍稍抬起头看慕锦歌。只见她白净的脸颊染上一抹红晕，有些羞赧地笑道："你的蓝纹味增沙拉虾真的很好吃，我能和你合张影吗？"

慕锦歌："……哈？"

顾孟榆无力地扶额。她差点都忘了，先前肖悦之所以那么黏自己，最主要的，是因为肖悦不仅是奉行颜即正义的颜狗，还是一个高冷御姐控！

原来肖悦并不是一味居的厨师，而是一味居老板的亲妹妹。因为家里人都惯着她，所以性格刁蛮任性，只有对自己欣赏的人说话时才会稍微注意下礼貌问题。

听完顾孟榆的介绍后，郑明皱着眉头问："那之前肖小姐说要和锦歌姐比试做菜什么的……"

"我猜她大概是想跟慕小姐比谁的料理更黑暗吧。"顾孟榆在一边悄悄告诉他，"悦悦虽然生在厨师世家，但完全没有做菜的天赋，每次动起手来他哥都怕，有次不知道熬什么东西，把厨房都给烧了，幸亏灭火及时，没有烧及管道，不然后果不堪设想。"

郑明庆幸道："还好当时没有同意她进我们厨房。"

这边慕锦歌虽是感到莫名其妙，但见对方是客人，也不好拒绝，于是点了点头答应了。肖悦明显开心极了，这时正好见侯彦霖和大熊收拾完厨房出来了，于是她冲走在前面的侯彦霖唤道："喂，你！"

侯彦霖脚步一顿："我？"

"对，就是你。"肖悦端出大小姐架子，颐指气使道，"帮我拍个照。"

侯彦霖把口罩扒到下巴，倒也没和她计较这种无礼的说话方式，而是微笑着接过手机，爽快地答应道："行啊！"

给出手机后，肖悦跑回慕锦歌身边，顿时收起那副凶巴巴的神情，露出几分少女似的羞涩，朝镜头摆出一个甜美可人的微笑，而身旁的慕锦歌没戴口罩，脸上不见丝毫表情，只是有点不自在地偏过头，将目光落在别处。

侯彦霖按了下拍照键，满意道："可以了。"

肖悦走过来："我看看。"

"喏。"侯彦霖拿着她的手机，递到她面前。

看到屏幕上显示的照片，肖悦起初愣了下，接着疑惑地伸出手指在屏幕上滑动了两下，然后抬起头气冲冲道："我让你拍我和慕主厨的合照，谁允许你拿着我的手机自拍了？！"而且竟然还是连拍！

侯彦霖一副恍然大悟的样子："原来是让我帮你们拍合照啊……不好意思啊，我以为你说'拍个照'是想要一张我的照片。"

肖悦怒道"谁想要你的照片了，把手机给我，我找孟榆帮我拍。"

然而侯彦霖并没有把手机还给她，而是笑着道："换人多伤感情啊，犯了错给一次将功补过的机会嘛。"

肖悦顾及慕锦歌在后面看着，所以没有发作，收回手道："好吧，那你这次给我好好拍，不许再开内置摄像头！"

侯彦霖道："知道了，我还不喜欢用别人的手机自拍呢。"

肖悦再次回到原位，细声细气地对慕锦歌道："慕主厨，不好意思，刚才没拍到，要再拍一次了。"

慕锦歌抱着猫，觉得好无聊。她简洁明了道："最后一次，我困了。"

肖悦望着她淡漠的侧脸，鼓起勇气说："那这一次……我能挽着你的手吗？"

"不能，"慕锦歌回答得干脆利落，"要抱猫。"

肖悦微笑道："可以先把猫放下呀。"

慕锦歌有些不耐道："不想，抱着很舒服。"

肖悦："……"

烧酒："喵……"靖哥哥这个小萝莉看着本喵大王的眼神好恐怖！

侯彦霖十分体贴地问道："站好了吗？好了的话我就拍了哟。"

"等一下。"肖悦忙站得和慕锦歌更近了些，不忘叮嘱道，"记得对焦。"

"知道了。师父，别害羞嘛，脸偏过来一点，正对镜头。"侯彦霖指挥道，"好，就这样。3、2、1……OK 了！"

拍完后，肖悦走过来："给我看看。"

侯彦霖把手机反过来给她看："嗯，如果师父的表情能再开心点就好，不过我变换着角度多拍了几张。"

这一次他的确开的是外置摄像头，也的确对好了焦。有全身、有半身，还有几张是只有放大来拍脸的。

但是——竟然没有一张照片有她入镜！

肖悦怒不可遏："我呢？"

侯彦霖手指在屏幕上划了下，翻到一张，指了指："这里呀。"

那是一张打横拍的照片，整张图拍摄比例十分奇怪，是从慕锦歌脖子处开始截取，天花板占了画面的三分之二。

乍一看以为照片里只有慕锦歌一个人，仔细一看才发现原来慕锦歌身旁还露了小半截脑袋，在这个光线照出来并不明显，只能隐约看到浅色的发旋。

侯彦霖用着饱含情感的语气，如朗读课文般道："刚刚正是天公作美，一阵微风徐徐吹来，撩起了一缕你的秀发……哈哈哈，你看你这呆毛多有存在感！"

肖悦咬牙切齿："你故意耍我是不是？！"

侯彦霖一脸无辜："哪有？"

"你还不承认，我让你帮我们拍合照，但你没有一张拍到我的正脸！"

"我本来也不想这样的。"侯彦霖露出一副遗憾的表情，"可谁让我一眼看过去，就只能看到我师父。"

肖悦以为他是在羞辱自己矮，"有几张竖拍连猫都照到了，怎么可能拍不到我！你把手机还给我！"

然而侯彦霖充分利用自己的身高优势，把手机高高举起，任肖悦跳起来都够不着。

他用另一只手从裤兜掏出自己的手机，不紧不慢道："不急，我开个AirDrop（注：苹果公司创制的一种一对一文件传输功能），把照片传到我这里来。"

烧酒："喵。"唉，我终于也能成为一只旁观大魔头欺负别人的猫了。

慕锦歌打了个呵欠，明显对这场注定结局的争夺不感兴趣，干脆趁这个时候抱着烧酒进里屋休息去了。

几张照片的传输，一眨眼就完成了。

等肖悦终于把手机抢到手的时候，点开相册一看，发现无论是侯彦霖的自拍还是刚才那些只照到慕锦歌的照片，都已经被删除掉了，而且在"最近删除"里也找不到恢复。

肖悦质问道："谁允许你删我的照片了？！"

侯彦霖耸了耸肩："你不是不喜欢我拍的照吗？所以我就帮你彻底删除咯。"

肖悦没想到世间竟有如此气死人不偿命之人："你你你你你！"

"不用这么感激我。"侯彦霖做了个噤声的手势，笑容里却没有一点温度，"不过你最好小声点，要是吵到师父休息的话，她可是会有起床气的。"

说着，他不再理气得跳脚的肖悦，径自拿着手机找个角落坐下休息了。

过了会儿，送走了肖悦和顾孟榆，郑明和大熊也坐了过来。

郑明拍了拍侯彦霖的肩膀，佩服道："侯少，真有你的，也帮我出了一口气！那位肖小姐性格实在太糟糕了，点菜的时候我就想回她几句了，但看在顾小姐的面子上，都没好意思说出口，就她那德行还想来和锦歌姐套近乎呢，我看连猫都懒得理她……哎，你在忙啥呢？"

侯彦霖没有抬头："P图。"

郑明好奇地凑过去看了眼，看到对方选取的是一张自拍，于是笑道："侯少，你可真自恋！"

侯彦霖叹道："没办法，长得太好，人见人爱，我自己也是人。"

郑明和大熊都无语地看着他，心想世上怎么会有如此厚颜无耻之徒。

然而郑明不知道的是，侯彦霖用的其实是拼图功能，刚刚那张自拍是选取的第一张图片。

而第二张图片，则是用肖悦手机传过来的一张慕锦歌的照片，调了亮度和对比度后画质好了不少。照片上的慕锦歌虽是素面朝天，但也十分漂亮，她薄唇紧闭，神色淡漠，一双黑眸明澈清冽，就像是一场寂凉的秋夜。

啧啧，这样拼起图来看，自己和那个人还真是俊男美女配一脸呢。

侯彦霖很是不要脸地如是想着，然后把这张拼图设成了主屏背景。

有点小开心。

肖悦后来又来过几次，只要看她进来了，郑明就进厨房换侯彦霖，让侯家二少出去应付那位大小姐。

——然后肖大小姐每次都是气急败坏地走出餐厅门的。

这天郑明甚至开玩笑道:"侯少,你说肖小姐会不会被你虐习惯了,然后移情别恋到你身上了?"

侯彦霖漫不经心道:"那你可以问下烧酒,它有没有爱上我。"

郑明道:"人怎么能和猫一样,况且现在那猫不也就只亲近你和锦歌姐吗?"

侯彦霖眨眼道:"那是因为我们有共同的秘密。"

"秘密?什么秘密?"

"你猜。"侯彦霖笑了笑,然后抛下郑明,跑到刚从里间换好常服出来的慕锦歌面前,"师父,你今晚是要回家住吗?"

慕锦歌只是应道:"嗯。"

侯彦霖道:"那么晚了,你一个人回去不安全,我送你回去吧。"

慕锦歌走出店门:"不需要。"

侯彦霖跟了上去:"那我送你到车站吧。"

"不用。"

日常请求护送师父失败。

然而侯二少并不会轻易气馁,通过这段时间的相处,他知道慕锦歌虽然是一个很难接近的人,但还是比较乐于助人的。

于是他一本正经道:"靖哥哥,其实我夜盲,需要有个人和我一起走。"

慕锦歌面无表情道:"你明明是流氓。"

侯彦霖噎了下。

"怕黑就直说。"慕锦歌停下了脚步,"去取车吧,霖妹妹。"

侯彦霖:"……"

烧酒忍不住偷笑。

虽然过程不尽如人意,不过最后侯二少还是得以推着他的"汗血宝马",将慕锦歌和烧酒一路送到了公交车站。

此时公交车站没有其他人,广告牌的灯光与橘色的路灯交融在一起,耳边只有车辆飞驰而过的声音。

慕锦歌突然道:"已经超过一个月了吧?"

侯彦霖很快反应了过来:"是啊,现在已经八月了。"

慕锦歌问:"为什么不走?"

侯彦霖笑了笑:"说不定很快了,我明天要回华盛开个会。"

慕锦歌点了点头:"宋阿姨他们都挺喜欢你的,离开后多和他们保持联系。"

侯彦霖问："那你呢？"

慕锦歌淡淡道："你如果想烧酒了，也可以来看它。"

"师父，我是在问你。"侯彦霖看着她，嘴角依然勾着笑，"你会舍不得我吗？"

慕锦歌也看向他，一时两人四目交会。

怦——怦——

注视着那双清冷的眼眸，侯彦霖可以听见自己加速的心跳声。

掩藏在懒散笑容下的，是不自觉紧张起来的内心。

慕锦歌想了想，回了他八个字："旧的不去，新的不来。"

侯彦霖："……"

哗啦，霖妹妹玻璃心碎了一地。

烧酒在地上都快要笑疯了。

天道好轮回，苍天饶过谁！

隔了一天休假，周四早上慕锦歌带着烧酒来 Capriccio 开门。

当她看到门前空荡荡的台阶时，有些意外。

按往常来说，这个时间侯彦霖应该已经到了，然后悠闲地坐在石阶上，耳朵上戴着耳机，时不时还低声哼哼几句，看到她之后立马取下耳机，阳光灿烂地跟她说声嘿。

但是今天却没有。

慕锦歌脚步一顿，不由得感到有些奇怪。

烧酒绕过她的脚边，轻轻跳上台阶，回头问道："靖哥哥，你怎么了，发什么呆呢？"

慕锦歌道："侯彦霖没有来。"

"咦，真的哎。"烧酒晃了晃尾巴，"不过大魔头不是说他昨天去公司开会吗？可能忙累了，就起晚了。"

"嗯，可能吧。"慕锦歌踏上台阶，从包里掏出钥匙，把大门打开。

——然而直到早饭做好，郑明和大熊都过来的时候，侯彦霖还是没有到。

宋瑛担心道："你们说小侯会不会出什么事了呀？刚刚我给他打电话都打不通。"

郑明摸了摸下巴："应该不会吧，侯少能出什么事儿啊，他一般都是搞事。"

大熊皱眉道："可是不都说豪门恩怨多吗？你看侯少现在每天就骑一小破自行车来上班，路上万一杀出几辆越野出来把他给拦下了可怎么办？"

郑明道："真拦了也没办法，我们这几个小老百姓能做啥呢？吃饭吃饭，侯少一定只是起晚了而已。"

话是这么说，但三个人明显都陷入了焦虑之中。

这时，慕锦歌的手机响了，她站了起来："我出去接个电话。"

她走出餐厅门，才按下接听键："喂？"

电话那头是高扬字正腔圆的声音："慕小姐，我是侯少爷的助理高扬。"

慕锦歌道："我知道。"

高扬对她的态度又回到最开始的客气有礼："这次打电话打扰您，是想告诉您一声，少爷他这段时间可能都不能去餐厅上班了。"

慕锦歌问："侯彦霖出什么事了吗？为什么他不自己来说？"

"没有，少爷一切都好，只是……"高扬顿了顿，很明显不太方便透露具体细节，只是道，"这里临时出了点状况，少爷一晚上都没合眼，东奔西走的，让我先打个电话帮他请假，告诉你们不用担心他，等他忙过了会亲自打电话过来的。"

人没事就好。

于是她淡淡应了一声，便结束了这次通话，准备回去原话转告，让宋瑛他们安下心来。

慕锦歌再见到侯彦霖，是第二天早上的事情了。

那时天蒙蒙亮，她起得比往常早一些，穿戴漱洗完毕后从里间出来，隐隐约约望见玻璃门外有蜷着一团黑影。

慕锦歌："……"

她从里面打开餐厅大门，就看见侯彦霖不顾形象地倒在石阶上，竟然侧着身睡着了。

乱糟糟的碎发遮不住他眼下明显的黑眼圈，不知道是不是因为光线的关系，他的脸色看起来也不大好，嘴唇干得有点起皮，平常光滑的下巴也冒出了浅浅的青楂。

这是慕锦歌第一次看他穿得这么正经，但一身的西装已经被他弄得皱皱巴巴，袖子和小腿上还沾了石阶的尘土。

……这是唱的哪一出流浪记？

慕锦歌蹲下来推了推他，一边唤道："侯彦霖，醒醒。"

侯彦霖睁开眼，看到她的那一瞬间便自然地笑了起来，但笑容中仍带着几分疲倦："早安，师父。"

慕锦歌问他："你什么时候睡在这儿的？"

侯彦霖撑着坐了起来，伸了个懒腰，然后抬手看了下表："没来多久，实在困得不行，就睡了会儿。"

慕锦歌皱眉道："以后到了直接给我打电话，我手机晚上不关机。"

"师父，"侯彦霖看向她，笑眯眯地问，"你这是在心疼我吗？"

慕锦歌严肃道："没有跟你开玩笑，虽然你是男生，但一个人睡在外面还是很危险的。"

"危险？"侯彦霖低笑一声，阴影覆住了他眼底复杂的情绪，他轻声道，"师父，你大概想象不到，刚刚我在这石阶上睡的这么一会儿，是我这两天来最安心的时候了。"

慕锦歌站了起来："进店里说吧，我给你做点吃的。"

侯彦霖坐在台阶上仰着头看她，虽然模样狼狈，但那张笑脸仍在晨曦的勾勒下俊美迷人。他挑眉问："只给我一个人做的早餐吗？"

慕锦歌道："看你这样子，好像撑不到一起吃早饭的时间了，就先给你做。"

"啊！心好痛，幸福来得太突然，我却不能接受它。"侯彦霖捂住心口，"师父，这顿留到下次吧，高扬他们还在巷口等我，我一会儿就要回去工作了。"

慕锦歌瞥了他一眼："既然工作这么忙，那你与其跑这一趟，还不如找张床好好睡一觉。"

侯彦霖笑道："因为想见你嘛。"

慕锦歌盯了他一会儿，问道："到底出什么事了？"

侯彦霖还是笑："什么事都没有。"

"喵？"

听到了外面的动静，睡在柜台后的烧酒睡眼蒙胧地走了出来。

"好了，充电完毕，是时候回去善后了。"侯彦霖拍了拍裤子，站了起来，"帮我跟宋阿姨他们说一声，以后我都不来工作了，但忙过以后一定会经常来光顾的。"

慕锦歌点头道："好。"

烧酒："喵？"总感觉今天的大魔头有点不一样？

侯彦霖也朝它挥了挥手，"乖，好好听你靖哥哥的话。"

♥ 第四章 ♥

| 荔枝肉 |

此后一个月，侯彦霖都没有再来过Capriccio。

明明只是来厨房打了一个多月的下手，但他一走，大家一时竟都有些不习惯起来。

早上开门再也看不到那个坐在台阶上戴着耳机的背影，吃饭时也不会再有人阴险地下套诓郑明，工作时厨房终于恢复了清静，只有郑明和宋瑛进来送单时才会时不时说上几句话……

但有一件事，她无论如何都无法理解——

为什么那个家伙一走，连兜里的糖都变得不好吃了？

侯彦霖一走，肖悦如同少了天敌，终于可以顺利地跟慕锦歌搭上话了。

这天她趁慕锦歌还没进屋午休，搭话道："慕主厨，您收徒吗？"

慕锦歌语气冷淡："不收。"

"可是我明明听到那个讨厌鬼叫你师父。"肖悦有些不服气，"难道慕主厨的厨艺传男不传女吗？"

"……你想多了。"

肖悦问："那为什么慕主厨收了那个讨厌鬼做学徒，却不能收我？"

慕锦歌道："他不是学徒，只是来打下手，称呼也是他乱喊的。"

肖悦积极道："那我也可以来厨房给你帮手！"

郑明一听，赶紧跳了出来："喀，肖小姐，我可是听说你有火烧厨房的光荣历史……"

肖悦瞪了他一眼："你懂什么，没有失败，怎么会有成功？"

郑明："……那你成功了吗？"

肖悦没理他，继续对慕锦歌毛遂自荐道："慕主厨，其实我在黑暗料理上很有经验的，我会板蓝根泡面、辣条炒饭，还有咖喱冰激凌……"

听她说出这几道菜名，郑明才惊觉原来黑暗料理也有高低之分。

有些黑暗料理虽然猎奇，但还是上得了台面，而有的黑暗料理一听就只有自己瞎胡闹的份儿。

而肖悦的明显属于后者。

慕锦歌道："有经验是好事，但我还是不需要。"

肖悦仍是不死心："为什么？"

"不缺人手。"

"不缺人手？"肖悦笑道，"慕主厨，我都调查清楚了，现在这餐厅里除了你和老板娘，就只有两个兼职的，都是在校大学生，这马上八月底就要开学返校了。"

慕锦歌道："他们走之前，老板娘会提前招人接他们的班。"

肖悦道："与其招那些来路不明的人，还不如招我呢。"

慕锦歌被她烦得不行，索性扔出撒手锏："像你这么可爱的人，只需要乖乖坐下来吃就行了。"

肖悦一愣。

慕锦歌："……"

虽然很不想承认，但不得不说侯彦霖教的这一招出奇地管用。

那天侯彦霖走了之后没十分钟，就发了一条长长的微信过来。微信内容高度概括起来，就是"如何圆滑拒绝主动示好的男男女女（慕锦歌适用版）"。

然后微信的最后，侯彦霖非常不要脸地写道：当然，以上所有应对方法对英俊潇洒帅气逼人阳光迷人的侯彦霖无效。

之后他时不时会发几条微信给她，没什么营养，她要么不回，要么回得很冷淡。

然而不管是再冷淡的应答，侯彦霖都会再回复过来。

其中有好几次，慕锦歌是白天给他回的，而他再回过来的时候已经是深夜了。

——看来他工作的确很忙。

于是有次慕锦歌躺在床上给他回了一句：既然忙，就不要玩手机了。

应该是结束工作了，侯彦霖回得相当快：这么晚了还不睡，难道师父在想我？

"……"隔着屏幕都能想象对方那张有些得意的笑脸，十分欠揍。

关手机，睡觉！

肖悦从陶醉中渐渐清醒过来，突然道："对了，你们知道十月份我们市有一场新人厨艺大赛吗？B市烹饪协会主办的。"

大熊道："昨天好像在微博上看到了。"

"规模挺大的，请了不少大牌评论家做评委。"肖悦从手提包里拿出张宣传单，"他们邀请了我哥做嘉宾，我从我哥那里拿张传单过来。"

郑明拿起来看了看："哇，一等奖竟然是天川街的一家店面？还半年免租？"

要知道天川街可是相当繁华的地方，寸土寸金！

肖悦看向慕锦歌："慕主厨，我觉得你可以参加一下。"

郑明和大熊皆附和道："我也觉得。"

慕锦歌摸了摸烧酒的毛，不以为意地道："不感兴趣。"

这时宋瑛出来了："你们都在说什么呢？"

"宋阿姨，你看。"郑明把传单给她，"我觉得锦歌姐应该去。"

宋瑛接过宣传单，认真地看了遍上面的内容，抬头道："锦歌，去呀，这是多好的一个机会啊！"

慕锦歌道："我去了，店里怎么办？"

"你不用考虑餐厅。"宋瑛叹了一口气，"其实昨天我接到了通知，说我们这边可能要进行旧改拆迁，投票下来后最快明年年初就开工，还不知道该怎么跟你说……你去参加这个比赛吧，赢了的话当然好，你就能有自己的店了，输了的话也没关系，拆迁后我会得到一笔补偿，到时候再找个新门面重开 Capriccio 也可以。"

郑明惊道："这里竟然要旧改？"

宋瑛点头："是啊，附近的住户好像都很赞同，最后结果应该是同意的。"

"怎么这样……"

宋瑛把宣传单递到慕锦歌面前，语重心长道："锦歌，我觉得以你的能力，应该有一间自己的店，宋姨支持你。"

慕锦歌低头看了眼那单子，刚想说些什么，目光却在扫到评委名单里的一个名字时愣住了。

烧酒仰头看她："喵？"靖哥哥你怎么了？

半晌，慕锦歌沉声道："好，我报名。"

华盛娱乐。

整栋大楼应该找不到比这间屋子更加具有个人色彩的办公室了——墙上贴着各路明星和电视剧的海报，上好的红木长桌上摆着两个高达手办，台式电脑后贴着设计感极强且颜色鲜艳的贴纸，甚至连天花板都没放过，打上了几处长钉，上面挂着几架模型战机。

这间办公室的空间格外大，像是把三间普通办公室的墙给打通了，屋子里配备各种娱乐设备：高尔夫、台球、电视、体感游戏……

华盛上上下下，只有侯二少的办公室才敢如此张扬放肆。

此时正值中午，华盛的内部食堂人满为患，又通了个宵工作的侯二少悠闲地躺在自己办公室的长沙发上打瞌睡，脸上扣着一本看到一半的规划书。

"咚，咚，咚。"

礼节性地敲了三次门后，高扬推门而入，手上提着外卖一类的东西。

他走到沙发前，喊了句："少爷，吃饭了。"

侯彦霖一动不动，只有胸膛因为呼吸而上下起伏。

高扬犹豫了下，还是决定拿下他脸上盖着的那本东西："少爷，吃……"

没想到就在他拿走那本规划书的一瞬，侯彦霖突然伸手抓住了他的手腕，一个借力从沙发上坐了起来，整个人猛然凑近他"哇"了一声。

"啊啊啊！"

当然，高扬并不是被他这么霸道总裁的举动吓到的，他之所以会吓出了声，是因为对方的脸——

只见侯彦霖竟然戴着个惨白的面具，两颊凹进，双目漆黑，两行血泪惊悚地滑过面庞。

人吓人，吓死人啊！

高扬被吓得一屁股跌坐在地上，等反应过来，第一时间便抬起自己的手，看打包的饭菜有没有散出来，然后发现不知道从什么时候起盒饭就已经不在自己手上提着了。

抬起头，他看到侯彦霖两腿盘坐在沙发上，方才那恐怖的面具被转到了头侧，露出那张熟悉得不能再熟悉的笑脸。

侯彦霖手上拎着几秒钟前还在高扬手中的盒饭，止不住地叹气："高扬，不是我说你，怎么做事总是一惊一乍、毛手毛脚的？这样不好，不好。"

高扬憋着喉间一口老血："大白天的您为什么要戴面具？"

"这个啊？"侯彦霖摘下面具，笑道，"我这不是看你跟着我加班那么多天太劳累了，想给你点刺激调剂下生活吗？"

高扬："……"日常想揍老板。

侯彦霖下了沙发，提着饭菜放到了电脑桌上。

饭和菜是从 Capriccio 打包好带回来的，分开用两个环保饭盒装着。他揭开两个饭盒的盖子，满意地吹了个口哨，然后坐下来撕开一次性筷子就开吃。

高扬站在后面看了一眼，很不明白为什么他们这位从小吃惯山珍海味的二少爷竟然吃这种颜值下线的料理能吃得那么开心。

明明昨天他和侯总去某知名大酒店应酬时还对菜品各种挑剔，一如既往的难伺候！

正当他在心底默默吐槽的时候，侯彦霖似是有所感知一般，回头看了他一眼："怎么，你也想吃吗？"

高扬忙道："不不不，您吃，您吃。"

侯彦霖道："独乐乐不如众乐乐，作为一个善待下属的 Boss，我决定与你共同分享。"

高扬："……"

于是，他不得不回去拿了自己的筷子过来，硬着头皮在那一盒红的黄的白的里面夹了个白的，放进嘴中——

竟然是荔枝！

白白的荔枝肉内塞着混了胡萝卜丝的猪肉馅，一口咬下荔枝的甜汁与鲜美的肉汁完美融合在一起，其中还夹杂着缕缕若有似无的柠檬的清香，汇成一股涓涓细流，在唇舌间潺潺流淌，直注入人的心田，冲去多日劳累的疲惫，使人感到神清气爽！

即使已经吞咽下肚，唇齿间依然萦绕弥漫着那股清新的味道，就像是盛夏梦境的余温。

实在是太好吃了！

只恨自己刚才吃得太快，没有更加仔细地体会！

高扬终于明白为什么他家少爷会如此热衷于这些黑暗料理了。

他毫不吝啬地赞美道："慕小姐简直是有神来之手啊！"

侯彦霖道："那当然，毕竟是我师父。"

高扬盯着饭盒里的柠汁荔枝肉，咽了下口水："少爷，那……"

侯彦霖将饭盒移到自己另一只手旁边，离高扬远了点，他微笑道："好了，我已经与你分享完了。"

"你这不叫分享，叫打赏。"

高扬暗暗握拳，以后帮侯彦霖去 Capriccio 打包时也帮自己买一份！

吃了一会儿，侯彦霖道："咦，这一份菜的胡萝卜怎么比平时多那么多？"

高扬回答道："慕小姐说，多吃胡萝卜对夜盲好。"

"噗。"侯彦霖笑了，看得出心情大好，"然后呢？她还说了什么？有没有说一日不见如隔三秋，想我想得不得了？"

高扬无语地看了自家老板一眼："慕小姐说，让你去医院检查眼睛的时候顺便看看自恋有没有得治。"

侯彦霖幽幽道："可是如果不自恋，我就忍不住相思。"

高扬："……"

"唉，我怎么这么有才华，随口出来就是句台词。"侯彦霖认真地提议道，"高扬，我真的觉得你可以准备一个小本子记我的语录，然后送到编剧部或广告部，造福人民。"

高扬："……"

慕小姐说得对，自恋是病，得治。

突然想起来还有一件事情，他开口道："对了，少爷，慕小姐报名了一个厨艺比赛，已经获得预选资格了，正赛在十月初举行。"

"十月啊，"侯彦霖想了想，"看来要加快工作进度了……梁熙那边继续盯着，可以放任她斗方叙，但一旦有什么过激的行为要立即阻止。"

高扬这段时间一直跟在他身边处理相关善后工作，对情形还是很了解的，他不解道："方叙对巢先生做出这种事情，梁小姐必恨之入骨，整垮方叙对娱派也是重大打击，可少爷为什么总是担心梁小姐报复方叙？"

侯彦霖放下筷子，长长地叹了一口气。

"我担心的，是她将来会后悔。"

不出意外，慕锦歌顺利地通过了预选赛。

为了庆祝，再加上郑明和大熊快开学离职了，所以宋瑛在周三这天请大家去熟人开的火锅店里吃火锅。

来的人除了 Capriccio 固定搭配四人一猫外，还有同样快要返校离开的蒋艺红，以及两位新招的全职员工小贾和小丙。

桌上气氛正好，每个人都喝了点酒，蒋艺红好奇地问慕锦歌："锦歌姐，像你长得这么漂亮，气质又好，肯定有不少男生追吧？"

此话一出，数道八卦的目光都集中到慕锦歌的身上。

慕锦歌如实道："只有一个。"

郑明问："就鹤熙食园的那个渣男？"

"嗯。"

蒋艺红对此事有所耳闻："他是怎么追的你啊？"

慕锦歌想了想，道："那时候我妈去世，我很难过，他每天都会来给我讲一个笑话。"

她的母亲慕芸也是一位优秀的厨师，年纪轻轻就开了自己的私房菜馆，手艺精湛，对烹饪十分热爱与执着，立志将女儿培养成一位更出色的厨师，因此不远千里将她送到 B 市颇负盛名的鹤熙食园当学徒。只可惜红颜薄命，这位在当地小有名气的"慕美人"在几年前就病逝了。

蒋艺红怔怔道："然后呢？"

"没了。"

蒋艺红一脸难以置信："锦歌姐，你未免也太好追了吧！"

慕锦歌淡定道："我也觉得，他的笑话还没我讲的好。"

众人："……"

新员工小贾主动做起了话题转移者，问道："我听说小明和小红是青梅竹马，那你们是怎么意识到喜欢彼此的啊？"

郑明脸一红，有些结巴："这、这么遥远的事情，我哪记得啊！"

蒋艺红倒是落落大方，笑道："他不记得，但我记得。当时要参加趣味运动会，他参加了双人绑腿跑项目，放学后因为要练习所以不能和我一起回家。因为这件事，本来我就有些惆怅了，没想到有一次去看他练习，发现绑在他身旁的是一个长得很好看的女生，他还一直在那里跟人家说说笑笑。"

郑明尴尬道："你太厉害了吧，我都记不得那时站在我旁边的是谁了。"

"有些东西男生不会在意，但女生会记得很清楚。"蒋艺红回忆道，"因为我喜欢吃甜食，所以每天放学都会去学校外面的蛋糕店买一份小布丁吃。自他去练习以后，我那段时间每天都是一个人回家，还是习惯性地去买甜品，但就是觉得连平时喜欢的小布丁都突然变得不好吃起来，那时候我才意识到，自己大概是喜欢他的。"

众人一阵起哄。

但慕锦歌听到这话，夹菜的手一顿。

宋瑛闻言，也回想起自己的恋爱往事，赞同道："说起来，我也有过类似的体验，那时我和我老公还没结婚，我和闺密出门旅游，虽然玩得还算开心，但总觉得提不上精神，吃东西也不是很有胃口，连家里人给我带的一些自制的果干都吃不出什么味道。"

蒋艺红道:"果然,只有宋阿姨懂我,我跟小明提起这件事的时候,他竟然说可能是那家蛋糕店换了糕点师。"

"嗯,女人的感情会更细腻一点吧,我以前就老嫌我老公不懂浪漫。"

"唉,宋阿姨,许叔已经很好,还会时不时给你做点好吃的给点惊喜,我旁边这位才是不懂浪漫,生日竟然给我网购了一箱咪咪和星球杯……"

两人越谈越远,而慕锦歌的思绪却久久地停在了这几句话上。

她想起了自己买的那包糖。

那个人来之前,她觉得那袋糖味道平平,算不上好吃,只是因为身体需要糖分,所以既然买都买了一大袋,便索性将就地每天在厨师服的衣兜里放几颗。

那个人来之后没几天,口袋里的糖就好像变得美味起来,只是开始她以为是自己适应了这个口感,所以不是很在意。

然而那个人走之后,那些糖又恢复从前黏黏腻腻的口感,甚至感觉比原来更难吃,逼得她丢掉了剩下的水果糖,重新买了一袋薄荷糖。

按照蒋艺红和宋瑛总结出来的规律——

她,难道喜欢上了那个二傻子?!

慕锦歌手一抖,差点把筷子掉到桌上。

"喵?"

烧酒惊讶地看了她一眼,第一次发现慕锦歌脸上淡然的神色出现了几丝裂痕。

夜深了。

十月的 B 市顺应季节更替进入秋天,天气逐渐转凉,虽然月初几天白天的气温还是会不认输般地飙至二十七八摄氏度,但昼夜温差大,到了夜里盛夏的蝉鸣便都化作吹黄梧桐的秋风,吹过这个城市的大街小巷,覆盖了喧嚣,留下满城的凉意与静谧。

此时已是凌晨,天空漆黑一片,因为空气质量不好,所以也看不到星星。

距离 Capriccio 打烊已经三个小时了,但厨房的灯依然亮着。

"嗒嗒嗒——"

听到从厨房传来的细微紧密的切菜声,烧酒睁开了眼,打了个呵欠,从柜台后的小窝里跳了下来。

它走到厨房门口,望向慕锦歌,困兮兮地开口:"靖哥哥,你怎么又这么晚还不睡？"

只见慕锦歌站在厨台前，睡衣外面只加了件方格衬衫当作外套，直顺的长发绑成一束搭在背上。她低着头，浓密的睫毛在眼下投下一片淡影，嘴唇紧抿，精致秀丽的侧脸看不出丝毫表情，无波无澜。

但她握着刀的手却动作极快，一眨眼就将胡萝卜切成了细丝，刀法精湛娴熟，切出的每一条胡萝卜丝都有相同的厚度，同一条胡萝卜丝也是厚度均匀。

她将切好的胡萝卜丝放入盘中，一边低声道："吵到了你的话，就进里间睡吧。"

烧酒舔了舔毛让自己清醒点，说道："没事，其实作为一个系统，我本来是不用睡觉的，都怪这具猫的身体，把我都给惯懒了。"

慕锦歌淡淡道："自己懒，不要怪身体。"

烧酒不服气道："我才不懒！我是世界上最勤快的系统！不信你……啊哈……喀，哼我刚刚才没有打哈欠呢！"

慕锦歌终于侧头瞥了它一眼："快去睡觉，不然会变得更蠢的。"

烧酒："……"你那嫌弃的目光是怎么回事！

它在厨房门口蹲坐了一会儿，见慕锦歌好像还没睡觉的打算，于是又开口道："靖哥哥，明天你不是要去大赛现场确认场地吗？"

慕锦歌应道："嗯。"

烧酒道："那个地方离这边挺远的，你这么晚睡，早上能起来吗？"

慕锦歌道："我又不是你。"

烧酒奓毛道："我才没有每天睡懒觉呢！只是为了装猫装得更像一点，所以才表现出一副懒洋洋睡不醒的样子而已！要是你真这么想，你可就被本喵大王高超的演技给骗了！"

"哦。"

烧酒站了起来："哼，不管你了，我进里屋去了。"

门口的扁脸猫走了后，慕锦歌仍在厨房反复练习基本功。

说实话，新手大赛什么的对她来说毫无意义，她对那间位于繁华街区的店面也没有兴趣。

之所以会报名，会每晚努力地练习刀工，只是因为一个人。

——她要让那个人，亲口承认她的料理。

翌日。

Capriccio照常营业，只不过特制菜单上的部分菜品暂时停止供应。

原因很简单，因为这家餐厅的主厨即将参加一场厨艺大赛。

虽然睡得晚，但慕锦歌起得还是早，出门的时候烧酒还侧躺在地上呼呼大睡。

比赛场地的确离Capriccio很远，坐地铁的话要转三次线，一趟下来差不多要一个小时，等她到了的时候已经将近十点了。

大赛在一家豪华酒店里举行，初赛是小组赛，场地分布在酒店一楼的六间大厅里，每一间大厅都划分成十个区域并且编上了号，每一片区域都安放了灶台、洗菜池、处理台和消毒柜等，每一张厨台上都分配了一模一样的全新厨具。

在预选后，所有获得初赛资格的选手都会抽得一个号码，其号码便对应着比赛场地。

因为场地确认仅限于今天早上九点至下午五点，所以慕锦歌到的时候，一楼已经来了很多同行，大家先在门口的公告栏查看自己号码对应的房间和区域编号，然后再去找到地方并且检查设备和器材是否有缺漏损坏。

慕锦歌很快就找到了自己的位置，她是第二组的五号。

到处检查了一下都没有问题，签完字后她便打算离开了。

然而她刚走出酒店，身后突然有人急切地叫了她一声："锦歌！"

她回过头，只见一个西装革履的清俊男子匆忙地从旋转门出来，小跑到她面前："锦歌，没想到真的是你，你也报名了这个比赛？"

此人正是鹤熙食园主厨程安的大弟子江轩，不久前已经自立门户。

慕锦歌面无表情："关你什么事？"

江轩愣了下，苦笑一声："锦歌，你我好歹师兄妹一场，犯得着这么针锋相对吗？"

慕锦歌道："你之前对我很客气？"

江轩解释道："锦歌，你听我说，其实……"

"好了，一分钟了。"慕锦歌看了看手机，"好歹师兄妹一场，我勉为其难看你一分钟，现在时间到了，再见。"

说着，她毫不犹豫地转过身，径自往地铁口的方向走去。

然而江轩并没有放弃，他追了上来，一边走一边说道："锦歌，我知道你在生我的气。"

慕锦歌没有停下脚步，也没有看他："你想多了，我没有生气。"

江轩道："你要是没有生气，为什么不愿意理我？"

慕锦歌语气平静："狗可以不理包子，人难道不可以不理狗吗？"

江轩噎了一下："……"他好像被骂了。

"锦歌，之前是我错了。"江轩顿了顿，深深地看了身旁人一眼，"当初事情的真相我都知道了，原来是苏媛媛捏造了假病历故意陷害你……"

早在两个月前，鹤熙食园的所有员工都收到了一封来历不明的邮件，里面附了一段音频和一个视频。最开始他以为是携带病毒的垃圾邮件，就没有去管它，但食园里终究有那么几个不怎么注重防护安全的人，就把附件下载下来了，结果打开后吃了一惊，四处传播。

渐渐流言四起，他听说后也半信半疑地下载了那段视频和音频。

没想到竟然是苏媛媛和她表哥在甜品店谈话的录像和录音。

他是见过苏博文的，知道他是私人医院的内科医生，当时苏媛媛吃了慕锦歌的浓汤倒下后，他本想直接叫"120"的，但是苏媛媛在他怀里彻底晕过去前拉住了他，让他把她送到附近的私人医院，找她表哥就行了。

当时他以为是苏媛媛更放心亲戚给她看病，便也不疑有他，没有想到这从头到尾竟然都是一场骗局！

什么单纯善良不做作，都是假象！

因为这件事，他和苏媛媛大吵了一架，虽然不久后就和好了，但从此苏媛媛说的任何善解人意天真烂漫的话语，在他听来都是别有心机，他对她永远保持怀疑态度，无法再像之前那样真正地信任她了。

人与人之间稍有隔阂，之后便会矛盾不断。

苏媛媛的笨手笨脚再也不可爱，她的撒娇任性只会让他觉得心烦气躁。

他开始后悔，时不时就会怀念起慕锦歌在身边的日子，做什么都很顺利，做什么都不会被问东问西，那个人沉稳又独立，话少但从不说假话，安静的陪伴其实处处透着温柔……

他想过在得知真相后马上来找慕锦歌，但他不知道对方的新号码。他也听说了慕锦歌现在在 Capriccio 任职的事情，但他不敢贸然出现。

本想在自己的餐厅开业后以此作为借口，向慕锦歌发出新店品尝邀请，与她见上一面的，没想到命运冥冥之中自有安排，竟然提前让他们在这个比赛相遇！

这，难道就是传说中的天意？

慕锦歌不知道他是怎么得知那件事的真相的，但也对此不感兴趣。她道："知道错了就好，这次看在师兄妹一场的分上，就不追究名誉损失费了。"

江轩道："锦歌，是我对不起你，你可以不追究，但就让我请你吃顿午饭吧，你看，这个时间也快到饭点了。"

慕锦歌语气冷淡："你请的饭，不对我胃口。"

江轩表情一僵："锦歌，你真的要每一句话都那么伤我吗？"

慕锦歌没有回答他，走自己的路让旁边的蚊子嗡嗡去吧。

江轩望着她的背影，深吸一口气，孤注一掷般抬高声音道："锦歌，这场大赛过后我的店就差不多要开张了，苏媛媛不在我的店里，如果可以的话，希望新店开张那一天，你能过来，点单全免！"

然而慕锦歌并没有理他，依然自顾自地往前走。

这时，伴随着一阵惹人注意的引擎声，一辆风骚张扬的红色兰博基尼开了过来，一个拐弯，正好停在了慕锦歌面前的那条路上。

接着，就见兰博基尼独特的剪刀门一开，驾驶座上走下来一个男子。

侯彦霖穿着量身定制的深蓝色西装，优美精巧的裁剪衬得他宽肩窄胯，两条长腿格外笔直。他额前的碎发全都梳了上去，露出光洁饱满的额头，如此商务精英的发型为他的气质增添了几分硬气，英挺更胜俊美，两刀剑眉如锋，一双桃花眼蕴含淡淡笑意。

他走到慕锦歌身前，嘴角噙笑："哟，师父。"

慕锦歌愣了下："你怎么在这儿？"

侯彦霖伸手把她的乱发撩至耳后，宝蓝色的袖扣在阳光下流转着漂亮的光辉。他低笑道："路过，来炫富。"

慕锦歌："……"

江轩也愣在原地，怔怔地望着与慕锦歌举止亲密的陌生男人。

且不论那一辆十分惹眼的跑车，光是看这个男人一身的行头和气质，就能看出他非富即贵，来头不简单！

然后，他就看见那个男人朝他望了过来。

"既然江先生都如此盛情邀请了，那我们就却之不恭了。"侯彦霖笑了笑，语气一如既往的漫不经心，"新店开业那天我和锦歌有时间一定过来，到时候还希望江先生能顺便把我这家属的单也免了。"

江轩："……"

我从没见过如此厚颜无耻的有钱人！

大红色的兰博基尼绝尘而去，只留江轩一人在轰鸣般的独特引擎声中凌乱。

——这个声音，一听就很贵。

很快就从后视镜里看不到江轩的身影，慕锦歌坐在副驾驶座上，开口道："你怎么会在这里？"

侯彦霖把车内的音乐声音调低，弯着嘴角道："刚才不是说了吗？来炫富。"

慕锦歌道："以前怎么不见你炫？"

侯彦霖十分谦虚："那是我低调。"

慕锦歌瞥了他一眼："现在变高调了？"

侯彦霖一本正经地说："钱是要用在刀刃上的。"

"……"虽然很想纠正这句话并不是这样用的，但仔细想想好像也没什么问题。

"你不要以为胡扯几句就可以混过去。"慕锦歌逼问道，"你怎么知道我在这儿？"

侯彦霖掌着方向盘："我不都说了吗？路过而已。"

慕锦歌道："我不信。"

侯彦霖严肃道："其实按照一般剧情，这个时候我应该打死不承认，但秉着诚实守信坦诚相待的做人原则，我觉得还是要从实招来，希望师父你能从宽处理。"

"……你说。"

"我知道你报名了这个比赛，也知道今天是现场确认的日子。你出门的时候，宋阿姨打电话告诉了我，于是我也同时出门，等你要从酒店出来的时候，我在酒店安排的人看到也会通知我，然后我就能知道我的出场时间了。"侯彦霖顿了顿，笑道，"只是没想到还遇上一个传销的。"

慕锦歌沉默了几秒，"那是我前男友。"

侯彦霖道："我知道，长得就是一张猛然识破白莲花真面目，然后痛彻心扉回头各种低姿态求复合的渣男脸。"

慕锦歌盯着他，"你调查我？"

侯彦霖诚恳道："你也知道，高扬这个人总喜欢调查别人资料，还非要给我看。"

"阿嚏——"远在华盛丝毫不知自己又无辜替罪的高扬突然打了个喷嚏。

慕锦歌对于这种不负责任的甩锅行为十分无语，索性扭过头不说话了。

侯彦霖敛起了笑意，缓缓道："或许你不能理解，但对于我们这些人来说，决定正式接触一个人之前，先把对方背景调查清楚什么的已经是一种习惯了，就像条不成文的规矩一样。如果让你不快的话，真的很抱歉，以后我不会再这样查你了。"

听了这话，慕锦歌重新看向他。

然而侯彦霖永远正经不过一分钟，只听他恨铁不成钢般地叹了口气："我会回去好好教育高扬的。"

"……"心疼高助理，简直是背锅侠。

过了一会儿，侯彦霖又道："不如这次就当我将功补过吧。"

慕锦歌忍不住开口问："你有什么功？"

侯彦霖语气认真道："你前男友看我人傻钱多长得帅，肯定自惭形秽，没有脸再来骚扰你了。我的出现，绝对在精神层面给了他沉重的打击，足够他恍惚到初赛了。"

慕锦歌："高助理怎么还没带你去医院？"

侯彦霖挑眉："你这是在关心我吗？"

慕锦歌面无表情道："关爱智障，人人有责。"

侯彦霖轻笑了一声："我不要人人，有师父就够了。"

慕锦歌愣了下，随即别扭地别过头，冷冷道："少撩妹，多看路，直接回 Capriccio。"

侯彦霖偷偷看了她一眼，笑着应道："好。"

原来还是知道我是在撩她的，嗯，有意识就好，不错不错。

——侯二少十分知足常乐地如是想道。

由于最近几天都是在厨房练习到很晚才睡，所以即使不太坐得惯跑车，不一会儿，慕锦歌还是靠着椅背睡了过去。

等她醒来的时候，才发现车子不知道什么时候已经停下了，车窗对面就是种着两棵梧桐树的熟悉巷口。

一回头，就看到侯彦霖趴在方向盘上，正目不转睛地看着她，也不知道这样看了她多久。

"你……嘶！"因为一直保持着偏头的姿势睡，所以慕锦歌脖子的肌肉有点发僵，一活动就疼，像落枕似的。

侯彦霖伸手帮她捶了捶，一边道："没想到师父的睡相竟然这么差。"

"啊？"

"我还以为外面打雷了，没想到是你开始打呼了。"

"……"

"打呼也就算了，竟然还开始磨牙和流口水。"

"……"

"最可怕的，是睡着睡着突然说起了梦话。"侯彦霖说得跟真的似的，"说实话，我坐在旁边听着都有点不太好意思，因为师父你一直在说什么'霖霖好帅啊''我明明好喜欢霖霖却为了维持人设不得不保持冷漠'什么的……

唉，真难为情！"

好的，听到这里，慕锦歌确定侯彦霖又在诓人了。

她才不会如对方所愿顺着套路反驳，而是平静道："那你怎么不叫醒我？"

侯彦霖笑眯眯道："因为在我眼里，你什么样子都可爱。"

慕锦歌："……"竟然还是被套路了。

"你看你，黑眼圈怎么这么重？"侯彦霖一副老妈子的语气，"我从宋阿姨那里听说了，这几天你每天都在厨房待到凌晨才睡，都快比赛了，你怎么不好好休息呢？"

慕锦歌沉默了几秒，才道："就是快比赛了，所以才要多加练习。"

侯彦霖道："你每天工作的时候不就等于在练吗？"

"那不一样。"

"难不成……"侯彦霖顿了顿，"你是在紧张？"

慕锦歌冷淡道："没有。"

侯彦霖却道："没事的，我相信以你的本事一定没有什么问题，加油！"

虽然慕锦歌很想反驳说我根本没把这场大赛当回事儿，但不知道为什么，听到这句温柔的鼓励时，原本都到喉咙口的冷言冷语却出不来了。

半晌，她才闷声道："谢谢。"

侯彦霖露出两排白牙，笑道："跟我还客气什么，不用谢。"

看着对方灿烂的笑容，慕锦歌想起上一次见他的场景，忍不住问道："你上次来 Capriccio 时看起来不太对劲，是发生了什么严重的事情吗？"

侯彦霖并没有直接回答，而是问道："师父，你小时候有朋友吗？"

慕锦歌愣了下，想了想后答道："没有。"

家里母亲管教极严，一放学她就必须回去练刀工，几乎没有什么机会能和同龄人玩在一起，况且她性格孤僻，说话比较直，又有着他人觉得奇怪的嗜好，因此虽然读书时有过几个想和她结交朋友的女生，但后来没过多久就都不来找她了。

初中时倒是有一段快要成功的友谊，班里的语文课代表是一个热情开朗的女生，有段时间一下课就来找她一起上厕所，对她也挺好的，于是课代表生日那天，她就在家里做了盒点心，然后带到了学校，亲手送了出去。

然后，课代表就再也没来约过她一起去上厕所。

再然后，某天她去上厕所时，隔着门听到课代表在外面和班里其他女生闲聊，这才知道课代表并没有吃她做的点心，而是打开看了后就倒掉了。

她还听到以课代表为首的女生给她取了个外号，叫作"巫婆"。

……真幼稚。

要搞点"班心计"能不能换个地方说小话？女厕所永远人很多这点道理难道都不懂吗？

就算是现在回想起来，慕锦歌也还是觉得很无语。

这时，侯彦霖说道："其实我也差不多，勉强算有一个吧。"

慕锦歌怀疑地看向他："以你的性格，不该从小就有一群狐朋狗友吗？"

侯彦霖失笑："说出来你可能不相信，我小时候可真的是一枚安静的美男子。"

"……"这些年你究竟都经历了些什么？

"唯一算得上是我朋友的，就只有巢闻了。"侯彦霖幽幽地叹了口气，用着慕锦歌从未听过的语气说道，"八月的时候他被人绑架，险些丢了性命，我来餐厅找你之前的那个凌晨终于找到了他，但情况并不乐观，天刚亮他就被送出国治疗了，现在还没回来。那段时间梁熙……也就是他经纪人，处于崩溃的边缘，我必须全力支持和帮助她，但其实我心里也怕得不得了，一时之间觉得哪里都是危险，只有回到Capriccio，我才觉得心能安下来。"

因为在那里，他曾度过一段最平静的单纯日子。

没有圈内的尔虞我诈，没有黑暗的钩心斗角，不用时时提防着谁，每天都能睡个好觉。

慕锦歌有点不习惯如此深沉的他，笨拙地安慰道："一切都会好起来的，巢先生肯定很快就能健康归来。"

"但愿吧。"侯彦霖脸上又重新挂回了熟悉的笑容，"下车吧，等一下我还有事，就不和师父你一起进Capriccio了，代我向宋阿姨问好。对了，刚才说的要保密哟。"

"好，你自己也保重。"

然而慕锦歌下车还没走到十米，就突然又折返回来。

侯彦霖降下车窗，问："怎么了，落下东西了吗？"

慕锦歌看着他，认真道："不要老在微信给我发废话。"

侯彦霖露出一副受伤的表情："师父，原来你专门返回来就是为了说这个？唉，真是闻者落泪见者伤心！"

慕锦歌径自道："心里有压力，有害怕，有不开心，都可以跟我说，我只会回复这些你真正想要倾诉的东西，其他毫无意义的水话就免了。"

侯彦霖一愣。

"就这样。"慕锦歌挥了挥手，淡然道，"再见，你也加油。"

直到目送慕锦歌的身影消失在巷口梧桐树的秋叶中，侯彦霖才回过神来。

他关上车窗，整个人靠在座位上仰起头，右手覆住眼，紧抿的嘴角渐渐扬了起来。

几乎不会有人能想象到，小时候的他的确是一个安静羞怯的病秧子。

侯家注重多国教育，家族里的兄弟姊妹从小就被送到各个国家上学，就他身体差，需要中医调养，所以一直在国内留到了十多岁才走。

出国前，他因为体弱多病，行行处处受限，只能和那群高干子弟们一起玩。但由于他病恹恹的，年龄又是孩子堆里最小的，所以大家都很排斥他，不仅不愿意带着他一起玩，还会背着大人联合起来想着法子欺负他。

有一年春天，他被推进湖里，差点淹死，幸好巢闻出现，用大扫帚把他给捞了起来。

而在两个月前，当看到巢闻奄奄一息地被梁熙熙救出来的时候，他仿佛又回到了多年前的那片湖里，变回那个羸弱瘦小的受气包，在寒意刺骨的湖水中沉溺。

绝望，无助，恐惧。

冰冷的湖水固然可怕，但更可怕的是岸上暗藏着满满恶意的人心。

不知道潜伏在何处，不知道会在何时爆发，不知道是不是就是身边的何人。

这种不安与恐慌就如同潮水一般，漫过头顶，带来溺水窒息一般的痛苦与沉重。

从小他就知道，他所在的圈子表面光鲜亮丽，实际到处都是肮脏不堪。

不过还好，现在他还有个能去的地方。

侯彦霖拿出手机，解开锁屏，看着主屏壁纸上那张有些粗糙的拼图，低声笑了笑。

然后他打开微信，进入置顶联系人的聊天界面，打下一串字。

他说过，他喜欢奇妙的东西。

所以在吃了慕锦歌给烧酒送的料理后，他便对做料理的人产生了极大的兴趣。

他也曾被排挤孤立，视作异类，所以很能理解同样被视作异类的慕锦歌。

正因为理解，所以当他真正接触到那个人的时候，才会惊讶。

可以这样说，他现在的性格会是这样，大多都是拜儿时的经历所赐，为了在这个人心险恶的圈子中自我保护，他习惯用笑容和玩世不恭的态度来武装自己。

但是慕锦歌没有，即使一路受到再多质疑与打击，她都依然我行我素，没有改变。

固执任性也好，不知变通也罢。

他真的是非常佩服这样的慕锦歌。

并深深为之着迷。

他动了动指头，将刚刚打的那一行字发了出去：谢谢靖哥哥，好好休息，比赛加油！

应该是正好在看手机，慕锦歌回得比较快：不用谢 霖妹妹。

侯彦霖笑出了声。

总感觉他俩拿错了男女主角的剧本呢！

♥ 第五章 ♥

│ 柑橘 │ 巧克力 │

很快就到了初赛当天。

现今美食文化广受年轻人追捧，这场大赛是由B市烹饪协会主办，还受到政府支持，因此也是众多媒体关注的对象，当地电视台会予以转播不说，一大早不少美食刊物的记者也前来蹲点，目标在于新鲜热辣的第一手新闻。

由于要全程确认是本人无误，又要上电视，所以参赛的选手们只需戴上帽子即可，不用像工作时那样还戴上口罩，有不少女厨师为此还特地化上了精致的妆容。

二号厅内，慕锦歌穿着Capriccio的厨房制服，站在自己的区域，拧开水龙头洗了洗手，虽然不太习惯曝光在多个镜头下，但她还是神色淡定，看上去与平时无异。

现在，还不到紧张的时候。

她一定要顺利晋级决赛，然后把自己的料理呈现在那个人的面前。

当大厅里的挂钟指向整点，初赛的主持人公布比赛开始，时长为45分钟。

为了方便各位选手事先准备好自己需要的材料，此次比赛的主题早在前一天上午就通知了下去——

小食。

很宽泛的主题，但未必容易。

所谓"小食"，原指的是早餐，但现在泛指点心和零食。

在场参与比赛的几乎都是在职厨师，绝大多数纯粹将烹饪作为业余爱好的非专业人士早在预选赛中就被筛了下去，而在这些专业厨师中，专攻小食的不能说没有，但肯定是占少数，故而大家虽是会做，但拿手菜里多半没有把小食考虑进来，因此看到这个题目，不能立即决定自己得意的菜式。

小食种类千千万，没有特别擅长的，也没有特别不擅长的，然而却要一天之内决定要做什么，这对具有选择恐惧症的厨师来说简直是难题，如果这个厨师又经验丰富，懂得的菜品又很多，那这无非是一场噩梦。

昨天得知这个主题之后，慕锦歌看了烧酒一眼，心里很快便决定了主食材。

——当然，不是猫肉。

主持人宣布开始之后，一组的十个人都开动了起来，一瞬间大厅里充斥着流水声、切菜声、燃气声……

电视台的摄像机挨个轮流着取特写镜头，到慕锦歌这儿的时候拍得格外久。

与摄影小哥拍档的是电视台的一位年轻女记者，她好奇地看着慕锦歌翻炒着一锅深色的东西，忍不住轻声问道："您好，请问您是打算做一道怎样的小食呢？"

慕锦歌加糖之后又撒了把黑芝麻，垂着眼，淡淡道："鱼干。"

只不过跟喂烧酒的不大一样，这种鱼干很小，只比虾米大一点，颜色就像鱿鱼丝。

记者点了点头，接着道："我看您放了巴旦木、杏仁和腰果这些坚果，您是想……"

"嘘。"慕锦歌做了个噤声的手势，低声道，"不要剧透。"

女记者只觉得心跳像是漏了一拍，短暂地怔了几秒后问道："您看起来很年轻啊，是业余爱好者吗？"

慕锦歌道："我是一名职业厨师。"

"请问您从业多少年了呢？"

"总之，我是有资格证的。"慕锦歌抬起头，面无表情地看向她，"你对每个选手都问那么久吗？"

女记者脸一红："抱歉，打扰您比赛了。"

慕锦歌低下头，没有再理她，而是继续有条不紊地做自己的事情。

四十五分钟很快就过去了。

慕锦歌是五号，所以也是第五个送上料理给四位评委品尝的。

在她前面的四个分别是做的蛋挞、苹果派、鸡翅和洋葱圈。

每位评委吃完一口后便在打分纸上涂涂写写，时不时交头接耳一阵，是否满意不形于色，很难从他们的表情中捕捉到信息。

然而在慕锦歌将自己做的小食端上去的时候，有那么一瞬，评委们露出了迟疑的神色。

慕锦歌介绍道："这是我做的柑橘坚果炒鱼干，还烦请各位老师品尝。"

四位评委纷纷拿起了勺子，从中舀了一勺，保证勺中柑橘、坚果和鱼干俱有。

干一行爱一行，虽然心里早已将这道菜淘汰，但他们还是很敬业地吃了下去——

"好吃！"坐在最边上的一位男评委忍不住将心声说了出来。

香脆爽口的坚果与细碎的干鱼翻炒在一起后，先后加进去的蒜与糖在调味上起到了一个推进作用，使食材将其所带的味道发挥得淋漓尽致，极大地满足了味蕾的需求。

而使这道菜味足而不至于重口的地方在于分瓣散落的柑橘，令人惊异的是料理者对柑橘的处理——从口感上看，应该是掰开后放在铁板上烙过，将表皮烤黄之后翻面，时间掌握得刚刚好，果肉温温热热的，在唇舌中散发出一股生吃时尝不到的淡淡药香味，带着点涩意，却令人欲罢不能，很好地解了料理主体可能会给品尝者带来的腻味。

真是太奇妙了，这种搭配凑在一起，竟让人产生想要一直吃下去的欲望！

啊！多想在这个秋天，慵懒地倚在家里的沙发上，手里捧着这么盆柑橘坚果鱼干，什么都不用想，一边看着电视剧打发时间，一边一下接一下地从盆里抓一把喂到嘴里……

不能再想了！再想下去真的想立马下班回家迅速瘫！

简直是人生极乐好吗！

虽然已经在极力克制了，但四位评委眼神中还是不由得露出了欣赏与喜爱。

电视台的摄像机自然不会放过这难得的一幕，而后将镜头默默往旁边转了下，对上慕锦歌的侧脸。

镜头中，慕锦歌稍稍勾了下嘴角："多谢品尝。"

将厅内全部人的作品都品尝完以后，评委们会打分排出名次。

按照赛制，初赛里每一个小组只能选出一人晋级决赛，如有两虎相争、特别难以抉择的情况，允许破格晋级两个人。

这种特殊情况并没有在2号厅上演，慕锦歌是第二组唯一成功晋级决赛的。

她脱下厨师服收好，一边取下帽子一边走出房间，却没有想到被之前的女记者堵个正着。

女记者不由分说地便把话筒递向她："慕小姐，恭喜你通过小组赛顺利晋级决赛，请问你此时的心情是怎样的？"

慕锦歌对突然凑近的摄像机不太适应，她往后退了退，回答道："还好。"

女记者显然对这个答案并不满意，追问道："看你的表现还是很淡定，是因为比赛前胸有成竹，所以以最后出来的结果在意料之中吗？"

慕锦歌有些不耐烦道"你的语文阅读应该是满分吧，这么擅长过度解读。"

女记者表情一僵，完全没想到对方竟然这么不留情面，要是换作别的人接受采访，早就欢欣雀跃，然后像背朗诵稿似的开始一番谦虚客套，对记者也肯定只有笑脸相待。

要知道，这可是电视台直播哎！

不敢有太久的停顿，女记者话锋一转，问道："这次初赛你做的柑橘坚果炒鱼干很是别出心裁，深得评委老师们的青睐，请问你是如何想到这样的搭配与做法的呢？"

慕锦歌淡淡道："我养了只猫，它喜欢吃鱼干。"

"所以你经常做这道菜给它吃吗？"女记者惊奇道，"但是猫不是不能吃坚果类食物吗？吃下去后不会有事吗？"

"试做之后都是我自己吃，它只能看着。"

"……"女记者在内心默默为那只猫掬了把同情泪。

由于慕锦歌的不配合，采访不到五分钟就结束了，而随着其他小组的结果陆续出来，转播的镜头也切到了其他晋级选手那边。

酒店大堂放置了一块LED电子显示屏，上面会及时更新各组进度完成情况以及晋级者名单。

慕锦歌正好路过，就顺便抬头看了一眼。

但还没来得及看清除了她以外还有谁通过了初赛，肩膀就被人轻轻地拍了一下。

"嘿，你就是Capriccio餐厅的慕锦歌吧？"

回头一看，是一个陌生的年轻女子，比她还高一点，有一米七五的样子，面容清秀，眉眼间透着股英气，束着马尾，垂下的头发有几缕挑染成了米白色，看起来有点酷。

慕锦歌问："不好意思，你是哪位？"

"我叫叶秋岚，也是参赛选手。"叶秋岚指了指挂在墙上的电子显示屏，"你看第四组。"

慕锦歌望向挂在墙上的电子显示屏，果然在第四组的晋级者一栏里看到了她的名字，只是——

第四组的晋级选手，有两位。

现在所有小组赛的结果都出来了，这是唯一有两名晋级者的小组。

名字排在前面的正是眼前的叶秋岚，而另一位则是……

这时听叶秋岚抱怨道："本来我们组应该是最早结束的小组，但就是为了这个江轩破格通过的事情耽搁了好一会儿，讲真，要不是他老师程安有点人脉，他哪里能得到这个破格晋级决赛的资格啊！"

哦，江轩。

都差点忘了这位熟悉的陌生人也在参加比赛了。

听对方这样说，慕锦歌还是有点意外，她在鹤熙食园待了那么久，也和江轩交过手，自然是清楚江轩有几斤几两，虽是远不如夸的好，但水准还是有的，既然叶秋岚能如此轻松地赢过他，说明她的实力也不容小觑。

她看向叶秋岚，问道："你找我有事？"

"其实没什么事，就是想交个朋友认识认识而已。"叶秋岚解释，露出热情的笑容，"我是朔月老师的忠实粉丝，看到她的专栏后便对你印象深刻，但无奈工作实在太忙，总抽不出身上门拜访，刚刚看到你的采访，才知道原来你就是那位慕主厨，真的是很有个性啊！"

慕锦歌问："叶小姐是在忙自己的餐厅吗？"

叶秋岚笑道："不介意的话叫我秋岚就好……我不是开餐厅的，而是和朋友一起合资开了家咖啡馆，每天的工作就是给客人泡泡咖啡，会比较忙是因为同时还要负责店里的账务和进货。"

慕锦歌的表情终于有了丝变化，没想到这个能赢过江轩的人竟然是预选赛筛选后剩下的为数不多的业余人士之一。

果然高手都在民间。

慕锦歌诚恳道："那你真的是很厉害。"

"过奖了。"叶秋岚眨了眨眼，"过几天我们就要在决赛上见了，说实话，你可是我认定的头号劲敌。"

虽然是下战书，但从她嘴里说出来，就更像是朋友之间的一种小比拼，没有挑衅或试探的意味，让人听了后不会有什么不舒服。

慕锦歌微微一笑："十分荣幸，我也很期待与你在决赛中的较量。"

叶秋岚从钱包里掏出一张纸片递给了她："这是我的名片，上面有我家咖啡厅的地址，以后要是想喝咖啡或是找个地方看书闲聊的话，欢迎来哟，给你优惠。"

慕锦歌看了看，问："可以带宠物吗？"

"主人自己能管好的话，就可以。"叶秋岚笑着说，"你养了一只猫对吧，刚才听你接受采访时说的。"

慕锦歌点了点头："嗯，它还挺听话的。"

敢不听话，轻则断粮，重则剃毛，最重者直接送到侯彦霖那里改善生活。

"阿嚏——"

远在 Capriccio 被客人逗得不亦乐乎的烧酒冷不防地打了个猫喷嚏。

就在两人相谈融洽之时，不远处传来肖悦兴奋的声音："锦歌！"

在数次拜师失败后，她终于放弃了要做慕锦歌徒弟的事情，但在称呼上取得了慕锦歌的同意，可以直呼其名。

两人的目光同时望了过去，看到以肖悦为首的后援团们，叶秋岚挑眉："你朋友？"

慕锦歌有些无语："嗯，算是吧。"

叶秋岚挥了挥手："那我就先告辞啦！决赛见。"

慕锦歌莞尔："好，决赛见。"

由肖悦亲自策划组织的后援活动非常完善，连返程时的面包车都准备好了。

一行人上了车后，郑明才开口道："锦歌姐，今天我们碰见了那天到 Capriccio 来找事，叫什么媛媛的那个女的。"

慕锦歌并不意外，应了一声："嗯。"

大熊插嘴道："没想到肖悦姐竟然也认识她，之前好像结过什么梁子。"

肖悦坐在一旁哼道："我们一味居和他们鹤熙一向水火不容，没想到她还陷害过锦歌，现在想想真后悔刚才没再狠狠撕她一把。"

郑明叹道："不过她最后也挺惨的，因为第二组和第四组公布结果的时间差不多，所以我们是一起下的一楼，结果就目睹了一桩人间惨剧！"

慕锦歌漫不经心地问："她从楼梯上滚下来摔了个狗吃屎？"

"……这倒没有。"郑明顿了顿，"江轩出来后她兴冲冲地跑过去祝成功晋级，没想到那江轩不知道是吃错药还是怎么的，晋级决赛了还黑着一张脸，很不高兴似的，听了那什么媛媛的道贺后更生气了，当场把那女的推开，自己走了。"

慕锦歌了然。

江轩看起来谦和斯文，但其实好胜心和自尊心都很强，况且他很快就要自己拥有一家餐厅了，肯定不太把这种新人烹饪比赛的初赛放在眼中，然而万万没想到小组赛遇上个叶秋岚，既不是什么有名的人物，也不是职业出身，就这样把他给比下去，最后他还不得不倚仗程安的那点薄面获得破格晋级。

真是丢脸丢大发了，苏媛媛那声贺喜完全撞上了枪口。

不过这些都和她无关了。

车上三个人已经把话题扯得老远，慕锦歌无心参与，径自打开了手机。

果然不出所料，界面上有好几条微信未读消息。

是二傻子发来了三张图片，并附言：啊，我家师父真好看！

慕锦歌："……"

只见侯彦霖连发的三张图片都是电视台转播的截图，第一张是她低头做菜的，后面两张都是她在接受采访时的。

问题在于这神一般的截图技术，三张图不是截的她好像在翻白眼，就是正好闭眼，似乎很不开心的样子。

说是"真好看"，但每一张截的都不好看好吧！

而就在慕锦歌打算关掉手机直接忽视的时候，对方又发了张图过来。

这次的图还是她接受采访时被截的一张，只是经过了 P 图软件的处理，尺寸裁小了许多，然后被加上了"我已经很想翻白眼"和"冷漠"的综合体。

二傻子：啊！师父做成表情包也还是很美！

慕锦歌嘴角一抽，只回复了一个字：滚！

郑明和大熊是翘了半天课来看的初赛，所以在巷口下了车后就直接回学校了，而肖悦因为家里有事，所以虽然她很想跟着慕锦歌进 Capriccio 多待一会儿，但还是不得不一脸不情愿地坐车走了。

此时正值午休时段，小贾小丙都进里屋休息了，只有宋瑛和烧酒待在外头，一个在织毛衣，一个则懒洋洋地趴在桌上看电视。

听到声响，一猫一人动作格外一致地回过头看她。

"回来了呀。"宋瑛放下毛线针，笑着迎了上来，"我在电视上看到了，锦歌啊，恭喜你通过初赛！"

慕锦歌点头道："谢谢。"

宋瑛问："吃过饭了吗？"

慕锦歌道："吃过了，和郑明他们一起。"

趁两人在说话，烧酒赶紧用肉掌在遥控器上按了下，把电视频道切换了一个。

宋瑛转身见电视上在放广告，有些奇怪道："怎么突然播起广告来了，刚刚打毛线的时候还听着好像是正说到要以一位励志人物为原型出部电影来着，叫什么什么鬼才……"

慕锦歌瞥了眼明显因为心虚而开始不停舔毛的烧酒，淡淡道："可能是烧酒不小心按到了吧。"

宋瑛道："应该是……算了，反正比赛转播也结束了，不重要了。锦歌，你坐着休息会儿，我泡了花茶，给你倒一杯。"

"谢谢宋阿姨。"

慕锦歌在烧酒趴着的那张桌前坐了下来，伸手摸了摸它的猫背——距上次剃毛已经过去了两个多月了，烧酒身上的猫毛又长了，回到一副虚胖的模样，毛茸茸的很有手感。

她开口低声道："为什么转台？"

烧酒猫背一僵，干笑道："这不看你回来了，一激动就不小心按到了键上。"

慕锦歌静静地盯了她一会儿，然后拿起了遥控器。

"啊啊啊！"烧酒猜到了她下一步要做什么，急得整只猫抬起前爪，仅靠两条后腿站了起来，拼命挥舞着两只前爪想要阻挠对方，"靖哥哥！你看！外面好像有条狗！快看！长得好像大魔头！"

然而慕锦歌并没有理会，拿着遥控器的手抬高，直接按下了返回键。

烧酒呼吸一窒。

"……杰克男科医院，因为专注，所以专业，7×24个小时免费在线咨询预约，十年来成功解决各类疑难杂症，全力捍卫男性健康，电话……"

慕锦歌放下遥控器，冷冷道："别想了，你早阉了。"

"……"不过不论怎样，烧酒还是松了口气。

"刚才只是开玩笑，"过了几秒，慕锦歌又面无表情地说道，"你以为我不知道这是刚才的内容结束后才播的广告？"

烧酒："……"

靖哥哥你跟着大魔头学坏了！

这时宋瑛端着茶水出来，见烧酒这个姿势，吓了一跳："我的天啊，这猫不会成精了吧，怎么还会直立？"

闻言,烧酒赶快装了下重心不稳,摇晃了两下身体,往后一栽,滚到了地上。

"这猫不会摔出毛病来吧?"宋瑛走近,把茶杯放在了慕锦歌面前,忧心忡忡道,"这猫本来就够蠢了,再摔变得更蠢就不好了。"

慕锦歌道:"没事,它已经达到了一个极值。"

烧酒:"……"这大概是本系统被黑得最惨的一次。

等宋瑛拿着毛线和针进里屋去了,慕锦歌才把趴在地上生无可恋的烧酒抱了起来,揉着它的小脑袋道:"你不想让我知道,就算了。"

"喵?"烧酒抬眼惊讶地看向她。

慕锦歌动作轻柔地点了点它的鼻子,说:"每只生物都可以有自己的小秘密。"

烧酒愣愣地注视着她的眼睛,心虚道:"可是我不是生物,我只是个美食系统啊……"

慕锦歌道:"但在我心里,你就是一个独立鲜活的生命,而不是冰冷的智能系统。"

烧酒睁大了眼睛,玻璃珠似的大眼睛氤氲出一层水汽,"靖哥哥……"

然而下一秒,那股感动就如退潮一般,只听慕锦歌补了一句:"因为你实在是一点都不智能。"

烧酒在她的怀里挣扎起来,"你这样很容易失去我的!"

如果此时它抬头,就能看见慕锦歌的嘴角微微翘起,眼底浮现着淡淡笑意,竟透着十年难见的温柔。

就像是有一阵春风或是一束暖阳,融化了冰山尖锐的棱角。

有一句话她没有说出来,并且永远不会说出口——

比起系统,她觉得这只蠢猫更适合做她的亲人。

五天后,便是决赛。

决赛举办的场地不再是初赛时的那家酒店,而是慕锦歌很熟悉的一个地方。

——鹤熙食园。

不过想想也没什么可意外的,作为 B 市占地面积最大的饭店,鹤熙食园真的是个"园",招待客人的楼和厨师做饭的楼是分开的,各有两层,中间用长廊连接,修建得颇为古雅。

后面的那栋楼第一层是正式开火的厨房,第二层除了各个办公室外,还设有平时专门用来给学徒们练习比试的地方,名为"初犊堂",蕴含着"初生牛犊不怕虎"之意,里面厨具齐全,并且十分宽阔,能容得下观众。

决赛的地点,就在这个初犊堂。

慕锦歌站在自己被分配的区域，抚过厨台上的一器一物，有种怀念的熟悉感。

"嘿，锦歌！"叶秋岚刚换好衣服进场，站在了她隔壁的区域，"没想到原来是你在我旁边，昨天现场确认的时候还以为能碰上你，结果似乎我来的时候你已经走了。"

慕锦歌应道："嗯，昨天来得早，走得快。"

叶秋岚往这次比赛专门设的观众席看了一眼，笑道："你的小迷妹又来了啊！"

慕锦歌："……"这百分之百是在说肖悦了。

之后，参与决赛的七位选手很快就到齐了，而评委要在比赛结束前十分钟才入场。

江轩被分到的区域离慕锦歌有点远，走过的时候他还特地跟慕锦歌打了声招呼，但后者并没有理他，所以江轩只有尴尬地走开了。

当主持人宣布开始的时候，慕锦歌面无表情地往观众席扫了一眼，然后才低下头着手处理自己带来的食材。

观众席上，肖悦用手肘捅了捅身边的大熊，按捺住欣喜，小声道："你说锦歌刚刚是不是在看我呀？"

大熊一脸茫然："啊？有吗？"

郑明摸了摸下巴："我倒是觉得锦歌姐刚刚那一眼好像是在找人……难道是在看侯少来没来吗？"

"他！"意识到自己太大声了，肖悦下半句忙把声音压下来，"你脑洞也太大了，锦歌怎么会在意那种浑蛋！"

郑明选择性失聪，自顾自道："忘了问侯少今天来不来，早知道帮他占个位置了。"

肖悦不高兴道："喂，你有没有在听我说话？"

大熊提醒道："嘘！肖悦姐，看比赛要安静。"

然而就在几分钟后他们的目光全部集中到赛况上的时候，却没有注意到，一个修长的身影翩然而至。

苏媛媛凭借着主场优势，占据了观众席最佳位置，正犯困地打了个呵欠，余光就瞥到身旁的人站了起来，不知道对谁毕恭毕敬地轻声说了一句："少爷，您来了。"

她稍稍侧过头，好奇地看了邻座一眼，只见先前一直坐在她旁边的小平头把一早来抢占的位置让给了一个高大的风衣男。

侯彦霖穿着一件卡其色的长风衣，在苏媛媛身边坐下。当察觉到旁边那人投过来的视线后，他偏头看向她，勾着嘴角，沉声道："你好。"

苏媛媛自认为不是个花痴，对男人更看重内涵而不是颜值，绝对和外面那些肤浅的妖艳贱货不一样。

但是，在这一刻，她的脸却不争气地立马红了起来！

肤浅就肤浅！颜值即正义！

妈耶这个人长得好帅啊啊啊！

侯彦霖看着她突然涨红的脸，温柔地笑道："你没事吧？身体不舒服的话要说哟。"

要不是尚存几分理智提醒着自己要矜持，苏媛媛真想做一个捂心口的动作。

她遮遮掩掩地看了侯彦霖好一会儿，突然觉得对方看起来好像有点眼熟，似乎从前在哪里见过。

长得这么好看的男人，要是她见过的话，肯定印象深刻才对呀。

怎么想都想不起来，于是她忍不住轻声问道："你好，请问我们之前是不是在哪里见过面呀？"

侯彦霖轻笑一声："小姐，你的这句话可真像搭讪。"

苏媛媛脸更红了："我……"

侯彦霖眨了眨眼，故意用着低沉迷人的嗓音缓缓道："或许，我们前世见过吧。"

噢！小心脏啊！

苏媛媛怎么都不会想到，此时迷得她不要不要的男神，就是让她当初咬牙切齿恨了许久的那个满口东北大碴子味的带猫碰瓷男。

而就在决赛进行到一半的时候，比赛区发生了一点意外——

"监督员！"只见叶秋岚举起了手示意，皱着眉头，样子有些着急，"我有一个燃气灶出现了故障！"

此话一出，在场的所有选手们都不禁抬起头望了过去，观众席也开始议论纷纷。

每位选手都有两个燃气灶，坏了一个，那就只剩一个能用了。

"四号怎么回事呀……"

"啊，我记得她！之前初赛在第四组直接晋级的那个，做的咸水焦糖片看起来特别好吃！"

"设备不是昨天就确认好了的吗？怎么突然出问题了？"

"刚才一直在关注她做菜，好像是在一边熬汤一边煎小排，煎东西那边的火打不燃了。"

"我天，未免太倒霉了吧，你看时间只剩下二十分钟了哎！"

"的确有点倒霉，但最后一排空着的设备是留着备用的吧？"

·············

然而就在叶秋岚获得监督员的同意，转移到备用设施时，却发现备用的两个燃气灶都是坏的，打不出火来！

监督员看向鹤熙食园派出的负责人，质问道："怎么回事！"

负责人也是一脸惊愕："不对啊……明明昨晚最后一次统一检查时都是好的啊！"

看到出事了，电视台的工作人员显然都很兴奋，摄影机的镜头一直在负责人、监督员和叶秋岚三人之间切换。

叶秋岚好久没体会过这种心急如焚的感觉了，本来熬制高汤就是需要时间的，为了保证能在这么短的时间熬出一份像样的汤来，她选择了最容易出味的鱼汤，但怎么也得三四十分钟，因此不可能现在关火，把汤换下来，将平底锅换上去。

所以，她必须同时使用两个炉灶，而且时间紧张，每一分一秒都很珍贵，容不得再这样浪费下去了！

"监督员。"

就在这时，一个清冷的声音响起，打断了监督员与负责人之间的责任推卸。

只见慕锦歌举起手示意，神色平静道："我只需要用一个燃气灶，可以把另一个分给四号选手。"

监督员皱眉道："可是这不符合比赛规矩……"

"那按照比赛规矩，再这样拖下去，四号选手失去的时间该怎么补回来？"慕锦歌冷冷道，"设备是不是因为四号选手操作不当而损坏，这个得事后查明，如果不是她的问题，那大赛该如何弥补？"

"这……"

慕锦歌语速加快："所谓的规矩，不过都是在维护公平竞争这一原则，我只是将炉灶分与四号而已，除此之外我们彼此之间不会有丝毫干涉，在场的电视台人员和观众们都是最好的监控。事不宜迟，不要再耽误下去。"

监督员终于松口道："好吧，那么四号就用三号空出来的那个燃气灶吧。"

叶秋岚感激道："谢谢！"

说罢，她就赶紧把汤换到了慕锦歌这边空着的那个燃气灶上，开着小火继续熬着，然后回到自己的炉灶前用原本熬汤的燃气灶继续煎小排。

虽然中途这么停顿一下，肯定会影响肉质的口感，但既然问题得到了解决，那就要全力以赴地完成下去。

中途过来给汤加料的时候，叶秋岚悄悄地低声道："谢谢你，锦歌。"

"不用。"慕锦歌面无表情地盯着锅里的炖肉，嘴唇几乎没动，"不是你的错。"

鹤熙食园的设备她再清楚不过，全都是进口的好厨具，叶秋岚又不是厨房小白，怎么可能这么容易就把炉灶给弄坏了。

这件事情，背后一定有蹊跷。

而其实她心里已经有答案了。

想一想，全场跟叶秋岚算得上有过节的应该就只有江轩了，小组赛上败给这么一个野路子出来的外行人，心里肯定十分不甘。

但慕锦歌相信，这件事绝对不是他做的——因为他并没有能力在事后承担起令鹤熙食园名誉受损的责任，所以不敢。况且，他向来行事小心谨慎，不会做出如此惹人起疑的事情。

恐怕在听到叶秋岚说设施故障后，全场最紧张和担心的就是他了。

可是，有一个人与他同仇敌忾，并且仗着与园主的血缘关系便无法无天。

尚不知自己即将大难临头的苏嫒嫒看到叶秋岚又重新恢复从容不迫，开始有条不紊地处理小排，心里十分不爽，暗自恨恨地想这个慕锦歌可真多事。

本来昨天她也想看看慕锦歌是被分在哪个区域的，但没想到等她过来的时候，慕锦歌已经确认完走人了，所以她只看到了叶秋岚。

哼，要不是这个半路杀出来的小配角，江轩就不会初赛就被人抢了头筹，而她也不至于稀里糊涂受了一顿气！

怀着这样的怨念，苏嫒嫒利用自己的身份之便，在负责人最后一次检查完设备锁上门后，悄悄拿了钥匙进来在叶秋岚的器具和备用设施上做了点手脚。

她只动了叶秋岚一边的燃气灶，没有想到连老天都帮她，歪打正着，叶秋岚用的不只是一个，而是两边的燃气灶都要同时开着。

她觉得自己要开始转运了。

让她再次确认这一点的，是坐在她身旁的高富帅——

这么大朵桃花，砸得她幸福得都要晕过去！

看见侯彦霖从单反包里拿出尼康D810对着某个方向不停地按着快门，苏嫒嫒忍不住好奇地问道："参加比赛的有你认识的人吗？"

"有啊！"侯彦霖通过镜头注视着慕锦歌的一举一动，扬着嘴角道，"我女神。"

苏媛媛的表情一僵："是哪位选手呀？"

侯彦霖笑道："最漂亮的那个。"

苏媛媛的目光将场上所有女选手挨个打量了一遍后，表情更僵了。

过了好一会儿，她才生硬地堆出个笑容："该不会是三号的慕锦歌吧？"

侯彦霖按下快门，答道："就是她。"

"……"

不是她的桃花运就算了，可竟然还是那个慕锦歌的爱慕者。

嫉妒之火熊熊燃烧，烧尽了憋在苏媛媛喉间的一口老血。

她开口挑拨道："这位先生，可能你没怎么真正和慕锦歌接触过，所以不知道她的真实性格和为人，虽然她的脸的确长得好看，但是……"

侯彦霖打断她道"你认为我是个只看重外表不注重内涵的肤浅男人吗？"

苏媛媛忙道："不不不，我不是这个意思。"

"除了长相，她哪儿我都喜欢。"侯彦霖幽幽地叹了一句，"太漂亮了，总是惹来居心叵测的妒忌和诋毁。"

苏媛媛："……"

侯彦霖放下单反，笑着看向她道："我的意思是，情敌太多，竞争十分激烈，而我又因为是其中佼佼者，所以承受了很多压力。"

"哈，哈。"苏媛媛心虚地干笑两声，"原来是这样啊！"

比赛结束，全部人都完成了料理。

早在十分钟前，五位评委就已经悉数入场完毕，主持人这时才开始介绍每位评委的名字和身份，主要是介绍给电视机前的观众听的。

这一场决赛的主题也是一个词：浪漫。

慕锦歌是三号，所以很快就轮到评审她刚才完成的料理。

她将那一盆热腾腾的炖肉端到了评委桌上，说道："这就是我的作品，巧克力红酒炖牛肉，请各位老师品尝。"

然而还未有人动筷，就听到一声熟悉的嘲讽："一听题目是'浪漫'，就只知道把'红酒'和'巧克力'这两种浪漫元素混在一起，现在的年轻人都是这么投机取巧、断章取义吗？"

慕锦歌抬眼，只见昔日的恩师程安坐在评委席最右边，用着一种近乎蔑视的目光看着她的作品。

早在看肖悦给她的宣传单时，她就已经知道程安作为鹤熙食园的主厨在评委之列，所以他是决赛评委慕锦歌并不感到意外。

"程师傅，话不能这样说。"

听完程安的话后，坐在最中间的中年男评委温和地开口道："你这样子说，不也是断章取义吗？"

程安一愣，没想到会被人反驳，一时有些尴尬。但碍于说话人的地位，他不得不服软道："孙老师说得是。"

经刚才主持人的介绍，在场的所有人都知道，这位神色温润的中年男子便是当今美食界最权威的美食评论家，孙眷朝先生。

据说他吃遍了世界各地的美食，认识各个国家的有名厨师，经验丰富，阅历广泛。和当下许多青年美食评论家的语言风格不同，他的点评就如同他给人的印象，春风细雨，温润如玉，但又有不容置疑的权威与距离感。

他亦是美食圈内知名的"伯乐"，现今鼎鼎有名的厨师周琰便是他发掘的。

虽然年近五十，但从他的眉眼间依稀可见年轻时俊朗的痕迹，他对其他评委道："各位，开始吧，一切都只有等吃下料理之后才能下结论。"

另外三人听他都这么说了，便纷纷拿起勺子或筷子，或舀或夹起盆中的食物，喂进嘴中细细品尝起来。

见其他评委都吃下了这道诡异的炖肉，程安不得不硬着头皮，十分不情愿地跟着舀了一勺，然后深吸了一口气，闭上眼睛，皱着眉头，一鼓作气把勺中的牛肉塞进嘴中。

闭上嘴的这一刻，程安终于回想起了曾一度被慕锦歌的黑暗料理所支配的恐怖，以及自己拥有的属于正统料理界的骄傲被践踏的屈辱——

红酒的甜涩与巧克力的香醇同时浸入牛肉之中，一口咬下，鲜美温热的肉汁在舌上尽情铺洒开来。牛肉的松软烂熟被炖得刚刚好，既保持了一定的嚼劲，又保证肉能在咀嚼中很快化作肉泥，一时之间巧克力和酒精的味道浓郁起来，带来一场不见不散的沉醉。

这种心情……

这种随着牛肉味道的升华而不断推向高潮的心情，究竟是怎么回事？

心跳慢慢加速，如同小鹿乱撞，脸也微微有点发烫，难道这仅仅是因为菜里加了红酒的缘故吗？

那这种仿佛心间都填满蜜的感觉，仅仅是因为巧克力的香甜吗？

在这一瞬间，他仿佛听到了优美的和弦，闻到了甜腻的花香，看见了比翼的飞鸟……

啊，多么浪漫啊！如果可以，他真的想陶醉地说一句……

"程老师，"主持人看着程安一直闭着眼睛，有点担心，"您还好吧？"

程安脱口而出："Oh！Yes I do！"

主持人："……"

孙眷朝笑道："看来程老师已经十分生动地告诉了我们他对这道菜的满意。"

程安这才意识到自己的失态，顿时老脸一红，说不出话来。

慕锦歌看着孙眷朝，缓缓道："那你觉得如何呢，孙老师？"

孙眷朝保持着儒雅的微笑，比语言先回答她的是动作——只见他伸出筷子，在盆中夹起了第二块肉。

咽下后，他与慕锦歌四目相对，赞许道："独特而美味，我已经很久没有吃到过能这样带给我惊喜的料理了。"

听到这么高的评价，观众席都发出"哇"的一声惊叹，摄影师也换着角度对着慕锦歌进行拍摄。

虽然五位评委里程安给了个最低分，但慕锦歌在孙眷朝那里得到的分数却是七位选手里最高的，最后总分排下来，位居第一，荣获本场大赛的冠军。

由于中途耽误了点时间，叶秋岚乱了方寸，调味时没把握好度，把鱼汤加咸了，小排也因中途的停火而影响了口感，因此她的成绩并不太理想，没有进入前三。

江轩这次倒是发挥得不错，一道意式水果肉酱焗饭获得一致好评，总算是扬眉吐气了一把，位居第三，与排在第四的选手分差很小，有惊无险。

颁奖完后，选手与评委拍大合照，然后分别接受采访。

比赛结束，观众席就都散了，苏媛媛去找江轩，那一排只留下侯彦霖一个人。和其他观众不同，侯彦霖并不急着离开或是上去找人，而是继续悠闲地坐在原位，时不时用手中的单反朝着前方抓拍几张，脸上一直保持着笑意。

这时正好郑明、大熊和肖悦离开了原本的位置路过，郑明眼尖，发现了他，走过去拍上他的肩膀，惊讶道："侯少，你什么时候来的啊？"

侯彦霖漫不经心道："早上开了个会，来晚了，进场时都开始十多分钟了。"

郑明更加惊奇了："来晚了还能坐到这么好的位置？"

侯彦霖挑眉道："虽然我来得晚，但是我的助理到得早啊！"

郑明道："我一定是傻了才会担心这种有钱有势的大少爷没有座位坐。"

肖悦抱着刚才从花店加急送过来的玫瑰花束，挑衅般看着坐下来后终于比她矮了的侯彦霖，哼笑道："两手空空，座位都是别人帮忙占的，一点都不诚心！"

侯彦霖看向她，笑道："花是别人种的，纸是别人包的，一点都不诚心。"

"你！"肖悦瞪大眼睛道，"这起码是我买的！"

侯彦霖幽幽道："助理也是我雇的。"

身经百战后，肖悦知道自己绝对说不过对方，于是抱着花别过头哼道："锦歌得了冠军，本小姐心情好，不和你多计较。郑明，大熊，我们走！"

大熊看侯彦霖一动不动，疑惑道："侯少，你不和我们一起过去找锦歌姐吗？"

侯彦霖道："你们先去吧，主角总是最后一个到。"

肖悦凶巴巴道："跟这浑蛋说这么多干什么，还想不想继续做我小弟了？"

大熊和郑明："从未想过。"

等他们三人走远后，侯彦霖才掏出手机，给在外待命的助理小赵拨了个电话。

电话那头很快就接通了："少爷，有什么吩咐吗？"

"交代的事情都办好了吗？"

"已经跟今日到场的全部电视台和媒体负责人打好了招呼，原本跟着您从华盛过来的那个娱乐记者也已经被引开了。"

侯彦霖低声道："叫高扬盯紧点，不允许有任何照片流出。"

小赵道："是，我们一定会竭力捍卫慕小姐的清白的。"

侯彦霖沉默了两秒，才开口："小赵，你的语文老师还健在吗？"

小赵老实交代道："虽然不知道少爷您指的是小学还是中学或者大学，但我想他们都还健在，只不过每次回学校他们都不愿意见我。"

侯彦霖安慰道："眼不见，心更念。"

挂了电话后，他重新望向正在接受采访的慕锦歌。

只见郑明他们已经走了过去，并且以亲友团的身份成功混到镜头前，七嘴八舌地说了起来，成了记者们的救星——从初赛的采访就可以看出来，慕锦歌并不喜欢出现在镜头前，因此原本就不健谈的她一旦被摄像机锁定，态度就会变得更加冷淡，话题经常被尴尬地终结，每一位想要从她口中撬出爆点的记者都需要有一颗格外抗冻的心。

所以说，肖悦他们的到来简直拯救了一场分分钟进行不下去的专访。

真好啊！

侯彦霖把单反放在大腿上，右手的食指有一下没一下地轻轻拍打着相机，心里少见地涌现出些许羡慕。

真好。

他当然也想像肖悦那样捧着一束娇艳的玫瑰，然后大步流星地走上前去，一边庆贺恭喜，一边把花献给喜欢的人，顺便还可以趁机吃个豆腐揩点油什么的。

但他不能，他连像郑明、大熊那样自然地走过去和慕锦歌同框都做不到。

因为他有顾忌。

在前三甲里，慕锦歌的资历和起点都是最低的，在不熟悉她的人眼中，这样的她能拔得头筹，完全是冲出来的一匹黑马，这次能够力压群雄，除了运气外，就只有不可否认的料理才华，十分励志。

虽然事实的确如此，但如果在此时他公然出现在她身边，那就说不清了。

现在的人大多好事，往往喜欢用恶意揣度他人，网络上的喷子和键盘侠又那么多，一旦他入了镜，就有可能被心怀不轨的人扒出身份，看图说故事，造谣说是他拿钱给慕锦歌买的奖或是说出其他更不堪入耳的话，就算事后他这边的公关把流言压了下来，可还是会给慕锦歌带来平白无故的质疑与谩骂。

照理来说，他算半个公众人物，慕锦歌完全是圈外人，事前又专门找人打点过，被曝出新闻来的概率并不高。

可即使只有百分之十的概率，他都不愿意拉上那个人冒这个险。

所以直到采访结束，慕锦歌和肖悦一行人出了初犊堂的时候，他才站了起来，佯装无事地穿过人群，跟了上去。

走在鹤熙食园的游廊上，大熊兴冲冲地问："锦歌姐，你拿了第一，那是不是天川街的那家店面就是你的了？"

慕锦歌看起来有点心不在焉，"嗯。"

"好厉害！"大熊羡慕道，"那你马上就能经营自己的餐厅了吗？"

肖悦插话道："哪有那么快，下周签合同后，搞装修就差不多要一个月，然后通风散气又是一个月，这期间还要办理经营执照和卫生许可证，什么工商登记、税务登记、消防审批……手续多着呢，最快也要十二月才能开业吧。"

大熊听得头都晕了，"听起来就很麻烦，锦歌姐一个人能张罗得过来吗？"

慕锦歌道："我家以前也是开饭馆的，所以还好，不是很陌生。"

三人平时都没听她提起过家里的事，因而听到这话都有些惊讶。

大熊问道："锦歌姐，那你怎么不回家里的饭馆帮忙呢？"

慕锦歌轻描淡写道："我母亲去世后，店就关了。"

就算没有关，她也没有想过去继承。

因为那是属于慕芸的私房菜馆，不是她的。

话题聊到这里便有点尴尬，于是郑明突然道："其实，刚才侯少也在初犊堂里。"

慕锦歌脚步一滞，抬头看向他："你说侯彦霖？"

"嗯。"郑明挠了挠头，"但不知道为什么他没有和我们一起来找你，就一直坐在位子上玩相机，本来采访结束想跟你说的，但肖悦姐威胁我不许说。"

肖悦道："侯二少那浑蛋不知道葫芦里卖的什么药，自己又不是没有长腿不会跟过来。走吧锦歌，不用理他，我在一味居预留了最好的包间，庆祝你成功夺冠。"

"等一下。"慕锦歌还是拿出了手机，给侯彦霖拨了个电话。

"嘟——嘟——"

就在这时，如同有一阵风刮过，慕锦歌身边突然蹿出一个人影，紧紧地抓住她没有拿手机的那只手，拉着她直往前奔，转眼两人就一起消失在拐角处。

大熊傻眼了，过了几秒才道："侯少的短跑成绩肯定很好。"

郑明叹道："厉害了我的侯少，是说之前怎么没啥表示，原来是在憋。"

肖悦咬牙切齿："啊啊啊那个浑蛋！"

一路跑出食园门外，侯彦霖才拉着慕锦歌停了下来。

这时慕锦歌打给他的电话还没自动挂断，侯彦霖看了看手机，然后放到耳边，笑道："喂，师父？"

慕锦歌一边喘着气，一面面无表情地看着眼前这个人接通自己的电话。

侯彦霖也笑着看向她，但话却是对着手机说的："师父，这可是你第一次主动给我打电话，是不是想我了？"

"……"

"嗯？怎么不说话，是信号不好吗？"

"……"

"难不成是思念成疾，不能言语了吧？"

"……"

慕锦歌抬起手，把亮着屏幕显示正在通话中的手机挨到了耳边，冷冷开口道："侯彦霖，你就是个二傻子。"

侯彦霖听着电话，用手将她因为刚才的奔跑而散下的碎发撩至耳后，笑得很开心："只要是你给的爱称，我都喜欢。"

"二傻子。"

"哎。"侯彦霖答应得相当自然。

路人："……"

城里小情侣真是会玩，面对面还打电话调情，真是话费不怕烧，狗粮到处撒。

慕锦歌无语地挂断电话，皱眉道："你无不无聊。"

侯彦霖也把手机收进了风衣口袋，可怜兮兮道："这可是你给我打的第一通电话，我怎么舍得挂断？"

"就算你这么说，我以后也不会再给你打电话的。"

侯彦霖笑眯眯道："师父，你给我打电话是在找我吗？"

慕锦歌道："不是，不小心按到而已。"

"哦……"侯彦霖拉长了声音，意味深长道，"那师父和我还真有缘呢。"

慕锦歌道："孽缘。"

侯彦霖失笑。

突然想起什么，慕锦歌开口道："你身上有没有带糖？"

侯彦霖道："有，你又低血糖了吗？"

因为在Capriccio那段时间他天天要给慕锦歌换糖，所以都带出习惯了，即使现在早就不在餐厅打下手了，但是他出门时还是会习惯性地往兜里揣两三颗糖，特别是要开会的时候，感觉比咖啡还能提神。

看着他摊开在手心上的水果糖，慕锦歌愣了下："你怎么吃的也是这个？"

为了不露馅，侯彦霖早就想好了说辞，他认真道："你第一次奖励我吃糖的时候我不就说了很好吃吗？所以后来我就自己也去买了一盒。"

慕锦歌道："一盒？这种糖不都是袋装的吗？"

侯彦霖脸不红心不跳地说："有盒装版，可能你去的那个超市没有，下次我可以给你带。"

慕锦歌道："不用了，我现在改买薄荷糖了。"

说着，她从侯彦霖手中拿起一颗水果糖，剥去了糖纸，放进了口中。

"……"

看着慕锦歌瞬间僵硬的表情，侯彦霖关切地问道："师父，你怎么了？

卡到喉咙了吗？"

"没有。"慕锦歌别扭地错开视线，垂下了眼。

怎么感觉这糖的口感，比侯彦霖在Capriccio打下手那会儿，更好了呢？

难道……

她对这个二傻子的喜欢又悄悄地增加了一点？

慕锦歌甚至怀疑自己可能有一个分裂人格寄宿在味觉上。

有心栽花花不开，无心插柳柳成荫。

决赛的七位选手里，慕锦歌应该是最无心炒作宣传自己的，然而却不料就这样在网络上蹿红了一把。

本来收看这场比赛转播的大多都是B市本地人，受众范围有限，但有一个知名美食博主全程关注了比赛，并截取了慕锦歌比赛和接受采访时的视频，并打上了"黑暗料理女神"的标签发到了微博上——

吃货拉爱吃串串：（黑暗料理女神）在家坐月子闲来无事，就看了下B市今年的新人厨艺大赛，没想到收获奇女子一枚。明明能靠脸吃饭，却偏偏要靠才华。做的菜很独特不说，小姑娘本人也好有个性！冰山面瘫加点毒舌神马的，以后我养儿子就努力往这方向靠齐。心疼女记者0.000001秒，估计是第一次遇见这么耿直的Girl（女孩）。

转发评论很快就破了千，很多关注了这个博主的粉丝纷纷去网上找了比赛的视频，补完后回来争先当起了传话筒。一传十，十传百，很多平时根本不关注料理界的网友也都参与进来，有惊叹慕锦歌的料理不可思议的，也有热衷于把慕锦歌的各种冷漠脸和语句做成表情包的。

当然，配对党也如雨后春笋般冒了起来。

像中华小当家配慕锦歌这种跨越次元和年代的拉郎配就不说了，在整场大赛里，最火的两种搭配分别是慕锦歌配女记者（简称"歌姬"党）和叶秋岚配慕锦歌（简称"夜幕"党）。

歌姬党的成立依据主要来自初赛时慕锦歌和女记者之间的互动，小白花笨拙又努力地融化冰山什么的成为歌姬配对同人的主旋律，而夜幕党的点主要在两人都是各自小组赛的第一，强强双王，决赛时慕锦歌主动分一半炉灶给叶秋岚这一段更是成为众粉津津乐道的配对成立的最强证明。

对此，肖悦是极其气愤的，换着小号给刷配对的人挨个评论喷了过去，在微博上掐架掐得热火朝天。

而与她形成鲜明对比的，则是侯彦霖——

二傻子发来一张图片。

二傻子：师父快看，这篇写得真好，特别是你失忆那块儿，特别感人！

慕锦歌："……"

那张图片其实是一条长微博，打开一看，题目叫作《夜深何处寻歌声》。

——这是一篇夜幕同人小短篇。

文中两人都被换了个身份，叶秋岚是英姿飒爽的女警官，而慕锦歌则是一个冷静面瘫的女法医，是叶秋岚的好友，一直默默帮助叶秋岚，后来还在一次医院枪战中为叶秋岚挡了一颗子弹。

明明子弹打中的是背部，可是她被抢救过来后却失忆了。

慕锦歌：什么乱七八糟的。

二傻子：我都要看哭了。

慕锦歌：你是不是傻？

二傻子：一想到你不仅为别人挡子弹，还躺在别人怀里，还浑身是血昏迷不醒，我的心就好痛，既想成为那枚子弹，但又不想成为那枚子弹。

慕锦歌：……

二傻子：这篇同人给我的真实感太强了，以至于我现在十分担心你是否平安，所以我决定翘了等下的招标会，来餐厅看一眼你！

慕锦歌：……

二傻子：当然，如果能亲口吃到你做的东西，那我就更放心了！

绕了半天，原来目的是这个。

慕锦歌勾了勾嘴角，正打算给侯彦霖回一句"请不要给你的贪吃和擅离职守找理由"的时候，宋瑛进来道："锦歌啊，外面有人找你。"

"谁？"

"不知道，但看起来不是坏人。"宋瑛道，"说之前跟你联系过的。"

之前联系过？

慕锦歌心里感到奇怪，但还是跟着宋瑛从里屋走了出去。

只见来找她的是一名中年男子，西装革履，脸有点长，眼睛有点小，戴着一副金边眼镜，看起来十分商务。

他把名片递给慕锦歌，微笑道："慕小姐你好，我是娱派影视的经纪人吴溢，之前我的助手有跟你打过电话。"

听到对方的来意，慕锦歌明白过来，但她并没有伸手去接对方的名片，而是冷淡道："吴先生请回吧，在电话里我已经说得很清楚了。"

吴溢倒也不觉得尴尬，而是自然地把名片放在了桌上，向慕锦歌做了一个请的手势："慕小姐，我们坐下来谈吧。"

慕锦歌道："没什么好谈的，我只想好好做菜。"

吴溢干这一行已经二十年了，什么样的人都见过，自然不会因慕锦歌这么几句话而退缩，他依然保持着微笑和手势，"慕小姐，我们还是坐下来好好聊聊吧，最后不签也可以，我相信你也不希望之后一周我都登门拜访吧？"

慕锦歌不想因为自己而给宋瑛他们添麻烦，所以即使很不乐意，但还是在吴溢的对面坐了下来。

吴溢脸上虽是不动声色，但心中却是胜券在握。

作为一名优秀的经纪人，他当然拥有三寸不烂之舌，只要对方肯谈，那他就能谈妥。

"喵。"烧酒看了他一眼，跑过来跳到慕锦歌的腿上。

慕锦歌一边撸着猫，一边开口道："你要说什么就说吧。"

吴溢推了推眼镜，道："慕小姐可能还不知道，最近你在网上的热度很高，网友们……"

"我知道。"慕锦歌冷冷打断道，"有很多粉丝。"

吴溢一顿，没想到对方看起来一副不理俗事的样子，实际上还挺懂的。

——然而其实这些词都是侯彦霖每天给她科普的，虽然对此她很是嫌弃，但听得多了自然而然就记住了。

吴溢道："慕小姐，老实跟你说吧，就算我不来找你，也会有很多网红经纪公司来找你，与那些小公司相比，我们娱派是正儿八经的影视公司，在娱乐圈的地位可不是吹的，你知道荣禹东和李茗诗吗？还有刘郁莹、许翀……这些都是我们娱派的艺人。"

慕锦歌面无表情道："不好意思，我不怎么看电视。"

吴溢清咳一声以掩饰尴尬，不气馁地继续介绍道："这几年网红文化兴盛，我们娱派也顺应时代潮流，专门设立了网红部。你要知道，虽然这只是一个部门，但是完全能碾压其他那些网红公司，因为公司内部资源是共享的，你明白这意味着什么吗？意味着你以网红的身份被签进娱派，公司就会捧你，等到你有了些成绩后就会扩宽你发展的平台，让你的发展不仅仅局限于网络，还能正式进入娱乐圈，拍电视剧拍电影拿代言，走上人生巅峰！"

慕锦歌道："我只想好好做菜开店。"

吴溢："……"

不科学啊！他说得连自己都快心动了，可这个小丫头怎么还是不为所动？

吴溢快速地转动着脑筋，终于找到了合适的切入点："慕小姐，在现在这个时代，太多明星艺人开饭店了，特别是在 B 市，你要是没有点名气，怎么拼得过他们？"

慕锦歌看着他："做好自己就可以了，为什么要去跟别人比？"

吴溢问："那为什么你又要去参加那个新人比赛呢？"

"因为赢了有店面。"

"既然想拥有一家自己的店，那说明慕小姐还是有野心的，何不为自己增加名气，让自己的餐厅更受欢迎？"

慕锦歌道："你想太多了，只是这里要拆迁而已。"

吴溢："……"

年轻人你知道自己现在这种不思进取的思想有多危险吗？

吴溢仍不放弃，"慕小姐，你看，你开新店，这装修得要钱吧，宣传得要钱吧，这之后运营初期入不敷出你得自个儿投钱进去给员工发工资吧？这么细数下来，对你来说也是一笔不小的费用吧？只要你签了这合约，配合我们做几场直播，那这些钱就都有了，完全是小意思。"

慕锦歌最烦这类东西了，不耐道："我不做直播。"

吴溢见她没有否认缺钱的事实，心下一喜，劝道："慕小姐，你看你条件这么好，黑暗料理这个噱头也很新颖，做直播再合适不过，你现在说不想，是因为没有尝到甜头，尝试一次后就能喜欢上了，我们娱派好多新人都是这样过来的，现在谁还为钱的问题发愁啊？"

这时，门口响起一个透着懒散笑意的声音："谁说我们慕主厨为钱的事情发愁了？"

一听这声音，烧酒下意识地用尾巴缠住了后腿，低下了头。

吴溢回头望去，顿时一愣："你是华盛的……侯总监？"

身为一名经纪人，认人是必修课，更何况对方是娱乐圈龙头华盛娱乐的二公子，想不认识都难。

侯彦霖穿着一件驼色的大衣，两手悠闲地操在口袋里走了过来。

他在吴溢旁边的那个位置坐下，笑吟吟地看了他一眼："一直都听说娱派经纪人拉客很厉害，今日一见，果然名不虚传。"

吴溢微笑道："只是正常跑业务而已，我们这种人哪能和侯总监比，就算不工作也能锦衣玉食地生活。"

侯彦霖道："那不如你也去做直播吧，我刚刚站门口听了会儿，觉得你们娱派新增的那个网红部相当不错啊，不是很快就能让你走到人生巅峰吗？"

吴溢道："那也得像慕小姐一样有才有貌，具有吸引观众的特质才行。"

侯彦霖道："我看你口才挺厉害的，可以和方叙组一对双簧，用他的貌、你的才……虽然不得不说方叙在口才上也比你好，但我想他应该不介意让一让你，圆你人生赢家的梦。"

方叙是娱派的知名经纪人，两年前从艺天跳槽过来的，现在正和昔日的同门师妹、华盛娱乐的经纪人梁熙斗得如火如荼。

很不巧，在娱派内部，他和方叙也是死对头。

吴溢道："侯总监怎么就这么想让我上直播呢？比起幕前的工作，我更喜欢现在这份幕后的工作。"

侯彦霖笑道："那你为什么非要让慕主厨上直播呢？明明比起幕前的工作，她也更喜欢现在这份幕后的工作。"

吴溢一噎，没想到自己堂堂一个经纪人，竟然被一个人傻钱多的富二代套了话！

"慕主厨的比赛我看了，相当有意思。"侯彦霖说得好像自己是最近才认识慕锦歌的，"我决定投资慕主厨的餐厅。"

吴溢再难保持笑容，他对慕锦歌道："慕小姐，你可想好了，投资这种事，能来多少钱都是由别人掌握，可是一旦你签了我们公司，我来做你的经纪人，那到时候要赚多少钱，全看你的想法。"

侯彦霖嘲道："真是佩服你，能睁着眼把话说得这么满，同时也同情你手下的那些艺人，整天被你灌输些不切实际的白日梦。"

吴溢语气有点急了："是不是真的，只有慕小姐来了后才知道。"

"既然你觉得这是你的筹码，那这样吧，"侯彦霖挑了下眉，"作为投资方的同时，我很乐意代表华盛娱乐签下慕主厨，合约期限和细则由慕主厨来定，而我这个总监来做她的专属经纪人。"

吴溢咬牙道："侯总监，你这未免有点犯规了吧？"

"犯规？"侯彦霖轻笑一声，"虽然我知道你叫什么，但看你这样子应该也不是什么圈内新人了吧，怎么连娱乐圈里最基本的规则都不知道？"

吴溢冷笑："还请侯总监赐教。"

侯彦霖看着他，缓缓道："就是谁有资源谁说话呀，亲。"

吴溢："……"

烧酒竖着耳朵听完全过程，抬头对慕锦歌道："大魔头又仗势欺人了，真不要脸！"

慕锦歌摸了摸它的肉掌，低声道："要脸干什么，脸是要用在刀刃上的。"

烧酒一脸蒙圈："喵？靖哥哥我怎么觉得你好像变了呢！"

最后吴溢终于被侯彦霖给气走了。

侯彦霖懒洋洋地坐在位置上，笑着朝烧酒勾了勾手："烧酒，过来。"

烧酒抬起那张苦大仇深的扁脸，狐疑地看了他一眼，警惕道："你让过去就过去，那我岂不是很没面子？"

侯彦霖从口袋里掏出一袋分装的饼干，晃了晃，"丹麦进口的猫饼干，我车里有一整包，你要是尝着喜欢，我就拿进来给你。"

烧酒扭头，哼道："你未免把本喵大王想得太简单了！"

"还有一桶山羊奶猫布丁。"

"……"烧酒悄悄咽了咽口水。

"以及一包烤鸡胸脯肉。"

烧酒转过头来，目光炯炯地看着他："都给我？"

侯彦霖点头道："当然。"

于是烧酒很没骨气地爬上了桌子，走到侯彦霖面前，抬起毛茸茸的前爪去够对方手中的猫饼干："说话算话！"

侯彦霖把包装撕开，体贴地将猫饼干掰碎，然后一边喂着烧酒一边挑眉道："不是说没面子吗？"

"若为美食故，面子皆可抛。"吃到了想吃的零食，烧酒知足地用猫舌舔了舔嘴，"况且靖哥哥都说了，脸皮是要用在刀刃上的。"

慕锦歌："……"

侯彦霖抬头看向她，一双桃花眼亮晶晶的，嘴角勾着笑："怎么我觉得这句话有点似曾相识啊？"

慕锦歌依然面无表情，没有对此给出任何解释，而是站了起来，淡淡道："来者是客，我去做些点心。"

把饼干都喂完后，侯彦霖拍干净手上的碎屑，然后两手陷入那层灰蓝色的猫毛中，贴在烧酒的身体上，心满意足地叹了一声："真暖和。"

吃人嘴短，烧酒只有乖乖趴在桌上任他摸，有些无语道："敢情你叫我过来，就是想让我给你暖手。"

侯彦霖道："对啊，这么方便持久的暖手宝，不用白不用。"

"……"

侯彦霖又道："难道你没发现天冷下来后锦歌抱你的频率变多了吗？"

"……"烧酒身体一僵，想一想确实是这样！

以前靖哥哥总是嫌它重，就算它主动跳到她腿上，没一会儿也会被赶下来，晚上更是只有可怜兮兮地睡在柜台后的猫窝，偶尔进里屋都是睡地板上。

可是自从入秋以来，靖哥哥就经常把它抱在怀里摸毛，也不说它胖要给它剃毛了，晚上睡觉甚至恩准它可以睡床上！

宝宝心好痛，原来宝宝只是个暖手宝！

然而侯彦霖不忘再补一刀："不是挺好的吗，你看你，除了卖蠢当吉祥物外，又多了一个用处，你的猫生多么有价值。"

"……"可是人家明明应该是一个更有价值的系统。

侯彦霖玩着它的肉垫，突然道："你靖哥哥她刚才是不是说'来者是客'？"

烧酒动了动耳朵，继续生无可恋地趴着，没有理他。

"刚刚那个娱派的经纪人在这儿坐了那么久，也不见锦歌说要去给他倒杯水什么的。"侯彦霖低笑两声，藏不住的好心情，"可是我一来，她说要去做点心……你说她是不是喜欢上我了？"

烧酒看了他一眼："你想太多了。"

侯彦霖握着它的小爪子挥了挥，幽幽地道："还没谈过恋爱就被阉了的你，是不会懂的。"

烧酒："真想一爪子下去把你送进杰克男科医院！"

从厨房出来时，慕锦歌端来了一盘薄荷巧克力燕麦条。

吃了一块后，侯彦霖赞叹道："好吃！师父你怎么想到把薄荷、巧克力和燕麦搭配在一起的？"

慕锦歌重新坐了回来，语气与平常无异："如果我说我有一种天赋，能够感知食材之间的联系，从而做出仅仅只是放在一起就能很好吃的搭配，你信不信？"

侯彦霖单手托着下巴，目不转睛地望着她，认真道："我当然信。"

慕锦歌没想到对方竟然不假思索地给出了肯定的答复，不由得一愣，抬头看向他，一时竟然不知道该说什么好，只是怔怔道："真的？"

"真的。"

"为什么？"

侯彦霖问："什么为什么？"

慕锦歌蹙起眉头："为什么你能相信这种事情？"

侯彦霖指了指烧酒："我的猫体内住进了一个美食系统，并且我还能听到它说话，这种事情我都能相信，为什么不能相信你呢？"

慕锦歌抿了抿嘴角，不说话。

"你肯定觉得我是个很奇怪的人吧？"侯彦霖笑了笑，"要是别人这么跟我说，我多半也觉得他是在胡扯，但正因为说这话的人是你，所以我才深信不疑。"

　　慕锦歌半晌才出声道："谢谢。"

　　谢谢你给了我从未有人给过的信任。

　　此时慕锦歌的心里仿佛有只红笔和小本，翻开来给某人加上二十分。

　　——谁知道这加上分数代表着什么呢？

　　对此毫不知情的侯彦霖一口气将盘中的燕麦片一扫而光，满足地用纸巾擦了下嘴角，开口道："对了，刚刚我对吴溢说的话，都是讲真的。"

　　慕锦歌回过神来："建议他上直播的事？"

　　侯彦霖失笑："师父你真可爱，我指的是投资你的新店和做你的专属经纪人的事。"

　　慕锦歌的注意力全放在后半句话上了，因此忘了开口驳斥对方的前半句话，而是道："你不用这样帮我。"

　　侯彦霖很了解她的性格，于是道："师父，你还记得吗？来Capriccio第一天，我就跟宋阿姨说过，未来我想发展餐饮业，所以这次投资，你可以理解成只是一种商业行为。我看好你，觉得有利可图，所以给你提供资金，将来再从你这里赚钱。"

　　烧酒瞬间就炸毛了："好啊你，竟然打的是这个算盘！坦白交代，你是不是一早就计划好要利用靖哥哥赚钱了？"

　　侯彦霖捏了捏它的扁脸："蠢猫就是蠢猫，你有听过商人会盘算着做赔本的买卖吗？"

　　哪会有人为了这点蝇头小利，如此大费周章，最后还把真心给搭了进去。

　　那可真是，太不划算了。

　　慕锦歌听了这话，以为侯彦霖指的是投资自己的店是桩亏本买卖，于是道："既然这样，还是算了吧。"

　　侯彦霖一本正经道："靖哥哥，你这种心态实在是太消极了，要是不想辜负我的话，那就好好工作，努力让餐厅赚大钱，而不是只想着赔钱。"

　　慕锦歌想了想，道："那这样吧，餐厅的所有权一半归你，算是我俩合伙开了家店。"

　　"……"

　　"怎么了？"慕锦歌看向侯彦霖，"也对，像你这种身家的人，应该不把这种小店放在眼里吧。"

侯彦霖忙道："没有的事，我现在都是坐享前人的财富，能自己开餐厅，可是迈出自己创业的第一步，求之不得！只是……"

"什么？"

侯彦霖虽是神色不改，但耳根却悄悄红了，他清咳一声道："合伙开店，那以后员工对我们的称呼，是叫我老板，然后叫你老板娘吗？"

慕锦歌道："现在装修还没搞，你倒是就先想员工的事情了。"

没有否认，那就是默认了！

虽然知道对方并不是那个意思，但侯彦霖还是忍不住窃喜一下。

烧酒奇怪地看了他一眼，心想大魔头今天是不是吃错药了，怎么净在那里自己傻乐。

慕锦歌看着他问道："你怎么耳朵这么红？"

侯彦霖伸手摸了摸，睁眼说瞎话一点都不含糊："可能是冻的吧，天一冷就这样。"

慕锦歌道："哦，这样。"

"既然投资的事情你同意了，"侯彦霖努力收起心中泛滥的粉红泡泡，言归正传，"那专属经纪人的事情也希望师父你能好好考虑下。"

慕锦歌排斥道："我不想当艺人。"

侯彦霖耐心道："没有说让你当艺人，我也不想你去搞直播那些玩意儿，太不适合你了。但是那个经纪人有句话说得不假，这次比赛给你带来的人气如果好好把握，对你将来的餐厅百利而无一害，既然有个现成能用的资源，那我们为什么不用呢？"

慕锦歌面无表情地看了他好一会儿，才妥协地开口道："看来你已经有打算了。"

侯彦霖道："我想拍下你做料理的过程，把每道菜剪辑成一个只有两三分钟的小视频，放在网上，这样既可以把方法教给大家，破除质疑你料理科学性的谣言，又可以为你积攒人气，给餐厅招揽生意。"

烧酒兴奋起来，翘着尾巴道："靖哥哥，我看大魔头的主意很棒！以前我也经常帮我前宿主在网络上宣传什么的，效果都不错。"

慕锦歌沉默了一阵，终于道："好吧。"

烧酒欢喜道："耶！靖哥哥我爱你！"

慕锦歌揉了揉它的脑袋，嘴角带着浅淡的微笑。

侯彦霖："……"

糟糕，我最大的情敌，好像是这只蠢猫。

十月底，B市步入深秋，气温直降，冷风已显露出几分肃杀之意，如一双干燥的大手，冰冷的指尖穿过光秃的枝丫，触碰枯黄发脆的落叶，驱赶着候鸟不断挥动着羽翼南飞。

这里空气不好，一连好几天的霾，将整座城市笼罩在一片灰蒙蒙的惨淡之中，路上的行人皆戴着厚重的口罩，眯着眼睛快步前行，神色凝重得像是在进行一次逃生。

——和天气一样糟糕的，还有身边瞬息万变的人情世故。

侯彦霖看完桌上的一堆资料，疲倦地靠在办公转椅上，长长地舒了一口气，然后坐着将椅子转了半圈，面朝身后巨大的落地窗，两手交握放在腿上，表情颇有些严肃地望着窗外朦胧昏暗的世界，似是陷入了沉思。

高扬帮他把看完的策划案和签好的文件收拾好，见他一言不发，以为是出了什么事，于是关心地叫了他一声："少爷？"

侯彦霖背对着他，叹了口气，语气沉重，带着股遗憾的意味，缓缓道："天凉了，让王氏破产吧。"

高扬："……"为什么我要关心他？为什么我就不长记性？

侯彦霖站了起来，伸了个懒腰，一边活动肩膀，一边道："总算忙完了，下班下班，吃饭吃饭！"

收拾完东西，他乘着专用电梯下到一楼，刚走出电梯门没几步，就看见不远处的普通员工电梯也停住了，门一打开，一个穿着正式，精干的短发女人走了出来。即使化着成熟的妆容，但女人依然看起来十分年轻，走路时脊背笔直，姿势很正，高跟鞋在地板上踏出嗒嗒的响声，每一步极其沉稳。在这大冷天也不见她手上拎件大衣，一点都不怕冷的样子，虽然看起来十分消瘦，但身体却是出人意料的强健。

侯彦霖热情地唤了她一声："哎，梁熙熙！"

听到声音，女人停下脚步，望了过来，颔首示意："侯少。"

侯彦霖走到她面前，笑着问道："工作结束了？"

梁熙熙点头："嗯，是的。"

侯彦霖上下打量了她一番，半开玩笑道："啧，平时近了看没觉得什么，刚刚远远看你，才发现你真的是太瘦了，就跟个火柴人似的，巢闻回来不得心疼死。"

听到最后一句话，梁熙熙眼神一黯，抿了抿嘴角，没有说话。

侯彦霖知道她还在担心巢闻的身体，于是没有再说下去，而是话锋一转道："正好我要去吃饭，捎你一个呗。"

梁熙熙不好拒绝他，只有问道："去哪里？"

侯彦霖笑了笑，露出两排整齐的白牙，一双桃花眼像是缀着星光。

他眨了眨眼，说道："我最喜欢的一家店。"

可能是因为天气冷再加上空气质量不好的缘故，最近梧桐巷附近的居民和学生都不怎么常出门吃饭了，Capriccio 的客人也因此少了一部分，高峰时段没有像过去那样繁忙了。

不过宋瑛觉得这不是坏事，来的人慢慢少了也好，这样的话之后关店拆迁的时候也不会有太多愧疚和牵挂。客人少了，厨房自然也没那么紧张。

"锦歌，侯先生来了。"小丙进到厨房，把订单拿了进来。

她和厨房里的小贾都是在郑明和大熊开学后来接班的全职员工，比慕锦歌岁数要大，所以两人都对她是直呼名字。

虽然两人没有和侯彦霖共事过，但因为经常听宋瑛提起，然后前段时间也经常见侯彦霖回来给猫带粮，所以还是认识这么一号人的。

"知道了。"慕锦歌接过订单，看了后有些奇怪，"他一个人怎么点这么多？"

小丙说："侯二少这次不是一个人来的。"

慕锦歌应了一声，心想那货大概是和高扬或小赵一起来的吧。

可是小丙却道："他今天带了个女伴，一个留着齐肩短发的女生。"

慕锦歌也不稀奇，以为是顾孟榆。

然而小丙按捺不住一颗八卦的心，继续描述起来："那女的看起来，二十出头的样子，但穿着打扮有点老气，说话很客气，感觉挺职业的。"

慕锦歌的动作一顿，听这描述并不像是顾孟榆。

一旁的小贾忍不住开口道："啧，该不会是侯二少的女朋友吧？"

小丙见终于有人理她了，顿时打开了话匣子："有可能，点完单离开时我故意走得慢了些，就听到侯先生对那个女生说什么'照顾好你''心疼你''好好吃饭'什么的，笑得特别温柔！唉，为什么我就找不到这样风趣体贴又英俊多金的男朋友呢？"

"世界上哪里有这么完美的男人啊！"小贾撇了撇嘴，"像侯二少条件这么好，情史肯定不简单。"

小丙看了他一眼，"呵，你肯定是嫉妒了吧？"

小贾哼道："不信你自己去八卦论坛查，前段时间有个扒 B 市富二代和高干子弟的帖子，侯二少可是光荣上榜，名列前五，上面说他和娱乐圈里许多女明星都关系匪浅，一年十二个月换下来的女朋友可以绕咱们梧桐巷一圈！"

"有没有这么夸张啊，网上那些人乱写你也信？"

"无风不起浪，我看侯二少肯定是个撩妹高手！"

"咚——"

这时，一把菜刀重重地剁进了木质菜板里，发出的声响把两人吓了一跳。

慕锦歌冷冷道："这里是厨房，不是茶水间。"

"……对不起！"小贾和小丙在这之后大气都不敢出一声。

梁熙熙感到有些意外。

刚开始听侯彦霖说要带她到他喜欢的店吃饭时，她的脑海里自然而然想到的都是 B 市内那些有名又奢华的高档饭店，却没想到对方一路开车进了老城区的小巷，然后带她走进这家其貌不扬的餐厅。

侯彦霖夹了一筷子菜，笑着对她说道："你看起来似乎很惊讶。"

"是的。"梁熙熙坦白道，"我以为以你的性格和眼光，看上的应该都是那些很高档豪华的地方。看来我看人还是片面了点，没发现你还有低调接地气的一面。"

侯彦霖问："你觉得这里的东西好吃吗？"

梁熙熙咽下一口菜，认真地评价道："出人意料的美味，比知道你会来这种朴素的地方吃饭还让我惊奇……不，可以说是惊喜。"

侯彦霖托着下巴，幽幽道："我还在这里打过工呢。"

梁熙熙一愣："打工？"

侯彦霖懒洋洋道："唔，准确来说是愿赌服输，在这里义务劳动了一个多月。"

"……不懂你们这些有钱人的想法。"梁熙熙只觉得有些莫名其妙，随后她突然想起什么，问道，"对了，我听周婧说你前段时间总问她网络包装宣传上的事情？"

周婧是她经纪团队的公关助理，当初跟着她一同从艺天跳槽来的华盛。

侯彦霖承认道："是啊！"

梁熙熙奇怪地问："你要这些来干什么？"

侯彦霖只是笑眯眯地说："有用。"

正说着话，这时小丙又端了盘菜上来，一边说明道："侯先生，这是我们主厨额外送您的一道菜。"

侯彦霖有些受宠若惊："锦歌给我的？"

小丙迟疑地点了点头："对。"

只见这份额外赠送的料理是一道侯彦霖从未见过的新菜——粗壮的白萝卜被切成了一块块厚片并挖去了心，然后空出来的部分被填满了黄绿黄绿的食料。

更加稀奇的是，一向懒得管料理外观的慕锦歌这次竟然用胡萝卜雕了一朵花放在盘边，看上去并不比大酒店师傅的雕花技术差。

梁熙熙指了指白萝卜块的中间，问道："你好，可以告诉我这里面都是什么吗？"

小丙目光不由自主地瞟了眼侯彦霖，然后答道："西兰花、菜花、桂花。"

侯彦霖："……"

梁熙熙看向他，含蓄道："侯少，你是不是和这里的主厨有过节？"

这道菜，明眼人都可以看出具有两大要素：萝卜和花。

慕锦歌这道菜，其实就是一道一眼就能看破的谜题——

萝卜"心"里塞满"花"。

……打一俗语。

♥ 第七章 ♥
|蛋羹|极乐排骨|

将梁熙熙安全送回去后，侯彦霖重返Capriccio，却被宋瑛告知慕锦歌已经带着烧酒回去了，走了快二十分钟了，估计已经上了公交车。

——慕锦歌即将拥有自己的餐厅，每天忙着搞装修和跑手续，自然不能像以前那样全天待在Capriccio工作，所以她也不好继续在宋瑛这里领着全职的工资，每天这几个小时的工作就算是帮忙了，晚上不一定每天都会留到打烊，有时候如果第二天要早起办事情的话，七八点的时候就会带猫离开了。

因为忙着处理公司的破事儿，侯彦霖有一段时间没有来过这里，再加上慕锦歌也不是会没事把这些细节挂在嘴边的人，所以他此时扑了个空也是正常。

向宋瑛告辞后，侯彦霖驾车直往慕锦歌住所的方向。

然而就在快要到小区的时候，他却突然打了下方向盘，临时起意般拐进了对面马路上某家酒店的地下停车场，付费办理了停车业务。

不一会儿，一辆山地车从停车场的斜坡骑了出来。

坐在值班室的保安就这么眼睁睁地看着这位客人开着四个轮子进，骑着两个轮子出。

明明开车窗缴费时还西装革履，一副社会精英的打扮，这会儿出来时却是一身休闲，身上穿着有点走嘻哈风的印花宽松棉质卫衣，裤子不怕冷似的卷了一截露出脚踝，脚上踏着一双骚气十足的大红色板鞋，从头到脚散发着青春的气息，学生气十足。

保安："……"

侯彦霖看起来瘦高瘦高的，没想到身体却很健壮，骑着自行车上坡一点儿都不吃力，轻巧极了，上平地不带喘的。

他绕到值班亭的窗口前用脚刹了下，抬起头笑眯眯地问道："请问可以借我点水吗？"

保安很想说要喝水请去便利店自己买去，但所谓伸手不打笑脸人，对方是那种笑起来极其好看的人，带着股莫名的亲近，实在让人难以拒绝。于是他只好委婉道："我这里只有半杯凉掉的茶水，已经喝过了，还没来得及去接热的。"

侯彦霖道："没事，我不是要来喝的。"

听他这么说，保安怀着几分疑虑，将茶杯递了出去。

然后只见侯彦霖拿起茶杯，用杯盖抵住茶叶，勾着头将那小半杯冷茶哗啦一下淋在了自己的脑袋上。

经过了一整天的浸泡，杯中的劣质茶叶味道已经很淡了，倒出来的水和白水似的。

"谢谢。"侯彦霖把茶杯放了回去，接着用手捋了把湿淋淋的头发，颇有几分明星拍摄洗发广告的风采，随后他从衣兜里掏出五十块钱，一并给了出去，一边温声道："天气凉了，茶冷伤身，去买杯热饮吧。"

你还知道茶冷伤身！

保安一脸蒙圈。

而不等他做出什么反应，侯彦霖便已骑着自行车，消失在行人与车灯之间。

Capriccio 离慕锦歌现在住的地方不近，公交车又比较绕，相当于要兜一圈，一趟下来差不多四十分钟，高峰时期碰上大塞车可能要一个小时。

等到站下了车，烧酒急不可耐地从慕锦歌的背包钻了出来，张着猫嘴，一脸愁苦："哎呀，憋死本喵大王了，终于能呼吸一口清新空气了！"

慕锦歌戴着口罩："你觉得 PM2.5 很清新？"

"……并不。"烧酒猫身一顿，随即郁闷地钻了回去，"还好我具有自动调节身体的功能，真不知道普通的猫猫狗狗是怎么挺过这雾霾天的。"

慕锦歌问："既然你能调节身体，为什么不把自己调轻一点？"

烧酒委屈道："明明都把我当暖手宝了，还嫌弃我！"

慕锦歌："暖手宝？"

"是啊，大魔头都告诉我了。"在她看不到的背面，烧酒转了转圆溜溜的眼睛，露出几分自以为的狡黠，然后带点挑拨离间的小意图说道，"他说你最近都不剃我毛了，还老爱抱着我，是因为天冷了后你要拿我暖手。"

然而慕锦歌只是淡然地干脆道："不，我只是懒得买哑铃锻炼。"

烧酒："……"

那还不如暖手宝呢！

就这样，慕锦歌背着烧酒进了小区。

而就在即将走近她所住的单元楼时，慕锦歌看到惨白的路灯下锁着一辆眼熟山地车，而车前靠了一个熟悉的身影。

"师父！"看到她走来，侯彦霖站直了身，语气有些急切地叫了她一声。

听到声音，烧酒动了动耳朵，奇怪道："咦，大魔头怎么来了？"

慕锦歌并没有理他，而是背着猫径自上了大门前的小台阶，掏出钥匙打开了单元楼的大铁门。

她现在，有点烦躁。

平时我行我素惯了，情绪少有为旁人所影响，就算是被苏媛媛和程安诬陷，感到愤懑的时候，她也能很快恢复一种近乎心平气和的状态，不受外界的干扰。

但是今天不知道怎么了，不过是听小贾和小丙碎嘴了几句话，她竟然一直烦躁到现在，坐在公交车上时还破天荒地在网上搜索了某个人的名字，然后越看越不爽，恨不得派烧酒去把那张笑意盈盈的脸抓破，让某位花花公子失去招蜂引蝶的一部分资本——虽然她知道，网络上很多八卦帖都是假的，没有实锤，不过是捕风捉影。

可是她还是不可抑制地感到一阵焦躁，这种陌生的情绪让她很是不适。

所以在调整好自己的心态前，她并不想见到侯彦霖。

然而就在她打开门，准备进去的时候，身后突然传来一声闷响。

烧酒圆乎乎的脑袋从背包里探了出来，一双茶色的眼睛映着昏暗的路灯，流转出幽幽的绿光。它惊愕地叫了一声："啊！大魔头怎么跪在地上了！"

慕锦歌闻声回过头——只见灯光之下，侯彦霖一只手扶着车座，另一只手虚弱地撑在地面上，身体前倾，两膝着地，汗湿的头发贴着他的脸，覆上一层浓厚的阴影，让人看不清他的侧脸，但是从他起伏的胸膛和颤抖的背脊来看，不难想象那张脸上应该是布满痛苦的神情。

看到这副景象，慕锦歌倏地睁大了双眼，快步下了石阶跑了过去。

烧酒被颠得不好受，于是从背包里跳了下来，走上前用厚厚的肉垫拍了拍侯彦霖的手，瞪大眼睛道："大魔头你要不要喊救护车啊，怎么这个气温下出汗出得这么厉害，头发都湿成这样了。"

慕锦歌抓住侯彦霖的胳膊，想要将他拉起来，但奈何身形差距在那儿，她拽了好几次都没把人拽起来，还差点把侯彦霖给弄倒了。

她皱起了眉头："你怎么了？"

"没事，你让我缓缓就行了。"侯彦霖抬起头，面带虚弱地苦笑道，"应该是刚才骑车骑得太急……最近工作太忙，没休息好，没想到身体竟然虚成了这样……"

慕锦歌斥道："身体不舒服就回家好好休息，你骑车过来干什么，还好你是在这里倒下的，万一骑到半途，过马路时难受怎么办？"

侯彦霖扯了扯嘴角，拉出一个勉强的笑容，他轻声道："师父，你回去吧，让我一个人在这里跪一会儿就好了，你带着烧酒回家吧……"

"闭嘴！"

说罢，慕锦歌蹲了下来，左手越过侯彦霖宽阔的后背，搂住他的腰，让他的右手搭在自己的肩上，然后有些吃力地将他给架了起来。

侯彦霖半个身体的重量都压在她身上，一时之间两人的距离拉近，他呼气的声音都能喷到她耳边："师父……"

慕锦歌身体一僵，不自然的神色一闪而过，最后还是回归冷漠，她不动声色地稍稍偏过了头，冷淡道："自己用力着地，单靠我扶不住你。"

虽是有意保持距离，但在上楼梯的过程中，还是避免不了意外。

在迈某层台阶的时候，侯彦霖摇晃了一下，身体没长骨头似的往右倾，头在晃荡中凑了过来，把脸贴到了慕锦歌的脖颈处。他闷闷地说了一句："师父，你身上有点酸。"

"……"

"是醋的酸味。"

"……"

见身旁人没反应，侯彦霖又压低声音，在她耳边缓缓道："师父，今天和我一起来吃饭的是我之前跟你提起过的梁熙熙，我发小的女朋友。我发小出事后，她心情就一直不好，今天下班正好遇到她，所以我就邀请她一起来了……我俩真没什么，就是普通朋友关系，我把她当嫂子一样。"

本来他是打算吃完饭后，当着面给慕锦歌介绍下梁熙熙的，想着两人性格有共通处，应该能聊得来，哪知道店里新来的跑堂那么嘴碎，多半是添油加醋地在厨房里说了一通，结果让慕锦歌还没见到人就误会了，不仅送了那么道菜出来，还拒绝出来见他们。

而至于为什么事前没有在来的路上跟慕锦歌发个消息说一声，那是因为他存了一点试探的小心思。

没想到好像玩翻了。

"安静。"慕锦歌目不斜视，面如冰雕，"不然我就把你从楼梯上摔下去。"

侯彦霖乖乖收了声，他知道此时没人会注意他的表情，于是一抹笑容悄然又放肆地在他的唇边绽放开来，如同一株在夜间静谧绽放的昙花。

明明是平时一两分钟就能上完的楼梯，现在多扛了个人，硬生生地费了五六分钟。

当慕锦歌用右手掏出钥匙，打开家门后，烧酒率先冲了进去，并且很体贴地跳上桌台，把客厅的大灯给按开了。

慕锦歌把侯彦霖放到沙发上，脸上没什么表情，"躺好，我去给你冲感冒药。"

侯彦霖平躺着，一脸虚弱，说话有气无力的，"师父，不该是冲葡萄糖吗，怎么冲起感冒药来了？"

"不要小看厨师的鼻子。"慕锦歌从抽屉里找出一块新毛巾甩给他，冷冷道，"汗味和茶水味，我还是能分清的。"

侯彦霖表情一僵："……你什么时候发现的？"

"当你故意倒过来在我身上乱蹭的时候。"

侯彦霖："……"

但是就算这样，靖哥哥还是没在半路拆穿他，而是把他给带进了家门！

事已至此，侯彦霖也不打算继续扮病号了，麻利地撑着坐了起来，和数秒之前完全是两个人。他十分感动："师父，你人真好，我可以以身相许作为报答吗？"

"拒绝。"

慕锦歌进厨房后，侯彦霖坐在沙发上，虽是脸上没什么表示，但心里却是喜滋滋的。

烧酒还没闹懂究竟是怎么一回事，半惊奇半疑惑地盯了侯彦霖一会儿，都快怀疑他体内是不是也有个系统在自动调节身体了。它问："你是吃了速效救心丸吗？怎么这么快就生龙活虎了？"

"想知道？"侯彦霖扬了下眉，笑着朝它招了招手，"过来。"

烧酒毫无防备地走了过去，却不料被一下子抱了起来。

侯彦霖两手把它举了起来，十分满意这温暖的手感，并且不忘给个好评："真暖和。"

烧酒喵喵直叫："放手！不然本喵大王可就对你不客气了！"

侯彦霖："都这么熟了，还跟我客气什么。"

烧酒对他的偷换概念十分无语，正打算好好批评一下，就见侯彦霖举着它突然站了起来，瞬间它双爪离地的距离更高了。情急之下，它抬高了音量，叫唤起来："你……啊啊啊靖哥哥！这里有人要摔猫了！救命！"

侯彦霖嘲笑道："啧，作为一只猫，你竟然还恐高。"

烧酒振振有词："恐的不是高，是把我举这么高的你！"

"安静，不然就把你们赶出去。"听到吵闹声，慕锦歌端着一碗感冒冲剂走了出来，冷冷地扫了他们一眼。

她声音虽不大，但足以把一人一猫给震得没声了。

等她把碗放在柜子上，转身重新进到厨房后，侯彦霖一只手牢牢圈住不断挣扎的烧酒，另一只手空出来把药端起来喝了。

而就在他把空碗放下，抬眼的时候，不经意间瞥到了放在立柜上的一个相框。

侯彦霖目光一顿，把相框拿了起来："这张照片……"

烧酒挣扎累了，索性不动了，它抬头看了眼相框中的照片，说道："噢，这是靖哥哥上初中时和她妈妈的合照，来这里这么久，我也就只见过这一张。"

照片拍摄时应该是冬天，初中时代的慕锦歌比现在矮一些，穿着黑色的羽绒服，围了条大红色的围巾，显得有些臃肿。那时她还不是现在的发型，而是留着整齐的刘海和学生样式的短发，其中一边的头发撩到了耳后，露出小巧的耳朵，一张瓜子脸白白净净，虽然五官尚未完全长开，但已经出落得亭亭玉了。她面无表情地对着镜头，乌黑的眼睛下依稀可见淡淡的眼黑圈，估计都是让作业给祸害的。

而站在她身旁的女人穿着一件深蓝色的大衣和黑色高领毛衣，束着长发，下巴尖尖的，和慕锦歌是相同的脸型，但长相不太像——慕锦歌有一双漆黑如夜的杏眸，但女人的眼睛却近似丹凤，眼角微微上挑，鼻子也要更秀气点，嘴唇薄薄的，没有涂口红，看起来有点气色不佳。俩母女最像的一点应该就是神情了，拍照时一分笑容都不给，俨然是一座大冰山带着一座小冰山。

因为之前调查过慕锦歌，所以侯彦霖对她家里的情况是有所了解的，知道慕锦歌是由慕芸独自带大的，家里没有父亲的存在。

据说慕芸当年是未婚先孕，男方是一个美食评论家，在不知慕芸怀孕的情况下离开了她，在安定与闯荡之间选择了后者。

盯着照片上那个稚嫩的女孩看了会儿，侯彦霖突然觉得有种熟悉感，总觉得慕锦歌没长大的时候长得有点像一个人。

但或许那个人在他这里并没有留太多的印象，只是匆匆一瞥，所以一向记忆力不错的他此时竟怎么都想不起来。

慕锦歌不知道什么时候走了出来，"你们在看什么？"

侯彦霖回过神来，脸上迅速挂上了那副漫不经心的笑容："在看你放在柜子上的照片。"

慕锦歌并不怎么介意的样子，淡淡道："那是我和我妈的合照。"

"我知道。"侯彦霖掏出手机，给数年前的小锦歌拍了个照，像是要留作纪念似的，"靖哥哥初中时真可爱，要是我当时在你们班，肯定每天无心学习，想着法子追你。"

慕锦歌嘲道："就用你这种把茶水浇在头发上装老弱病残骗取同情心的伎俩？"

侯彦霖："……"

专业套路二十年，没想到今天在阴沟里翻了船。

慕锦歌刚才给他冲好药后，回厨房又做了一碗蒸蛋出来，说完话后便坐下来没再理他，自顾自地在茶几上吃了起来。

只见她的这份蒸蛋长得和普通蒸蛋羹不一样，表面有一道道白色的痕迹，像是色拉酱，除此之外还密布着深褐色的点点，仔细一看，才发现原来是面包渣。

一勺舀下，柔嫩的蛋白破了个口，糖心的蛋黄液急不可耐地涌了出来，混着细腻的胡椒粉和打蛋前在碗中挤的番茄酱，散发出一股奇妙的香气，带着新鲜出炉的热气，在整个客厅蔓延开来。

烧酒："……"

侯彦霖："……"

一人一猫同时咽了一下口水。

过了一会儿，侯彦霖坐在慕锦歌旁边，小心翼翼地开口问道："师父，你生我的气了吗？"

慕锦歌专心吃消夜，没有看他："没有。"

"那为什么……"侯彦霖舔了舔嘴唇，似乎在回味那个味道，"你会做那道菜给我？"

慕锦歌问："哪道菜？"

侯彦霖道："花心大萝卜。"

慕锦歌点评道："这个名字取得不错。"

侯彦霖："……"

慕锦歌说："厨房正好剩下了那些食材，就凑合着给你做了盘菜，不合口味吗？"

"不，挺好吃的。"侯彦霖怀着点试探的意图，"就是有点酸。"

慕锦歌半真半假道："是之前郑明做的酸萝卜，他第一次做，把萝卜片得太厚，所以之前一直没用，今天正好清坛子，我就拿出来用了。"

侯彦霖看着她，不死心地问道："真的只是这样吗？"

慕锦歌抬头迎上他的目光，波澜不惊地道："不然你以为呢？"

侯彦霖没想到自己竟败下阵来，笑了笑，换了个话题："好吧……那我刚刚骗了你，你怎么不生气？"

慕锦歌道："多亏你这次骗了我一下，让我想通了一件事。"

侯彦霖愣了下："什么事？"

慕锦歌看了他一眼，回想起刚才在楼下回头发现他跪在地上时那一瞬间自己的心情——

惊异、慌张、焦急之中甚至还有些恐惧。

这是比糖果口味的改变更加直白明显的征兆，就像一阵狂风，猛地吹散了萦绕在她心墙前的重重迷雾，显现出刻在上面静候已久的答案。

她想，自己大概是真的喜欢着这个人的吧。

因为已经喜欢上了，所以不管心里的那本小手账上给这个人扣多少分，都不能改变已经不知道在哪个时刻定死的满分成绩，所有的减分都只是在自欺欺人，给自己徒增烦恼。

——例如今天困扰她很久的那股烦躁。

虽然真的很不想承认她因为一个二傻子而变得喜怒不定，但现实就是这么残酷。一想到这里，慕锦歌及时敛住了即将浮于脸上的笑意，低头吃了一口蛋，没有说话。

许是因为心虚，侯彦霖主动坦白道："我是怕我来了后你不理我，所以才出此下策的。"

慕锦歌抬眼瞥了他一下，似乎在说你也知道是下策啊！

"看到了那道菜，实在是难以不让人多想。"侯彦霖顿了顿，一本正经地说道，"靖哥哥，虽然我的确是个纨绔，但真的没有乱七八糟的感情史，在我眼里，圈里圈外那些妖艳贱货还没有烧酒对我的吸引力大。"

慕锦歌："哦。"

侯彦霖像是在进行业绩汇报似的，详细地报备道："我一共就俩前女友，还都是在国外读书时谈的。第一个是个华裔，有年大选她十分关注，而我俩看好的候选人恰好互为敌对，因此她觉得道不同不相为谋，怒而分手。第二个是个白妞，是个中国文化迷，但经过一段时间的相处后，我发现她最感兴趣的是粤语，于是只能偶尔跟她示范下相声和绕口令的我很识趣地把她介绍给了一个来自 G 省的同学，非常和谐地结束了这段关系——前段日子他们结婚了，还想请我做伴郎来着。"

慕锦歌："……"

侯彦霖认真道："我真没骗你，他们的婚礼邀请函还在我那里收着呢。"

"知道了。"慕锦歌神色冷淡，语气更加冷淡，"说完了，你可以走了。"

侯彦霖试图撒娇："师父……"

慕锦歌丝毫不吃这一套："需要我帮你打电话给高扬让他来接你吗？"

女人啊，你的名字叫狠心！

侯彦霖长这么大，第一次体会到追人的不易。

明明前几分钟似乎是对他动了心，不然也不会明知是套路可还是配合地走了进来，但没过多久就翻脸不认人，冷漠又无情，拒人于千里之外。

路漫漫其修远兮，吾将上下而求索。

怀着这种深沉的感悟，侯彦霖以退为进，主动打开门走了出去。

他转过身，朝慕锦歌摆了摆手，试图找回之前的潇洒，笑道："师父，拜……"

然而还没等他第二个"拜"字出来，两道门就一道接一道地在他面前毫不留情地关上了。

侯彦霖刚扬起的嘴角抽了一下。

……吾将上下而求索。

关上门后，烧酒奇怪地看了过来："靖哥哥，你今天怎么对大魔头……哎，靖哥哥？"

它望着慕锦歌，怔了怔，随后有些难以置信地睁大了眼睛。

是天要下红雨了吗？

——只见慕锦歌靠在门后，稍稍低着头，轻轻地笑了一声，像是被什么事情逗乐了似的，十分愉悦的样子，和侯彦霖的郁闷形成鲜明对比。

一时之间冰雪消融，像是有明媚灿烂的阳光洒了下来，照亮了她的眼角眉梢，精致的五官顿时鲜活生动起来，草长莺飞，繁花似锦，和平常面瘫时截然不同的好看。

真有意思。

她心想，那就来比比谁的套路更深吧。

大赛奖励的店面，的确是一间好店面。

位于繁华商业区中天川街中间地段的醒目位置，马路对面就是一个购物商城和影院，店面两边分别是一家装修得格外文艺的书店和一家体育用品店。

离最近的地铁口不超过 200 米，出门右拐 50 米就是公共汽车站，四通八达，十分便利。

店名是慕锦歌自己取的，叫作"奇遇坊"。

平安夜这一天，是奇遇坊试营业的日子。

在经过一段时间的魔鬼特训后，肖悦终于通过考核，得以成为奇遇坊的一员，而员工招齐后，慕锦歌和侯彦霖又对其开展了另外为期两周的培训，培训结束后彼此之间都认识熟悉了。

在厨房的工作除了慕锦歌、小贾和肖悦外，还新招了一个绰号叫问号的汉子，而负责跑堂的除了原来的小丙外，多了一男一女，女的外号叫小山，男的外号叫雨哥，都是二十出头的年轻人，很有干劲和活力。

至于收银员——

"欢迎光临。"

听到这个熟悉的声音，晚上一下飞机就赶来捧场的顾孟榆猛地停住了脚。

她惊诧地往左侧看了过去——只见侯彦霖站在收银台后，脸上挂着标准的微笑，身上穿着合身的深蓝色定制店服。

因为店里开了暖气的缘故，他将两边的袖子都挽了上去，露出肌肉紧致的小臂，骨节分明的修长手指有一下没一下地抚摸着趴在桌上的扁脸猫。

"喵——"烧酒慵懒地叫了一声，已经允许了这种互取所需的行为，并且十分享受。

"彦霖？"顾孟榆难以置信道，"你怎么在这里？"

侯彦霖道："孟榆姐不会不知道吧，这家店是我和锦歌一起开的。"

"不是……这个我知道，可你怎么在这个位置？"

侯彦霖笑道："孟榆姐，你是在担心我数钱会数不清楚吗？"

说真的，这点顾孟榆倒是一点都不担心，侯家的人生来就是做奸商的料，一个赛一个的精明，就算天凉透了百家姓都破产了，她相信华盛侯家也会是排在最后的那户。

她疑惑道："我以为你就只是在幕后当老板……现在年末了，华盛应该很忙才对，你怎么溜出来的？"

侯彦霖漫不经心道："我辞职了。"

顾孟榆大惊："你哥准了！"

"遗憾的是，没有。"侯彦霖看似烦恼地叹了一口气，但显然其实并不太在意，"他允许我半挂名，但重要场合一定要出席，例如之后的年会。"

顾孟榆能够理解，这是为了避免兄弟不和的流言传出，影响公司形象。她道："不过真吓了我一跳，没想到你对这家店那么上心。"

侯彦霖勾着嘴角，意味深长道："因为这里有值得上心的人。"

奇遇坊位置好，再加上这段时间侯彦霖帮慕锦歌在网上积攒的人气，今天的试营业可谓是非常成功，生意十分好，忙得厨房几乎就没停过火，甚至出现了需要拿号等位的情况——还好侯彦霖有远见，装修时特地建议慕锦歌在门口划一块等候区，并且提议提前准备些新品小食，免费赠送给等位的客人品尝，这样既能安抚客人焦躁的情绪，又能为新菜式做宣传。

顾孟榆来的时候已经过了晚饭高峰时段，所以直接进来就有位置。

让小丙把顾孟榆带去座位后，侯彦霖看到雨哥正好从厨房端着菜出来，看他脚步迈的方向，应该是送到坐在东南角的客人那里。

于他朝雨哥招了招手，笑眯眯地唤了一声："小雨雨！"

雨哥打了个激灵，培训期间在某人那里吃的苦头记忆犹新，以至于现在一听到这个称呼，就有种想夹尾巴躲起来的冲动。他调转方向，硬着头皮走了过来，问："老板，怎么了？"

闻到菜的香味，烧酒忍不住抬起了扁平的大脸，直勾勾地望着托盘底，似乎是在琢磨着该怎么制造一起意外将这盘菜成功抢夺。

然而就在它站了起来，准备伸出前爪去够的时候，一只大手把它又按了回去。

"喵！"大魔头，我要代表小鱼干诅咒你！

侯彦霖对烧酒的泣诉置若罔闻，他指了指雨哥手中的菜："这份菜是十号桌点的吗？"

"呃，是。"

侯彦霖道："那一桌的人我熟，我去送吧，你站这儿帮我看会儿。"

说罢，侯彦霖接过雨哥手中的托盘，特意放轻脚步，往十号桌走去。

这一桌坐着的是一对男女，不知道是不是情侣装，两人都穿得灰溜溜的，跟泥鳅似的，很不起眼。说他们是情侣吧，但这俩人只是进店后的一段时间内看似互相亲昵地进行了交谈，吃了两道菜后就像回到交往前，开始各刷各的手机，也不怎么说话了。

抑或是之前的亲密更像是做出来的样子，在确定不会有人注意到他们后，便自以为潜入成功，卸下伪装。

大概是等得有点无聊了，女的看了看两边，然后从背包里拿出一个尺寸较大的波点化妆包，拉开三分之一的拉链，左手手指伸进去夹了只口红出来，然后一边盯着化妆包拉开的缝隙，一边动作轻微的涂抹起来。

旁人乍一看，肯定都以为是化妆包里安了镜子，她在一边照镜子一边涂口红。

"这位小姐，您的口红涂出唇线了哟。"

原本涂得好好的，突然响起的声音令女人手一抖——虽然并没有像喜剧片里演的那样在脸上划上一道，但是现实更悲剧，豆沙色的膏体直接磕在了门牙上，顿时口红表面就凹了个小坑。

我好不容易托代购抢到的 YSL 星辰！

女人悲愤交加，恨恨地回过头，却对上一双似笑非笑的桃花眼。

看清来人的瞬间，她就已经认怂了。

侯彦霖把托盘放下，接着十分绅士地从口袋里掏了张纸递了过去，微笑道："如果您想要补妆的话，我们餐厅是自带洗手间的，虽然比较小，但干净亮堂，并且洗手台装有镜子。"

女人接过纸，慌乱地擦了擦牙齿，别过视线，"谢……谢谢，不用了。"

一见有状况发生，男人立即就把手机放下了，有模有样地训道："就是，菜还没吃完，化啥妆呀，就你事多。"

这时，侯彦霖突然想起什么似的，带着歉意开口道："啊，不好意思，我摸错口袋了，刚才那张纸是给猫擦过鼻子的。"

女人："……"

怔了两秒钟后，她赶忙端起桌上的茶杯喝了一口漱口。

趁这个空当，侯彦霖伸手去拿化妆包，一边故作奇怪道："咦，怎么感觉这包里有什么在反光？"

女人睁大了眼睛，下意识地就想大喊住手，却忘了自己嘴里正含着一口茶水，于是就这样猛地咽下了自己的漱口水，还呛得直咳嗽，根本阻止不了他。

侯彦霖拿起化妆包，毫不客气地打开来看，挑了挑眉，"哇，原来这不是化妆包，是单反包啊，真新潮，哪里买的？"

男人已经站了起来，拉着脸道："先生，你这样擅自动客人的私人物品，恐怕不太好吧？"

侯彦霖抬眼迎上他的目光，徐徐道："李梅梅、韩雷，你们这样逮着机会抓我的料，恐怕也不太好吧？"

不仅被点破身份，连名字都被指了出来，两人顿时神情一僵。

他俩其实从早上一开业就在外面关注这家店了，但一直没有拿到什么料，又不甘心像其他同行那样无功而返，于是坚守到了晚上，装扮成来光顾的小情侣溜了进来。

哪想到这位侯二少竟真的是在正常经营，一没聚众干一些不可告人只可被举报的事情，二没对员工客人动手动脚惹是生非，三没态度恶劣消费欺骗，一天下来就只结结账撸撸猫，点着五块十块的小钱都一丝不苟，一点儿都不像是动辄挥霍几百上千万的纨绔子弟。

裤……哦不，镜头盖都摘了，你就让我看这个？

以上就是刚才李梅梅以涂口红为掩饰翻看相机里这一天拍的照片时的最大想法。

然后，她就被抓了个现行。

相较起李梅梅，韩雷还是要沉稳些的，他推了推眼镜，开口道："侯少，可能之前你在什么场合见过我们，知道我们是记者，但今天真的是巧合，我和梅梅只是听说这里有新店开张，所以下了班过来看看，你不要太多心。"

"那我也想去你们杂志社工作。"侯彦霖按开手上还没来得及关机的相机，随便翻了一张转过来给他们看，"上午十点就下班了，真是爽。"

显示屏上调出的照片是奇遇坊刚开业的时候拍的，捕捉到慕锦歌将大门打开的瞬间，一张戴了卫生口罩的脸出现在照片上，冷淡的神情和现在的季节十分相配。

李梅梅试图寻找另外一种开脱方法，道："侯少，我们真没别的意思，就是想报道下您投身餐饮行业，离开华盛自己开店的事情。"

侯彦霖慵懒地笑道："我连你们的个人资料都查到了，难道还查不到你们出外勤的任务吗？"

两人盯着他脸上的这抹笑容，在暖气之下竟有种冷汗涔涔的错觉。

"安安静静当客人就好，不要老想着搞事情。"说着，侯彦霖把单反的内存卡取了出来，装进了自己兜里。

接着，他抬起头看向两人，脸上还是那透着几分散漫的笑容，但眼底却不见丝毫笑意。

他低着嗓音，缓缓道："不然下回沾在牙齿上的红色，可就不是口红了哟。"

匆匆吃完了上来的菜，韩雷和李梅梅几乎是仓皇而逃。

侯彦霖回到了原来的位置，结完账后把烧酒抱在怀里，然后一边摸着猫背，一边笑眯眯地送客："谢谢惠顾，欢迎下次光临。"

这语气和神态,哪里有半分大少爷的样子,分明就是个市侩狡诈的小老板。

烧酒十分嫌弃道:"走开,别用你那沾满庸俗铜臭的脏手玷污本喵大王高贵纯洁的毛!"

侯彦霖低头看它,小声道:"告诉你一个秘密。"

烧酒:"啥?"

侯彦霖敛去笑意,一本正经道:"其实我是下凡的神仙,可以净化身上的污浊之气。"

烧酒睁大眼睛:"你骗傻子呢你?"

侯彦霖空出一只手,凑到它面前,正色道:"不信你闻。"

看他说得这么认真,烧酒迟疑了几秒,最后还是凑上去。

可它的鼻子刚碰到对方的指尖,那人就突然展开大手,整个手掌覆在了它那张愁苦的扁脸上,像是给它戴上了一面人肉嘴罩。

侯彦霖没心没肺地嘲笑道:"哈哈,蠢猫。"

烧酒怒而炸毛,挥舞着两只前爪:"喵了个叽的,今天猫大爷不把你抓个稀巴烂,我就不是烧酒!"

就在一猫一人斗得正开心的时候,店里又来了新的客人。

"应该就是这里了。"

听这声音有点耳熟,侯彦霖抬头望去——只见来客是两人,为首的是一个气质温润的中年男子,穿着件驼色大衣和黑色毛衣,脖子上圈着暗色方格的羊毛围巾,举止投足都透着几分儒雅之气。

看着对方那双蘸了墨似的眼眸,侯彦霖心中一动,一个想法飞快地在他心头闪过。

但那只是转瞬即逝的惊诧,还不待人察觉,他的脸上便浮现出与平日无异的微笑,一双桃花眼眼角微微上扬,煞是养眼。他客气地问:"欢迎光临。请问就只有两位吗?"

因为室内有暖气,所以孙眷朝将围巾解下,搭在手上。他语气温和地开口道:"嗯,来得有些迟了,现在还能点餐吗?"

"当然可以。"侯彦霖把离得最近的服务员唤了过来,"小山,带客人进去。"

而等孙眷朝往里迈了几步后,他才看清跟在孙眷朝后面的人。

那是一个约莫二十五六岁的年轻男子,有一米八左右,比他矮一点,穿着一件军绿色的短羽绒服,身形瘦削,走路时背部稍稍前倾,像是有点驼背,但不是特别注意的话看不出来。也许是冻的,他的脸色有点苍白,五官周止,长得还算英俊。

孙眷朝扫了眼店内的布局，指了指不远处的一个二人座，冲身后跟着他的那个人道："周琰，我们坐那里吧。"

身后的男子态度尊敬道："孙老师决定吧，我坐哪儿都可以，只要暖和就行。"

听到这个名字和这个声音，原本专注于啃侯彦霖手指头的烧酒突然整只猫都僵住了，然后圆滚滚的猫脑袋就像是上了发条似的，动作机械地偏过头，缓缓地看了过去。

侯彦霖几乎是立即察觉到了它的异样，低声问道："蠢猫，怎么了？"

可是烧酒并没有像之前那样急着嘲回去，而是继续保持着僵直的姿势，睁大了茶色的眼睛，愣愣地盯着那个名叫"周琰"的男人的背影。

许是感受到了这两道灼热的视线，周琰也回过头来，目光往下移，看向一脸震惊的加菲猫。

目光交会的那一刻，烧酒全身的毛都炸起来了，紧张地用尾巴勾着后腿，然后像是怕被看出什么似的，赶快匆匆地别开目光，然后掩饰般地叫了一声："喵——"

糟糕，太过紧张，连猫叫都没控制好，声音抖得都能弹出棉花了。

但周琰并没有对此太在意，他看着缩在店家怀里的这团灰蓝色活物，咧出一个笑容，随口问道："这猫长得真可爱，是什么品种？"

侯彦霖道："异国短毛猫，俗称加菲。"

"冬天抱在手里一定很暖和吧？"周琰怕冷，戴着手套插兜里都觉得冷，于是看侯彦霖抱猫抱得那么舒服，就有点跃跃欲试，"我可以摸一摸它吗？"

喜欢小动物的客人并不稀奇，以前还在 Capriccio 时，也有好些常客在等餐或是吃完后逗一会儿烧酒。

侯彦霖不好拒绝，于是看似爽快地答应道："可以。"

然而就在周琰伸出的手即将要碰到猫脑袋的时候，烧酒感觉到侯彦霖抱着它的手臂故意松了一下，于是它来不及想那么多，抓住机会便从侯彦霖怀里跳了下来，一溜烟跑去厨房找安全感去了。

周琰有些尴尬地收回手："看来它不待见我。"

侯彦霖的笑容带着明显的歉意，仿佛刚才松开手的不是他自己："真是不好意思，我们家的猫有点怕生。"

本来就是随兴之举，周琰便就此作罢："那真是太遗憾了。"

等两人找到座位坐下后，侯彦霖才掏出手机，给高扬发了一条消息："帮我查下一个叫孙……"

信息输到一半，他手指一顿，突然想起之前向慕锦歌保证过的事，于是按下删除键，把刚才打下的那个姓氏给删了，想了想，凭着读音输下另一个名字。

"帮我查下一个叫周／邹yan（三声）的人，和美食评论家孙眷朝有联系，估计也是美食圈的。"

的确，他向靖哥哥保证以后都不会调查她，但……

并没有说过不能调查烧酒呀。

慕锦歌完成最新的订单，按了下铃，示意跑堂过来取餐。

来的人是小丙，她在窗口轻声说道："锦歌，这单你要不要亲自送一下？"

慕锦歌看了她一眼："嗯？"

"我听顾小姐说，这一桌来的两人都很不简单。"小丙的语气有点神秘兮兮的，"一个是大神厨师，我在电视上见他好几次，姓周，另一个要老一点，顾小姐说是个很有名望的美食评论家，叫孙什么的，听说是你决赛那会儿的评委，有印象吗？"

慕锦歌立即反应了过来："孙眷朝？"

小丙道："啊，对对对，就是这个名字。"

沉默了几秒，慕锦歌沉声道："行，我送过去。"

说罢，她取下半边口罩，端着菜走出了厨房。

这时她才发现烧酒正蜷在厨房门口，不住地抻长脖子往一个方向望着，畏畏缩缩的。

慕锦歌收回差点踩到那条猫尾巴的脚，看着它问道："你怎么蹲这儿来了？"

"喵。"烧酒回过神来，站了起来，没说什么，只是在她的腿边蹭了蹭。

慕锦歌问："又被侯彦霖欺负了？"

烧酒一言不发，只是不停地蹭着她。

慕锦歌很快就自我纠正道："不对，你应该都习惯了才是，反应不可能这么大。"

烧酒："……"

想了想，慕锦歌又问："难道是看到心仪的母猫了吗？"

这又是另一桩伤心事了，烧酒把扁脸埋在前爪上，幽幽道："你还是去送菜吧，别理我。"

慕锦歌看了它一眼，如同一位家长突然发现自己那正值青春期的儿子开始了"我们是糖甜到忧伤"的无谓哀叹，隐隐有些担心，想着等打烊后再好好地听它倾诉下成长的烦恼。

现在先把菜送了再说。

孙眷朝那桌离厨房不远，她一抬头就看到了。

慕锦歌将手中的盘子端到了二人之间，道："请慢用。"

这道菜名为"地狱排骨"，准备工作从早上就开始做了，慕锦歌在开业前的早上便在厨房将混合均匀的姜粉、孜然、盐、李派林、蜂糖浆、辣椒粉、烟熏辣酱和苹果醋涂抹在肋排上，切成长条状，放入冰箱腌制——为了保证腌制时间，晚餐时段会换一张菜单，而这道菜只会出现在晚餐时段。

除此之外，她还事先熬好了加有洋葱、蒜末、朗姆酒、辣酱、耗油、番茄酱和黑糖的调料，并专门密封好备用。

此时，只见猪肋排终于从冷宫被释放，在盘中散发着丝丝热气，色泽暗沉，表面淋上一层猩猩红色的配料，厚重黏稠，看起来如同铺着一层凝血，有点骇人。

周琰心想：万圣节或七月半吃这个，一定很应景。

孙眷朝并没有吐槽这道菜的外观，态度就像比赛点评时一样正常。他脸上挂着淡淡的微笑，问："慕小姐，不知道你是否还记得我？"

"当然记得。"慕锦歌点了点头，"孙老师。"

孙眷朝指了指旁边的座位，亲和道："如果不忙的话，可以坐下来说会儿话吗？"

慕锦歌的语气有些疏远："可以，我也很想听听孙老师你的评价。"

孙眷朝笑了笑，然后自然地拿起筷子，夹了一块排骨——

在经过半天的腌制后，连带骨头都透着那股甜甜辣带酸的味道，咬下肋排肉的瞬间如同打开了一道阀门，充满冲击力的味道在口腔中横冲直撞，闹醒了刚才在室外被冷得差点也想冬眠的唇舌。

烘烤和涂酱的时间掌握得恰到好处，使得肋排鲜嫩多汁的同时又富有嚼劲，骨头和肉很容易在撕咬下分离，咽下肉后，在嘴中慢慢清晰的空虚感让人忍不住把剥离出去的骨头含在嘴里，继续吮吸那股重口又酸爽的味道。

经过一番细细品味后，孙眷朝发表感想道："这种痛快感足以让人忘却一切烦恼，专注于享受到美味之中，获得无限的快乐……我觉得这道菜叫'地狱排骨'不太妥当，可以改成'极乐排骨'看看。"

对面的周琰笑道："孙老师总是喜欢给别人的菜送名字。"

"年轻时养成的习惯了，每回都忍不住。"孙眷朝看向慕锦歌，微笑道，"慕小姐，刚刚只是我的建议而已，你不一定要采纳。"

慕锦歌应了一声，也没说到底是改还是不改。

听了孙眷朝的评价，周琰也夹了一块。

但在张嘴前他先是把排骨凑在鼻尖闻了闻，随后皱起了眉头，莫名其妙地抬头看了慕锦歌一眼。

孙眷朝问："周琰，怎么了？"

"没什么，就是觉得这气味有点独特。"周琰缓缓道，"闻起来的确很诱惑，但总感觉这个味道……有点不合常理。"

听了这话，慕锦歌不由得看向了他。

接着他又笑着说："慕小姐不用太在意，我是在夸你做的料理很奇妙。"

在周琰吃排骨的时候，孙眷朝向慕锦歌介绍道："对了，刚才忘记介绍了，这位是周琰，现在最年轻的特级厨师，你可能之前在杂志或电视上见过。"

慕锦歌有所耳闻："久仰大名。"

这时周琰已经啃完了一块排骨，用纸巾擦了擦嘴，回道："我才是，上次新人厨艺大赛后，孙老师总在我面前提起你，对你的料理赞不绝口。我已经很久没有听过孙老师这么欣赏一位新人了。"

"上一个这么欣赏的新人，就是多年前的你。"孙眷朝回忆道，"现在想想也是挺感慨的，谁能想到当初只能在夜市吆喝的少年竟能一步步走到今天这个位置呢？能见证这一过程，真的是我的荣幸。"

周琰笑道："当时很多人都不看好我，只有孙老师您慧眼识珠。回顾我这奋斗的七年，真是觉得自己挺幸福的，一路遇上贵人相助。"

孙眷朝问："听说有导演要以你的奋斗史为原型拍电影了，叫《料理鬼才》？"

周琰道："嗯，说是现在美食元素在年轻人间挺火的。"

听着两人的对话，慕锦歌的耳边却回响起初赛结束那天，她回到Capriccio时宋瑛嘀咕的一句话——

"……刚刚打毛线的时候还听着好像是正说到要以一位励志人物为原型出部电影来着，叫什么什么鬼才……"

七年，从夜市小贩到特级厨师，贵人相助，拍电影，电视换台……

零碎的关键词在她脑海中停留，拼出一条断断续续的线，最后将它们连接在一块儿的是刚才烧酒那张透着紧张与不安的脸。

原来如此。

再次看向周琰的时候，慕锦歌仔细地将他打量了一次。

与此同时，周琰也在不动声色地观察着慕锦歌，一边嘴上嚼着肋排，一边在心里悄悄地与某个物体进行着对话——

"这个慕锦歌做的菜有古怪，气味不同寻常，感觉有点像我刚从夜市走出来那段时间，'它'为了提高我的自信而耍的把戏。"

话音刚落，心底便有个声音回应了他，和烧酒的声音一样听不出性别，但是更细一些："但是经过我刚才开启的扫描功能验证，并没有发现她的身上寄宿着任何系统。"

周琰在心中有些不耐道："你的那个破功能不可以 24 小时都开着吗？说不定在你开启的时候，她体内的系统躲起来了呢？"

"亲爱的宿主，您说的这种情况不成立。"那个声音毕恭毕敬道，"而且我的这项扫描功能本就是违反规定的，一天只能开启一次，一次只能对一个对象发起，如果被组织发现的话，不仅我会被毁灭，连带你也会受到惩罚。"

周琰嗤道："当初你把'它'挤对走，不也违反规定了吗？"

那个声音短暂沉默了几秒，问："亲爱的宿主，你难道是后悔了吗？"

"后悔？"周琰不屑道，"我被那蠢货摆布了七年，已经受够了，效率低废话多，管得也宽，烦得不行。"

两年前，若不是那个蠢货擅自决定，非要他回乡见他那躺在病床上的无用父亲最后一面，他肯定能在同时段举办的那场国际大赛上打出风头，成功进军海外。

只听体内的那个声音语气生硬道："现在'它'已经不在了，烦扰不到宿主您了。"

是啊，它已经不在了。

烟消云散，不存在于世上。

想到这里，周琰悄然地勾起了嘴角，在旁人看来还以为他是因为满意口中品尝的料理而流露出的笑意。

"喵——"

不远处的烧酒仍蜷缩在厨房门口的角落里，毫不知情地舔了舔自己的爪子。

突然，一片阴影笼罩下来，侯彦霖拿着手机走了过来，然后蹲下身揉了揉它的头，压低声音问了它一句话："你当初说你是被前宿主扔下楼的——你前宿主住几楼来着？"

♥ 第八章 ♥

| 寿司 |

宋瑛要离开 B 市了。

梧桐巷一带要旧改，最快明年年后就要动工了，正好这时年末慕锦歌的店开张，人员迁了过去，于是她不日就把 Capriccio 给关了，后期处理的问题拜托给了慕锦歌。

这一关，就不会再开了。

她自认不是个擅长经营的人，丈夫在时靠丈夫打理，后来丈夫去世，店里的决策管理都是那些孩子帮着她一起做的。作为一个管理者，她缺乏主见，作为一个老板，她太过亲和感性，没什么野心，这样下去 Capriccio 迟早会倒在她手里。

所以不如把一切终止在尚且美满的时候，见好就收，日后也不会觉得愧疚。

慕锦歌邀请她加入奇遇坊，她考虑了两天，还是决定离开这里，回老家生活。

这间餐厅是她父母开的，交到她手上后，父母就双双回故乡养老去了，现在她也要重复长辈们的生活轨迹，如同一只归巢的倦鸟。

她身体一直不大好，如今渐渐上了年纪，既然手头有算是丰厚的积蓄，就不打算再做起早贪黑的餐饮业了。B 市气候不好，物价又高，实在不太适合养老，所以思忖再三后，她决定也回到老家 S 市，或许会开一家缝纫店，

131 ⑥

悠悠闲闲地过日子，然后天气冷了就去暖和的地方待待，天气热了就去凉快的地方玩玩，自由自在，大半辈子都局限在一室之内实在是有点憋屈。

人生且长，总该到处走走看看。

了解到她的想法后，慕锦歌没有强求，只是问她机票买的是哪天的，到时关店过来送她。

她也没有推辞，交代了时间，并且说自己应该是从 Capriccio 出发，想要最后再看这里一眼。

——没有想到这天清晨当她拖着行李一推开餐厅的大门，看到的会是一群人。

外面刚下过一场小雪，温度很低，门外等着的人一个两个都早有防备地穿得老厚。

大熊一看到她，眼睛唰地就红了，哽咽着喷出一团白气："宋阿姨……"

郑明用手肘捅了他一下："说好不哭的，你这存心让宋阿姨难受呢？"

小贾鼻子被冻得通红："宋姨，你怎么只把要走的消息告诉锦歌一个人呀，要不是锦歌告诉我们，等哪天想回来看看的时候，都见不到你了。"

小丙则关切地问道："以后都不会回 B 市来了吗？"

宋瑛愣了下："你们……"

与那四人相比，慕锦歌显得十分冷静，她道："宋姨，我知道你是不想让大家难过，但我觉得今天来送行的不能只有我一个。"

"试营业那天没看到阿姨你，我就觉得有点奇怪了。"侯彦霖站在慕锦歌身后，他的怀里还抱着为了保暖而被厚实的羊绒围巾裹成猫粽子的烧酒，他微微一笑，"竟然想着一个人悄悄走掉，阿姨你是有多嫌弃我们啊！"

某只睡眼惺忪的猫粽子："喵——"不管怎么样，还是谢谢你当初愿意把我留在餐厅里。"

凛冬的寒风呼啸冰冷，很快吹干宋瑛眼中流下的液体，但那种滚烫的触觉却如烙印一般，永久地记在了心上，储存为内心最深处的感动。

她抹了抹脸，吸了吸鼻子，叹道："唉，你们这群孩子……本来是想让锦歌帮我转交的，既然你们都来了，那就亲手送给你们吧。"

"给你们一人打了双手套，算是个心意吧。"除了身上的背包和地上的行李箱外，宋瑛还有好几个手提袋。她打开颜色最深的那一个，先从里面摸出一双黑色的，看了下上面钩着的字母"M"，确认道："这是小明的。"

"这双桃色的是小丙的。"

"这双黑色上钩了 X 的是大熊的，J 的是小贾的。"

"虽然不算很熟，但我还是用其他线给那个叫肖悦的小姑娘织了一双浅咖色的，小丙帮我转交一下吧。"

拿到宋瑛特制的手套，每个人都立马摘下原来的，把新的给戴在了手上。

因为是偷偷准备的缘故，所以宋瑛没有量每个人具体的尺寸，不过还好，都是往大了织，所以没有出现戴不上的情况。

发完手套，宋瑛把纸袋子折了折，塞进了包里，然后道："锦歌和小侯的在另外一个袋子里放着，稍等一下……我有点记不清哪个袋子了。"

慕锦歌开口道："宋姨，侯彦霖会开车送我们去机场，所以我俩的不用急着给，到了再说吧。外面冷，先上车。"

侯彦霖一听"我俩"这词，顿时就兴奋了，眼中笑意加深，他勾着嘴角道："是啊，其他人接下来都没空，就我俩带只猫送你，到时给一样的。"

郑明带着歉意道："宋阿姨，我和大熊等下还要考试，就不能送你了，到了后记得在我们的群里发条消息报平安，小红让我代她祝你一路平安。"

这时，一旁的小丙弱弱出声道："其实，我等一下没有事做，可以……"

侯彦霖看向她，语重心长道："丙丙，你有事做。"

小丙一脸疑惑。

侯彦霖缓缓道："你忘了？你要和小贾去采购。"

小丙道："什么时候的事情啊，我怎么……唔！"

小贾一把捂住她的嘴，笑道："这货就是记性不好，还要怪老板没说。"

小丙十分无辜："可是老板真的没说嘛！"

这次侯彦霖开的是一辆银灰色的SUV，与他之前开过的车相比十分低调，后备箱很大，放下宋瑛的行李完全没问题。

看着慕锦歌抱着猫正要跟着宋瑛坐到后排，侯彦霖抱着试一试的心态，舔了下嘴皮，开口道："师父，你坐副驾驶吧。"

"为什么？"

有那么一刻侯彦霖很想答"因为要两个人一起才能开车呀"，但他深知慕锦歌不是那种会接他黄段子笑话的人，于是这个念头只出现了两秒，就自动消散了。

富强、民主、文明、和谐……之后的记不到了。

默念了下自己仅记得的四个词，侯彦霖露出五好青年似的阳光笑容，眨了下电量十足的桃花眼，又开始一本正经地胡说八道："如果副驾驶座空着的话我会觉得很不安，开不好车。"

"哦，这样。"

看着慕锦歌说完后竟真的拉开了副驾驶座的车门，侯彦霖脸上浮现出胜利的笑容。

然而下一秒，他的笑容就被寒冬残酷的冷风冻在了嘴角。

只见慕锦歌只是倾身进去把烧酒放在了副驾驶座上，替它解除猫粽子状态后，就拿着围巾出来了，她不紧不慢地说："有烧酒陪你，不安的时候还可以给你唱歌听。"

烧酒："……"

侯彦霖："……"

接着她径自坐到了宋瑛那一排，"砰"的一声关上了车门。

——这种给了人一簇希望又亲手掐灭的感觉，真的比冬天的风还残酷！

侯彦霖无奈地叹了口气，说实话还是不太能习惯撩妹失败吃瘪的感受，只有沉默着钻进了车里。

一坐好，就看见烧酒正愣愣地坐在副驾驶座上——没错，是"坐"，屁股着座，猫背倚着真皮，后腿在坐垫上搭着，两条毛茸茸的前爪无措地垂在身前，配上那张透着迷茫的愁苦脸，有种说不上来的滑稽可爱。

"我用系安全带吗？"它抬起大饼脸看向他。

侯彦霖忍俊不禁道："不用，我怕勒死你。"

烧酒："……"

后座的宋瑛轻声问慕锦歌："小侯在和谁讲话呀？"

慕锦歌淡淡道："最近压力有点大吧，他一有压力就会自言自语。"

侯彦霖："……"

于是前往机场的一路上，后排相谈甚欢，而驾驶座和副驾驶座则陷入谜一样的沉默。

车内暖气开得很足，但一人一猫此时内心都有一坨暖不化的冰霜。

唉，人（猫）生啊……

到了机场，宋瑛换好了登机牌并且托运完了箱子，身上就剩一个背包和手提袋。

她将手提袋朝两人打开，温声道："这是为你们准备的。"

慕锦歌单手抱着烧酒，另一只手伸进袋子里把东西拿了出来——袋子里装的并不是手套，而是折好的大红色的围巾，从这折叠的厚度来看，应该有两条。

宋瑛解释道："这红围巾你们一人一条，现在是你俩搭伙开店，所以给你们的礼物和别人不同，宋姨借这两条围巾祝你们的生意红红火火……锦歌啊，有句话其实我早就想说了，像你这样的年轻女孩儿，长得又漂亮，不要没事就戴着口罩藏着掖着，多好的资本啊，得亮出去不是？你平时穿得太素了，收了宋姨这条围巾后可不能放着不围，这大红色衬得气色多好呀。"

似是想到了什么，慕锦歌怔了怔，悄然握紧了手中的红围巾，答应道："我一定会围的。"

侯彦霖看了她一眼，想起那天在慕锦歌家里看到的那张照片，照片里的小锦歌就是围了条大红色的围巾，十分可爱。

靖哥哥，应该是想到去世的母亲了吧？

想到这里，侯彦霖用右手从左侧的慕锦歌手中拿走另一条围巾的时候，那离身边人最近的左手也偷偷抬了起来，在大块围巾的遮挡下，飞快地用温热的掌心覆了对方兜着烧酒的手背几秒。

还不等慕锦歌反应过来，他就已经连带围巾一起抽回了手，还不小心蹭了烧酒一下。但他一脸若无其事，笑着问宋瑛道："我们能现在试一试吗？"

宋瑛点头："当然，我也很想看看你们围上去的效果好不好。"

"好嘞。"说着，侯彦霖十分娴熟地将毛线围巾在脖子上不松不紧地围好。

注意到了来自身旁的视线，他笑眯眯地偏头，对上那双乌黑的杏眸："师父是在等我帮你吗？"

出乎他意料的是，慕锦歌居然应了一声："嗯。"

"我在等你帮着抱烧酒。"慕锦歌面无表情道，"我不习惯单手围围巾。"

"……"那你可以让我帮你围嘛！

"真好看，"看着两人都围上了自己织的爱心围巾，宋瑛十分满意地点了点头，然后突然想起什么似的，在纸袋里又摸出了一样东西，"对了，我用剩下的线，还给猫织了件小毛衣。"

"喵。"烧酒有些惊喜，然后才想起的确有段时间宋瑛没事老在它身上比画。

宋瑛把那件大红色的猫毛衣展开，只见头尾还加了白线织了花纹出来，很用心。她有点担心地看了烧酒一眼，"当时特意织大了点，但今天看到它，似乎又胖了点，恐怕穿不下去了。"

烧酒急于证明自己，"胡说！没有的事！靖哥哥你拿过来！我穿给你们看！"

慕锦歌道："织都织了，就拿给它试试吧。"

于是在三人的合力下，终于把这件"当时特意做大了点"的毛衣给烧酒穿上了。

合身还是合身，只是烧酒是灰蓝色的毛发，脑袋尾巴和四只小腿都露在外头，和这大红的颜色搭配起来有点奇怪，诡异程度不亚于一个小胖子只穿着一件保暖内衣就出门了。

"喵！"靖哥哥帮我翻下后面的领口，毛被压住啦！

听到这声叫唤，侯彦霖毫不留情地笑出了声，抱着一脸郁闷的烧酒，让那张扁平的猫脸面朝身旁的慕锦歌，而慕锦歌也忍不住翘起了嘴角，往这边靠近些，稍稍弯下腰，伸手帮侯彦霖怀里的烧酒调整毛衣。

看到这副其乐融融的场景，宋瑛悄悄拿出了手机，拍了一张合照。

"咔嚓——"

拍了后才发现忘记关音效了，这个声音使镜头中的三个生物一下子同时都抬起头望了过来。

"咔嚓——"

宋瑛索性再来了一张，然后才放下手机，笑道："哈哈，抱歉，我是觉得你们这样很像一家三口，非常有意思，就忍不住给你们拍张照。"

烧酒率先不满地挥着爪子叫了起来："一家三口？他俩就是本喵大王的仆人好吧！"

靖哥哥和霖妹妹难得异口同声一次："我们还没嫌弃你呢。"

烧酒："……"宝宝委屈。

宋瑛露出欣慰的笑容，趁他们不注意，低头将两张照片以彩信的形式，发送给了一个没有保存的陌生号码——从记录上来看，两人联系的不多，基本是一问一答式，第一次联系是十月底，那时候离新人厨艺大赛结束差不多过去半个月了。

末了，她输入了一句简短的文字信息：毛线用上了，她很好，有小侯照顾着，就算我走了也可以放心。

等告别慕锦歌和侯彦霖，只身过完安检以后，宋瑛才收到了短信回复：谢谢。祝平安。

宋瑛走后，B市又下了几场雪，整个城市就这样在季节性的风雪霜寒和非季节性的繁华喧闹中迎来了这一年的最后一天。

31日一大早，天川街就已是银装素裹，街上出动了专业人士扫雪铲冰确保出行安全，奇遇坊的屋檐上也落了一层冰雪，肖悦和小丙还在门口堆个小雪人。

烧酒趴在桌子上，一副百无聊赖的样子，抬起厚厚的肉垫抹掉玻璃窗上因室内温差而产生的雾气，寻思道："今天凌晨的那一场雪，是这个冬天目前最大的一场了吧。"

侯彦霖一边对着进货单，一边应道："唔，是吧。"

烧酒突然道："好想出去玩！"

侯彦霖瞥了它一眼："去哪儿？"

"故宫！"烧酒玻璃珠似的眼睛里闪烁着向往的光芒，"我在离线资料里看过故宫雪景的照片，好漂亮！"

"今天就想去？"

烧酒点了点脑袋，但随即又幽幽地叹道："唉，但只有想一想了，靖哥哥肯定走不开。"

侯彦霖幽幽道："要真这么想去的话，我倒是可以帮你。"

烧酒眼中原本黯下去的光瞬间又亮了起来，它站了起来，看向身旁那人："你有办法？"

侯彦霖拿着笔在单子上勾勾画画："我可以让高扬带你去。"

烧酒喜出望外："真的？大魔头……哦不，霖妹妹，我就知道你最好了！"

侯彦霖停下笔，看向它，皮笑肉不笑道："这个称呼也是你能叫的？"

"啊啊啊霖哥哥，霖哥哥。"烧酒赶快做小伏低，但很快就觉得有些不对劲，"不对，你怎么突然这么好心了，说，打的什么主意？"

侯彦霖扬了下眉："告诉你也无妨，今天是跨年你知道吧？"

烧酒道："当然，本系统内设有日历和时间提示。"

侯彦霖不紧不慢道："我可以让高扬带你去故宫，但这之后你要继续跟着他，晚上等我和锦歌来接你。"

烧酒转了转圆溜溜的眼睛，很快反应过来，"我知道了，你是想和靖哥哥单独约会！"

侯彦霖轻笑一声："厉害了我的猫。"

"那当然，我可是聪明绝顶的智能系统！"烧酒颇有几分得意道，"看在你追靖哥哥追得这么可怜的分儿上，我就勉为其难地答应你吧。"

侯彦霖勾着嘴角："勉为其难？那还是算了吧，我还不想给高扬加班费呢。"

"啊啊啊别呀！"烧酒讨好般地蹭了蹭他，可怜兮兮地哀求道，"霖哥，霖爷！你就看在我这么可怜的分儿上，勉为其难地答应我吧！"

"真乖。"侯彦霖对完单子，伸手揉了把它圆滚滚的脑袋，"那你等着，我去跟锦歌说一声就给高扬打电话。"

十分钟后，因为自家老板撂挑子走人而一下子清闲不少的高扬同志便听见手机响了起来。这是他自定义的铃声，通讯录里只有某个人打电话过来时，会是这个铃声——

"你好毒你好毒你好毒呜呜呜每次都被欺侮小心我一定报复……"

高扬训练有素地接起电话，道："喂，少爷，有何吩咐？"

"周琰的事，进度怎么样了？"

高扬十分专业地汇报起工作来："我们查到以他为原型取材的电影《料理鬼才》是由曾余的团队负责的，目前曾导那边我们已经在接洽了，只要找到合适的替代资源就可以了。"

"嗯。"沉吟一声后，电话那头画风突转，"对了，你今天有空吗？"

高扬顿时有种不好的预感："有。"

果然，那个懒洋洋的声音说道："那现在过来我店里一趟。"

听了这话，高扬脑海里迅速闪过几十种可能，严肃又谨慎地问道："少爷，我需要准备些什么吗？"

"穿厚一点，带一瓶容量大点的温水，穿一双好走路的鞋。"

"少爷，"高扬百思不得其解，"你是要我过去做什么啊？"

"带猫游一趟故宫。"

高扬愣住了，还以为自己听错了："啊！"

侯彦霖笑道："大冬天别老待在暖气房里，多出去走走，逛逛景区也挺好的。"

"……"

虽然这个要求十分古怪，但高扬已经见怪不怪了。

跟着侯家二少做事的这两三年，啥妖魔鬼怪没见过，啥锅没背过，啥奇葩事没做过，去故宫遛猫什么的简直小 Case，起码比去白金汉宫遛猫简单得多。

临出门前他谨记之前和烧酒相处的教训，顺便塞了几个创可贴放进外套口袋里。

讲真，最近闲下来的这段日子里，他思索着写一本《全能助理是怎样炼成的》投给出版社，说不定也能被贴个励志人生的 Tag（标签）激励一代人。

——于是半个小时后，烧酒满怀着期待与兴奋，穿着宋瑛给它织的大红毛衣，外表一脸愁苦内心欣喜若狂地被外表保持微笑内心十分无语的高特助给抱走了。

午休的时候，慕锦歌看着正在看电视的侯彦霖问道："烧酒怎么样了，你有打电话给高助理吗？"

侯彦霖如实汇报道："打了，高扬说在故宫里凑合着吃了点，给烧酒喂了猫饼干。"

慕锦歌端着杯热茶坐了下来："嗯，叫他抱好烧酒，别让它走丢了。"

侯彦霖笑了笑："我嘱咐过高扬了，他会好好照顾着的。"

坐在不远处休息的员工们："……"

是我们的错觉吗？怎么感觉两位老板就跟一对担心孩子出行安全的家长似的？

而远在紫禁城景区的高助理只觉得耳朵突然有点热，像是有谁在念叨他似的。

还以为侯二少只是一时兴起让他来故宫遛猫，但现在怎么想怎么觉得他此时更像个带领冬游的小学老师，而怀里的这只肥猫就像少爷的宝贝儿子。

"喵！"像是在抗议他走得太快让自己错失美丽的风景，烧酒颇为不满地拍了拍他的手。

"得，还真是个祖宗。"

就在"高老师"顶着寒风带着"孩子"逛景区的时候，两位"家长"正在温暖的室内悠闲地看着电视。

慕锦歌挨个挨个换台，当换到一档美食节目的时候，屏幕上出现一张熟悉的脸。

小丙指道："啊，这个周先生上次来了我们这儿！"

听她这么说，正在和叶秋岚发微信的肖悦自新人厨艺大赛后，她和叶秋岚倒是熟了起来，互怼出了友情，她抬起了头，扫了一眼，不甚在意地又低下了头，一边道："周琰的菜的确做得不错，奋斗史也挺励志的，现在也算是万千小厨师的偶像吧……嘛，不过我对他的感觉挺路人的。"

慕锦歌盯着屏幕上那张谦和的笑脸，眼色渐渐沉了下来。

就在这时，侯彦霖用着只有他们两个人能听到的声音开口道："这个周琰，就是烧酒的前宿主吧？"

慕锦歌看向他："你怎么知道？"

侯彦霖笑眯眯道："你亲我一下，我就告诉你。"

慕锦歌没有理他的玩笑话，心里猜想他多半是从当晚烧酒的反应瞧出了端倪，想了想，说："你是为了让烧酒恢复心情，才让高助理带它出去玩的吧？"

侯彦霖眨了眨眼："这只是一半原因。"

慕锦歌看着他，等着他说出另一半理由。

侯彦霖难得没卖关子，坦白交代道："今晚打烊后，我想带你去一个地方。"

慕锦歌问："去哪里？"

侯彦霖缓缓道："希望能够恢复你心情的地方。"

慕锦歌："……"

说实话，换作平常，她可能早就果断地拒绝掉了。

但不知道为什么，此时看着那双闪烁着期待目光的眼睛，她却说不出一句冷淡拒绝的话语，沉默半晌后竟是淡淡应下了。

也不能总是打击人家积极性不是？

慕锦歌怎么都想不到，侯彦霖说的"地方"，竟然是 A 大校园。

下了车，侯彦霖递给她一个黑色的口罩，说道："夜风刮脸，这个比你那薄口罩保暖。"

慕锦歌接过，翻过来借着学校的路灯一看，上面写着"貌美如花"四个大字。

她皱了下眉："怎么还有字？"

侯彦霖笑嘻嘻地从兜里掏出另外一副展开："我的也有。"

慕锦歌看过去，只见上面用同样潇洒飞舞的白色字体写着"赚钱养家"四个大字。

其实拿出来时，侯彦霖还有点紧张。

明显这是成对的情侣口罩，再加上他们现在都围着宋瑛送的红围巾，再这样一戴，外人看来肯定以为又是一对跨年出来虐狗的。

他，想看眼前这个人对此会有怎么样的反应。

然而不知道慕锦歌是真的不懂这些玩法还是故意没有拆穿，一脸淡定地指了指他手上的那个，道："我要戴这个，'貌美如花'给你更合适，毕竟你是霖妹妹。"

"……"

本来都打算借此抒情一番的侯二少硬生生地把事先准备的一堆情话咽了下去。

算了，愿意戴就行，反正交换一下感觉……也没什么毛病。

戴好口罩走在校道上，慕锦歌问："你带我来 A 大干什么？"

侯彦霖道："我特地查过了，A 大的跨年歌舞会每年都搞得很盛大，有节目也有狂欢，很有意思的，不需要门票，外校人也可以参加。"

慕锦歌："外校人？"

"师父，你现在的年龄对应到这里的大学生，差不多才大二大三吧？"侯彦霖十分不要脸道，"我是老了几岁，可是我长得嫩呀。"

慕锦歌有些不解"为什么来这儿？跨年晚会不该是电视台办得最好吗？"

"追星的才去，在我看来大学里的跨年晚会比外头那些商办的要有趣多了。"侯彦霖不紧不慢地道出自己的独特见解，"虽然学生们搞的活动比那些专业人士粗糙得多，但氛围很好，大家的热情也很单纯。在这里不需要顾忌有没有镜头拍到自己，不需要注意自己的言行举止，非常自由，校园里的这种青春张扬是出自大染缸的艺人们堆叠不出来的特殊效应，所以我觉得在这里能够玩得更加开心，更享受……嗯？师父你怎么这样看着我？"

慕锦歌淡定地回答道："就是发现你挺好看的，多看两眼。"

被撩得猝不及防的霖妹妹老脸一红："……"

不得了了，靖哥哥什么时候撩人撩得这么熟练了？！

这很危险啊！

最后通过地图导航和舞会的嘈杂声，两人找到了举办跨年舞会的体育馆。

现在已经快十一点了，换别的活动可能已经接近尾声，但今天是跨年，重头戏自然是十二点倒数，所以这个点正是高潮，体育馆里站满了人，学生组织请了舞台公司来搭建舞台和负责打灯，舞台上挂着巨大的背景板，看上去像是手绘，五彩斑斓，细致精巧，不知道是多少学生投入多少时间的伟大成果。

音响正放着一首富有节奏感的Hip-Hop（注：源自街头的一种文化），学校的街舞社团在台上表演，此时节目已经进行到一半，一个帅气的男孩子站在舞台中央Solo（独唱），引发台下一阵又一阵的尖叫与掌声。

因为观众实在是太多了，有些拥挤，侯彦霖十分绅士地护在慕锦歌的身后，道："我们就站这儿看吧。"

街舞后是一个合唱节目，之后又穿插了游戏和抽奖环节。

离零点还剩十分钟的时候，穿着礼服的主持人在台上宣布道："接下来就是每年的惯例——全场一起狂欢的兔子舞环节！在场的各位请双手搭着你前面人的肩，放好你们的手机、钥匙、钱包，排成长长的队伍在场内跟着节奏开起火车，一起来迎接零点的到来吧！"

话音刚落，兔子舞必备的 *Penguin's Game*（企鹅游戏）便播放了起来——

"Left , left, right, right, go, turn around , go , go , go……（左，左，右，右，前进，转弯，前进，前进……）"

发现了身边的人潮涌动，慕锦歌有点茫然："这是要干什么？"

侯彦霖把两只手搭在她的肩上，笑道："就是开火车呀……啊，靖哥哥，你前面有个火车尾，快追上！"

十分神奇的是，明明一分钟还是乱成一团的人群，在音乐响起后竟然渐渐有序起来，没一会儿就真形成了一条粗略的队伍，蜿蜒盘旋，如同一条贪吃蛇，移动过程中合并落单的小尾巴，变得越来越长。

移动速度时快时慢，慢的时候大家就在原地跟着节奏跳动，快的时候伴随着几声开心的尖叫，大家都跑动起来，十分刺激，生怕自己被甩掉了。

慕锦歌从来没有参加过这种活动，刚开始时还一头雾水，但很快就明白了该怎么做，在喧闹之中竟一点不觉得吵，反而觉得大家高兴的呐喊和活泼的音乐带动得自己也激动起来，等回过神来的时候已经融入其中，开怀地笑了起来。

对她而言，真的是十分新鲜奇妙的体验。

不知绕场跑了多少圈，循环播放的音乐声渐渐弱了下去，舞台上的投影幕布上出现一个醒目的电子计时表，每一秒过去都会响起一个"嘀"声，在整个体育馆内回响。

"10、9、8、7……"

约定俗成似的，大家都停下了脚步，十分默契地一起倒数起来，声音整齐。

被全场的气氛感染，侯彦霖和慕锦歌也跟着大声倒数起来："6、5、4……"

"3——2——1——"

倒数一结束，音响放出一阵钟楼敲钟的音响，一瞬间室内一片排山倒海的欢呼。

因为周围太吵，侯彦霖说话不得不抬高了声调，他大声道："师父，我们一起跨年了！"

大概是跳热了，慕锦歌摘下了半边口罩，白皙的脸颊泛着柔和的红色，一双黑眸弯弯，亮若晨星，嘴角久久地上扬，露出一个明艳的微笑。

她偏过头来，笑着道："谢谢你，真的很有趣。"

侯彦霖整个人都呆住了。

——是先抢救小心脏还是先炸成烟花上天，这是个问题！

"5——4——3——2——1——"

夜幕之下，全城各处都充斥着倒数的声音——商业区巨大的 LED 电子屏幕上实时转播着当地电视台跨年晚会的现场，不少还没睡的人家也把电视频道换到各地的跨年节目，广场街道上群聚着商业或自行组织的倒数……

虽然大家都知道过了除夕才是真正的新年，但这并不影响人们此时沉浸在辞旧迎新的兴奋与喜悦之中。

在最后倒数的十秒里，叶秋岚正在手把手地教肖悦做一道甜点，郑明正和蒋艺红通着电话聊天，小贾掐着点在游戏里给小丙炸烟花，已经平安回国的巢闻轻轻地在梁熙熙额头上印下一记温柔的吻……

然而，在这遍地撒狗粮的世界，总还会存在那么一股清流——

高扬坐在公园里的长凳上，正与腿上的烧酒大眼瞪小眼。

"喵！"烧酒用着毛茸茸的爪子霸气一指：我要吃这个！

高扬一只手端着一盒打包的寿司，另一只手拿着一双筷子，有些无语道："你刚刚不是已经把带三文鱼的都给吃了吗？"

"喵！"是啊，那又怎么样？

"三文鱼的是你的，你已经吃完了。"高扬试图在和一只猫讲道理，"蟹籽的是我的。"

"喵！"什么你的我的？你的就是我的，我的就是我的，这点道理都不懂？

高扬当然听不到烧酒说话，但他猜都猜得到这只贪吃的小祖宗在打什么算盘，肯定就是吃完它自己那份后又盯上了他的这份。

啧，瞧这小任性，都是少爷和慕小姐把它给惯的！

于是他干脆不再理它，径自用筷子夹起盒中的鱼籽寿司就要吃下去。

然而寿司就在快到嘴边的时候，穿着大红毛衣的烧酒铆足劲，突然踩着他的大腿往上一跃，伸出猫舌以迅雷不及掩耳之势——舔了那块寿司一下。

重新落回柔软的人体"沙发"上后，烧酒抬起那张大扁脸，朝着他慵懒地喵了一声，如同发出一声优雅的挑衅。

茶色眼眸深处的得意深色被天生的一张苦瓜脸掩饰得很好，看起来还有那么点小无辜。

高扬："……"

真是猫至贱则无敌！

知道跳起来完整地吃到寿司的概率不大，所以索性只是舔了下，这样的话他会顾忌上面沾了猫的口水，不会再吃了，而会心甘情愿地让给它！

——虽然知道一只猫不可能有这么缜密的思维，但历经这一整天的相处后，高扬觉得自己这样揣度这猫一举一动的目的并没有什么毛病。

难怪一直有句话说宠物像主人，有怎么样的主人就有怎么样的宠物。

侯二少狡诈套路深，连他的猫都这么会算计！

高扬欲哭无泪，但还是推了推眼镜，努力在一只猫的面前维持属于高级灵长动物的尊严，他把原本要喂到自己嘴边的筷子转了个方向，凑到烧酒的嘴边，大发慈悲般道："好吧，那就让给你吧。"

"喵呜！"烧酒发出一声得逞的欢呼，张着小巧的猫嘴咬了上去。

看它吃得这么香，高扬心里十分不平衡，半晌，他突然道："不过想一想，你也挺可怜的。"

烧酒抬眼看他："喵？"你在说啥傻话。

"每年倒数我起码还能许愿说来年脱单有个女朋友，"高扬透过镜片，注视着它的双眼，"像你这样英年早阉的只有许愿说来世可以脱单了。"

烧酒："……"

说完后，高扬更加戚戚然了，觉得自己才是最可怜的那个——不仅跨年要和老板的猫一起过，还卑劣到要通过嘲讽一只猫来显得自己幸福一点。

"喵。"烧酒把一只肉爪搭在他手背上。

呵，敢嘲笑本喵大王，你是不是活腻了，信不信本喵大王挠死你？

然而高扬却会错了意，露出有些惊讶的神色，然后声音温柔下来："乖，我没事。"

"……喵！"谁问你这个了？我是在威胁你好不！快看我充满杀气的眼神！

高扬摸了摸它的脑袋，"真的没事，你不用这么担心地看着我，让我有点受宠若惊。"

"喵？"少自作多情了，谁担心你啊，我明明是如同豺狼虎豹般凶狠地瞪着你好不好！

高扬把寿司和筷子都放到一边，腾出手把它抱在了怀里，感叹道："没想到你狡猾归狡猾，还是挺可爱的嘛。"

"喵喵喵！"啊啊啊愚蠢的人类你还不快把你喵爷爷放下去！

高扬看它拼命挣扎的样子，忍俊不禁道："没什么好难为情的，你不要害羞嘛。"

"……"烧酒十分无语，干脆低头咬了下高扬的手，以宣泄自己的气愤。

这对曾两次被它抓受伤的高助理来说并不算什么，他反而觉得这是一种亲近的表现，对这猫好感倍增："我倒从没见过像你一样这么通人性的猫，感觉你要表达什么我都能猜个大概……哎，别讨好我了，啃得我满手口水。"

能猜个大概？！

我是通人性，但你一点都不通猫性！

烧酒太累，干脆不动了，直接往后一倒，窝在身后人的怀里无力地仰头望天，看星……好吧今天没有星星，更别说月亮了。

唉，靖哥哥啊，你什么时候才来接我啊……

高扬看着它突然温顺下来的样子，心里突然涌现一阵暖意。

都说善良的人招小动物喜欢，果然没错。

你看，少爷家这么难对付的猫都对他恋恋不舍起来，可不就充分证明了这点吗？

——如果烧酒能读心的话，此时大概会大骂一句智障。

❤ 第九章 ❤
| 红薯 |

跨年一过，就是元旦。

因为是法定假期，所以大多数人都闲了下来，但与之相反的是，这些节假日恰恰是餐饮行业忙碌的高峰。

而忙过元旦没几天，侯彦霖就因为华盛年会的事情被他哥叫走了，说要去三亚待好几天，临走前各种变着花样黏慕锦歌，说要把之后几天的先预支，整一个狗皮膏药。

他最后几乎是被慕锦歌拿着扫把赶出去的。

元旦一过，就进入了一段节后萧条期，工作的加班加点赶年终，学习的加班加点复习考试，一向繁华热闹的天川街也出现了明显的人流量减少，这是不可避免的事情。

奇遇坊的工作也随之轻松了不少，考虑到天气的确寒冷，慕锦歌给剩下的六人排了班，不用每个人天天都来，一天保证厨房有两个人外头有两个人就可以了。

午休后慕锦歌还是像从前在 Capriccio 那样开设了下午茶时间，一切茶点她都是在外面的吧台后做的，偶尔会和坐在吧台这排的客人简单说上几句话。

她也是通过这种形式，在去年认识了隔壁书店的店员阮彤彤。

"慕小姐，"几次来往后，阮彤彤还是这样称呼慕锦歌，只见她穿着件羽绒服，里面还穿着书店的工作服，一脸犹豫着从外面推开了餐厅的门，半个身子探了进来，"我可以拜托你一件事吗？"

　　烧酒懒洋洋地趴在吧台的地板上，像是摊开的一团猫饼，听到声音只是耳朵动了动，连头都没有抬。

　　这时正好慕锦歌手头也没事做，于是走了过来，扶着门框问："什么事？"

　　阮彤彤细声细气道："是这样的，有一位钟先生是我们书店的常客，每天都会带着他家狗在我们的茶点区坐着看书写稿，一个小时前他被出版社的人叫出去了，托我帮他看着狗，但是没想到刚刚总店来消息，让我们等下关门去总店开全员大会。"顿了顿，她有些不好意思地低下了头，"我看慕小姐你在自己的店里特地留了带宠物客人的专区，所以就想问下……"

　　慕锦歌直接道："你想把狗寄放到我这里？"

　　阮彤彤点了点头："真是很不好意思。不过钟先生的狗真的非常听话，不闹不叫，也不会到处乱跑和随地大小便，不然我们书店也不会容忍他每天都带着狗过来，相反我和我同事还有其他常客都特别喜欢逗那条狗，所以我想……应该不会对慕小姐造成太大的困扰。"

　　慕锦歌淡淡道："行，你把狗牵过来吧。"

　　阮彤彤没想到她答应得这么爽快，愣了一下，随即终于抬起了头，欣喜道："谢谢慕小姐！真的太感谢了！我现在就回去把它带过来！"

　　于是两分钟后，烧酒灵敏的鼻子闻到一股陌生的味道。

　　许是这具身体的生理本能作怪，它猛地从地上弹了起来，下意识地用着带着几分敌意的目光看向了门口——

　　只见那个在隔壁书店工作的腼腆姑娘此时牵了一条成年萨摩耶进来，那狗快有半人高，一身雪白的毛发漂亮极了，身姿优雅高贵，嘴巴微张，使得略呈三角形的脸上如同浮现出一抹美丽又温和的微笑，让人不光不会因为它的身形而感到恐惧，还会第一眼就生出几分亲切与喜爱。

　　它倒也不怕生，温顺地蹭了蹭慕锦歌的腿，卷起的大尾巴摇了起来。

　　阮彤彤笑着道："看来它很喜欢慕小姐你呢。"

　　慕锦歌蹲了下来，摸了摸萨摩耶的脑袋，问："这狗长得真好看，知道叫什么名字吗？"

　　阮彤彤道："听钟先生说过，是个挺长的外文名，没怎么记住，我们书店的人都私下给它另外取了个名，叫阿雪，它也知道是在叫它……也不知道钟先生怎么教的，这只萨摩耶乖得很，不像其他的那样要乱咬东西。"

慕锦歌看着那双乌黑的眼睛，试着叫了一声："阿雪？"

萨摩耶冲她友好地笑着，热情地舔了舔她的掌心。

慕锦歌微微笑了一下："有点痒。"

烧酒心中顿时警铃大作！

看到此情此景，内设程序已经自动运行起来，为它检索到了去年刚认识慕锦歌时的一段录音，并且在它内部自动播放起来——

"你是不是不喜欢猫？"

"是的，我喜欢狗。"

……哦。

一个小时后，阮彤彤口中的"钟先生"就火急火燎地赶了过来。

那是一个二十多岁的青年男子，一米七八左右，身材清瘦，看骨架不像是北方人。他裹着一件深灰色的防寒服，脖子上围着一条青松色的围巾，模样清秀，肤色苍白，鼻梁上架着一副黑框眼镜，乌黑的头发上还落着雪。

"你、你好，我叫钟冕，是这只萨摩耶的主人。"走得太急，男子喘着气，不停地向慕锦歌道谢，"谢谢你愿意暂时收留阿西莫夫斯基……真的太不好意思了，我也没想到会被编辑叫出去这么久，太、太感谢你了！"

慕锦歌问道："你说这狗叫什么名字？"

"阿西莫夫斯基。"说到自己的"得意之作"，素来内向的男子也忍不住滔滔不绝起来，但是因为真的不擅与人打交道，他说话时的逻辑显然有点混乱，"它来到我家的时候，我正好拜读完艾萨克·阿西莫夫的一本小说，对他充满了敬佩与崇拜，所以就……但我绝对没有亵渎侮辱他的意思！这只狗是我重要的家人，虽说名字只是个代号，但这个代号对一个生命来说也具有无比重要的意义！而斯基在俄语中为 с к и й，经常在人名中听到，是一种形容词结尾形式……因为萨摩耶这种犬类来自西伯利亚，所以我就想着在后面加上这个词会让它觉得更亲切些。"

绕清楚对方这一堆因为所以后，慕锦歌看了一眼蹲坐在地乖巧微笑的萨摩耶，只觉得比起这么冗长的名字，对狗狗来说，或许还是简单的"阿雪"更有亲切感吧。

既然来了一趟，那钟冕也不好意思牵着狗就走，于是他在吧台前坐了下来，趁着下午茶时段还没结束，随便点了份茶点。

可能是觉得有些尴尬，沉默了好一会儿后，他干巴巴地开口说了句话："其实我之前来这家店吃过两次，但是都没带阿西莫夫斯基，人实在是、实在是太多了……啊，我的意思是说你家生意太好了，嗯，真的很好。"

慕锦歌低头切着菜，只是淡淡应了一声："嗯。"

本来就不怎么懂谈话技巧的钟冕这时更加尴尬了，低着头不断地搓着自己的手，沉默不语，不知道在想些什么。

而他身边拴好绳子的萨摩耶直望着他傻笑。

十多分钟后，慕锦歌将他点的柠檬红薯和棉花糖奶茶端了上来。

"请慢用。"

再开口，钟冕差点咬到自己的舌头，"谢、谢谢。"

只见盘中堆叠着六块厚度相同的红薯片，大约都保持在 1.5cm，四周的红薯皮并没有削，而是通过事先的浸泡和处理去除了泥土。

吃的一上来，他终于可以放过了已经被他搓红的手背，转而拿起了筷子，缓缓地夹起了瓷盘上的一块红薯，凑到了干燥得脱皮的嘴唇前。

因为慕锦歌就是在吧台后直接做的，所以他能看到每一个流程。

经过观察后，钟冕发现，这其实就是一道工序十分简单的小食，处理好红薯后直接把红薯片与柠檬、糖还有少许盐煮在一起，之后捞起来沥干水就是了，可谓简单粗暴。

——难怪这是这家店下午茶菜单上最便宜的一道。

这样想着，钟冕不由得有些失望——他之前确实来这里吃过两次正餐，并且都为之深深震撼与着迷，所以刚刚点单的时候看到这道菜还是很期待的，因为柠檬和红薯这两样食材都是他爱吃的，他期待慕锦歌会带给他别样的惊喜。

但是这个简单的做法和略显粗糙的卖相，让他有种自己被随便打发的感觉。

也是，像他这种还不熟悉就让人帮忙看狗的人，说话又说不清楚，一副战战兢兢的样子，对方肯定感到厌烦，所以想早早打发了之吧……

怀着日常的妄自菲薄自怨自艾，钟冕充分发挥一个作家的想象力脑补了慕锦歌的一系列心理活动，然后垂下了眼，有些难过地张开嘴，咬下一口红薯。

——可以的！

柠檬的清香萦绕口齿，经过烧煮后，少了夏日时的清凉快意，多了冬日时的温存柔和，酸酸甜甜的味道充分浸入熟得粉糯的红薯片中，彼此之间相辅相成，柠檬的味道提高了红薯味道的档次，红薯的厚实口感淡去酸甜的刺激，使得那股柠檬的清新若有似无，淡淡的气息令人忍不住回味。

钟冕本来没有多饿，会点餐纯粹是觉得自己不消费的话不太过意得去，但是现在咬下一口，却是停不下来了，一口气竟把盘中的柠檬红薯吃得只剩下一片。

——而这次剩下的那一片，还是他吃得正不可自拔时，不经意间瞥到了乖乖蹲坐在身旁安静盯着他的阿西莫夫斯基后，才动用自己最大的自制力，口下留情给留下的。

明明放在平时，他虽是爱吃红薯，但也从没试过把一个烤红薯吃完。

他夹起最后一片红薯，另一只手在下面接着，动作小心地喂到萨摩耶嘴边，温声道："这个很好吃的，你尝尝。"

阿西莫夫斯基低下头闻了闻红薯片的气味，又抬眼犹豫地看了钟冕一眼，看到主人脸上肯定的神色，才凑上去把那块红薯吃了下去。

等狗狗吃完以后，钟冕从兜里拿出最后一张纸，弯身把阿西莫夫斯基咀嚼间落下的碎渣细心地捡了起来，包在纸里，放在了托盘上。

——对待宠物掉落的食物残渣都这么仔细，可见他一定是个优秀且负责的铲屎官。

看到这一幕，慕锦歌不由得开始反省自己。

无论是她还是侯彦霖，在照顾小动物上，都远不如眼前这位钟先生细致。

嗯……以后尽量再对烧酒好一点吧。

然而她没想到的是，此时烧酒跳到了不远处的凳子上，看到她望向钟冕和阿西莫夫斯基的眼神后，一颗猫心凉了一半。

喵呜！

——以它对靖哥哥的了解，十分确定以及肯定，这个眼神背后明显包含的意思是"很好你们引起了我的注意""我的心已经不由自主地被你们所吸引"！

啊啊啊！靖哥哥竟然还主动帮他们拿抽纸筒！

嗷嗷嗷，这只可恶的白毛怪和灰衣男！

而就在烧酒皱着一张脸，十分愤恨地盯着如其主人般温和的萨摩耶，就差嘴里再咬着一张小手绢时，刚择完菜的肖悦从厨房出来帮小山收拾桌子，只当偶尔换换工作活动活动。

来奇遇坊工作后，肖悦的着装朴素了不少，跟着大家一起穿工服。她看了眼蹲坐在吧台旁的狗狗，发表了一句评论："哟，那只萨摩耶可真漂亮，而且看起来很温顺的样子嘛。"

"喵。"烧酒阴沉地叫了声，心说你懂什么，知狗知面不知心啊！这么白，肯定是只白莲狗好吗！

听到这声猫叫，肖悦才发现原来烧酒趴在旁边的桌子上，再一观察，又发现原来这只扁脸猫一直盯着吧台那边，脸都快皱成一团了。

她觉得有些有趣，难得起了兴致想逗一逗店里的这只吉祥物——平时因为这猫总在那个该死的侯二身边待着，所以她几乎没有主动和它接触过。

肖悦开玩笑道："你是不是嫉妒人家的美貌呀？"

"喵！"烧酒转过头，恶狠狠（它自认为如此）地瞪了她一眼。

肖悦好久没损人了，想着自己损不到侯彦霖，偶尔损损侯彦霖的猫腿子也不错，她道："你看看，人家的毛白得跟雪一样，多好看啊，再看你，灰溜溜的，像只大胖耗子似的。"

"……"大、大胖耗子？

"还有啊，你看人家那脸，标准的瓜子脸啊，你再看看你自己。"

"……"烧酒低下头，看着自己在黑色桌子上映下的影子——圆得没有下巴不说，还很扁。

"萨摩耶素来有'微笑天使'的外号，可是你呢，一副苦瓜相，就像谁欠你几万袋猫粮似的。"

"……"

肖悦看到那双玻璃珠似的大眼睛上似乎氤氲出一层水汽，有点慌神了，感觉自己就跟欺负了一个小朋友似的。她有些心虚地问道："咦，你怎么哭了？"

当然，这问题等于白问，猫怎么可能回答她。

肖悦也就是这么随口嘴贱几句，哪想得到这猫理解能力这么强，竟然像是听懂了她说的话似的，耷拉着脑袋兀自心情低落起来。

这一辈子肖大小姐就没安慰过人，更别说安慰猫了，于是她下意识地就从围裙兜里掏出手机，向好友求助。

肖悦：紧急求救！

叶秋岚：怎么了？

肖悦：我好像把店里的猫给弄哭了，不敢让锦歌知道，怎么办？

叶秋岚：……你和人家抢罐头了？

肖悦：没有！！！

叶秋岚：那它为什么哭？

肖悦：好像是因为我说它长得丑，不如萨摩耶好看。

叶秋岚：那你就夸它可爱。

看完消息，肖悦一只手搭在扁脸猫的脑袋上，动作生涩地摸了摸它的毛，语气有些生硬地道："别难过，你虽然长得丑，但还是挺可爱的。"

烧酒："……"

刚刚它只是低头时不小心猫毛扎到眼睛了，可听了肖悦的这句"安慰"后，它是真的想"哇"的一声哭出来。

在这之后，钟冕和他的萨摩耶就成了店里的常客。

大多数时候他都是带着狗狗坐在宠物专区的角落，埋头查阅资料写稿，但店里客人不多的时候，他会有些不好意思地坐到吧台前，问慕锦歌一些问题——上次的柠檬红薯给了他灵感，他打算在完成这次的出版稿后，开始尝试写美食类的小说，如果可以的话，他想以慕锦歌为原型。

当然，他目前只说了前半句，没有说最后一句，因为他这个人极度的不自信，如果手头的事情没有圆满地做好，就不好信誓旦旦地告知于人之后的完整计划，怕到时候半途而废或是没有做好的话辜负别人的期望。

慕锦歌对他印象不坏，看他的时候总觉得是在看一只瘦弱的小白兔，所以有什么关于烹饪上的问题都会简洁地回答。

——然而这纯洁得不能再纯洁的一切，在某只猫的眼中，就变了样。

烧酒奔了上去，气势汹汹地冲钟冕叫了一声："喵！"

你！别看了，就是你！给我离靖哥哥远一点！

钟冕寻声低头，当看到它的脸的时候，轻轻笑了下："好可爱的小加菲，是在向我打招呼吗？"

"……"烧酒感到很心累，为什么它每次发狠，别人都觉得它是在卖萌？

钟冕听不懂它叫声所隐含的话语，但慕锦歌听懂了，她皱着眉头，警告了它一声："烧酒。"

钟冕看向慕锦歌，问："是慕小姐养的猫吗？"

慕锦歌应了一声："嗯。"

烧酒正琢磨着怎么对他使坏才能不被靖哥哥发现的时候，一团阴影就自头顶投了下来，覆盖住了它的身躯。

"喵？"烧酒嗅到某个被它标记为敌人的气息，眯着眼回过头，想要威风凛凛地给那条只会傻笑的蠢狗来点下马威。

然而它刚一转过圆滚滚的脑袋，阿西莫夫斯基就低下了头，凑过来在它身上闻了闻，然后露出憨憨的笑容，伸出狗舌头在它身上舔了一把。

"……"

我——跟——你——拼——了！

烧酒内心崩溃，转身挥舞着爪子，毫不犹豫地朝身后的萨摩耶袭去！

像是被它的反应给吓到了，阿西莫夫斯基惊了一下，往后退了一步，然后无措地抬起了前爪，以压倒性的体型优势，一只大狗掌就这样把比它小了三四倍的加菲猫给按趴在地上了。

"……"贴到地面的时候，烧酒整只猫都是蒙圈的。

阿西莫夫斯基似乎觉得这很有趣，又兴奋回来，开心地凑过来，低头又舔了舔它圆滚滚的脑袋。

烧酒："……"

想死。

送餐路过的雨哥见此，稀奇道："都说猫狗是仇敌，但我看它们玩得还很愉快嘛！"

愉快？！

烧酒真想送他去看一看眼科。

本喵大王哪里和这只白毛蠢狗玩得愉快了！

看它躺尸不动了，阿西莫夫斯基又用突出的尖嘴拱了拱它的背，然后抬起身，看向钟冕，在获取主人的目光后，撒娇似的蹭了蹭主人的大腿。

钟冕会意，从包里掏出一个有些陈旧但被清洗干净的网球，"你是想要这个？"

阿西莫夫斯基伸头把球叼在嘴里，然后回头弯下身，将球放在了烧酒面前，身后的大白尾巴抱有期待似的摇晃着。

烧酒瞥了它一眼："蠢狗，你想扔球玩？"

阿西莫夫斯基低头把球往它那里拱了拱，一张狗脸笑得十分好看。

围观的雨哥笑道："啊，原来它是想把网球让给烧酒玩呀。"

"看来阿西莫夫斯基很喜欢你们店的猫猫啊！"说着，钟冕脸上浮现出愧疚的神色，"因为我很少参与社交，所以连累阿西莫夫斯基从小就没有和其他狗狗交朋友的机会……真好啊，阿西莫夫斯基，你交到新朋友了。"

阿西莫夫斯基直对着烧酒傻笑，小眼神闪烁着期待与喜悦。

烧酒一脸痛苦："靖哥哥……救我！"

听了钟冕的话后，慕锦歌才意识到自己平时的确也缺乏对烧酒在交友方面的关爱——虽然它被阉了，结交不到中意的母猫，但其他性别的小动物呢？像她现在都有朋友了，那么烧酒也该有几个朋友才是。

不然以后耍脾气离家出走都没投奔的对象，实在有点可怜。

——这个时候，慕锦歌已经完全忽略了烧酒其实是一个系统而不是猫的事实。

所以听到它的呼救，慕锦歌只当它是像她最开始进 Capriccio 那样，不适应与热情的个体接触，于是认真地鼓励道："烧酒，阿……雪是个不错的朋友，好好珍惜。"

烧酒："……"

这一副爸爸语重心长地教育孤僻内向的儿砸（子）说要在学校多交朋友的语气是怎么回事？！

又被阿西莫夫斯基扒拉了两下后，烧酒生怕它一言不合又过来舔自己，于是勉为其难地站了起来，看了看那个比自己半个头还大的网球，凑上去也想装个样子咬咬。

但它不仅嘴小，脸还扁，根本咬不到，一探过去，脑袋就把球给顶走了。

阿西莫夫斯基及时把滚动的网球踩住，望着烧酒吐舌头，似乎在等着它走过来。

然而烧酒一过来，还没碰到球呢，大白狗就又舔了它一口。

烧酒："……"

舔舔舔，你以为我是冰激凌呢？！

这时，他听钟冕问慕锦歌道："慕小姐，过年你会关店回家吗？"

慕锦歌说："不，我会一直在店里。"

"这样啊……"钟冕低头搓着手，显然之后要说的事情让他很不好开口，但他还是说道，"其实是这样的，我已经两年没回过老家了，但今年有重要的事情，所以过段日子必须要回去一趟，但阿西莫夫斯基……我带不走，我在 B 市又没有什么朋友，阮小姐和我编辑过年也都回家，所以我想问下……慕小姐能否帮我照看阿西莫夫斯基一个星期呢？啊，我会支付相应费用的！价钱慕小姐可以开口！只要不超过我的承受范围，我一定满足！"

慕锦歌干脆地答应道："可以啊！"

钟冕抬起头，眼镜都滑到鼻头上了，看起来有点滑稽，"慕小姐，真的太感谢你了！"

慕锦歌淡淡道："你把狗粮那些日常用品带来就行了，不用给我钱。"

"可是……"

慕锦歌看着他，缓缓道："我答应你，是因为我也挺喜欢阿雪的，能帮你照顾一周我也不亏。"

——这个白毛怪，居然要在奇遇坊待一周？！

直到钟冕牵着阿西莫夫斯基离开了，烧酒才从震惊中恢复过来。

——这可不行！

于是他思忖着，跑到了慕锦歌的腿边，甜甜地叫了一声："靖哥哥！"

慕锦歌没有看它，径自做着手头的事："嗯？"

"那个……"烧酒舔了舔鼻子，"可以在手机上拨通大魔头的电话吗？

我……他走了后，我有点想他，想跟他讲讲电话。"

慕锦歌低头看了它一眼："你和他关系有这么好吗？"

烧酒点头如捣蒜："有的有的。"

慕锦歌问："你不是老抱怨他欺负你吗？"

烧酒语气沉重道："我发现……自己是个抖 M。"

"什么意思？"

"……受虐狂。"

之后它又磨了几句，才终于把对方给说动了。

慕锦歌把它抱到休息间，然后将手机掏出来拨出侯彦霖的号码，又开了免提，放在了烧酒面前，之后转身把门给关上了。

关门之前，烧酒能感受到靖哥哥那两道颇为复杂的目光。

不管了！

宠都要没了，还要形象干什么！

而门刚被慕锦歌关上，这头电话就通了。

手机传来侯彦霖懒洋洋的声音，暗藏几分收敛住的惊喜："师父，你竟然又主动给我打了电话，想我了？"

"喵。"大魔头，是我。

对方短暂沉默了两秒，虽然还是笑着的，但话语的温度已经从夏天直降初春三月。他道："哦，是你啊，蠢猫。"

大敌当前，当务之急是要寻找同盟，同仇敌忾，所以烧酒也不和他计较了，直接问道："你多久回来？"

"是锦歌让你问的？"

"不，是我自己问的。"

"哦，那过几天吧，还没定。"

"……"烧酒几乎能想象到，要是刚刚它回答说是，那对方肯定会说今天立马回来。

它适当卖了下关子："我建议你最好早点回来。"

侯彦霖漫不经心地问："为什么？你想我了？"

"你再不回来，靖哥哥就要有别的狗了。"烧酒冷冷道，"到时你哭都没地方哭！"

侯彦霖："……"

再开口时，他已经敛去了笑意，有点严肃地沉声道："你说清楚点。"

翌日，钟冕一如既往地背着书和笔记本电脑，牵着乖乖白白的萨摩耶，来奇遇坊一边喝下午茶一边写稿子。

吃到一半，餐厅的门猛地被人拉了开来！

室外的冷风趁着机会钻了进来，长驱直入，拍到了他的脸上，让他不由得抬起头往门口望去——

只见从门外走进一个身材高大的男子，个头足有一米八五，穿着一身笔挺板正的深灰色西装，外面套着一件墨黑的长大衣，肩膀宽阔，两腿修长，走起路来衣摆浮动，气场十足，就像是国际男模登场一般。

他的半张脸都挡在墨镜后面，但露出的脸型和唇形让人下意识地就想与美男挂钩，他的头发被室外的冷风吹得有些乱，并不毁造型，反而徒添一种凌乱的美感，像是造型师特意抓出来的似的。

他目不斜视地朝这边走来，途径柜台时长手往旁边一捞，稍稍放慢了下步子，顺手把在柜台上等候已久的加菲猫一把抱在了怀里。

然后他头也不低地从大衣口袋掏出一副小墨镜，戴在猫咪的脸上刚刚好。

——由于没有鼻梁，脸太扁，烧酒必须一直仰着头才能保持让墨镜不掉。

但他觉得这样正好，扬着下巴能让它看起来更加高贵冷艳。

"……"

钟冕和他的萨摩耶看这一人一猫如同电影般的登场都看傻眼了。

侯彦霖抱着烧酒，一大一小两个墨镜就这样在钟冕对面坐了下来。

还不等钟冕开口询问，侯彦霖便动作帅气地摘下墨镜，把脸摆到自己最好看的那个角度，低笑着抢先开口道："你好，我是这家店的老板侯彦霖。"

钟冕愣了下："老板难道不是慕小姐吗？"

侯彦霖意味深长道："她是老板娘。"

烧酒跟班似的附和了一声："喵！"

"……"怎么有种黑帮来讨债的感觉？

"听说你想把你家的狗拜托给锦歌照顾一周？"侯彦霖勾着嘴角将手上的墨镜折好，乌黑的睫羽微卷，在他白皙的皮肤上投下一层淡影。

"现在我宣布，你的这个计划正式破产。"

"计、计划？"

钟冕一脸蒙圈，有种自己仿佛置身于港片的错觉。

侯彦霖抬起一双似笑非笑的桃花眼，不动声色地将坐在对面的男子打量了一番——唔，长得没他俊，气质没他好，骨架没他宽，穿着没他帅气，声音没他好听，气场没他爷们。

去掉一个最高分和最低分，勉强打个六十分吧。

很好，他们之间有四十分的分差。

再看看对方选手的搭档——

侯彦霖稍稍偏过视线，把目光落在一直保持微笑的阿西莫夫斯基身上，暗道不妙。

看这雪白的毛发，优美的形体，温和的微笑，大气的眼神……

本来漫不经心的侯二少突然正襟危坐起来。

因为这只萨摩耶将他们两组的分差拉得只有五分了！

他把烧酒抱紧了几分，并没有直接回答对方的问题，而是谦和地说道："礼尚往来，我都自报家门了，敢问先生贵姓？"

"我叫钟冕。"钟冕想到对方也自我介绍了职业身份，于是顿了一下后，弱弱地补了一句，"是、是一名作家。"

——文艺工作者。

侯彦霖若有所思地微微颔首。

啧，再怎么说靖哥哥也还只是个二十岁的年轻女孩啊，会被这种时不时宣扬着带着纸和笔独自在心间流浪的文青吸引住，也是可以理解的。

但很抱歉，能和靖哥哥一起在心间流浪的人，只能是我。

侯彦霖微笑道："我听说了，钟先生你要回老家一趟，找不到人收留这只萨摩耶。"

钟冕愣了下，"呃，慕小姐她已经……"

侯彦霖不由分说地打断了他："钟先生，我知道一家很不错的宠物寄养所，过年也不歇业，就在前面街区，你也是养宠物的人，应该也知道吧。"

"啊……"钟冕犹豫着点了点头，"我知道，可是那里过年期间要有VIP卡才可以，我……我没有，我知道那里设施很好，但太贵了，所以别说VIP了，我就只去过一次。"

这个人，太诚实了。

靖哥哥就喜欢这种老实巴交一眼就能看穿的男人吗？

侯彦霖仿佛看见分差又缩减了一分。

但这并不影响他的笑容，他掏出皮夹，从中掏出那家宠物寄养所的专属定制VIP卡，放在桌子上，推向对方，"这张卡，送给你了。那里的人看到这张VIP卡，会免费为你的宠物提供寄养服务的。"

钟冕瞪大了眼睛，忙道："这、这怎么好意思呢！"

侯彦霖善解人意道："我家在本地，出差后烧酒也有锦歌照顾，所以这张卡对我来说没什么用了，与其这样废着，不如送给真正需要它的人，发挥它的最大价值。"

钟冕拿起那张一看就很不一般的 VIP 黑卡，转过头与阿西莫夫斯基无措地面面相觑。

就在这时，一个冷冷的声音自侯彦霖身后响起——

"侯彦霖，你在干什么？"

二十分钟前，慕锦歌被高扬的一通电话叫了出去，说是侯彦霖从三亚给她带了礼物，让他代为转交。

她觉得奇怪，心想高扬怎么不直接进来把东西给她，非要把她喊出去。

但转念一想，指不定是那个二傻子想要给她制造什么惊喜，又要搞什么幺蛾子，所以即使她心有怀疑，但最后还是穿上羽绒外套出门了。

——没想到礼物没有惊喜，回来一看，原来"惊喜"在这里等着她。

让钟冕带着阿西莫夫斯基离开后，慕锦歌转过头，面无表情地看着这对专业耍宝组合，沉声道："你跟我进休息室，我们谈谈。"

坦白从宽，抗拒从严，侯彦霖被抓了个现行，并没有反抗，而是听话地抱着烧酒默默站了起来，往休息室走去。

"把烧酒放下。"慕锦歌叫住他，"我一个一个地谈。"

这句话把烧酒吓得不轻，以至于那副小墨镜"啪啦"一声掉到了地上，露出它那一双惊恐的大眼睛。

……哦，这是单独关小黑屋的节奏喽。

看着在自己面前关上的那扇门，烧酒认真地思索着自己是否该三十六计走为上计，先找个地方躲起来，避避风头。

门外的扁脸猫满面愁容，门内的侯二少脸上依然挂着懒洋洋的笑容，把自己内心的紧张掩饰得很好。

看到慕锦歌把门给关上了，侯彦霖挑眉笑道："师父，我知道你很想我，但你这样强烈要求和我单独相处，我会想歪的。"

慕锦歌转身，从兜里掏出刚才高扬给她送来的贝壳项链，面无表情地问他："这是怎么回事？"

侯彦霖笑呵呵地道："千里送鹅毛，礼轻情意重。"

慕锦歌嘴角一抽："你什么时候回来的？"

侯彦霖眨了眨眼："今早的飞机，一到我就过来了。"

慕锦歌问："那你为什么还要让高助理代为转交？"

侯彦霖对答如流，十分自然："想要给你一个惊喜呀。"

信你就有鬼了！

慕锦歌冷笑一声，又问："为什么去找钟冕聊天？"

侯彦霖故作惊讶，语气夸张道："咦，师父，你不会连男人的醋都吃吧？我可是一枚宁折不弯的直男，这点你放心！"

慕锦歌噎了一下："……你怎么知道钟冕拜托我帮他照顾他的狗？"

侯彦霖笑道："钟先生自己说的呀。"

慕锦歌看向他，缓缓道："给你一次说真话的机会，不然我就调店内监控了。"

"好吧，"侯彦霖耸了耸肩，很快出卖了队友，"其实是烧酒告诉我的。"

证实了自己的猜想，慕锦歌恍然："原来它昨天给你打电话，是为了说这个。"

"师父，这就是你的不对了。"侯彦霖装模作样地叹了口气，"虽然萨摩耶的确很漂亮，但你也不能只见新人笑不闻旧人哭啊，这诉苦的电话都打我这儿来了。"

慕锦歌感到莫名其妙："它有什么苦？它不是和阿雪玩得挺开心的吗？"

侯彦霖一本正经地认真道："一般来说，失宠的皇后都会亲昵地和得宠的贵妃姐姐长妹妹短，看起来相处融洽，实际上心里都在泣血和扎小人。"

"……"

过了几秒，慕锦歌说道："阿雪很听话，对烧酒也很友好，在之后的相处中这点误会应该能消除。"

侯彦霖却问："消除之后呢？"

慕锦歌看向他："什么？"

侯彦霖的脸色沉了下来，如同深夜悄然降临，他低声道："消除之后，那个姓钟的就人凭狗贵，借着让宠物尽情玩耍的由头，越来越频繁地出入这里，与你交流越来越多的话题，你们越来越熟，到时候……"

你就会跟着他去心间流浪。

意识到自己没控制好情绪，侯彦霖及时地收敛住了话题，微微一笑："……我看过一本叫作《宠物奇缘》的剧本，就是这个路数。"

慕锦歌似乎明白了什么，但还是语气冷淡道："钟冕对我没有这方面的意图，他是个单纯老实的人，没什么心眼，我们只是淡淡相交。"

单纯？老实？没什么心眼？

侯彦霖越听心里越不是滋味，脸上的笑容都透出几分嘲弄来，他抑制不住汹涌而出的恶意，哼道："师父，你可长点心吧，老实人最擅长利用他老实的样子，闷声做坏事了。"

慕锦歌从没见过他这样说过话，愣了下，皱眉道："你什么时候变得这么阴谋论了？"

听了这话，侯彦霖的内心是前所未有的……烦躁。

——对啊，我就是这么阴谋论、这么恶劣的一个人。

想要接近你，就会挖空心思地各种设计，像个狡猾的猎人，根据预判埋下完美的陷阱，还不甘于等待，一次又一次地主动现身诱导，为了得到想要的猎物而尽心竭力。

他从来做不来老实人顺其自然的那一套。

与那个姓钟的恰恰相反，他不老实，不单纯，心眼比烧酒的毛还多，套路深，真诚少，商人头脑，一身俗气。

纵然能说出天花乱坠的情话，也无法像那个作家一样信手写出意境悠远的诗词。

像他这样骄傲的人，不可一世惯了，自信心爆棚，甚至可以说是自恋，却在这时绝望地发现自己浑身上下都是毛病，都是无法掩饰的缺点，金玉其外败絮其中。

——这让他感到暴躁的同时，又有些慌张。

他怕自己会无法维持微笑的伪装，控制不住在胸腔内横冲直撞的嫉妒与不安，在眼前这人面前原形毕露，阴险狡诈无处可藏，见不得光的自私与贪婪让他面目丑恶起来。

生平第一次，侯彦霖心里涌现出类似自我厌恶的负面情绪来。

这真的不像他。

慕锦歌看他不说话，淡淡地开口问道："你究竟想干什么？"

侯彦霖沉默了半晌，突然道："我喜欢你。"

"……"

"我喜欢你，见不得有其他男人接近你。"侯彦霖放在衣兜里的手悄然握紧了拳头，他有些烦躁地叹了一口气，自暴自弃般地坦白道，"所以我要想方设法把你留给他们的机会堵死，让他们知难而退。"

慕锦歌看了看他，没有说话，而是转身走到了门边。

侯彦霖觉得很失望。

失望于眼前人的反应，但更失望于失控的自己。

他都在干些什么啊……

把计划打乱了不说，还把一切都搞砸了。

这样他不就沦为别有用心的恶心配角了吗？

160

就在他懊悔不已的时候，慕锦歌站在门口，淡然开口道："侯彦霖，你想太多了。"

侯彦霖苦笑，心想多么喜闻乐见的一句台词啊！

接下来主角就要为真命小白花说话了吧，什么"他不是你想的那样""他又不是你"之类的辩护。

然而事情并没有按照他所预想的发展下去，慕锦歌回过头，看了他一会儿，才不紧不慢道："因为我只把机会给了一个姓侯的二傻子。"

侯彦霖一呆。

几秒后，他才反应过来，惊讶地睁大了眼睛，难以置信地抖着嘴唇，"你说什么？"

慕锦歌把手按在门把上，嘴角扬起一抹温柔的笑意："你的耳朵是被醋灌聋了吗？"

"我说，我也喜欢你。"

♥ 第十章 ♥

| 玫瑰 | 麦芽糖 |

侯彦霖从小黑屋出来的时候，整个人都精神恍惚。

每走一步靠的不是意识，而是身体本能和记忆。

慕锦歌拉开门，方才唇边的笑意如同昙花一现，稍纵即逝，现在又恢复成面无表情的冷淡神色，她把目光从侯彦霖身上移开，落到不远处的烧酒身上。

此时烧酒正竭尽全力躲在桌椅下，收腹提臀两爪抱头，可惜精力有限，收住了前头就管不住后头，一条毛茸茸的大尾巴在凳子腿后面暴露了一半。

它听到了慕锦歌的声音响起，如同阎王在下发残酷的死亡通知书："下一个，烧酒。"

我不听我不听我不听我不听！

你看不见我你看不见我你看不见我你看不见我！

"过来。"慕锦歌淡淡道，"不要让我去拎你。"

听了这话，烧酒打了个寒战，不得不四脚着地，缓缓地从阴影中走了出来。

迎面与侯彦霖擦腿而过，烧酒小声地问了句："喂，大魔头，情况怎么样？"

"……"您好，您拨打的用户暂时无法接听，请稍后再拨。

烧酒察觉出不对劲，于是费力地仰起头，可是从它这个高度和角度却只能看到对方的下巴和鼻孔，并不能看清对方的神色。它又唤了声："大魔头？"

侯彦霖还是没有给出回应。

这几秒钟的沉默迅速渲染了一种凝重紧张的气氛，仿佛是在暗示主人公的悲惨命运，为即将展开的悲伤故事埋下伏笔。

烧酒更害怕了。

——连一向风雨不侵的侯彦霖都沉默不语了，它进小黑屋后能好吗？！

然而它已经没有拔腿就跑的机会了，因为慕锦歌亲自走过来把它给抱了起来。

烧酒看着小黑屋一点点逼近，挣扎着朝唯一的同谋伸出猫爪发出最后的求救信号："霖哥哥！霖爸爸！霖爷爷！救我！"

"……"您好，您拨打的用户暂时无法接听，请稍后再拨。

慕锦歌轻轻地抚了抚它的背，道："乖，你就算叫破喉咙，也没有人会来救你的。"

烧酒顿时猫毛耸立，就这样被抱进了休息室，然后眼睁睁地看着大门被关上了。

侯彦霖就这样失魂落魄地坐回了收银台前，两眼放空，连工作服都没有换。

一位喝完下午茶的熟客要结账离开了，拿着订单走到收银台前对他道："老板，埋单。"

"……"

客人见他没反应，又叫了一声："老板？"

"哦，好。"侯彦霖终于回过神来，接过订单和钱，然后找零。

客人有些无语地看着他递给自己的这张红色钞票，好笑道："我给了你一张五十，你怎么找了我一张一百？"

侯彦霖点了点头，无比真诚地说了句："新年好。"

客人："……"敢情这么早就开始发新年红包了？

站在不远处扫卫生的小山拉了拉身旁同事的袖子，有些担忧道："雨哥，咱们老板是抽了什么风？平时有客人少给了两毛钱他都不放过，今天怎么铁公鸡拔毛，变散财童子了？"

雨哥瞥了收银台一眼，不以为意道："人家家大业大的，散散财济济世也正常吧，现在的有钱人不都喜欢做慈善吗？"

"他这慈善来得也太突然了吧，"小山越想越觉得奇怪，忙拉着雨哥，"你去看看吧，别一天下来咱们不赚倒赔了，老板娘知道了肯定得生气。"

虽然很不愿意与侯彦霖主动接触，但雨哥经不住小山说，于是最后还是拿着抹布过来看看情况，他问："老板，你怎么了？"

"小雨雨啊，"侯彦霖单手托着脸，幽幽地叹了口气，"你懂那种心意互通，你喜欢的人正好也喜欢你的感觉吗？"

雨哥："……"

侯彦霖继续幽幽道："唉，算了，想想你也没什么机会能懂。"

雨哥："……"

这什么人啊！

作为一只单身狗，雨哥表示受到一万点暴击，遂怒而甩抹布，愤然离开。

谁要管这个该死的人生赢家啊！就让他散财散到倾家荡产算了！最好被老板娘打死！

而与此同时，小黑屋的谈话还在继续——

还不等慕锦歌开口，烧酒就飞快地组织起刚才调用内部程序联网搜索到的各种认错检讨范文，一本正经地主动开口道："通过认真反省，我认识到自己犯的错误很严重，对此我感到十分惭愧，我真不应该违背学校……喀餐厅的规定，作为一名……一只猫就应该完全遵守餐厅的规定，而这次我却没有好好重视，我感到很抱歉，我希望学校和老师可以原谅我的错误，我是真心悔过的。"

慕锦歌："学校和老师？"

"奇遇坊和靖哥哥，"烧酒努力维持淡定，"口误。"

慕锦歌看着它，心里觉得有些好笑："你犯了什么错？"

烧酒神情沉痛道："暗中勾结黑暗势力，迫害排挤善良民众。"

慕锦歌实在听不下去了："行了，别到处检索了，搜到的句子都不合适。"

"……"哦，被识破了。

想了想，慕锦歌问道："你是不是觉得我更喜欢阿雪？"

命中核心，烧酒低下了脑袋，闷闷道："你之前不是说过吗？你喜欢狗，不喜欢猫。"

慕锦歌点了点头："嗯，确实。"

这下烧酒连耳朵都耷拉下来了。

"但打个比方吧，我看阿雪就像在看别人家的孩子。"慕锦歌耐心道，"别人家的孩子再好，也永远不可能比自己家的亲。"

闻言，烧酒抬起头，愣愣地望着她。

慕锦歌揉了揉她圆滚滚的脑袋，温声道："心里有烦恼，你找侯彦霖说，这个没问题，我也不会怪你，是我没有给你安全感。"

"靖哥哥……"烧酒感动得眼眶都湿润了，但转而觉得有些不对，"是不是大魔头把锅都帮我背了，所以你才不训我？我看他出去后魂不守舍的，其实这次主要责任在我，是我在电话里对他添油加醋了……靖哥哥，我看得出大魔头很在乎你，你不要生他的气了。"

慕锦歌实话实说："他没有帮你背锅，很快就把你给卖了。"

"……好的，当我刚刚什么都没说。"

谈话和平结束，是时候为晚餐时段做准备了。

休息室的门如同连接着屋外某人的神经，门一被打开，侯彦霖就转过头看了过去——

只见慕锦歌一脸淡然地走了出来，身后跟着屁颠屁颠的烧酒。

大概是察觉到望过来的目光，慕锦歌抬眼看了他一下，但只是淡淡一扫，和往常没什么不同。

接着，她便转身进了厨房。

侯彦霖："……"

怎么回事？

难道刚才的一切都只是幻觉？

他让小山替他暂时顶替一下，然后自己也跟着进了厨房。

今天厨房就慕锦歌和小贾在工作，肖悦和问号休息。

他轻手轻脚地靠近慕锦歌，十分有眼力见地把对方接下来可能需要的食材端了过来。

慕锦歌抬头看了他一眼。

侯彦霖看着她扇动的睫羽，只觉得自己的心被不轻不重地挠了下，耳朵顿时涨出可疑的红色。他小心翼翼地说了一句："锦歌，我喜欢你。"

慕锦歌垂下眼，看着菜板上的土豆，淡淡道："我知道。"

侯彦霖看她切着菜，一字一顿地轻声问道："你也喜欢我？"

"嗯。"

"那你……"侯彦霖抿了抿嘴，"可以抱抱我吗？"

一旁的小贾默默切着菜，心中念念有词。

非礼勿视，非礼勿听，非礼勿视，非礼勿听……

慕锦歌想也不想就拒绝了，"走开。"

侯彦霖壮着胆子，又凑到她耳边吹了口气，低声问道："那我可以亲你一下吗？"

小贾眼观鼻鼻观心。

富强、民主、文明、和谐、自由、平等、公正、法治……

慕锦歌手一抖，刀工向来快准狠的她竟然犯了初学者式的错误，切到了手指。

"嘶。"她倒抽了口冷气，立即用手压住伤口，强迫止血。

还好伤口不深，创面也小，流的血不是很多。

但这也足以让某人心疼自责一整天了。

侯彦霖皱眉道："靖哥哥，我帮你去拿创可贴，今天你就休息吧，我去叫问号过来上班。"

慕锦歌冷冷道："你走开。"

"……"

"小贾，帮我去拿个止血贴。"说完这句话，慕锦歌把目光转向罪魁祸首，一字一顿道，"你立即给我离开厨房，今天之内都不许靠近！"

侯彦霖："……"

他是不是应该欣慰起码对方没有直接回他一个"滚"字？

侯彦霖有点郁闷。

在他表白之后慕锦歌说喜欢他，这是答应了的意思才对，按照理论，男女主互通心意后，就应该自然而然地进入交往阶段，如胶似漆，甜甜蜜蜜……

但为什么靖哥哥好像一点都没有想和他发展更进一步关系的样子？

这个问题可把他给愁到了。

且不说之前那两段结束得有些滑稽的恋情，回国的这两三年，身边给他暗送秋波的女性塞十个奇遇坊都塞不下，在处理桃花的问题上，他已经是游刃有余、心得颇丰，甚至圈子里几个和他关系不错的男明星都会来向他取经。

对于如何在异性面前展露自己最迷人的一面又保持一定的神秘感，他深谙其道。除此之外，他还深知如何把暗含陷阱的情话说得漂亮自然，如何把委婉的拒绝修饰得情非得已，如何在热恋之中保留自我和清醒，独善其身……

然而现在他却笨拙得像个情窦初开的毛头小子。

这种笨拙感着实有点糟糕，就好像一个能说会道的口技者被麻醉了舌头，一个技艺高超的舞者被束缚了双腿，一个战绩累累的战士半天拔不出生锈的剑……

过去的辉煌历史和头头是道的经验理论仍然存在于脑海中，但是像是在朝夕之间变成了一堆废铁，毫无作用。自以为傲的双商也在面对那个人的时候约好了似的集体下线，将他残忍抛弃。

什么保留自我，什么埋藏陷阱，什么保持神秘感，什么独善其身……

现在想来全是笑话——

只要靖哥哥愿意跟他恩恩爱爱就行了！还怕什么不可自拔！

然而最心塞的是，当他恨不得把所有理智和精力都投入到这场热恋之中，对方却好像丝毫没有想和他恋爱的打算！

一世英名，毁于一旦！

说是人生中的滑铁卢都不过分啊！

打烊回到公寓后，侯彦霖躺在沙发上开始思考人生。

思考未果，他掏出手机，抱着不耻下问的态度，给他的发小发了个久违的微信。

没想到的是，对方这次破天荒地回得很快。

侯彦霖：兄弟，在吗？

巢闻：侯少，我是梁熙熙，巢闻在洗澡，你找他有什么事吗？

要是放在以前，侯彦霖肯定会趁机调侃几句，但现在一看，只觉得是羡慕嫉妒恨。

唉，什么时候别人找他的时候，能是靖哥哥用他的手机回一句"我是慕锦歌，我男人在洗澡，你找他有什么事吗"啊……

噫，想想就觉得有点小羞涩。

微信的消息提示音将他从脑补中拉了回来。

巢闻：侯少？

侯彦霖：梁熙熙，你能不能告诉我一下，当时巢闻是怎么追的你？

巢闻：……

侯彦霖：我就是想参考参考。

巢闻：参考？哦，就是在三亚时你说的正在追的女生？

侯彦霖：是呀。

巢闻：嗯……在剧组的时候他有送我花。

侯彦霖盯着屏幕上的这一句话，忍不住笑了。

他要拿这个梗嘲笑巢闻三十年！

送花？

竟然用这么老土的手段？梁熙竟然都不觉得嫌弃？

啧——

四十分钟后，侯彦霖驱车来到慕锦歌家楼下，下车时手里抱着一束娇艳的红玫瑰。

早在奇遇坊试营业前一周，慕锦歌就带着烧酒搬了家，在离天川街比较近的旧小区里租了个房子，面积是之前的两倍，有一百平方米，一人带着一只猫住着很宽敞。

搬家那天是侯彦霖主动请缨来帮忙的，因此他自然也清楚慕锦歌新家的具体住址——如果直接问慕锦歌，那个人肯定不会乖乖告诉他，可如果自己私下调查，又违背了当初和那个人的约定，所以最好的办法就是抓住搬家这个时机，收集好情报信息。

真是机智如他。

侯彦霖把车停在单元楼下的停车区，从驾驶座下来后绕到副驾驶座前，打开车门，弯腰进去抱出那束用了点关系才在这大晚上用这么短的时间精致包装的新鲜玫瑰。

他不仅要很老套地送花，还很老套地选择了九十九朵玫瑰。

天长地久，永远的爱恋。

——指不定俗招出奇效呢。

抱着这样的想法，侯彦霖走进没有关严的单元楼大门，直奔三楼，却没有立马按下门铃，而是掏出手机，给慕锦歌发了一条微信：靖哥哥，你睡了吗？如果没睡的话给我开个门吧，我就在你家门口。

他都想好了，要是慕锦歌睡了或是不给他开门，他就在这儿守一夜，等着明早屋里的人出来后发现他，制造一个感人的惊喜。

为此，他还特地在大衣口袋里一边各放了五个没拆的暖宝宝，待机备战。

不过看来这十个暖宝宝今天不能登场了。

还差几分钟就十二点了，慕锦歌却还没有睡，看到微信后她没有回复，而是直接过来把里层的防盗门揭开一条缝，确认门外的确是侯彦霖无误外，才把门完全拉开，伸手打开外层的防盗铁门。

门一打开，室内的暖气扑面而来，只见慕锦歌站在玄关处的暖色灯下，穿着一套深蓝色白条纹的长袖睡衣，披散下来的直发及腰，像是刚吹了个半干，隐约还带着些许湿漉漉的水汽。

她的脸上毫无波澜，一双黑眸比外面的夜还幽深，看着侯彦霖问："你来干什么？"

侯彦霖愣愣地看了她一会儿，再次感觉到那种无力的笨拙感弥漫全身，有那么一瞬间他觉得自己甚至失去了说话和行动的能力。

几秒后，他才想起自己来这里的目的，脸上挂上标准的侯少式笑容，深情款款道："我是来给你送花的。"

花？

慕锦歌这才看到他手上抱着的那一大束玫瑰，暗自对自己有点无语。

为什么开门时她竟只顾着看对面的人，却没注意到这么大一捧花？

还有今天竟然被吹一口气就切到了手指……

——蠢这种东西难道真的会传染？

侯彦霖并不知道此时眼前这人内心的思绪，他见慕锦歌不出声，以为是惹对方不高兴了，于是小心又可怜地说道："师父，外面好冷，你可以先放我进来吗？"

慕锦歌给他让了个道："进来吧。"

侯彦霖心下一喜，稍稍弯了下身，抱着花进了门。

他个头大，进屋时裹挟进一阵外头的寒气，混着隐隐约约的木质男香和玫瑰香气，让人不由得联想到藏在广袤森林中的一丛花田。

慕锦歌突然心中一动，随即有些不自然地往后退了两步。

侯彦霖把花递给她，笑眯眯道："师父，你可以帮我抱下花吗？方便我关门。"

慕锦歌很奇怪他大晚上抽什么风，抱这么大束花过来，但她也懒得问了，就先从对方手中把那沉甸甸的一束接了过来，转身想放到客厅的茶几上。

就在她转过身后，门后传来两道干脆的关门声，随即一个气息自身后飞快逼近，将她连人带花地拥入一个温暖的怀抱。

侯彦霖的声音在她耳边低沉地响起，透着几分慵懒的笑意："靖哥哥，收了我的花，你可就是我的人了。"

慕锦歌："……"

被身后的人这样抱着，慕锦歌的肩膀贴上对方的胸膛，能够更清晰地闻到对方身上淡淡的香水味，像是被雨水打湿的杉木与土地迎来雨后天晴，在阳光之下散发出一种独特的清香，其中还夹杂着丝丝若有似无的甜味，明朗澄澈，温柔而不轻浮，沉稳却不厚重。

她一向不喜欢喷香水的人，更何况是喷香水的男人，但此时侯彦霖身上的味道让她意外地觉得可以接受，甚至闻起来让人不由自主地产生想要靠近的感觉。

——他好像很钟情于这一款淡香。

慕锦歌被突然抱住后竟没有忙着挣脱，而是头脑冷静地冒出这么一个念头。

然后下一个念头是：嗯，挺适合他的。

侯彦霖见她不说话，以为是被自己吓到了，于是稍微松了下圈着怀中人的臂弯，开玩笑道："靖哥哥，你要是再不说话，我可就亲你了。"

慕锦歌低头盯着放在九十九朵玫瑰上的卡片，看着上面那串熟悉的黑色字迹，她突然淡淡开口道："要亲就快亲，我现在手上没拿刀子。"

送花竟然真的有奇效？！

像是怕慕锦歌反悔似的，侯彦霖紧紧地抱住了怀中人，然后放缓呼吸，小心翼翼地凑到了对方的脸侧，轻轻地亲了一下。

就这么往脸上蜻蜓点水的一下，他的小心脏都扑通扑通跳得像在蹦迪。

亲完后见对方并没有抗拒，他心下一喜，想着趁靖哥哥现在心情好，赶快多占点便宜，于是犹豫了几秒又忍不住上去亲了慕锦歌的脸好几口。

而就在他打算啄第六下的时候，慕锦歌突然往他怀里一靠，仰着转过头，出其不意地正对着他的嘴唇亲了一下。

"……"

撤回来后，慕锦歌瞥了他一眼，嗤笑道："出息。"

这能忍？！

看来，是时候为尊严一战了！

侯彦霖扳住慕锦歌的肩膀，迫使她转过来面朝自己后，不由分说地俯首覆上那张总是能淡然说出惊喜话语的嘴，一时之间肉食动物的本性暴露无遗，毫无半分方才草食系温和无害的样子。

如果说刚才他那小鸡啄米似的亲吻是润物无声的和风细雨，那现在俨然就是盛夏时节的狂风暴雨，急促又细密地啃咬着对方薄薄的唇瓣，然后看准时机，出其不意攻其不备地撬开对方牙关，毫不犹豫地长驱直入，热切索求。

"靖哥哥？"

原本待在房间里用平板看电影的烧酒见慕锦歌出去后迟迟没有回来，外头又没有说话的声音，于是疑惑地抬起猫爪推开虚掩着的房间门，一边叫着慕锦歌的名字一边走了出来……

结果不看不知道，一看吓一跳！

没想到一出来就撞见这一出不可描述的画面！

烧酒整只猫都吓傻了，愣愣地望着正亲得火热的两人，原地石化，一声喵叫了一半就生生地断掉了。

我是谁我在哪里你们在干什么！

哦，我只是个宝宝而已为什么要这样对我？！

隐约听到了烧酒的声音，慕锦歌清醒了几分，伸手想要推开眼前这个原形毕露的"衣冠禽兽"，却不料"禽兽"一边专心进食，一边用右手夺过她怀中已被压得掉了好几片花瓣的玫瑰，举在两人朝着房间门的侧脸前，用厚重的花束阻挡了某只猫惊愕的视线。

没有玫瑰花束，两人之间空出来不少空间，侯彦霖趁此用另外一只手箍住慕锦歌的后腰，有些蛮横地将对方搂近，强行缩小距离。

他的进攻不收反强，变本加厉，像是一头终于被放出牢笼的饿狼——准确来说，应该是一头饿狐狸，肚子有底后就有力气动脑筋使坏心眼了，步步为营，在这场比试中很快就占得上风，一雪前耻。他狡猾地给对方埋下一个又一个的陷阱，处心积虑，引得对手越陷越深，自己在进退之中便宜占尽。

慕锦歌不是他的对手，终究败下阵来，被放开时整张嘴都被某个扮猪吃老虎的禽兽啃得像是吃了几斤辣子似的，白净秀丽的脸庞染着可疑的红晕，那双清冷似夜的黑眸也如起了一场春雾，白蒙蒙的一片，看不清眼眸深处摇曳的秋叶。

侯彦霖低头吻了吻她的耳朵，轻笑一声，声音沙哑道："靖哥哥，我有出息一点了吗？"

慕锦歌靠在他身上，任他在自己身上吃豆腐，暂时不想搭理他。

侯彦霖将一直举着玫瑰花的手放了下来，活动了一下，肌肉有点酸。

然后他像这才注意到烧酒的存在一般，将视线投了过去，勾着嘴角道："嘿！"

"……"

嘿你个毛线！

烧酒无措地看着他们，难以置信道："你你你……你们什么时候在一起的？！"

——在一起，这个词很美妙。

侯彦霖心情大好，借着烧酒这个问题，故意问慕锦歌道："靖哥哥，我们什么时候开始在一起呀？"

慕锦歌终于知道这二傻子大晚上抱着花跑过来的最终目的了，心里不由得觉得有些好笑，干脆给他吃颗定心丸道："今天。"

侯彦霖满脸敛不住的笑意，忍不住再三确认道："那也就是说……以后我们的交往纪念日可以定在今天这个日子？"

"嗯。"慕锦歌扬起了嘴角，用手指挑了下他的下巴，抚慰道，"把心放回肚子里吧……霖妹妹，以后你就是我的人了。"

侯彦霖心花怒放，当即握住慕锦歌伸来的手，放到嘴边亲了一下。

烧酒："……"

我真是没眼看了。

花送到了，吻送到了，关系也正式确定了，侯二少终于可以凯旋，睡一个安稳觉了。

走的时候他没有再闹着要留宿，离开得很干脆。

这一段感情来之不易，他想要慢慢来，细水长流，不想把对方逼得太紧。

但当门关上的那一刹那，他心里暗自立了一个小目标——

下一次，他要在这间房子里待够二十四小时！

哪怕打地铺都行啊！

立下雄心壮志，侯彦霖心情愉悦地下了楼，钻进了还残留着淡淡玫瑰花香的车内。

这个时候，他才发现，就在他给慕锦歌发完微信后，有一条来自高扬的新消息。

羔羊：曾导团队已改变拍摄计划，《料理鬼才》无限延期。

侯彦霖走后，慕锦歌把那九十九朵玫瑰暂时先靠着墙壁放在了立柜上，然后特意把花束上的小卡片拿了下来。

烧酒站在地上，抬头只能看到卡片背面的花纹，于是它好奇地问道："靖哥哥，大魔头给你写了什么啊？"

慕锦歌把那张小卡片塞进手机和不透明的深色手机壳之间，脸上露出淡淡的微笑，"秘密。"

烧酒不满道："靖哥哥你变了！"

其实慕锦歌不告诉烧酒，也是为了它好。

侯彦霖在卡片上只写了很简短的一句话。

黑色的墨迹，非常漂亮的行楷，一笔一画写到了看者的心墙上。

——"慕锦歌，我爱你。"

"周先生，虽然曾导和制片说这件事没必要告诉你，但我觉得与其让你从媒体口中知道，不如还是我们这边直接通知你。是这样的，之前那个《料理鬼才》，也就是以你为原型创造的那个电影剧本，可能要暂时搁一搁了，因为目前我们团队的首要任务是负责一个大 IP 的拍摄和制作……"

听完对方略带歉意的解释，周琰握着手机的手指紧了紧，脸上阴沉一片，但开口时他的语气却还是温和的，仿佛并没有任何责怪之心，他淡淡道："谢谢你……嗯，好，以后再联系，拜。"

通话结束，他目光阴鸷地盯着屏幕上"罗编剧"这个来电备注名，脸色彻底沉了下来，如同黑云压城，使得他周正的五官看起来透着几分森寒。

他几乎是咬牙切齿地问道："这是怎么回事？！"

室内没有其他人，他的声音在整间休息室内回荡，显得有点诡异。

然而有个声音在他脑海里响起："亲爱的宿主，情况正如团队编剧所说，那部电影的拍摄计划被暂时搁置了，估计过两天新的拍摄计划就会被正式公布。"

周琰怒道："我有耳朵，自己会听！我问的是为什么这部电影会出意外？你不是跟我保证这部电影会让我的知名度更上一层楼吗？！"

"亲爱的宿主，请您冷静。"系统不紧不慢地安慰道，"拍摄计划的确被延期，但并不是被取消，只要有朝一日它得以面世，就一定会为宿主您博得更多的名誉和利益。作为您的系统，我的职责就是为宿主您寻找捷径，帮助您成长，但这并不代表我能预测未来，知道在这条路上可能会出现的阻碍。"

"那现在怎么办？"

系统道："暂时不用管电影那边的事情了，年后 V 台将有一档美食争霸类综艺上线，那也将会是为宿主您带来利益的机会与平台。"

听了这话，周琰深吸了一口气，闭上眼试图让自己冷静下来。

——但是让他不计较《料理鬼才》延期的事情，怎么可能？

消息很早就放出来了，现在业界没有谁不知道他的故事要被拍成电影了。虽然只是二三流的制作团队，导演也不是个能说出名字的人物，但能拍成电影本身就很值得羡慕，走哪儿遇到熟人都要被问候下此事，他的身价也因此上涨了不少，锦上添花的功效不可否认。

现在新闻都放出来那么久了，满以为都已经在选演员了，没想到这一通电话打过来告诉他不拍了。

是，延期不代表取消，但罗编剧说了，他们手头临时接到个大 IP——大 IP 什么概念？可不就是整个团队要全身心投入起码两三年的意思？然后两三年时光送走一尊大佛，那小小的影视团队能不档次上升吗？到时候有了大 IP 做保证，他们那群人的平台宽了，资源多了，难保下一部不会又是个后来居上的剧本，再次在《料理鬼才》前上演插队的戏码。

连罗编剧安慰他的时候都不敢夸下海口向他保证下一部剧一定是《料理鬼才》。

更气人的是，那个秃瓢导演和矮子制片居然觉得没必要告诉他？

看中美食这个元素，向他请求取材许可的时候一个两个装得跟孙子似的，说什么就等着他的励志人生为他和团队获得双赢。

求人时好话说得天花乱坠，现在有更肥的鱼肉了，就翻脸不认人！

真是一帮势利眼的浑球儿！

"啪——"

如同一声惊雷，周琰手中的大屏手机被猛地狠掷出去，砸到了休息室白花花的墙壁上，发出一声巨响，宣泄出怎么样都抑制不住的怒气，而前一秒还完好无损的手机便碎了屏幕，边角的漆也刮掉了。

正好推门而入的助理被吓了一跳，"周、周哥，怎么了啊，咋发这么大的火？"

周琰正在气头上，对谁都没有好脸色："滚！"

助理二次受惊，怯怯地说道："可是……周哥啊，《食味》的记者快到了。"

"你让他们也给我滚！"

系统细声细气地劝道："亲爱的宿主，请你冷静。"

周琰暴躁地在心底回应它："冷静冷静，除了这个，你还会说点什么？！"

心底的话音刚落，一阵天旋地转的眩晕便突然向他袭来，周琰脚下一个趔趄，扶着凳子半跪在了地板上，胸口涌出一股莫名其妙的恶心感，让他想吐。

正在心里吐槽自家老板怎么脾气越来越不好的助理看他这副样子，赶快一个箭步进来想要扶他起来，语气惊慌："周哥，你怎么了？身体不舒服吗？要不要去医院？"

周琰脸色有些发白，低着头垂着眼，倒是看不出什么表情。

助理看他不说话，赶忙掏出手机想拨打"120"。

然而就在他刚调出拨号界面时，一只手伸过来把他的手机屏幕轻轻地掩上了。这只手很眼熟，宽大厚实，皮肤苍白，五根手指像是五根树枝，弯弯曲曲，关节凸出，手掌布着长年累月掂锅掌勺磨出来的粗茧。

"小谢，我没事。"

听到这句语气温和的话语，助理惊讶地抬眼望向周琰："周哥？"

只见周琰扶着椅子徐徐地站了起来，脸色虽然还是不太好，但神态平静，甚至还带着一抹淡然的微笑，仿佛半分钟前的暴戾与狂怒只是一场即兴表演，导演喊停了，他便停止了歇斯底里。

但即使是最能收放自如的演员，都做不到像他如此这般快速且不着痕迹的出戏。

周琰站起来理了理衣服，看向愣在一边的助理，心平气和道："不好意思吓到你了，我只是有点低血糖……不是说杂志的记者快到了吗？带他们过来见我吧。"

助理这才想起正事，忙不迭地应好，一溜烟出休息室了。

周琰坐在椅子上，养神似的合上了眼，扬起的嘴角随着肌肉的放松，慢慢垂了下来。

——15/100。

♥ 第十一章 ♥

| 红酒 | 龙眼肉 |

自打侯彦霖回来后，奇遇坊的各位每天都吃狗粮吃了个饱。

虽然自家老板和老板娘并没有特地宣布过他俩处对象的消息，但那股恋爱的酸臭味如同洪水猛兽一般，别说藏了，拦都拦不住，铺天盖地而来，化作一颗颗细密的狗粮，冷冷地在众吃瓜群众的脸上胡乱地拍。

据某只不想透露姓名的加菲猫控诉，它怀疑自己最近脸更扁了的原因就是被这一阵一阵的狗粮给拍的。

据某个至今没有出现过全名的厨房工作者吐槽，因为老板总是有事没事溜进厨房来吃老板娘的豆腐然后展开小情侣拌嘴日常，所以他现在已经能把社会主义核心价值观那二十四个字倒背如流。

据某位每天都带着狗来写稿的常客感叹，这家店的老板对他真是照顾，回回都亲自送餐过来，然后还会笑吟吟地跟他聊上那么几句，给他以后开言情类小说积攒了许多灵感与素材。

而对此，肖悦只有一个想法——

我们家如花似玉的冰山白菜居然被一头满嘴跑火车的富贵猪拱了！

不可原谅！

不可原谅啊！

这天，叶秋岚得空来奇遇坊喝下午茶，坐下来后环顾一周，转头轻声问肖悦道："怎么不见侯二少的人啊？"

现在客流量不多，肖悦在她对面坐着，一听提到某人就没有好气儿："今天那个浑蛋不在，说是家里有人从国外回来，要去接机。"

"啧，"叶秋岚点了点头，"太可惜了。"

肖悦看向她，怒道："可惜什么？！"

叶秋岚莞尔："没什么，我只是有点好奇而已。"

"好奇什么？"

叶秋岚看了眼在吧台做甜点的慕锦歌，笑道："锦歌被粉红色的泡泡包围住的样子。"

"呸呸呸，什么粉红色的泡泡？"肖悦不由得抬高了声音，"明明是那姓侯的像狗皮膏药一样缠着锦歌好吧！这抱抱那亲亲的，纯粹就是个臭流氓！"

"啪——"

杂志刊物被重重合上的声音瞬间将两人的目光吸引到了隔壁桌。

只见隔壁桌的沙发上坐着的是一个气质独特的女生，穿着一件米色的H领收腰修身针织毛线连衣裙，身后搭着脱下的浅灰色厚大衣。

她戴着一副金色细边的圆框眼镜，一张瓜子脸轻施淡妆，唇上抹着豆沙色的口红，很显气色。她的五官其实很精致，皮肤白皙，眉毛天生长得好，修成柳叶眉，都不用画。眼角微勾，有点桃花眼的意思。

两人看她都有点眼熟，但想了想，又确实之前没有见过。

察觉到了她们的目光，女生偏过头来，目光落在肖悦身上时有那么一瞬间的犀利，但转瞬即逝，很快就消失得无影无踪。

她微微一笑，眼睛稍稍弯了下，卧蚕饱满。她慢条斯理道："这么大声说老板坏话，是会被听到的哟。"

肖悦心比马路还宽，摆手道："没事，他不在。"

叶秋岚心细，想起刚才对方合上杂志的声音，心想对方大概是被她们吵到了但不好直接说，所以才用了这么委婉的说法。于是她道歉道："不好意思，是我们讲话太大声了。"

女生笑道："没事，刚才是我手滑不小心关上了书，吓到你们了……其实我对这些八卦也挺感兴趣的，不介意的话可以带我一个听吗？"

肖悦十分大方道："行啊！"

叶秋岚："……"总感觉哪里不对？

三人索性拼在一桌，肖悦全然忘记了自己还要工作的事情，非常投入地控诉起侯彦霖的种种罪行，说得是义愤填膺。

科普了大概十分钟，女生点的热饮到了。

看着这杯盛在玻璃杯中的深红色液体，叶秋岚闻了闻弥漫到空气中的奇怪香味，不太确定地问了句："……红酒吗？"

肖悦介绍道："这是煮红酒，锦歌前几天才推出的新品！"

女生拿起杯子，微笑道："看到菜单上写着这道饮品，我也是很好奇，这是第一次喝。"

肖悦鼓励道："不用担心，很好喝的！"

叶秋岚问："这里面除了红酒外，都放了些什么啊？"

肖悦想了想："放了挺多东西的，具体记不得了，但都是些香料！"

叶秋岚："……"

在两人的注视下，女生缓缓地喝下了第一口——

经过和香料微煮后，上好干红中的酒精挥发到一定程度，化作一层萦绕不去的气息铺洒在表面。红酒的酒味淡了，浓郁的葡萄果香锁得紧，在饮下的过程中，温热的液体淌过杯口内壁沾着的一圈用量适中的砂糖，加了香料助力后更加妙不可言的香气与淌过糖后更加浓厚的甜味先后入口，接下来又在口中合二为一，完美融合。

下雪天捧着这么一杯热乎乎的红酒啜一口，有种心情也随着漫天的雪花肆意飞舞的愉悦感，随性自由，畅通豁然。

一道料理，多少都能体现出料理者本身的某一面。

——这样纯粹自然的甜蜜与慵懒平淡的喜悦，大概也能代表创造出这道饮品的人的心情吧？

就在女生把一杯煮红酒喝到一半的时候，餐厅的大门被突然拉开，一个高大的身影可以说是急切又匆忙地走了进来。

烧酒被来者带进来的一阵寒风吹得猫毛都立起来了。

"喵？"咦？

侯彦霖环绕四周看了看，最后锁定目标，径自快步朝肖悦她们这桌走了过去。

肖悦一看到他就忍不住奓毛，她往叶秋岚那边坐了坐，"你怎么回来了？我还以为终于能有一天眼不见为净了呢！"

然而侯彦霖并没有先回复她，而是直直地盯着那个仍然在气定神闲喝煮红酒的女生。

"二姐，说好的接机呢？"

侯彦语大约是四十五分钟前到的奇遇坊。

她拿出手机，解锁看新消息——置顶的微信聊天群是他们的家庭群，群里有侯家二老和侯家四小，外带大嫂和大姐夫，想来等不了多少年，大姐侯彦晚的那对双胞胎也能光荣入群了，反正现在小孩接触电子产品都早，到时候就可以实现侯家的三代线上同堂。

群里的最新信息是侯彦霖发的：已到机场。

侯彦语勾了勾嘴角，手指点了两下，进到有新消息的另外一个群。

这个群也是他们的家庭群，只不过是前些日子才临时建的，成员里少了侯家老父亲和大姐夫，最重要的是还少了幺子侯彦霖。

相比起大群里的沉静，这个小群倒是十分热闹，特别是在她发了"我到了"之后，一石激起千层浪，把全部成员都炸出来了。

大嫂：恭喜小语，调虎离山成功［鼓掌］［鼓掌］。

侯彦晚：看到人了吗？说上话了吗？如果还没有的话我晚点再来问。

侯母：语语啊，拍张照看看。

侯彦森：抓紧时间，彦霖应该很快就能反应过来。

大嫂：咦，是我眼花了吗？楼上那位不是说在开会没空接我电话吗？嗯？

侯彦森：……

大嫂：呵呵。

简单来说，这个小群就是以关爱侯彦霖感情状况为宗旨而存在的组织。

上一次出现同类型的群组，还是侯彦晚和大姐夫刚处对象那会儿。

侯家的人，都有一颗八卦的心。

而这次侯彦霖谈恋爱的事情，可谓是引起了全家空前绝后的重视——

小少爷谈恋爱不稀奇，稀奇的是他竟然认认真真地主动追了人家姑娘大半年；追了大半年才追上也就算了，竟然还为了接近别人而在厨房打工了一两个月；打工也就算了，后来竟然还往公司递了辞呈，有模有样地和那姑娘搭伙做起小本生意来。

要问他们是怎么知道这些事情的？

呵，你们真是对八卦的力量一无所知。

而当消息漂洋过海，传进侯彦语的耳朵里时，她觉得自己仿佛在听一出天方夜谭。

实在是太……匪夷所思了！

这位慕小姐究竟是何方神圣，居然能把她那个狡猾顽劣的弟弟收拾得服服帖帖？

——因为想要知道答案，所以她作为家族八卦小分队的先锋，出现在了这里。

行李已经让司机运回侯宅了，此时的她一身轻便，只挎了一个布艺包，上面绘着五彩斑斓的城市风景，颇为文艺，而包里更是只塞了一两本随手在报刊亭买的小说杂志，方便她将自己伪装成一个有闲情逸致来一边喝茶一边看书的知性小文青。

她事先看过照片，所以一进餐厅就认出了目标。

室内暖气开得很足，慕锦歌穿着一身单薄的深蓝店服，身前系着方格围裙，站在吧台后低头做着料理。她戴着一副卫生口罩，遮住了小半张脸，只露出一双蘸了墨似的眼眸，无波无澜，神情专注，听到有客人进来的声音也没有反应，眼中只有手头的工作。

来招呼侯彦语的是小山，她迎上来问道："您好，请问就您一位吗？"

侯彦语点头应了一声，指向吧台前的一个空位，道："我想坐那里。"

小山道："好的，我为您拿一份我们的下午茶菜单。"

拿了菜单在吧台前坐下后，侯彦语先是打量了一番慕锦歌，然后微笑着缓缓开口："你好，听说你就是这里的老板娘慕锦歌小姐？"

慕锦歌正在炸东西，油锅里发出刺刺的细响。她没有抬头，只是应道："嗯。"

侯彦语表现得就像个好奇的新客，她羡慕道："没想到慕小姐这么年轻，就事业有成，自己一个人开店了呀。"

"不是一个人。"慕锦歌淡淡回道，"这家店是我和我男朋友一起开的。"

侯彦语拉长了声音，明知故问道："噢……所以说你男朋友是这家店的老板喽？"

慕锦歌道："嗯。"

侯彦语笑道："真好奇老板是个什么样的人，不会和慕小姐你一样惜字如金吧？"

"不，他话很多，也很傻。"慕锦歌终于抬头看了她一眼，语气平淡，仿佛在陈述一件再寻常不过的事实，"但是我很爱他。"

侯彦语只觉得心里一动，竟有些愣住了。

"爱"这个字着实太重，总是把它挂在嘴边的人要么是在开玩笑要么就是人轻浮，外国人还好，这条准则对于中国人来说尤为符合。

而当这个人说"爱"的时候，虽然语气轻描淡写，但眼中却是纯粹的真诚与坚定。

明明坐在她面前的，不过是个萍水相逢的陌生人罢了。

就在她愣神的空当，慕锦歌早已停火，把刚刚炸好的东西夹了一份放在小瓷盘中，放到了侯彦语面前，道："请慢用。"

侯彦语回过神来，有些疑惑："可是我还没点单啊？"

"新品赠送。"

侯彦语第一次来，不知道这样的事情几乎每天都有，以至于她甚至有点怀疑对方是不是认出了自己是侯彦霖的姐姐。

应该不可能吧，一家六口里她和大哥侯彦森长得更像父亲，幺弟侯彦霖和大姐侯彦晚长得更像母亲，如果不是站在一起的话很难发现他们之间的相像之处。

见对方一脸疑虑，慕锦歌解释道："刚才做的时候，我就在想，要把这盘甜点送给下一个进来的客人。"

——然后她就进来了，并且坐到了这里。

侯彦语暗自叹了口气，心想对方要是个男的，那她很有可能会以为这是命中注定。

可惜对方不仅是个女的，还是她弟弟看上的女的。

她低头看着盘中放着的那颗小小的丸子，不过两个食指宽，表面裹满了面包糠，被炸得金灿灿的，隐隐可见金色下白白的内里。

就是很普通的炸糯米团吧？

她不喜欢吃糯米制品，也不是很喜欢吃油炸产品，在她看来这两者混合起来实在是有点油腻，不易消化。

若是平常，侯彦语早拒绝掉了——在拒绝的艺术上，她的造诣和自家弟弟不相上下，留学以来追她的男孩都要占领一条华尔街了，但有幸能从追求者转正到正式恋人的屈指可数，那些被宣告出局的人也并无怨言。

无论对人，还是对事，只要是不喜欢，她都能很漂亮地拒绝掉。

然而不知道为什么，她现在并不想拒绝。

好歹也是彦霖辛辛苦苦追到手的姑娘，十有八九是准弟媳，总要给点面子。

就……吃那么一口吧。

这样想着，侯彦语用筷子夹起一块金黄色的团子，小小地咬了一口。

一口下去，温热的巧克力酱便混着一股味道清新的果汁涌入嘴中——

原来面包糠下白白的东西并不是糯米！

而是……而是……

不确定自己的猜想是否正确，侯彦语为了寻求答案，又再次咬下一口。

上一口咬得小是因为不太想吃，而这一口咬得也不大是因为担心还没等她闹懂是怎么一回事儿这小小的丸子就被她给吃完了。

甜而不腻的味道在口中蔓延，酥脆的面包糠如同夜幕之上的繁星点缀，使得辽阔的天际不至于太过单一。

"这竟然是龙眼肉！"侯彦语不由得发出一声惊叹。

桂圆这么小的东西，料理者竟然还能如此耐心完好地去核，然后将切碎的巧克力塞进去，周身淌上蛋液和蜂蜜，再在面包糠里裹一圈，放到油锅里去炸。

这个创意我给十分，满分十分，不怕你骄傲！

B市这个季节自然是没有这种亚热带水果卖的，现在奇遇坊的一箱龙眼都是侯彦霖从海南带回来的，除此之外他还带了一箱莲雾。

侯彦语倒是没有注意到食材来源的问题，她很快就吃完了那个小巧的龙眼，意犹未尽地问道："你这个点心是按个卖的吗？"

慕锦歌答："只是一时兴起想起来这样做一做，菜单上没有写。"

侯彦语舔了舔嘴唇上沾着的面包糠，笑道："那我能就点这个吗？你再给我做几个。"

慕锦歌淡淡道："桂圆本就上火，更何况油炸过了，尝尝味道就行了，多吃的话身体承受不住。"

侯彦语这才反应过来，万万没想到一向对饮食节制注意的她竟然会犯这么愚蠢的错误，她笑了笑，道："行，那我点杯喝的吧。"

慕锦歌道："好，跟服务员下单就行了。"

侯彦语突然有些明白为什么自家弟弟会对这个女人如此迷恋了。

当你看着她，就像是在看一幅画，鸿雁远山，天清云淡，就算是做着庖丁之事，也从容优雅得如同弹琴描画，赏心悦目，让看客皆沉下心来，稳住心中的浮躁。

而吃过出自她手的料理后，水墨画上就像是用朱红勾了几朵花，给整张画新增浓墨重彩的一笔，令人为之惊艳，更加难以忘怀。

这样的人，远远看着就很美好，但总是忍不住想拨开缭绕的云烟，走近看得更真切些。

侯彦语自觉心中的天平已经明显倾斜，如果继续和慕锦歌面对面地坐着，只怕到时吃什么都觉得好，偏心起来，无法公正地在家庭八卦小群里做出评判了。

于是她拿起包站起来，指了指不远处的一个沙发位："我换个位置，那边桌子大，好看书。"

而就在她换了位置点完单过了没多久，隔壁桌就来了一个颇为高挑的女生。

随后一个穿着店服的萝莉从厨房小跑了出来，坐在了女生对面，两人聊起天来。

"怎么不见侯二少的人啊？"

无意之间，她听到女生这样问了一句。

——侯二少？可不就是她弟的江湖称号吗？

侯彦语无比自然地抬头瞥了那个高个子女生一眼，侯家代代相传的好脑袋迅速运作起来，但并没有在印象中检索到京城哪个大户人家有这么一张面孔。

既然不是彦霖以前的朋友，那多半是后来才认识的了。

有意思，听听她们眼中的彦霖也无妨。

而这一场民意调查，一直持续到侯彦霖出现才结束。

就算是大条如肖悦，此时也石化了。

她看到方才与她们萍水相逢相谈甚欢的女生笑了笑，这才惊觉对方那双弯起的眼睛和侯彦霖竟真的有几分像，特别是眼底的那一抹狡黠，简直是一脉相承。

"聊了这么久，我还没自我介绍呢。"侯彦语推了推镜片不厚的圆框眼镜，莞尔一笑，"我叫侯彦语，是这个人的二姐。"

肖悦难以置信地睁大了眼："二……姐？"

侯彦语又喝了口红酒，笑道："哎，我知道自己长得比他年轻，但你也不用这么惊讶。"

肖悦："……"

好的，现在她相信了，这确实是亲姐弟！

站在一旁的侯彦霖看着侯彦语，皮笑肉不笑道："我亲爱的好姐姐，你怎么会在这里？说好的飞机下午三点才到，要我过去接呢？"

侯彦语也操着一口造作的口气回道："亲爱的弟弟，原谅姐姐我记错了航班时间，为了弥补对你造成的损失，我决定先来这里等着给你一个惊喜。"

侯彦霖挑眉道："什么惊喜？"

侯彦语望了眼并没有把注意力投过来的慕锦歌，笑吟吟地说了句："弟媳真美。"

侯彦霖道："不用你说。"

侯彦语看向他，幽幽地道："可惜你不一定能娶得着她。"

侯彦霖笑道："就算这样，概率也比你找到真爱的可能性高。"

"过年你能把她请到家里来，就算你有本事。"侯彦语不紧不慢地说道，

"你明白的，我今天过来这一趟意味着什么，要是过年见不到人，之后还会有人接踵而来的。"

侯彦霖笑眯眯地道："厉害了我的姐，每天和二十六个字母打交道，成语还能用得这么溜。"

侯彦语微微颔首："彼此彼此。"

叶秋岚和肖悦："……"

感觉自己围观的不是姐弟相聚，而是一出侯家相声。

侯彦语挎着包站了起来，临走前挂着看似友好的笑容，不忘问肖悦一句道："既然被发现了，那我就先走一步了……对了，还没问这位小姐如何称呼呢，以后有机会的话我还想听你讲有关这家店的八卦。"

"肖……"肖悦马上改口，脸不红心不跳，"小丙。"

——今天正好轮休的小丙在家猛地打了个喷嚏。

她并不知道，这是新一任背锅侠诞生的标志。

晚上开车送慕锦歌和烧酒回家的时候，侯彦霖才有机会把今天的事情好好解释一遍。

"今天来的那个人是我二姐，比我大两岁，现在在美国搞学术。"侯彦霖想起慕锦歌不是那种会时刻留意陌生人的人，于是补了句描述，"就是那个戴圆框眼镜穿米色裙子的那个……她平时不戴眼镜，鬼知道今天抽什么风。"

慕锦歌坐在副驾驶座上，腿上趴着懒洋洋的烧酒。听侯彦霖这么一说，她还是有印象的，"哦，她啊，怪不得。"

"怪不得？"侯彦霖敏锐地捕捉到了关键词，"我二姐难道对你说了什么吗？"

慕锦歌摸着烧酒柔软的猫毛，面无表情地说道："她用一张支票砸我脸上让我赶快和你分手。"

侯彦霖猛地一刹车，将车停靠在了路边。

这时，慕锦歌才不紧不慢地补上一句："正常剧本应该是这样发展的。"

"……"

侯彦霖怎么都没想到自己有朝一日会反被自己的惯用伎俩给对付了，心里有些好笑，他勾起了嘴角，看向坐在身旁的那人："靖哥哥你学坏了。"

慕锦歌迎上他的目光，淡淡道："还要多谢你的言传身教。"

侯彦霖扬了下眉："靖哥哥，我言传身教的项目可不止这一个。"

"比如？"

"比如说……"侯彦霖舔了舔嘴唇，"接吻换气技巧。"

慕锦歌垂下了目光，专心撸猫。

侯彦霖以为她不好意思了，于是适当退步，为彼此让出空间，笑道："没事，你就当我开了个……"

"霖老师，"慕锦歌突然打断他，抬头重新看向他，"这种技巧只能在实践中磨炼吧？"

话音刚落，侯彦霖便倾身覆住了她的唇。

被两人夹在中间的烧酒："……"

虽然本大王早已习惯，但你俩能不能稍微顾忌下第三方的感受？嗯。

它刚在心里默默吐槽完，覆盖住它整只猫身的阴影就撤了回去。

——啧，这么纯情？蜻蜓点水下就走？

然而下一秒，它就一脸蒙圈地被提了起来。

侯彦霖终于想起了它的存在，但并不打算因此终止本次行动，而是无情地把这只挡在中间碍事的电灯泡给拎了起来，提着后颈放到了后排，意味深长地道："这个时候你应该自觉回避，懂？"

烧酒："……"

不是很想懂。

于是，电·烧酒·灯泡就这样独自郁闷地趴在后座待了好一会儿，等汽车重新发动后，才慢吞吞地爬回慕锦歌的腿上。

过了一会儿，侯彦霖问道："对了，靖哥哥，你还没告诉我，我二姐究竟做了什么让你觉得怪不得？"

"当我跟她说我很爱你的时候，她反应有点大。"

得亏现在是等红灯，不然侯彦霖又差点一个急刹车。

他震惊地看向慕锦歌，不敢相信自己的耳朵："你、你跟我二姐说了什么？"

慕锦歌云淡风轻地说："说我很爱你啊！"

侯彦霖："……"

不就是要心吗？！给你给你都给你！

烧酒瞅着他样子不太对，弱弱地问了一句："……需要我再回避一下吗？"

侯彦霖深深地看了它一眼："我就欣赏你这样有眼力见的美猫。"

烧酒："……"真难得，这么久了你第一次夸我美。

于是本来开二十多分钟的路程，硬是让侯彦霖这样走走停停、折折腾腾，最后开了四十分钟才到慕锦歌住的小区。

作为一个系统，烧酒觉得有点晕车。

下了车后，慕锦歌才刚上几阶石梯，就听侯彦霖突然在身后叫住了她："靖哥哥！"

慕锦歌回头："嗯？"

侯彦霖望着她，问道："今年过年，你回老家吗？"

虽然老家的确还有那么几个亲戚存在，但慕锦歌离家离得早，现在基本和他们没什么往来了，自然也没有回去的必要。于是她答道："不。"

侯彦霖有些谨慎地确认道："那就是你一个人在 B 市？"

慕锦歌说："还有烧酒。"

"那……"侯彦霖认真地看着她，"你愿意跟我回家过年吗？"

慕锦歌："……"

"住两三天就好，我们家很大，有很多客房空着。"侯彦霖十分诚恳地道，"你看，你和烧酒两个过年多冷清啊，我家人多，热闹，我二姐也很喜欢你，希望我能带你回去。"

慕锦歌问："所以你邀请我是因为你二姐的嘱咐？"

侯彦霖笑了，他把手插在口袋里，身旁的路灯往他身上投下暖暖的一片光，额前的碎发被夜风吹得有点乱，却遮不住他眼中的温柔。

"当然是因为我很喜欢你，所以希望能带你回去见我的家人。"

慕锦歌最终还是答应了侯彦霖。

当看到对方在听到她的答复后，一双好看的桃花眼在路灯和夜色的光影交织下像是有星光在扑闪，脸上绽放出足以温暖冬夜的笑容时，她不由得心下一动。

——她的内心，并没有表面上看起来的那么从容淡定。

站在她眼前的这个男人，含着金钥匙出生，有着不凡的背景和完整的家庭，虽然小时候因为身体不好而吃过一段时间的苦头，但现在要什么有什么，什么都不缺，着实是令人羡慕的人生赢家。

可尽管他拥有了那么多不得了的事物，他还是会为了这样一句简单的应背而高兴不已，兴奋得像是被糖果砸中的小孩，知足且快乐。

爱情真是一种很奇妙的东西，能够让拥尽所有的人变得容易满足，又能够让原本就几乎一无所有的人变得贪得无厌。

前者是侯彦霖，而后者则是她的真实写照。

她孑然在自己的冰雪世界里行走了太久，无知无觉，无欲无求，本来没有觉得有什么不好，可是她后来偶然在路上捡到一只烧酒，体会到了热闹，再后来走着走着又遇见了侯彦霖，见识到了耀眼的阳光。

从此太阳在她的世界升起，积雪初融，草长莺飞，目之所及的风景渐渐被铺上了丰富的色彩，在暖阳下一切都美好得不可思议。

她贪恋美景，不再觉得回到最初的冰雪世界也无所谓，不仅如此，她还开始想要花，想要树，想要青山碧水，想要虫鱼鸟兽……

她想要将太阳永远地留在她的世界。

一味索取肯定是不行的，于是她开始尽她所能地回报太阳，主动地对他好，给他温暖，希望他也能开心。

这种体验前所未有，很新鲜，也很有趣。

回家后，烧酒继续追它之前没看完的电视剧，而慕锦歌洗完澡后躺在床上看侯彦霖给她发的消息。

二傻子：刚刚和家里人说了要带你回去的事情，大家都表示很欢迎！

二傻子发来一张图片。

慕锦歌戳开他发的那张手机截图，放大才发现是他家族群的聊天记录——

侯彦霖：除夕我带锦歌回来住三天。

二姐：噫。

大姐：噫。

大姐夫：噫。

大嫂：噫。

大哥：欢迎。

二姐：大哥你每次都破坏队形。

父亲大人：热乎乎的儿媳妇！

大姐：？

大嫂：？？

二姐：？？？

大哥：现在是妈在用爸的手机。

二姐：吓死宝宝了。

大姐：吓死。

母亲大人：嘻嘻。

慕锦歌："……"

真是活泼的一家子。

她答应侯彦霖的时候不觉得有什么，现在看到聊天记录，反而有点紧张。

想了想，她放下手机，踩着拖鞋出了卧室进了厨房。

烧酒看剧看得入迷,根本没注意到慕锦歌出去了,直到差不多一个小时后,一股药膳香味飘到屋里,才将它的注意力从连续剧里拉了出来。

饭点是每个餐厅最忙的时候,所以员工们都是提前吃饭,因此大多也饿得早,就连慕锦歌这种胃口不怎么大的也经常打烊回来后没事煮个消夜,不过都做得简单,最常见的就是侯彦霖第一次过来时看到的那种蒸蛋,简便又好吃。

怎么今天靖哥哥竟费时做起炖品来了?

这是想不通的地方之一,还有一个让烧酒感到疑惑的地方就是这道菜闻起来那么香并不是因为它最开始送慕锦歌的小礼物——让料理具有独特而迷人的香味。

这个香味,就是料理本身的真实气味,没有任何后期加工。

——这说明慕锦歌很有可能是在做别人的料理。

顶着两团疑云,烧酒果断舍弃了让它不可自拔的连续剧,屁颠屁颠地跑进厨房寻求真相。

当它跳上厨台的时候,正好碰见慕锦歌停火揭盖。

随着砂锅盖的移开,一股勾人食欲的香味扑面而来,瞬间侵占了整个厨房,混着淡淡的药香,甜和苦扣得正好,浓郁又清新,让人不由自主地想起春雨后的山野,新笋从土壤中冒出来,树叶抽出新芽,所有春意悄然无声。

料理本身的颜色搭配也恰到好处,白色的淮山、微黄的竹笋、红色的枸杞、褐色的核桃……

这道菜既有"色",又有"香",那么剩下的就是"味"了。

慕锦歌盯着锅内的成品看了会儿,才拿了个碗,给自己盛了一点。

烧酒在一旁十分兴奋道:"我也要我也要!"

慕锦歌看了它一眼,然后找了专用的小勺子喂了它一口汤。

"喵——"

味道很是不错,汤汁味道浓郁,很鲜,入口时有微微的苦意,但随后那股苦味便自然而然地在舌尖转甜。

虽是用一锅素菜炖出来的,却并不会让人觉得寡淡,就像是一座青山,乍看只有漫山苍翠,十分单一,实则包罗万象,暗藏精彩。

好喝就两个字,我可以多说几次!

烧酒抬起头,正想好好夸赞一番,却看见慕锦歌喝完后蹙起了眉头。

然后,它听见慕锦歌自言自语般说道:"果然,还是不行。"

"靖哥哥,"烧酒奇怪地问,"怎么了?"

慕锦歌放下碗，"还差点什么？"

烧酒从专业的角度出发，"火候和调味都恰到好处啊，没什么可挑剔的啊！"

慕锦歌却依然道："总感觉和印象里的不太一样。"

烧酒歪头不解："印象里的？"

慕锦歌垂下眼，沉默了半晌，才缓缓开口道："这道菜是我母亲创造的，它的名字叫——锦歌。"

❤ 第十二章 ❤

| 饺子 | 香蕉 |

很快就到了大年三十。

室外飘着柳絮似的飞雪，纷纷扬扬，又悄然无声地落下，一点点地覆盖即将翻篇的过去，盖住那些已逝的或非凡或平庸的岁月，只留下纯净的白色，待时光中的匆匆来客留下深深浅浅的新印记，一切重头来过。

除夕佳节，许多餐厅商场都提前打烊，一般下午四五点前就关门了，其中有一半店家要休息到初一初二，不过也有很多是要赚钱不过年的，看准的就是这个供小于求的好时机，非但不提前关店，还延后至凌晨，打出包年夜饭的招牌，价格花样百出，不过有两点肯定不变，第一肯定是数字要努力往新年或吉祥的寓意上靠，第二肯定是只高不低，明明白白是宰，愿者上钩，不然怎么发得起员工的翻倍薪酬。

其中，"周记"就是这样的业界劳模之一。

孙眷朝坐在周记餐厅靠窗的位置喝了口热茶，抬起手腕看了看时间，距约定的时间还有差不多二十分钟。

这时，他听到一个熟悉的声音响起，语气里带着几分意外，"孙老师？"

孙眷朝抬起头，看到站在他面前的青年，脸上露出长辈式的和蔼笑容："好久不见，没想到居然能在这里碰见你。"

"这句话应该由我来说吧。"应该是还有别的事要做，周琰并没有坐下来，而是直接站着说，"每年这个时候我都会留在总店帮忙的。"

孙眷朝看了看他身上干净如崭新的制服，又看了看他那双苍白干燥的双手，笑容有些淡，说道："我看你不是帮忙，而是监工吧。"

周琰并没有听出他的弦外之音，而是就着字面意思，有些无奈地回答："我这也是没办法，这个时候总有员工想着法偷懒，不看严一点不行。"

孙眷朝若有所思地点了点头，就在对方以为他不会再说话的时候，他又冷不防地问了句："你有多久没做菜给人吃了？"

听了这话，周琰顿时感觉有些莫名其妙，但还是保持着微笑回道："孙老师，您这说的什么话，干我们这行的当然得每天和锅碗瓢盆打交道了。"

"我的意思是，"孙眷朝顿了顿，深深地注视着他，"你有多久没有像个普通厨师一样，在厨房做过菜给客人吃了？不是上节目作秀，也不是接受采访时示范，而是待在饭店的厨房里，在饭点忙得焦头烂额，努力完成客人们接二连三的订单。"

说得这么明白，周琰终于听懂了，他明知故问："老师您究竟想说什么？"

孙眷朝语重心长地道："周琰，我想说的道理很简单，无论是什么行业，都要脚踏实地。作为见证了你一路成长的旁观者兼长辈，我想我应该提醒你一下。"

"多谢孙老师的关心，我一定谨遵您的教诲。"周琰从善如流，但点头的时候眼中却飞快地闪过一丝阴鸷，再抬眼时又无迹可寻，他温声道："我还有事，不能陪孙老师久聊了，看您似乎是在等人，那么我就不多打扰了。"

孙眷朝以为对方把话听进去了，便不再多说："行，你去忙吧。"

他没有注意到的是，周琰转身的同时悄悄握紧了拳头，温和的神色也瞬间沉了下来，透着不耐与厌烦。

他也不知道，这个人早就不是当初那个得到一句告诫都会感恩戴德的无名少年了。

当一杯热茶饮尽，孙眷朝等的人按时前来赴约——

"孙先生。"

侯彦霖在他的对面坐下，慢条斯理地解下宋瑛送的大红色围巾，然后抬眼看向他，脸上挂着无可挑剔的标准微笑，"找我有什么事吗？等下我还要去接锦歌去我家吃年夜饭呢。"

除夕这天奇遇坊依然营业，但是到了下午四点就会关门，然后春节和初一休息两天，到初二才开门做生意，也不知道是幸运还是不幸，肖悦正好轮到大年三十这天上班。

而且，她还有重任在身。

休息室内，肖悦把一包化妆棉和装了卸妆乳的分装瓶放进慕锦歌的包里，一边细心叮嘱道："洗澡前记得卸妆，虽然给你化得淡，但还是得仔细卸，记住了吗？"

"嗯，记住了，谢谢你。"

肖悦撇了撇嘴，像是在跟自己置气似的，闷闷道："不用谢我，其实我后悔死了。"

慕锦歌看向她："嗯？"

只见慕锦歌脸上化了个裸妆，妆感不重，眼皮上晕着的大地色眼影，一双漆黑的杏眸勾了眼线后更加深邃有神。她的肤色本来就很白，所以只是薄薄地涂了层粉底遮瑕，淡淡的腮红搽于两颊，自然不夸张，让整张脸看起来都比平时要更有气色些。她的唇上抹的是温柔的豆沙色，好看又不招摇，当之无愧的裸妆必备。

她本就生得漂亮，就算素颜走出去也很吸人眼球，现在经肖悦这么一打扮，五官更显立体精致，原本的清丽更添一份成熟，十分惊艳。

看着自己出色的成果，肖悦只觉得有两条弹幕在自己的内心疯狂刷屏——

啊啊啊我家锦歌真好看真漂亮把她打扮得更美更漂亮的我真是棒棒哒！

呜呜呜气死了我竟然把锦歌打扮得这么好看便宜了大浑蛋我真是该死！

其实从她刚得知慕锦歌要跟侯彦霖那个大浑蛋回家过年后，这两个想法就像两个交锋的战士，在她内心大战了二百五十个回合，最后却被半路杀出来的第三个念头喊了停——

不管怎么样，慕锦歌都决定去侯家了，难以改变，既然如此，那就要去得漂漂亮亮体体面面的，绝对不能让侯家那群万恶的资本家给看轻了！

要让他们知道，未来一家几口，侯二最丑！

怀着这样的信念，肖悦凭着自己年长五岁的阅历自信，主动请缨，帮助慕锦歌为见家长做准备——以慕锦歌的性格，她压根儿没想过还要做准备，以为就跟见朋友一样，普普通通原原本本就行了，买衣服和化妆都是肖悦提的建议。

网上都说女生见男朋友的家长能穿裤子就不穿裙子，能素颜就不化妆，能平底就不踩跟，越朴素越好，但这个还是要看情况的，像侯家这种豪门，又是经营娱乐公司的，都是讲究人，不好好捯饬捯饬就素面朝天地跑过去合适吗？肯定不合适啊！

还是那句话，她要让所有人知道，未来一家几口，侯二最丑！

侯彦霖："……"

怎么突然觉得耳朵有点热？

高扬看他不停地摸耳朵，以为他是觉得冻耳朵，于是主动问道："少爷，需要耳罩吗？"

说到耳罩，侯彦霖就想起感恩节从慕锦歌那里收到的礼物，顿时心情大好，扬着嘴角道："没事，就是觉得好像有人在念叨我似的。"

高扬默默心想：你以为我不知道你是想让我接你的话说是慕小姐在想你。呵呵，我偏偏不说！

于是最后高助理一本正经地说道："可能是夫人和老爷想你了，盼着你回去呢。"

侯彦霖幽幽地叹了口气："他们盼的明明是热乎乎的儿媳妇。"

高扬："……"

得，一家子痴汉。

看到慕锦歌回复的微信消息，侯彦霖弯着嘴角打开车门走了出去。

他远远地看见慕锦歌把店门锁好，与肖悦告别，然后转身朝他这边走过来。

待慕锦歌走近，侯彦霖整个人都愣住了。

他微微睁大了眼睛，明显很是惊讶："靖哥哥，你……"

慕锦歌穿着一件之前从没穿过的白色长羽绒服，袖口和衣摆绣着几朵梅花，帽檐滚着一圈浅咖色的绒毛，配上脖子上围着的那条大红色围巾，穿衣风格比平时要明快不少。她奇怪地看了他一眼，面无表情地问："怎么了？"

侯彦霖盯了她好一会儿，才缓缓开口，语气带着幽怨："要见我二姐他们就又穿新衣又化妆的，把自己打扮得这么好看，明明和我在一起的时候你都不注意这些的。"

慕锦歌以为他是在抱怨，于是有些生硬地解释道："我不会化妆，也不是很喜欢化妆……太麻烦了。"

"你啊，"随着一声轻轻的叹息，侯彦霖将她拥入怀里，亲了亲她的额头，"我的意思不是让你每次见我时都要好好梳妆打扮，而是说你没有必要为了我家那群人而做自己不喜欢的事……啧，他们凭什么啊？"

"但肖悦跟我说化妆是一种礼节。"

侯彦霖不爽道："你跟我回去就已经很给他们面子了，还要什么礼节。"

慕锦歌顿时哭笑不得："你跟你家里的人酸什么劲啊？"

"恭喜你，别人家的林妹妹都是水做的，只有你眼前的这个是醋做的，仅此一家。"侯彦霖松开她，一只手接过她手中的行李，另一只手握住她的左手放入自己暖和的大衣口袋里，朝她露出透着几分狡黠的笑容，"不过封印方法不难，看在第一次的分上给你打个折，一个 Kiss 就可以了。"

然而慕锦歌拒绝得非常果断："不行，肖悦给我涂了口红，亲掉了怎么办。"

侯彦霖："……"

太过分了！肖悦那家伙，绝对是故意的！

而早在慕锦歌走近的时候，烧酒就从她怀里跳了下来，十分有经验地逃离虐狗现场，被高扬抱进了车里，然后两只孤单的生物互相拥抱，冷眼旁观着这虐狗的场景。

我应该在车底，不应该在车里。

上了车后，侯彦霖陪慕锦歌坐在后座，而烧酒自觉来到了副驾驶座。

直到看到高扬把车开进 B 市某处有名的别墅区，慕锦歌和烧酒才回想起某个十分接地气的人其实是个富二代的事实。

侯家位于别墅区的深处，最外围的铁栏门差不多有一层楼么高，刷着黑色为主金色为辅的两种漆，花纹繁复欧式，十分气派。大门有专门的保安把守，应该都是为侯家效力很多年的人了，光是看车就知道车里坐的是谁，自动就为他们打开大门放行。

正屋前还有一块前庭，花园似的，比一个操场还大些，五块草坪分出四条道，经过精心修剪的灌木呈现出灯笼的形状，落上一层薄雪，园子两旁对称地种着高大的松柏，除此之外还有成片的蜡梅，规律地分布着，点缀在苍翠之间，仔细看的话其实还种了红梅和粉梅，只是现在天太冷了，还没开，只有光秃秃的枝丫，等三月稍稍回暖，就会是一派好景象。

一行人一下车，就闻到一股醉人的幽香，是蜡梅的香味。

烧酒抬起圆圆的小脑袋，打量着眼前的豪宅，喵了一声："这副身体对这里有点印象。"

侯彦霖抱着它，低声道："猫还很小的时候，我大姐带回来过两次。"

烧酒问："你大姐今晚也在吗？"

侯彦霖："不，她要留在邓家吃年夜饭，应该明天才和姐夫回来。"

"哦……"

烧酒心想，要是侯彦晚回来了，那可就是三任主人同堂。

唉，想想这副身体年纪轻轻，经历还是蛮曲折的。

把他们送到后，高扬就开车出去了，开始了他那来之不易的小年假。

而早在他们刚进铁门的时候，管家就接到消息，带着两个佣人站到了正屋外，等候着帮忙拿行李和接待。

"二少爷，慕小姐。"

侯宅的管家是一个看起来颇为和蔼的老人，慈眉善目，发鬓微霜，戴着一副金边老花镜，精神矍铄，穿得不多，但丝毫不怕冷的样子，身子骨很硬朗。

慕锦歌之前听侯彦霖说过他，姓陈，年轻时一直跟着侯家老爷做助理，就跟现在的高扬差不多，后来侯宅的原管家被查出了问题，勾结侯家的对头偷偷装窃听，被赶了出去，侯老爷就换了跟在自己身边多年的助理做管家。

虽然陈管家对谁都是乐呵呵的，但据侯彦霖所说，当年他被巢闻从湖里救出来后，浑身湿淋淋地走回来时，这位脾气向来很好的管家先生一度气到想背个炸药包去把张家给炸了——而且还是同归于尽，因为那段时间侯家夫妇都不在国内，把孩子托付给了他，所以他自认辜负了夫妇俩的一片信任，恨不得以死谢罪。

甚至直到现在有除了巢闻外的张家人来访，他都冷脸相待，就差直接说一句慢走不送了。

而侯老爷也是个记仇的，但他毕竟是坐在当家的位置上，不得不为大局着想，避免与其他家族交恶，所以对此睁一只眼闭一只眼，但每次都在心里暗自为老搭档叫好，事后给陈管家多加几个鸡腿。

讲真，要不是当初侯家大半人都不在本地，谁欺负谁还不一定呢。

也就这一会儿工夫，外头又飘起小雪来。

侯彦霖走在前面，他单手抱着烧酒，回头呵出一团温暖的白气，微笑着朝身后的慕锦歌伸出了手："锦歌，来。"

进到室内，侯彦霖把烧酒交给管家抱着，然后脱下大衣和围巾，十分自然地交给站在一旁态度恭敬的佣人，显然是被伺候惯了的。

慕锦歌哪里享受过这种待遇，当即愣了下，直到听见侯彦霖的温声提醒，才脱下外面那件厚厚的长羽绒服，有些不自在地把衣服交到用人的手上，小声地说了句谢谢。

侯彦霖这才发现原来她在羽绒服下穿的是一条暗色的冬裙，于是眼中的笑意更深了，凑到慕锦歌的耳边低笑道："没想到第一次见靖哥哥穿裙子，竟然是这个季节。"

慕锦歌不自然地清咳两声，扭过头不说话。

陈管家将两人的小动作尽收眼底，心里甚感欣慰，没想到一转眼这么多年过去了，当初那个病怏怏的小少爷不仅茁壮成长，比他爸都高了，还成功拐了个这么标致的女朋友回家。他十分和善地对慕锦歌道："夫人早就交代好了，慕小姐就住二小姐房间隔壁的客房，行李我们会拿上去，有什么就请尽管吩咐。"

慕锦歌僵硬地点了点头："好的，谢谢。"

侯彦霖抚了抚她的背，轻声道："别紧张，当自己家就好。"

慕锦歌实话实说："……我家不会有这么多人。"

侯彦霖在她耳旁悄悄道："没事，你当他们都是萨摩耶。"

慕锦歌："……"

听了这话，她更不能直视陈管家那张笑容可掬的脸了。

屋内很暖和，从玄关处起地上就铺了一层柔软的羊毛地毯，以玫红和米色为主，编织着精美复杂的花纹，配合着走廊上橘色的壁灯，渲染出一种温馨的氛围，让人不由得想起风雪中亮着灯的小木屋。

过了短廊，就是客厅，高高的天花板中央垂着一个巨大的水晶吊灯，灯光璀璨，亮如白昼，厅内以楼梯口为轴一分为二，左边是一条长餐桌，右边是沙发区，但即使是这样二合一的安排布局，整个空间仍然看起来十分宽阔，甚至有种可以绕圈练跑步无障碍的感觉。

他们到的时候，沙发上已经坐了两人了，其中一个就是之前见过一面的侯彦语，今天她没有戴眼镜，穿着件红黑搭配的裙子，卷了发尾，看起来更加成熟。

听到身后传来的声响，她转过头来，朝慕锦歌露出笑容，热情大方地打招呼："嘿，慕小姐，我们又见面了。"

慕锦歌颔首道："侯小姐，你好。"

"我们家可不止一位侯小姐，你这么喊的话，我会分不清你喊的是谁。"侯彦语眨了眨眼，笑道，"你像彦霖一样，直接叫我二姐就可以了。"

慕锦歌只有道："二姐好。"

侯彦语身边坐着的是一个年龄看起来与她相仿的女子，穿着杏色的毛衣裙，面容姣好，气质端庄，笑起来有两个小酒窝。

侯彦霖主动介绍道："坐我二姐旁边的那位是我哥的妻子沈茜。大嫂，这是我女朋友慕锦歌。"

慕锦歌跟着叫人："大嫂好。"

沈茜微笑道："真是百闻不如一见，小霖的眼光果然不错。"

侯彦霖问："大嫂，我哥人呢？"

沈茜道："他临时要处理些事，迟了，就让我先过来了。"

"锦歌，坐我这边来吧，"侯彦语拍了拍她旁边的位子，邀请道，"上次都没来得及和你好好聊聊。"

沈茜跟着朝慕锦歌招了招手："不不不，小锦歌，坐大嫂这边来，大嫂是过来人，可以传授你一些心得。"

侯彦语："坐二姐这边来，二姐给你爆黑料。"

沈茜："坐大嫂这边来，大嫂给你准备了小礼物。"

侯彦霖把身旁人拉着后退了两步，一本正经地叮嘱道："珍爱生命，远离怪阿姨。"

慕锦歌："……"

不理那两个无端争起来的女人，侯彦霖回头问抱着烧酒的管家："陈叔，爸和妈呢？"

陈管家回道："老爷在楼上书房里，夫人在厨房和馅。"

听到这边的问答，侯彦语突然道："对啊，彦霖，我和大嫂的饺子馅都和好了，就差你和大哥的了，快去快去，把锦歌留下来和我们聊天。"

啧，是不是亲生的？

就在这时，侯彦霖察觉到身边人握着自己的手紧了紧，他有些意外地偏头看了看慕锦歌，只见对方依然一脸淡然，但略显僵硬的嘴角还是出卖了她并不那么淡定的内心，显然并不想被单独留下来应付两个话痨。

原来靖哥哥也会有求助于他的时候啊！

侯彦霖勾起嘴角，用力地回握对方，然后对侯彦语和沈茜道："你俩慢慢聊吧，我带锦歌一起进厨房见妈。"

侯彦语不同意地说："彦霖，这就是你的不对了，来者是客，你怎么能让客人进厨房呢？"

侯彦霖笑道："那我要去跟妈说，你不让她老人家看锦歌。"

侯彦语嗔道："这么大的人了，竟然还打小报告，你合适吗？"

侯彦霖厚颜无耻道："有什么不合适的，宝宝只是个孩子。"

"那你拉人家姑娘的小手干什么，这么早熟？"

侯彦霖笑吟吟道："早熟有什么，只要别早衰就行了，小姐姐你说是吧？"

慕小姐姐："……"

趁对方还没反击过来，侯彦霖做出妥协的样子，交出谈判条件："要是你们真的闲得无聊，那我把烧酒留下来，你们逗猫玩吧。"

听他这么一说，侯彦语和沈茜才注意到管家手中还抱着一只灰蓝色的加菲猫，一时之间四道目光纷纷聚集在了一个点上。

烧酒："……"

以牺牲掉烧酒为代价，侯彦霖终于得以带着慕锦歌脱身，走向厨房。

侯彦霖一边走，一边向慕锦歌介绍道："我们家除夕也会包饺子，但饺子馅是每人做一份，然后交给家里请的师傅包成一样的外形，一锅蒸，吃的时候自己在锅里随机夹，很难知道哪个是哪个做的。"

慕锦歌稍稍放松了一些，她问："你也会参加吗？"

"会啊，"侯彦霖笑眯眯地回忆，"去年二姐走大运，舀到的饺子连着三个都是我做的那份芥末辣条馅，吃得眼泪直飙。"

慕锦歌："……"

侯彦霖狡黠道："不过她不知道是我，因为我也假装自己中了招，嚼着普通的白菜猪肉馅硬憋眼泪，吃到一半跑出去把饺子吐了回来喝水，说自己刚才吃到的饺子带芥末，问是哪个浑蛋包的。"

"……"真的，你怎么还不去当演员。

"最后你猜怎么了？"

"怎么了？"

"大家一致怀疑是我哥做的，"侯彦霖幽幽道，"我二姐不敢明着报复他，就瞒着我哥悄悄把大嫂拐出去玩了半个月，让我哥体验了把久违的单身贵族生活。"

听到这里，慕锦歌实在是忍俊不禁。

看到她扬起的嘴角，侯彦霖停下了脚步。

他温柔地注视着身边人，缓缓道："所以你看，其实我们都是很普通的人，跟小明、大熊、肖悦他们没什么两样，你正常地和我们相处就好了，不用太紧张。"

慕锦歌这才意识到对方刚刚说这么一大通，其实都是为了缓解她的情绪，顿时心头一暖，她点了点头："嗯。"

侯家的厨房也很大，一应俱全，里面有四个穿白衣服的师傅，其中三个在准备年夜饭的饭菜，一个在进门处的厨台上擀面，应该是单独负责侯家特色的包饺子环节。

擀面的师傅看两人进来了正想开口喊人，却被侯彦霖笑着做了个噤声的手势。

"哎，老黄啊，你要不给我支支招吧，这馅怎么做才能更鲜啊？"

厨房内除了四个师傅外，还有一个人——站在不远处正在低头沉思的正是侯母文淑仪，此时她正对着搜罗出来的一大堆佐料和食材发愁，不知道该用哪一个。

侯彦霖悄悄给慕锦歌解释道："那就是我妈。我爸会做的菜屈指可数，每年都做猪肉馅，却次次比我妈做的其他馅好吃，我妈不服气，也跟猪肉馅杠上了，今年想靠这个赢我爸。"

慕锦歌问："阿姨经常做菜吗？"

侯彦霖道："每年就下这么一次厨房。"

虽然已经尽可能地压低声音了，但还是让侯母也听见了，她抬起头，露出一张和侯彦霖有五分相似的脸——她也有双特征明显的桃花眼，眼头深邃眼尾上挑，看人时似笑非笑，十分好看，除此之外侯彦霖的唇形也遗传自她，区别于更像父亲的侯彦语。

虽然岁月在她的脸上留下了痕迹，但依然无法改变她是个美人的事实。

看到两人，她愣了下来，随即脸上绽开一朵笑容："彦霖，这位就是热……慕小姐？"

……热？

虽然有些疑惑，但慕锦歌还是礼貌地先打招呼道："阿姨您好，我是慕锦歌，不好意思前来打扰了。"

侯母笑起来时和小儿子格外像："没关系没关系，你尽管打扰就是了。"

侯彦霖带着慕锦歌走近，挑眉道："妈，刚刚我可听到了，你竟然想让黄师傅给你支着，这可是犯规的哟。"

"我这不是求助未遂嘛，"提到这事，侯母就叹了一口气，"区区一个猪肉馅，我实在搞不出什么花样了。"

慕锦歌看了看侯母盆里已经简单和了鸡蛋葱姜的碎肉，又看了看桌上摆开的各种调料，突然道："可以加干黄酱。"

"干黄酱？"侯母不确定地指了指离她比较近的一罐东西，"这个吗？"

"嗯，用温开水慢慢化开后再少量多次地拌进肉馅里。"说着，慕锦歌拿起桌上的一个小瓶子，回头问擀面的黄师傅，"请问这个是什么？"

"那个是肉骨茶粉，是马来西亚的特产。"

慕锦歌倒了一点在手指上尝了下，然后对侯母道："再放点这个吧。"

并不知道慕锦歌也是个厨子的黄师傅一脸惊讶，心说小姑娘你坑婆婆不要坑得这么明目张胆好吗，明明你前一秒还不知道那是什么粉啊！

然而听说过慕锦歌种种事迹的侯母不疑有他，竟真按着她说的去做了。

看到侯母那边完成得已经差不多了，侯彦霖拿来一个盆，一边挽袖子一边笑道："靖哥哥，我们一起做一份吧，好久没给你打过下手了。"

慕锦歌道："行啊！"

等二人做完馅从厨房洗了手出来，发现客厅里除了侯彦语、沈茜和侯母外，还多了一个西装革履的男子。

那人身材颀长，气质沉稳，单单只是站在那里，就能让人感觉到一股强大的气场。他的头发往后梳得一丝不苟，露出光洁饱满的额头和轮廓硬挺英气的侧脸，剑眉入鬓，鼻梁高挺，此时他正神色认真地听着侯母说着什么。

侯彦霖喊了他一句："哥。"

此人正是侯家长子侯彦森，他闻声偏过头，朝弟弟点了点头示意，再将目光落在了慕锦歌的身上，语气温和："慕小姐好。"

慕锦歌回道："大哥好。"

侯彦霖笑着提醒："我和锦歌刚和了馅出来，就剩大哥你了。"

侯彦森却道："今年我就不参加了。"

"咦，为什么？"

侯彦森看着他，缓缓道："去年背锅背得太惨。"

侯彦霖毫无愧疚之意地哈哈笑起来。

"喵——"

听到这声极力呼唤存在感的猫叫，侯彦霖和慕锦歌才想起了烧酒的存在。

寻着声音望过去，两人顿时都是一愣，随即侯彦霖笑得更大声了，连慕锦歌都忍不住笑了起来——

只见在他们进厨房的这半个小时里，烧酒已然变身成了一位"小公举"，脖子和耳朵上都被系上了像是从什么礼盒上拆下来的粉色缎带，两只前爪上还被戴上了两串水晶手链。

璃莹殇·烧酒·J·樱雪正一脸生无可恋地趴在侯彦语的腿上，面朝这边，表情格外愁苦，对着他们有气无力地发出求救信号。

而罪魁祸首侯彦语不知道从哪儿又找出一截粉蓝色的纱布，正和沈茜商量着给它加在哪里合适。

烧酒控诉道："你们这两个没有同情心的！竟然还笑！"

侯彦霖笑归笑，但还是走上前，从自己二姐手里把可怜的加菲猫给解放了出来，"要开饭了，你快去洗洗手准备吧，一手猫毛。"

侯彦语对这手感恋恋不舍："你这猫真可爱，能借我多玩几天吗？"

"那可不行。"侯彦霖抱起烧酒，露齿一笑，"这可是锦歌重要的嫁妆。"

站在不远处被侯母拉住唠嗑的慕锦歌并没有听到这边在说什么。

烧酒："……"嘿呀好气哦从暖手宝到电灯泡最后成了嫁妆。

直到入席吃饭的时候，侯父才从楼上走了下来。

侯父今年有五十五了，却依然如一棵青松般挺拔，不怒自威。都说侯家四个孩子一看就知道是亲生的，老大老三像爸，老二老幺随妈，今日一见果然不假，虽然侯彦晚今天没来，但侯彦霖确实是像极了文淑仪，而侯彦森和侯彦语的面相的确更像侯父，浓眉大眼，鼻头带点鹰钩，不笑时看起来有些高冷，不好接近的样子，尤其是大哥侯彦森，和侯父年轻时简直是一个模子刻出来的。

然而根据侯彦霖的爆料，这位看起来不苟言笑的侯老爷，其实是个热衷于玩开心消消乐的闷骚——据说他上一个沉迷的游戏是开心农场，并且强制安利给身边的人，然后每天早上起床做的第一件事就是偷老婆的菜，偷完老婆偷儿女的，偷完亲生的再偷儿媳和女婿的。

这个游戏终结于老二侯彦晚怀孕后，夫妇两人共同专心养胎，为未来的多口之家做着准备，无心继续照顾菜地，让侯父一下子失去两个偷菜对象，损失惨重。

本来面对这么高大上的一家人，慕锦歌是有些紧张的，但听了侯彦霖接二连三的爆料，她愈发觉得眼前这些人亲切起来，于是心态平和下来，也渐渐地融入进去。

管家像萨摩耶，侯父爱偷菜，侯母想用猪肉馅一决高下，侯彦语吃到芥末辣条馅的饺子流泪不止，侯彦森惨遭背锅弃游不玩……

真的是，很有意思的一家人。

侯家的年夜饭自然是很丰盛，摆满了长桌：脆皮烤鸭油光发亮、栗子荷花鸡清淡鲜美、糖醋鲤鱼甜而不腻、白灼虾蘸醋独具风味、黄豆蹄花冻软糯劲道、酱牛肉软嫩不柴……

像他们这样的有钱人，平时想吃什么吃不到，所以这一桌年夜饭就算再好吃精致，也只是家常便饭而已，真正的重头戏是一年一度的自制饺子。

"今年我申请新增一轮。"侯母指着率先端上来的两碗饺子，"这一圆一方两个碗分别装了用我和孩子他爸各自做的猪肉馅包的饺子，至于哪碗放的是我的哪碗放的是他的，只有下饺子的老黄才知道，现在我要你们就这样尝，然后投票说哪个的味道更好。"

侯父哼道："幼稚。"

侯母瞥了他一眼："有本事以后消消乐别让我帮你通关。"

侯父："……我听不懂你在说什么。"

小辈们忍着笑，纷纷夹起饺子做起了裁判。

圆碗中的就是普通的白菜猪肉馅，肥瘦适中，发挥正常，保持着几年来的不变口感，一吃就知道出自侯父之手。

而方碗那个虽然是纯猪肉馅，但味道的层次却更加丰富，肉感也更加鲜美，一口咬下去肉汁横流，令人把持不住。

投票结果一边倒，方碗胜出，黄师傅公布结果，竟真的是侯母赢了。

侯父奇道："你突然厨艺开窍了？"

侯母神秘地笑道："不是开了窍，是开了挂。"

侯父："……"厉害了我的妻。

二老的猪肉馅提前曝光，侯彦森又没有参与，所以剩下的就只有三种馅可以猜了。

侯彦霖吃完一个饺子，积极地投入到无奖竞猜中："这是二姐和的馅吧？土豆泥馅，一股俄罗斯饺子的典型画风，我记得你之前的室友就是俄罗斯的。"

侯彦语大方承认了："算你聪明。"

"这个加了很多胡萝卜的肯定是大嫂的。"侯彦霖看了眼慕锦歌筷子上咬了一半露出内里的饺子，笑着眨了眨眼，"因为大哥不喜欢吃胡萝卜，所以大嫂肯定想趁这个机会整一下大哥。"

沈茜说得跟真的似的："胡说，我明明是致力于改正他挑食的臭毛病。"

侯彦森："……"痛苦。

侯彦语问："那按照排除法，最后那个就是你和锦歌做的了。你们的是什么馅？"

侯彦霖卖关子道："等你们自己吃到吧。"

侯彦森一顿，淡淡开口："这么说，我刚才已经吃到了。"

沈茜好奇地问道："什么馅的啊？"

侯彦森犹记胡萝卜之仇，勾起了嘴角："自己吃。"

可能是有心栽花花不开，侯彦语连吃五个饺子都不是慕锦歌和侯彦霖做的那份，就在她刚要夹第六个饺子的时候，只听身旁的沈茜一声惊呼："我吃到了我吃到了！"

侯彦语忙道："大嫂，分我一口！"

沈茜把饺子一口吞完后颇有些无辜地看着她："不好意思，你刚才说什么？"

侯彦语："……"

慕锦歌用公用筷夹了一个放在她碗里，说道："这个应该是，你试试。"

侯彦语很是感动："锦歌你真是太善解人意了！今晚我能和你一起睡吗？"

侯彦霖一把推开她："怪阿姨走开！"

侯彦语夹起慕锦歌给她的饺子，一口咬下来，发现竟然真的是不同的馅！

豆角切得细碎，和酥脆的虾皮一起混入细腻的肉馅中，再加入翻炒过一阵的洋葱碎丁，不仅去了七分辛辣，吃起来还口口生香，一点都不柴，口味层次丰富，嚼劲十足。

侯彦语惊喜道："好吃！"

侯母其实已经低调地吃了好几个了，笑呵呵道："人家小慕是专业的，实话告诉你们吧，今天我能赢你们爸，全靠小慕指点呢。"

侯彦语道："妈，你这是作弊了吧？"

侯母辩护道："谁说的，你们只规定说不能向家里的厨师求助，没说不能向准儿媳妇求助啊！"慕锦歌猝不及防地呛了一下。

侯父终于看不下去了，开口道："我说你矜持一点，别把人家小姑娘吓跑了。"

然而侯母心大得很："没事没事，跑了的话儿子负责追就可以了。"

B市有规定，在指定地段，农历除夕至正月十五每日的七时至二十四时，可以燃放烟花爆竹，其他时间皆为禁止。

所以快到十一点的时候，侯家就有组织有纪律地离开一桌的残羹冷炙，出了正屋后门，来到后院的一块空地，让佣人从屋内把挂着鞭炮的竹竿搭着楼梯转角的窗台伸出来。

今年这样的鞭炮一共准备了四条，前两条向来是定死的，第一条先由一家之主侯父点，第二条则是少当家侯彦森的，这可以说是侯家内部一种不成文的规定和传统了，至于后面两条就是纯粹放着玩，侯母和沈茜都是书香门第出身的大家闺秀，从小连炮仗都没玩过，胆子小，从来不敢点，所以一般都是侯彦霖或侯彦语点，这多余的鞭炮往年都只有一条，两人都在家的话还要猜拳争好一会儿，现在好了，有两条，侯彦霖和慕锦歌玩一条，侯彦语独占一条。

侯家其实并不是世代经商，而是从官渐渐转商的，侯彦霖爷爷那一辈就是过渡，交到侯父手上做大，直到孩子这代才完全改了背景，可以自由地送出国接受教育。

感觉侯家人都有这么一个尿性，之前被紧逼着不能做什么事，限制解除后就非要极度放飞，比如说侯彦霖身体强健后就从药罐子变成了熊孩子；比如说侯家出入境不受严格监管后就开始主张多国教育，把孩子都送了出去，一个不剩，不知道的还以为是惹了什么事要蚂蚁搬家呢，其实人家就是放飞自我，估计新鲜了一两辈就收住了。

"噼里啪啦——"

鞭炮点燃后一阵乱响，就连留在屋内的佣人都捂住了耳朵。

烧酒压根就没敢出屋，这时听到屋外如雷鸣般的鞭炮声，又后悔没和靖哥哥、大魔头待在一起，一个人躲在桌子下蜷着，绑着纱布的大尾巴紧紧地勾着后腿，吓得都不敢喵一声，像是怕被这声音炸出山来的年兽一口吞掉似的。

什么，你问作为一个系统的尊严？

呵呵，朋友你不知道入身随俗这个说法吗？我发明的。

而此时室外的放鞭炮现场——

趁着侯父的鞭炮燃完，楼上换新鞭炮的空当，慕锦歌说道："我有点担心烧酒。"

侯彦霖笑道："担心它干什么？能折腾它的人可都已经出来了。"

慕锦歌摇了摇头："这放鞭炮的声音大，我担心它会害怕。"

"不会吧。"侯彦霖显然是在该低估时高估了某猫，"它不是能自己调节身体？如果害怕的话把听觉调低一点就行了吧，毕竟它是人工智能。"

这么一听，好像还挺有道理的，于是慕锦歌放弃了回去看猫的想法："也是。"

又一串鞭炮开始噼里啪啦响起，这时侯彦霖突然凑到她耳边，大声地问道："靖哥哥，你害怕吗？"

慕锦歌看了他一眼，面无表情地跟着抬高声量道："你怕就直说。"

"这都被你看出来了？"侯彦霖挑了下眉，低头说话时嘴唇都快碰到对方的耳朵了，"那一会儿轮到我们放的时候，我躲你后面可以吗？"

慕锦歌好笑道："可以。"

然而就在侯彦语的鞭炮点完，轮到他们那串的时候，慕锦歌才知道侯彦霖所说的"躲后面"是怎么个躲法——

只见他自然而然地就绕到了她的身后，然后两条胳膊一伸，将她整个人圈在了怀里，右手与她共同握着刚刚由管家递来的香支——点鞭炮是不能用火柴或打火机这种明火的，遇风的话火苗会不稳定，存在安全问题。

这横看竖看左看右看，都是他从后面抱住她，动作亲昵。

这个人哪里是害怕，分明是找着机会吃豆腐！

侯彦霖出来时穿回了他来时的那件大衣，但没有系扣子，所以当慕锦歌的后背靠上他的胸膛时只觉得好像挨上了一个人形暖炉，暖烘烘的，温暖的热度像是屏障似的从后至前伸展，将她包围。

身后人的声音低沉，带着一贯的慵懒笑意："靖哥哥，准备好了吗？要点了哟。"

慕锦歌懒得说他了，只是淡淡应了声："嗯。"

说罢，侯彦霖握着她的手，将燃着的香支头往下靠近鞭炮的引火线，随即便见一点点火星迅速蹿上了那根长长的引火线，开始了征途。

线刚一点着，慕锦歌还没来得及往后迈开脚步，突然只觉脚下一轻，整个人居然一下子被身后那人打横抱了起来，然后迅速被带离危险区域。

跑过侯彦语时，全家唯一的单身贵族很不服气地吐槽："侯彦霖，你能耐了！点个鞭炮都秀我一脸！你……"

然而还不等侯彦语把话说完，点燃的鞭炮就炸了起来，彻底掩盖住了她的声音。

大概是抱上瘾了，进了安全区域侯彦霖也没放手，而是继续抱着慕锦歌跑了好长一段距离，跟负重跑圈似的，倒是一点都不嫌重。

而除了那震天响般的鞭炮声外，慕锦歌唯一能听到的，就是侯彦霖的笑声，从头顶传来，痛快愉悦，潇洒自在。

"咻——"

不知道是哪一家放起了烟花，三团黄色的焰火倏地冲上了云霄，在辽阔的夜幕上如彩墨般泼洒开来，绽放出橘红色的花团，而后花瓣凋零散落，就像是下了一场绚烂的流星雨，又逐渐隐没在漆黑的夜色之中，回归寂然。

可是夜空的沉寂并没有维持多久，不一会儿又有新的烟花升起、盛开、坠落，周而复始，热闹了整个除夕夜。

灿烂的烟花在慕锦歌的黑眸中映下绚丽的光影。

那一瞬间，她想的并不是让侯彦霖赶快把她放下，而是有个念头如同这漫天的烟花一样，忽地升起，然后砰的一声炸开来，热烈夺目，令人无法忽视——

过去的这一年，真好。

侯家有守岁的传统，放完鞭炮后大家漱洗出来穿着睡衣在客厅围坐一块儿，一边开着电视一边唠唠嗑，发发红包，等熬到凌晨就各自回房休息。

除了往年程安出于情面给的红包外，慕锦歌已经很多年没有收到过长辈的压岁钱了，没想到今年竟然从侯父侯母那儿各收到一个，拿在手里沉甸甸的，带着一种久违的温暖。

初一这天侯家是要去世交的家族串门拜年的，对象比较多，流程也很琐碎，慕锦歌不用跟着去。等她一觉醒来的时候，侯彦霖他们都已经出门了，下楼的时候只有陈管家笑容和蔼地看向她："早啊，慕小姐，新年快乐！"

其实现在都快中午了，一点都不早，慕锦歌有些不好意思："新年好……不好意思，起晚了。"

管家笑呵呵道："慕小姐太客气了，是想先用早点还是直接吃午饭呢？"

慕锦歌问："今天厨房的师傅不休息吗？"

管家答道："还有两位师傅没休息。"

在这种私人宅邸里当厨师，也还真是不容易。

慕锦歌因为昨晚吃得实在不少，所以现在都不是很饿，于是她道："我自己去厨房做点东西吃吧，不用麻烦他们了。"

陈管家露出一副"果然如此"的欣慰神色，笑道："二少爷走之前特意嘱咐过，说慕小姐可以任意使用厨房和厨房里的一切东西。"

"噢……谢谢。"

管家看着她抱着的烧酒，说道："慕小姐去厨房吧，这猫就交给我来喂，二少爷提前打过招呼，所以家里买了猫粮和爬架。"

"嗯，那谢谢了。"

想着猫也不能带进厨房，于是慕锦歌便把烧酒托付给陈管家了。

烧酒对陈管家还是挺有好感的，心说姜还是老的辣，抱猫都有一套，不会像侯彦语或沈茜那样总会勒着它哪里不舒服。

昨天……唉，鬼知道它经历了什么。

看着它低头吃猫粮的乖巧样子，陈管家感慨道："上次见你，你还是只小奶猫，差不多才一个月大，现在都快三岁了吧？"

"喵？"怪不得觉得你很亲切。

"刚开始听大小姐说要把你送给二少爷的时候，我还很担心。"管家伸手揉了揉它的小脑袋，"没想到你不仅活着，而且还成了二少爷和慕小姐之间的小媒人，了不起。"

"……"这句话槽点实在太多了，都不知道从哪里说起。

正当陈管家絮絮叨叨的时候，有个年轻的佣人走了过来，说道："陈叔，大小姐回来了。"

"好的，我知道了。"见烧酒也吃得差不多了，管家把它抱了起来，"来，要去见你的原主人了。"

慕锦歌从厨房出来的时候，就听到原本安静的客厅嘈杂起来，有陈管家和一个女人说话的声音，有佣人搬行李的声音，有小孩子打闹的声音，其中还夹杂着几声猫叫，不是惨叫也不是呼救，听起来还挺乐在其中的。

她刚走了出来，那位正在和管家说话的女人就注意到了她，笑着望了过来，问道："这就是慕小姐吧？"

一看到对方那张和侯彦霖有几分相似的面孔，慕锦歌就想起昨天侯彦霖说过的话，顿时心下了然。她点了点头，打招呼道："大姐好。"

"哎，真乖。"侯彦晚的声音很好听，像是黄莺婉转，娇滴滴的，"看来我回来的时机好啊，彦语他们都不在，没人跟我抢了。"

慕锦歌："……"

这时，一个软糯糯的声音响起："好香呀！"

206

慕锦歌寻声望去，只见原本在和烧酒玩得起劲的两个小孩在她出来后都自动放弃了追猫游戏，站在原地，神态动作出奇一致地用着双黑溜溜的眼睛直直地盯着她手上的盘子。

这俩小孩长得可爱极了，眼睛又黑又亮，皮肤奶白，看起来跟成对的瓷娃娃似的。他们样貌相似，穿的衣服也是一对，只是颜色不同，一个穿粉一个穿蓝。

"这是我儿子和女儿，儿子小名叫聪聪，女儿叫慧慧，龙凤胎，都才两岁多。"侯彦晚介绍道，"聪聪、慧慧，来，叫慕阿姨。"

第一次听到"阿姨"这个称呼，慕锦歌愣了下。

本来以她这个年龄，叫姐姐也是可以的，但她现在的身份是侯彦霖的女朋友，要是叫了姐姐，辈分就乱了，所以只得叫阿姨。

呵呵，都怪侯彦霖。

于是两个孩子十分乖巧地朝慕锦歌异口同声道："慕阿姨！"

慕锦歌没有什么和小孩相处的经验，有些生硬地扯了扯嘴角，努力让自己看起来和善一点，她温声道："你们好，新年快乐！"

然而这俩孩子不愧是有着侯氏血脉，一点都不怕生，屁颠屁颠地跑了过来，仰着头看向她。聪聪咽了咽口水，开口道："慕阿姨，你、你拿的是什么啊？好香……"

慧慧接道："想吃……"

一旁的陈管家和侯彦晚都乐了，侯彦晚笑道："哈哈，两个吃货。"

慕锦歌看他们仰着头实在费力，于是蹲了下去，把盘中盛着的甜点给他们看，一边道："我做的点心，要吃吗？"

聪聪盯着盘中黑黑白白的圆球，好奇地问："什么点心呀？"

慕锦歌道："椰蓉巧克力球。"

"椰蓉……巧克力……"慧慧笑起来时眼睛弯得像月牙似的，"好像很好吃的样子。"

聪聪回头问侯彦晚："妈妈，可以吃吗？"

侯彦晚道："这个你得问慕阿姨，问阿姨可不可以给你们吃呀？"

听了这话，两个孩子都用着期待的目光望着慕锦歌，接着就听慧慧糯声糯气道："慕阿姨，你可以，你可以给我们吃吗？"

在两个孩子渴盼的注视下，慕锦歌忍俊不禁："当然可以。"

聪聪和慧慧不忘礼貌，"谢谢阿姨！"

慕锦歌先是用筷子夹了一个喂了慧慧，然后又喂了聪聪，看着两个小孩像小仓鼠一样嚼着东西，心里也跟着柔软起来。她问："好吃吗？"

聪聪道："好吃！"

慧慧跑回去拉住侯彦晚的手，小小年纪就会讨好人了："妈妈，妈妈，这个好吃，你吃！"

慕锦歌抬头，也对侯彦晚道："大姐，你也尝一尝吧？"

侯彦晚道："可是你还没吃呀，聪聪、慧慧这都吃了两个了，我再一吃，就没多少了，让家里其他人知道了，肯定要说我欺负你。"

慕锦歌道："没有的事，这个做起来很容易，而且我也不饿。"

"这……"

慕锦歌看了眼懒洋洋地趴在地上舔毛的烧酒，认真地说道："如果不是你当初买下烧酒，我后来也不可能捡到它，更不可能和侯彦霖认识，真的要感谢你。"

"哎呀，都快成一家人了，还跟我说这个。"侯彦晚叹了一句，"那我就不客气啦。"

而当她吃下一个后，才发觉这并不是一道普通的巧克力甜点。

准确来说，这并不是巧克力球——

椰蓉的甘甜与黑巧克力的苦涩相互调和，进入口腔后，在唇舌间慢慢地化开，而真正的惊喜是在咀嚼时，预想中更加浓郁的巧克力味并没有迸发，牙尖触及的柔软令人十分意外。

原来椰蓉巧克力只是件外衣，实际上里面包裹着的竟然是一小截香蕉，在咀嚼之间于口腔中散发出一股独特的淡淡奶香，口感黏稠，像是一张从里面往外铺开的网，把椰蓉和黑巧克力的味道包在了一起，使得味道不至于零散混乱。

侯彦晚赞道："唔！味道很不错嘛！"

慕锦歌道："谢谢，喜欢就好。"

"对了，我突然想起有一样东西可以给你，作为回礼。"说着，侯彦晚朝她神秘兮兮地眨了眨眼睛，随后把一儿一女叫到身边，蹲下身小声地交代着什么，说了会儿后连陈管家都加入了他们的悄悄话小组。

就听慧慧突然冒了句："噢！也就是说慕阿姨是小……"

"嘘！"侯彦晚及时封口，叮嘱道，"把东西给慕阿姨拿过来再叫，知道吗？"

两个孩子听话地点了点头，像是小鸡啄米："知道了！"

悄悄话会议散会后，就见两个小孩在管家的带领下扑通扑通跑上了楼，去找什么东西了。

侯彦晚对此闭口不谈，只是拉着慕锦歌坐到了沙发上，跟她聊起天来。

十分钟后，慕锦歌知道了答案。

聪聪有些吃力地抱着一本相册跑到她面前，献宝似的递到她面前，但毕竟还是个两岁小孩，再聪明也有限，他站定后想了好一会儿，都没想起来母亲给他安排的台词是什么，求助般地回头望了侯彦晚一眼，侯彦晚提示道："聪聪，这是什么呀？"

"这是，这是……"聪聪突然想了起来，"我小舅的黑、黑腻（历）史！"

慧慧倒是对自己要说的话记得很熟，笑容灿烂："请小舅妈欣赏！"

慕锦歌："……"

而烧酒已经笑翻在地。

可以的，小舅妈。

❤ 第十三章 ❤
| 苹果泥 |

侯彦霖一进门，就被自家小外甥撞了个正着。

聪聪刚刚光顾着跑，没注意到门口进来一人，猛地撞了下，要不是侯彦霖眼明手快地把他抱住了，只怕现在早屁股蹲着地，哇哇大哭了。

侯彦霖俯身，轻松地用单手把小外甥抱了起来，让他坐在自己的手臂上，一边低头问道："玩什么呢，跑得这么疯？"

聪聪挥舞着小手，很是兴奋："有大猫追！"

侯彦霖疑惑，"大猫？"

就在这时，紧跟着追过来的烧酒杀了出来，模仿着电视剧上看到的猛兽，做出一副气势汹汹的样子："喵！"

小兔崽子哪里跑！

侯彦霖目光往下落，正好对上烧酒自以为露着凶光的双眼。

聪聪欢快地叫起来："啊，大猫！被大猫追上了！"

侯彦霖笑了，弯着眼角，语气轻松地跟烧酒打了个招呼："嘿，大猫。"

烧酒："……"

"大猫，大猫为什么不来追我？"见半天没有动静，藏在短廊外的慧慧忍不住了，跑了出来，"啊！小舅舅！"

侯彦霖道："哎呀，这不是我们的慧慧小公主吗？来，让舅舅抱一抱。"

说着,他蹲下身将聪聪放了下来,转而用两只手把慧慧抱了起来举高高转圈圈。

似乎是习惯了,慧慧一点都不怕,反而觉得好玩极了,又是笑又是尖叫的,喜悦激动得不得了。

烧酒目瞪口呆。

看不出来啊,大魔头竟然这么会哄孩子!

就在侯彦霖把慧慧放下来的时候,一片红色从小女孩的口袋里掉了出来,然后就听聪聪说道:"红包掉了!"

"嗯?"侯彦霖捡了起来,还给外甥女,"哪里来的红包,怎么不交给你妈妈保管?"

慧慧双手拿着红包,奶声奶气道:"这是,这是小舅妈给的。"

侯彦霖一愣:"你说谁?"

慧慧用着一双无辜的大眼睛把他望着:"小舅妈呀。"

侯彦霖问:"是不是一个头发长长的,长得很漂亮的姐姐?"

两岁大的孩子对长相没太大感觉,对食物倒是有点印象,聪聪积极发言道:"我们吃了小舅妈做的点心,可好吃了!"

这么说,那就是他家靖哥哥了!

毕竟现在待在这个家里的会下厨做饭还好吃的女性,只有那么一个。

侯彦霖心里高兴,往两个外甥白乎乎胖嘟嘟的小脸上一人亲了一口,从大衣口袋掏出两个厚厚的红包:"小舅平时真没白疼你们。来,这是小舅给你们的红包,要和小舅妈给的那份一起交给妈妈保管,知道吗?"

两个孩子接过红包,乖乖地点头:"知道了。"

于是侯彦霖一只手抱着慧慧,另一只手拉着聪聪,身后跟着烧酒,声势浩大地走进了客厅。

本来还担心靖哥哥一个人在家会无聊,没想到进到客厅就看到她和大姐侯彦晚坐在沙发上,两人凑得还很近,居然在说说笑笑。

侯彦霖把孩子放下,自个儿好奇地凑到了两人身后,问道:"你们在聊什么呢?"

听到他的声音,慕锦歌动作敏捷地就将腿上摊开的一本东西给合上了。

——有猫儿腻。

侯彦霖的心里顿时涌起一股不太好的预感。

侯彦晚把散落的碎发撩至耳后,回头笑意盈盈地看向他,一点都没有被抓了个现行的慌乱:"彦霖,你怎么单独回来了?"

"爸他们下午要留在郑家打牌,无聊得很,我就先回来了。"侯彦霖内心疑虑，表面微笑，"看来你俩相处得还挺不错的嘛，都聊些什么呢？"

大概是想着刚刚才收了小舅舅的好处，知情者慧慧跑了过来，大声泄密道："我知道我知道！妈妈在给小舅妈说黑腻史！"

聪聪附和道："小舅舅的黑腻史！"

侯彦霖："……"

"姐，"侯彦霖是说怎么看靖哥哥腿上的那本东西有点眼熟，"你给锦歌的这本相册难道是……"

侯彦晚大方承认道："既然都被你撞见了，那咱们就正大光明来朝花夕拾一把……锦歌，刚才我讲到哪张照片来着？"

慕锦歌把相册重新翻开，指了指这页最后的一张照片："这张。"

照片上的侯彦霖大概只有七八岁，因为身体不好，所以看起来比同龄人要羸弱些，穿着件长袖条纹衬衫配卡其色背带裤，脚上踩着棕色皮鞋，标准的小少爷打扮。

他抬眼看向镜头，似乎有些紧张，手在身侧握着小拳头，嘴角却配合地扬了起来，一双桃花眼似笑非笑，额头还贴了个红点。

侯彦晚用手指遮住照片右下角的时间，问："你猜这是什么季节拍的？"

慕锦歌看了看照片里正太时期侯彦霖的穿着，推测道："秋天。"

"错！"侯彦晚把手指移开，露出拍摄日期，揭晓答案，"是大夏天！"

慕锦歌奇怪道："这不是在 B 市吗？"

侯彦晚笑道："就是在 B 市。那会儿我和彦森已经出国了，所以很多事情都是听妈和陈叔说的，说彦霖啊有好长一段时间都特别喜欢穿这么一套，臭美呗，七八月份室外温度直往 30℃ 以上飙的时候，还吵着闹着要这样穿，最后焐得身上全是痱子哈哈哈……对了，还有这个小红点啊，每天都要贴，以为能辟邪似的哈哈哈……哎哟咱们快往后面翻，我都等不及要讲他刚出国时中二的那些岁月了，笑死了，还好照片我们都偷偷存下还洗了出来。"

被揭短的侯彦霖老脸一红，蛮横地把相册给夺了过来："不许看了！"

有张照片可能是没有放好，经他这么一抢，像时光的一片落叶似的，悠悠地落到了侯彦晚的身上。

侯彦晚拿起来一看："咦，这不是那个谁吗？"

侯彦霖生怕落出来的照片是他和哪个女生的合照，顿时紧张起来，誓要赶在侯彦晚给慕锦歌看之前拦下来："谁啊？"

侯彦晚道："就张家的那个，现在是大明星的那个。"

"噢，你说巢闻啊……"侯彦霖松了一口气，"真稀奇，原来小时候我和他还有合影啊？"

慕锦歌挨过去看了眼，形容生动："你站他旁边就像跟豆芽一样。"

"他比我大好几岁呢！"侯彦霖不服气地辩解道，"而且那时候我身体差，所以看起来比较弱，现在我肯定要比他强壮，不信的话明天就可以比一比！"

慕锦歌："明天？"

侯彦霖道："明天巢闻和梁熙熙要过来拜年，然后我们一起去大觉寺上香……大姐，明天你来吗？"

侯彦晚摇头，把照片还给他："不了，聪聪和慧慧闻不惯寺庙的香火味，我怕回来后他们咳嗽。"

侯彦霖点头："那行。"

看着侯彦霖一副抱着相册打算找个地方好好锁起来的样子，慕锦歌叫住了他："等等。"

"怎么了？"

"你能把刚才那张穿背带裤的照片给我吗？"

侯彦霖哭笑不得："靖哥哥，真人就在你面前随叫随到呢，要照片干什么呢？"

慕锦歌认真地回答道："你小时候真可爱，比现在可爱多了。"

侯彦霖："……"

哪里有火？他要马上把这本相册给烧个精光！

最后，侯彦霖不仅没有烧成相册，还在后来陆续回来的家族大队伍的胁迫下，乖乖地把那张照片交了给慕锦歌。

翌日，大年初二。

吃过午饭后，侯彦语就兴致勃勃地拉慕锦歌进房间要教她下棋，而侯彦霖自然是不甘示弱地追上去，和侯彦语展开了一场拉锯战，然而鹬蚌相争渔翁得利，聪聪和慧慧看准时机溜上来牵着慕锦歌的手，把慕锦歌带回楼下和他们一起画画。

早上的时候大姐夫邓翀过来了，现在正和侯彦晚在楼上跟侯父侯母喝茶话家常，两个孩子就放在客厅玩。

烧酒趴在柔软的地毯上，慵懒地打了个猫哈欠，刚准备换个姿势，结果突然就被一只胖乎乎的小白手按住了，接着就听慧慧用着软糯糯的声音喊了句："别动！"

"喵？"烧酒抬眼一看，才发现小女孩腿上放着个画本，手上抓着只蓝色的蜡笔。

慧慧奶声奶气，语速比较慢："大猫别动，我在画你。"

听了这话，烧酒向她投以欣赏的目光。

可以的，小小年纪挑模特就这么有眼光，很有前途啊小朋友！

看在你的审美水平这么高的分上，我就勉为其难地保持这优美的姿势让你画好了。

"画好了！"慧慧认真地画了差不多十分钟，把画本翻过来朝着烧酒，"大猫，你看，四不四（是不是）很像？"

只见纸上用深蓝色的蜡笔粗糙地画了两团拼凑在一起的头身，头比太阳还要圆，四条腿奇短无比，一条大尾巴跟狐狸似的，两只耳朵一边三角一边半圆，然后又用黑色的蜡笔画了脸和胡须，大小眼也就算了，居然嘴巴还是歪的。

除此之外，小姑娘还很有心地在它圆滚滚的脑袋上画了青天红日，四条短腿下画了青草粉花，尾巴旁边画了个简易的房子，三角形的屋顶四边形的墙壁，总高度和猫差不多。

烧酒："……"

慕锦歌坐在沙发上看过来，"慧慧画了什么？"

慧慧十分得意地把大作展示给小舅妈看："大猫！"

慕锦歌点了点头，"嗯，画得很好啊！"

烧酒瞪大了猫眼，尜毛道："哪里好了！靖哥哥，小孩子不能像你这样惯的！"

慕锦歌置若罔闻，把画举到它旁边，比了下，补了句评价："很传神。"

烧酒觉得一口猫血哽在喉间："什么鬼！这张破画根本无法传达出我绝世美貌的万分之一好不好？！"

慧慧听它一直在叫，不由得有些害怕，往慕锦歌身边缩了缩，怯怯地问了句："大猫好吵，它、它不高兴了吗？"

慕锦歌安慰道："没有，它很喜欢你的画，所以很兴奋。"

慧慧登时眼前一亮，情绪又恢复了："大猫，我再画一张！"

烧酒翻了个身，躺平在地上，无奈道："唉，来吧。"

慧慧这边安静下来了，聪聪又用小手抓住了慕锦歌："小舅妈，小舅妈！"

慕锦歌现在已经对这个称呼免疫了，她问："怎么了？"

聪聪把撕下来的画递给她："送给你！"

慕锦歌接过他手中的画纸，大概可以看出上面画的是两个人，长头发穿裙子的是女生，短头发穿裤子的是男生，男的比女的高半个头，两人手拉着手，脚边还跟着一团神秘的灰色物体。

"这是、这是小舅舅和小舅妈！"聪聪讲解道，"带着大猫散步！"

侯彦霖不知道什么时候从楼上下来了，出现在沙发背后，看了眼画中的内容，笑道："聪聪，敢情小舅在你眼中头上就只有三根毛？"

小孩子的笑点总是很低，简单这么一句话，就让聪聪笑翻在沙发上，半天说不出话。

慕锦歌瞥了他一眼："你一个二十多岁的人，跟一个两岁的孩子计较什么？"

侯彦霖一本正经道："认知偏差要从小纠正。"

"你小时候不也是这样画的吗？"

侯彦霖顿时整个人都不好了，"那本相册连这个都有？！"

"有一张是你三岁时举着你的大作，一脸得意。"慕锦歌提醒他道，"每只手只有四根指头，画得还没聪聪的好。"

侯彦霖："……"

陈管家这时过来说道："二少爷，巢闻少爷和梁小姐来了。"

侯彦霖颔首，"好，让他们进来吧。"

对于梁熙熙这个名字，慕锦歌已经很熟悉了，但这还是她第一次见到真人。

与预想中的不同，虽然那人妆容和着装都十分成熟干练，但不难看出年纪还很轻，二十刚出头的样子，留着齐肩的短发，脱下外套后穿着一件高领毛衣，肩膀单薄，身材清瘦，个头不高，踩着双高跟短靴。

跟在她身后的正是慕锦歌经常在电视和车站广告牌看到的巢闻，一米九的大块头，穿着一身暗色，不是黑就是灰，生得极为英俊，五官棱角如在冰上雕刻出来一般，深邃又硬朗，板着一张脸，没有什么表情，但就是这样一个看起来感情淡漠的男人，却是电影界公认的实力派演员，离影帝只有一步之遥。

聪聪终于止住了笑，从沙发上爬起来，望着巢闻发愣，"我好像、好像在电视里……看过这个叔叔。"

"这是侯大小姐的孩子吧？"梁熙熙露出和气的笑容，走近给小孩发红包，"来，这是阿姨和叔叔给的红包，新年快乐。"

聪聪双手收了下来，"谢谢叔叔阿姨。"

慧慧放下画笔，也接过红包，穷尽自己的词汇量道："祝叔叔阿姨……万事吉祥，身体健康！"

"真乖。"梁熙熙看向慕锦歌，"这位是？"

聪聪兴奋地介绍道："小舅妈！小舅妈！"

慕锦歌道："你好，我叫慕锦歌。"

梁熙熙看着她，不确定地问了句："慕小姐是不是在餐厅工作？"

"是。"

梁熙熙没有提去年吃到的那道花心大萝卜，只是道："去年侯少请我去你工作的餐厅吃过饭，味道很不错。"

慕锦歌自然也还记得那一次："谢谢。"

侯彦霖看了眼正在把东西往里搬的佣人，好笑道："你们来就来，还送什么礼啊！"

"去年要是没有你和你哥的帮助，我和巢闻绝对熬不过来。"梁熙熙正色道，"知道你们家肯定什么都不缺，送点年货聊表心意。"

侯彦霖道："嘿，说这些。"

巢闻也开口了，他的声音很低，有种独特的磁性："侯二，这次多谢你。"

侯彦霖懒洋洋道："巢闻，你要回报我们很简单，好好演戏，多得奖多拿代言，成为我们公司的摇钱树就行了。"

他这一句本是玩笑，没想到梁熙熙真的认真地汇报道："除夕前一天我们飞去纽约见了郭城，谈了下一部电影的事，预计四月份的时候在国内 S 市开机。"

"我听说过，郭导这部片就是冲着拿奖去的，好好把握。"侯彦霖看了眼慕锦歌，意有所指道，"首映场记得多送我一张票。"

梁熙熙笑着答应："一定。"

后来侯彦森和沈茜夫妇从房间出来，一群人又聊了一阵，才各自出门。

侯彦森要跟着沈茜回沈家，侯彦霖和慕锦歌还有巢、梁两对去大觉寺——本来侯彦语也要去的，见一行人里除了她以外竟然都是成双成对，就干脆留在家睡午觉了，烧酒犯懒，也没有跟过去。

大觉寺是一座千年古刹，两道灵泉水环绕寺庙，在龙王堂前积成龙潭，寺内古树繁多，参天茂盛，千年银杏，松柏抱塔，种种奇景汇成八绝。这里的白玉兰格外有名，在早春开花，可惜现在还不是时候，再过段时间，等三四月份的时候再来，又是另一番风景。

B 市是古都，寺庙很多，各有千秋，求子去红螺、问学去卧佛、求官去潭柘、参禅去广济……其中据说大觉寺的平安符特别灵验，来这里上炷香求一符，保佑来年平平安安。

亨通也好，富裕也罢，最重要且基本的还是平安。

初一来上香朝圣的人多，初二人就要少些了，两对人上了高香，互相求了平安符，就慢慢一阶一阶往下走。

梁熙熙和侯彦霖说工作上的事，走在了后头，而不管事的巢闻和慕锦歌反而凑到了一起，两个话少的走在了前头。

走到一半的时候，巢闻突然开口问道："你和侯二在一起多久了？"

慕锦歌愣了下，而后淡淡答道："去年夏天认识，今年一月交往。"

巢闻思忖道："看来侯二真的很喜欢你。"

慕锦歌："……"

"虽然他看起来像是花花公子，有点轻浮，"应该是不大习惯帮人说话，巢闻的语气有点生硬，他顿了顿，斟酌道，"但那都是他装的。"

慕锦歌看向他："你现在是在帮侯彦霖说话吗？"

巢闻平静道："我只是在陈述一个你已经知道的事实。"

相对沉默了半晌，慕锦歌才说道："现在我和侯彦霖一起开了家餐厅，有空就和梁熙熙一起过来吃饭吧。"

巢闻道："好。"

而他们身后那原本该在谈正事的两人——

"今年华盛经纪部的政策会有所调整，尽量把资源拨下去……"说着说着，侯彦霖突然压低声音，悄悄地跟梁熙熙说了句悄悄话，"对了，谢谢你上次的支着。"

"上次？"想起对方指的是什么后，梁熙熙也压低了声音，"你用上了？"

"效果不错，没让巢闻发现吗？"

"没，我把那几条记录给删了。"

"梁熙熙，帮我保守这个秘密，尤其不能让巢闻和锦歌知道，他们会笑话我的。"

"嗯我知道了。"梁熙熙看了前面那个高大的身影一眼，心说要是真让巢闻知道我跟你说他做过这种事，那个人肯定又要生闷气了。

慕锦歌本来是打算初三走的，但奈何侯家的人盛情难却，硬是把她留着多住了两晚，逛了庙会又看灯会，所以直到初五下午，她和侯彦霖才离开侯家。

每天大鱼大肉伺候着，饶是素来胃口小吃不胖的慕锦歌过完这个年也不免长了几斤肉，烧酒就更别提了，圆了一圈，慕锦歌抱它起来时感觉跟举重似的，所以直接把它扔给侯彦霖抱了。

到了住所，侯彦霖又以搬行李和抱烧酒为由，再次成功踏进这间出租房，而慕锦歌拿钥匙开了门后则先把刚刚在楼下信箱里找到的信封拆了开来。

侯彦霖见她看得认真，好奇地问道："这是什么？"

慕锦歌一边看，一边答道："房东寄过来的水电费单。"

侯彦霖若有所思地点了点头："哦……"

等看完上面的明细，慕锦歌把账单塞回信封，抬头看了眼还傻站在客厅的某人，问道："不是说等下你们家还有什么事吗，怎么还不走？"

"靖哥哥，你看。"侯彦霖舔了舔下唇，犹豫道，"我们一起开店，也见过家长了，那……"

慕锦歌道："那？"

侯彦霖绕着弯子说道："我就是想说，我自己住的那套房子还挺大的，有多余的房间，还有一些烧酒以前用的玩具，虽然地方没有你这儿近，但平时上下班开车也很方便……"

慕锦歌看着他，直截了当地问："你想和我同居？"

侯彦霖态度诚恳："希望你能好好考虑下这件事，不用马上做决定。"

慕锦歌收回视线，淡淡道："好，我会考虑的。"

侯彦霖原以为她会果断拒绝，没想到竟然应下了，所以愣了一下："真的？"

"嗯。"

侯彦霖喜出望外，当即扑过去抱着慕锦歌就是一阵乱啃。

烧酒：我都冇眼睇（没眼看）。

成功在对方白皙的脖颈上留下一记新鲜的吻痕，侯彦霖功成身退，恋恋不舍地摸了摸对方有些发烫的脸颊，深情款款道："你慢慢考虑，反正'两情若是久长时，又岂在朝朝暮暮'。"

慕锦歌拍开他那只虽然卖相极佳但仍然不能掩盖其本质的咸猪手，面无表情道："别人吟诗作对，都是雅兴大发，你吟诗作对，是兽性大发。"

侯彦霖抬手撩起她的一缕长发，低头吻了吻，一双好看的桃花眼却直直地盯着慕锦歌，带着略有些危险的笑意，低笑着缓缓道："靖哥哥，我要是真兽性大发起来，怕吓着你。"

慕锦歌不以为意："我会打电话叫动物园的人来抓你的。"

侯彦霖愣了下，然后"噗"的一声笑了出来。

可以的，他专注撩妹二十年，今日败在靖哥哥手上，一点都不亏。

慕锦歌莫名其妙地看着他："你笑什么？"

"靖哥哥你真是太可爱了。"侯彦霖止住了笑，凑过去啄了啄她的脸，蜻蜓点水地落了一个吻，便撤了回去，"那我先回去了。"

而就在他开门准备出去的时候，慕锦歌喊住了他："等等。"

侯彦霖回头，笑道："嗯？舍不得我？"

"不是。"慕锦歌无情地敲碎他的黄金梦，指着刚才由他拎上来的一大袋东西问，"这一袋是什么？"

刚才上楼时她没注意看，以为是侯家人送的一堆年货之一，但现在仔细一看，地上一堆物品里只有这个的包装是暗色的，显得有些格格不入，不像是侯家的人送的。

"你说这个啊？"侯彦霖顿了顿，随即语气轻快道，"本来想偷偷送给你，没想到被你发现了呢。"

慕锦歌问："你送我的？是什么？"

"不是什么贵重的东西，我走后你自己打开来看吧。"侯彦霖眨了眨眼，"就这样，靖哥哥拜拜，不要太想我。"

等他走后，慕锦歌坐在沙发上，把那个深色的口袋打了开来。

里面装的是一个朱红色的方盒，很大，跟蛋糕盒似的，盒子上没有印任何商标和字迹，打开来看只见里面铺了层黑色的绒布，内部划分成了大小不一的细格，每个格子里都放了形状不一的瓶子，拿出来一看，全是国外原产：新西兰的黄油、西班牙的橄榄油、印度的黑胡椒、意大利的黑醋、法国的淡奶油、泰国的鱼露、英国的李派林喼汁……

她一样样拿起来看，摆到茶几上列成一排，然后才发现盒子底下还混着几瓶没有标签文字的，看不出产地，可能是国内的调料。

慕锦歌对调料并没什么讲究，但在食园里耳濡目染过一段时间，大概可以推测出这些调料都来自最佳产地中最具口碑的品牌。

——但是其中其实有几种调料连她都不是很了解，毕竟厨师会的菜再多，也都是主攻一个系统的，像她母亲慕芸就是做淮扬菜和粤菜的，而她这种不中不西放飞自我的要是放在早些年还没这么能包容创新的料理界，肯定只会被贴上不伦不类的标签。能了解这么多种调料，只可能是走南闯北见多识广的老江湖。

侯彦霖又是怎么知道的？是向顾孟榆咨询的吗？

不，如果真的那么大费周章，那个二傻子肯定会借此各种求亲亲求抱抱的，怎么可能低调到把这袋东西混在侯家人的礼品间，直到她主动发问才提起？

"靖哥哥，你怎么了？"烧酒见她沉默不语，于是回过头来，这才看到茶几上一排的瓶瓶罐罐。它跳上沙发，再轻轻跃到茶几上，走近挨个儿打量，在最末的一瓶前停下："哇，这瓶辣酱、蒜蓉酱的包装我认得，是已经退隐的一位川菜大师祖传秘制的，当初周琰很想要，但是接连吃闭门羹，根本要不到。"

听它这么说，慕锦歌更是确定了："这份东西，不该是侯彦霖送的。"

烧酒虽然也觉得奇怪，但也想不出其中暗含什么玄机，只好道："可是大魔头刚才不是说了吗？是他送给你的。"

是啊，如果不是他送的，那他为什么不说出真正送出这份礼的人的名字？

——究竟，是谁送给她的呢？

新年新气象，奇遇坊年后开张每个人似乎都有些微的变化：小丙剪了个齐刘海，小山打了耳洞，小贾看小丙的眼神更殷勤了，雨哥把头发两侧给剃了，问号回家一趟后戒烟了，而肖悦竟然剪了个短发，整了个梨花烫，染成了栗色……

刚开张还没一个星期，慕锦歌作为天川街最年轻的成功营业者，还接受了本地电视台的一个采访，而为了避免麻烦，奇遇坊对外宣称只有一个老板，侯彦霖在当天抱着烧酒出去溜达回避了。

在这次采访中，慕锦歌的态度要比赛那会儿的态度好多了，虽然还是神色淡淡，但起码还是会配合地回答一两句的。

三月初的时候，顾孟榆来了一趟。

一进店门，她就抓着侯彦霖问道："我听说过年的时候你把锦歌带回家了？"

侯彦霖正坐在柜台前玩手游，慵懒地应道："是啊，你怎么知道的？"

"彦语晒她弟媳都晒到美国去了好吗？"顾孟榆愤愤道，"太过分了，那你们来我们家拜年的时候，怎么都不带上锦歌啊？"

侯彦霖道："串门客套这种事，她不适合做。"

顾孟榆把他的手机按下："就算这样，你小子起码给我通个信儿啊，这样我就不把彦语喊我那里去，直接上你们家找了……不是，你俩啥时好上的啊？我怎么不知道？"

"就过年前不久。"侯彦霖也顺势放下手机，抬起头笑眯眯地看向她，"说起来你还是我和锦歌的半个牵线人，为了感谢你，这顿我请了，孟榆姐想吃什么随便点吧。"

顾孟榆抚额长叹一声："行吧，我就这么稀里糊涂地吃了顿做媒饭。"

现在已经将近一点了，午饭时段接近尾声，室内客人还是比较多，顾孟榆最后在宠物区内找到一个比较喜欢的空位。

奇遇坊的规定是这样的，带宠物的客人在一般情况是坐宠物区，如果室内人少的话可以坐到 A 区和 B 区，而高峰时期普通客人如果在普通区域找不到座位，是可以坐进位置相对比较充足的宠物区。

除了考虑距离和光线等条件外，顾孟榆选择这个位子还有一个重要的原因。

隔壁桌的客人带了条漂亮的萨摩耶，漂亮得让她移不开眼。

她是个犬控女，家里养了一条金毛和一条牧羊。

本来去年她还想养一只萨摩耶的，但是被她父母无情阻止——因为工作性质，她时常出差，飞这儿飞那儿，养的两条狗只有放在顾宅让父母帮忙养着。

用顾母的话说就是"我们家的狗已经够多了，甜甜（金毛）、沫沫（牧羊）和朔朔（顾孟榆小名）。"

顾父更是一声长叹："不说孙子了，你什么时候扔给我们的能不是狗，而是热乎乎的女婿啊！"

——好吧，这个逼婚是她自找的。

想到这里，顾孟榆就悲从中来，看向萨摩耶的目光中也多了一份沉重。

阿西莫夫斯基回望过来，吐着舌头，保持着优雅依旧的微笑。

直到小山把顾孟榆点的菜端上来，这场略有些悲伤的人狗对望才得以中止。小山道："顾小姐，这是您点的特制苹果泥烩饭。"

顾孟榆收回目光，朝小山莞尔一笑："哦，好，谢谢你。"

她有一段时间没来了，没想到这里竟又新增了不少料理，所以拿到菜单时很是惊喜，赶快点了最感兴趣的新品。

看到苹果泥这个关键词，她还以为是一道颇为小清新的料理，没想到上来后的菜色比想象中要沉许多，颜色奇怪的苹果泥和米饭混成一团，上面还洒了一层白芝麻。

顾孟榆喝了口店内免费提供的大麦茶，舀了勺泥中有饭饭中有泥的烩饭，淡定自若地吃进了嘴中——

这道菜里所用的苹果酱并不是超市里直接买的那种，也不太像是用机器直接打的，尝这味道，应该是把苹果烤软之后再刮出来的瓤，格外浓郁，味道也随着颜色而沉了下来，更有质感。

而苹果泥颜色的奇特并不仅仅是出于这个原因，除此之外，很大一部分的原因在于调料。

香甜的苹果泥中，竟然还加了辣油和黑胡椒！

独特的甜辣味道瞬间征服了味觉，让原本已被过年时的山珍海味麻痹的唇舌猛地苏醒过来，原地复活，满怀壮志地开启新一年的征途！

因为职业病的缘故，顾孟榆一边品尝，一边喃喃自语将心中的评语说了出来，不时肯定地点了点头，没一会儿就将盘中的烩饭一扫而光。

用纸巾将嘴角擦干净，再喝一口热茶，茶足饭饱的顾孟榆这才察觉到来自身旁的两道目光。

她偏过头，发现隔壁桌那只萨摩耶的主人正在看她。

钟冕早就吃完了，一如既往地带了电脑来码字。当与顾孟榆四目交会的时候，他下意识地就是目光一躲，腼腆地开口道："你、你好，我是一名作家，最近打算开始写一本以慕小姐为原型的小说，涉及美食，所以……你刚刚说的那些话，可以再、再重复一次吗？我想为小说取材。"

作家？

顾孟榆打量着他，愈发觉得这个人有些眼熟。

钟冕见她不说话，以为她是在怀疑自己，于是忙道："我绝对不是坏人，也不是、不是想借机搭讪，我是这里的常客，慕小姐和侯先生都认识我……我知道我有些冒昧，如果你不愿意，那就算了，没关系的。"

然而顾孟榆却是突然问道："你是不是钟不晓？写《不如我们在城市间流浪》的那个？"

"啊，"钟冕愣了下，才虚心道，"那确实是我的拙作。"

听到答案，顾孟榆露出笑容："真是缘分啊，没想到在这里碰见你。"

钟冕流露出疑惑的神色："我们认识吗？"

顾孟榆道："我们之前在同个场地做过签售，你忘了吗？"

钟冕还是很茫然："你也是作家吗？"

"不算，我是名美食评论家，之前出过一本有关西北美食走访记录的书。"顾孟榆笑着提醒道，"钟老师，你真是贵人多忘事，那时在休息室我们不还碰见过交换了名片吗？我的笔名叫朔月。"

钟冕语气歉意道："不好意思，我忘了……"

顾孟榆并不计较："没事，你刚才说你要以锦歌为原型写一部小说？"

钟冕推了推眼镜："嗯，是这样。"

"那有什么问题尽管问我吧。"看着男人怯生生的样子，顾孟榆觉得有些有趣，"不过我有一个要求。"

钟冕问："什么要求？"

顾孟榆笑道："后来我回家拜读了钟老师的作品，觉得写得真的太好了，所以想要钟老师你给我个特签，在我买的那本书的扉页写一句话。"

钟冕点头，"哦哦，可以啊！"

顾孟榆忍不住调戏他道："就签'我想要和美丽的朔月小姐一起在城市间流浪'好了。"

"喀喀！"钟冕猛地被口水呛了下，整张脸都涨红了。

·第十四章·

| 鳜 鱼 |

二月开春，本地卫视 V 台开了档新节目，叫《满意百分百》。

这档节目其实就是一档美食节目，核心是厨艺比拼，打擂制，每一期都会选个普通观众作为"满意获取目标"——节目组会事先对报名参与的观众挑选，进行资料收集，形成一份人物档案，然后在节目中将有请这位观众来到现场，公开档案，擂主和挑战者将通过当场研究公开的信息而烹饪出一份自认为适合目标的料理，给目标观众和评委品尝，最后由这位观众和四位评委亮牌投票，决定挑战是否通过。

为了增加节目的看点，《满意百分百》请了视歌双栖的当红小鲜肉郎桓和综艺界的美女主持莫堃搭档主持，五个评委里四个都是业界人士，保证了节目的专业性，而剩下的一个位子则是每期更换，邀请娱乐圈内的业余人士参与，赚收视。

周琰是《满意百分百》的首个擂主。

他是目前全国最年轻的特级厨师，一路的奋斗史感人励志，差点都被拍成电影，名气自不必说，再加上长相周正，在饱受油烟的这一行里是当之无愧的男神，上镜效果不错，自然是 V 台敲下这档节目策划后首个邀请人选。

节目首期与他争夺擂主的是业界一名资历颇深的老厨子，年龄大了他十多岁，平时他见着了都要喊人一声叔。节目组这样安排也是颇有深意，一位是世代庖丁技艺流传的老江湖，一位是白手起家奋力拼杀上来的后起之秀，传统与新兴，同时也是两代人的对决。

最后结果不负众望，年轻一派获胜，老厨师长叹一声长江后浪推前浪，甘拜下风，转身退出舞台，输得也很体面。

首期节目播出后，身边不少熟人都在恭喜周琰得胜，还有好些观众在网上发表评论说真是捏了把冷汗，说这场比拼真是精彩极了……

对此，周琰都是嗤之以鼻。

赢得首期完全是在意料之中，准确而言，所有成功在他看来都是理所当然——

他可是拥有美食系统的人，每走的一步都是经过了系统的精细计算，和那些在这个世间摸爬滚打摸索前行的人不同，他是被上天眷顾的男人，从七年前就行走在通往辉煌的道路上，成功是已知的，他要做的只不过是顺着迈开脚步而已！

明明是毫无悬念的比试，却还有一群人愚蠢地以为难分胜负，实在是太可笑了！

《满意百分百》是录播制，周一录，周日播，四期下来差不多就是一个月了，他依然稳坐在播主的宝座上。

只不过在第四期的时候，出现了点波折——

"咦，这不是孙老师吗？"

休息室内，两位专业评委正和周琰谈笑风生，其中一位名叫林珏的评论家抬眼就看见电视台的实习助理推开了休息室的门，然后孙眷朝从外面走了进来。

孙眷朝穿着一身毛呢西装，像个老绅士，他笑起来时眼角泛起眼纹，但这并不影响他的儒雅，他温声道："你们好。"

"老师？"周琰有些惊讶地看向他，"您来电视台这边有事吗？"

孙眷朝道："王秉身体不好，要动个手术，暂时不能参加这个节目了，正好前天我从外地回来，这周空着，就答应了他来填这一期的缺。"

王秉是另外一位固定的专业评委，四十多岁，是三位专业评委里年纪最大，也是最不好相处的，没想到和素来以温文尔雅著称的孙眷朝竟是多年好友。

另一位叫作刘小姗的评论家笑道："那节目组一定乐坏了吧，我听其中一个导演说过，说最开始就想请您，但您没接受。"

林珏附和道："是啊是啊，要不是孙老师您没来，也轮不到我来做这个评委吧。"

孙眷朝对两人的恭维不以为意，只是客气地微微一笑，转而又对周琰道："来之前我在网上补了前三期的视频。"

经过上一次在周记的谈话，周琰很快意识到对方话中有话："您觉得怎么样？"

孙眷朝碍于旁边有其他人，想给他留几分面子，于是颔首淡淡道："等这期结束，我一起评价吧。"

周琰笑着道："好啊，那我就洗耳恭听了。"

这期的挑战者，有点不一样。

前来挑战的是一个叫作徐菲菲的女生，只有二十三岁，十分年轻，并不是什么正儿八经的职业厨师，但是做菜有一手，是网上近来很有名的一个美食主播。

她化着妆戴着美瞳，假睫毛跟扇子似的，脸涂得很白，顶着一张标准的网红脸，再加上拥有一副魔鬼身材，前凸后翘，在直播中征服了不少宅男粉丝。

严格来说，她是不符合《满意百分百》参赛资格的，但看在她在网络上有名气，已经火了一段时间了，现在直播元素又很流行，所以节目组最终还是同意让她上台，接接地气，制造点话题，带动节目的收视率和热度。

这样的素人在周琰看来完全不值得一提。

不过既然能成为知名女主播，那徐菲菲还是有两把刷子的，不是纯粹的花瓶，听主持人念完这期目标观众的人物资料后，她敏锐地捕捉到了对象爱吃鱼和酸甜口味这个点，当即选了鱼和番茄这两样食材。

而怀着些许恶意，周琰不着痕迹地观察她拿了什么，然后自己也跟着拿了条鱼和番茄。

做鱼可并不是件容易的事，既然对方如此自信，那他就让她见识见识什么叫不自量力。

想到这里，低头褪鱼鳞的周琰勾起了嘴角。

半个小时后，呈现在评委与观众面前的是一盘松鼠鳜鱼和一盆番茄鳜鱼汤。

前者是周琰做的，后者是徐菲菲做的。

一番品鉴后，目标观众和两位专业评委都一边倒向周琰，那位刷脸的业余评委没什么主见，听了身边林珏的评价，也把票投给了周琰。

五票里四票都是支持周琰，剩下那一票其实已经没什么意义了。

然而就在这时，全场内被认为是最支持周琰的孙眷朝，却并没有为周琰锦上添花，助他创造全票通过的辉煌纪录。

翻过白板，他的行楷写得非常漂亮，即使是徐菲菲这样俗气普通的名字，被他这么一写，仿佛都带了几分清新脱俗的仙气。

周琰眼色一沉，背在身后的手紧紧握住拳头，手背暴出青筋来。

"虽然我的这一票改变不了什么，但既然我手上有这支笔，就该写下我

226

真正的想法。"孙眷朝的评论一如既往的温润，"专业的点评，刚才小林和小刘已经说得很详细了，我没有什么补充，在这里就不赘述了。如他们，徐小姐的菜尚有不足，但是我觉得对于一个业余人士来说，能做成这样已经不错了。而且这道菜有一点很打动我，那就是刚才徐小姐介绍的时候说的，她之所以会把鱼做成番茄汤，是因为考虑到现在天气还很冷，也很干燥。的确，一边喝着热乎乎的鱼汤一边吃着细心片好的嫩肉，的确比吃油炸出来的松鼠鱼要适合些。在这一方面上，我觉得徐小姐比周琰更加细致，更加为食客考虑，不仅分析了给出的人物资料，还结合了当下的季节气候，所以我把我的这一票投给她，算是一点鼓励吧。"

本来一票未得，很是尴尬的徐菲菲听到他的这番评价，十分感动地朝他深深鞠了一躬："谢谢孙老师！我会继续努力，不断地提升自己的！"

镜头从孙眷朝切到徐菲菲，又从徐菲菲转到周琰的脸上。

只见周琰仍是一脸宠辱不惊的微笑，一直背在身后的手不知何时放松地垂在了身旁，听到宣布他守擂成功后的消息后只是虚心感谢，表现得无可挑剔。

——25/100。

侯彦霖今天一早就赶去公司处理正事，困得不行，回到奇遇坊后就进休息室打算换好衣服躺着休息一会。

许是困得头脑有点不清醒了，他进来时都忘了锁门，等他听到身后传来开门的"咔嚓"声时，才想起这事。

但是，已经晚了。

慕锦歌本来只是想进来喝一杯水的，没想到一打开门就看到这么"香艳"的一幕——某个已经脱掉大衣和西装外套的家伙正背对着她将身上的白色衬衣脱到一半，露出半边肤色，宽阔结实的肩膀暴露无遗。

侯彦霖虽然皮肤白，但并不是白斩鸡身材，只见他背上的斜方肌和臂上的三角肌都是鼓囊囊的，一条脊椎沟深凹硬朗，实力阐释了"穿衣显瘦，脱衣有肉"这句话。

听到身后的声响，他一愣，困意顿时少了三分。

再一回头看清来人，他这下彻底清醒了。

"……"

反应过来后，侯彦霖迅速地将衬衣重新穿上，简单地扣了中间两颗扣子，然后佯装防御地双手交错在胸前，一秒钟入戏："你、你……流氓！"

慕锦歌："……"

侯彦霖捏着嗓子道："看了人家的肉，人家就是你的人了，你可要对人家负责！"

慕锦歌："……"

见对方一声不吭地转头准备离开这间开始冒妖气的屋子，侯彦霖又一秒出戏，箭步上前把门关上，大咧咧地笑道："靖哥哥，我跟你开玩笑的，别像见了洪水猛兽似的嘛。"

慕锦歌发自内心道："你不去当演员真屈才了。"

侯彦霖一本正经地说："不行，娱乐圈潜规则这么多，人家的清白之身只能留给靖哥哥潜。"

"你不潜别人就算好了，谁还能潜你？"慕锦歌有些好笑，然后一回头，就看见身后人半隐半现的胸肌，顿觉脸上烧得有些疼。

人家针眼都长眼上，难不成她的给长脸上去了？

越看越觉得不自在，于是她干脆伸手帮侯彦霖把没扣好的扣子从上往下扣好，一边语气生硬道："你是小孩子吗，扣子都扣不好。"

侯彦霖看着她低头帮自己系扣子，神色淡漠，动作认真，从他这个角度来看，慕锦歌的眼睛是往下垂着的，浓密的睫毛微微颤动，就像是蝴蝶的翅膀般轻轻地掠过他的心脏，痒痒的，又像是除夕那晚被握在他们手中的那根香支，燃着明明灭灭的火星，点燃了他的引火线，火花一路燃烧，在他的心间蹿起火焰，一股热意升腾而起，灼热了他的五脏六腑，烧得他口干舌燥。

他的喉结上下滚动一番，然后他伸手握住慕锦歌抬起的手腕，难以自抑地低头覆上对方的薄唇。

随着一声闷响，慕锦歌被侯彦霖压在了墙上热切地吻起来，不过她并不会觉得后背撞得疼，因为某人虽是兽性大发，但还是很体贴地用另一只手垫在了她的背后。

她不是一个擅长接吻的人，尤其还是应付深吻，面对唇舌的纠缠她总是处于被动，不过现在已经比第一次和侯彦霖接吻时好多了，至少身体不会太僵硬，适应过来后还会尝试地给点回应。

也就是这一点回应，就足以让侯彦霖仿佛尝到了莫大的甜头般欣喜若狂，他踊跃地勾住对方的舌头，得寸进尺，攻城略地，封锁住对手所有的退路，气势汹汹地将她逼入了绝地。

"咔嚓。"

就在这时，休息室的门被突然打开，肖悦一边走进来一边道："锦歌，你是不是身体不舒服啊，怎么这么久都不出……啊！"

真是色令智昏，屋内的两人都忘了锁门！

肖悦的到来终于给两人的这次深入交流画上了句号，听到这声尖叫，慕锦歌猛地推开了侯彦霖，神色恢复平静，但脸上不自然的红晕却没有那么快褪去。

侯彦霖也收起眼底汹涌的欲望，舔了舔嘴唇，脸上挂起他一贯的慵懒笑容，还若无其事地跟肖悦打招呼："嘿。"

而回应他的，是飞来的一团抹布。

"浑蛋！流氓！变态！裸露狂！你你你！"肖悦瞪着眼跺着脚，指着他破口大骂起来，词穷不过两秒，又迅速想到了新词，"禽兽！登徒子！无耻之徒！"

侯彦霖："……"

嗯，他该庆幸肖悦个头太矮，准头又差，所以没一个抹布砸中他这张惊天地泣鬼神的俊脸，不然他可能就不能继续凭借美貌来迷晕靖哥哥了，毕竟有抹布的臭味。

或许彻底词穷了，也或许是怕他事后报复，肖悦骂完就气冲冲地跑掉了，连抹布都顾不上捡。

——气死她了！她要马上把这件事跟叶秋岚讲！

然后和叶秋岚一起商量商量，看怎么才能把锦歌从火坑里救出来！

肖悦走后，慕锦歌没忍住，"噗"地笑了出来。

"靖哥哥，你还笑。"侯彦霖抬手轻轻捏了下她的鼻子，挑眉道，"看见你男朋友被别人骂得狗血淋头是件很开心的事吗？"

慕锦歌诚实道："是。"

侯彦霖很是无奈地笑了笑："那我真该把早些年那些批我是二世祖败家子的报道给你看，你应该能乐一天。"

"那不一样。"慕锦歌说道，"肖悦骂得名副其实，但那些记者是在诋毁你。"

侯彦霖见她对自己护短，心里十分高兴，又得了便宜还卖乖道："靖哥哥，这可是我人生中第一次被人扔破抹布，你都不心疼下我。"

"你要我怎么心疼你？"

侯彦霖笑眯眯道："亲我一下。"

"刚才不是已经亲过了吗？"

侯彦霖理直气壮道："你不知道亲吻是会上瘾的吗？"

慕锦歌淡淡道："你不知道一件事重复得太频繁，是会厌倦的吗？"

侯彦霖："……"

"不想被我厌倦的话，"慕锦歌面无表情地吓唬他，"就节制点。"

说罢，她就径自走出了休息室，留霖妹妹一颗试图撒娇的心在原地哗啦碎了一地。

快速换好衣服后，侯彦霖出来走到慕锦歌身边，这时只听慕锦歌道："我想起一件事情。"

侯彦霖："什么事？"

"清明节放假那三天，你要回侯家吗？"

侯彦霖有些意外，但还是笑着回道："如果是你有事留我，那我就不回去，反正我们家每年清明都齐不了人的，我大哥去了就行。"

慕锦歌点了点头，问道："那你可以陪我回趟 J 省吗？"

J 省，是她的老家，而众人皆知清明是祭祖和扫墓的日子。

侯彦霖愣了下，"靖哥哥，你的意思是……"

"带你见家长。"慕锦歌轻描淡写地道，一双黑眸无波无澜地看着他，"去不去？"

三月的最后一天，钟冕带了一位朋友来奇遇坊。

他的这位朋友很年轻，二十出头的样子，身形消瘦，穿着件衬衣套方格线衣背心，在这个早春时节显得很是单薄。也许是作息不规律的原因，他的脸色苍白，没有什么血色，衬得头发黑得像在墨里浸过似的，一双褐色的眼睛像是覆了层乌云，有些阴郁。

进门后他只是默默跟在钟冕身后，坐下来后也一言不发，安静得像座雕像。

这个时间点餐厅人少，又是熟客了，钟冕直接自己写了单拿到吧台这边来，顺便和侯彦霖他们这些熟人打个招呼。

侯彦霖看了看静默地坐在萨摩耶旁边的青年，笑着问钟冕道："大作家，你的这位朋友有点眼熟啊，上过电视？"

飞醋吃完后，他对钟冕没有那么敌意了，但仗着人家脾气好，偏不叫他的名字，而是张口闭口"大作家"的，一开始叫得钟冕很不好意思，后来才慢慢习惯的。

钟冕点了点头，轻声道："他叫纪远，是个画家。"

"纪远？"侯彦霖有些惊讶，"那个天才画家？"

钟冕没想到他也知道纪远，以为他也是懂艺术的，心里对侯彦霖的敬佩更甚，由衷感叹道："侯先生真是见多识广！"

"他很有名的嘛，少年成名，年纪轻轻随便一幅画都能在国外拍个六七十万美元，我身边还挺多人想要买他一幅画挂在家里装装酷显摆一下的，可惜供不应求，纪远在市场上流通的画作不多。"可惜侯老板一张嘴就是市侩，他笑着调侃道，"大作家，可以啊，不是说自己没朋友吗？这一来就带个艺术界的大人物。"

钟冕知道他是在说年前找地方寄养阿西莫夫斯基的事情，神色一窘，忙解释道："纪远是我编辑的表弟，我们是很偶然的一次机遇认识的，也好长一段时间没见过面了。昨天我编辑有事，让我帮他带一个东西给纪远，然后我才又见到了他。"

可以的，作家帮编辑跑腿。

侯彦霖真的忍不住翻了个白眼。

"昨天见到他的时候我吓了一跳，"钟冕丝毫不觉得有什么不对，絮絮叨叨起来，流露出担心的神色，"他比上次见面瘦了不少，脸色也不好看，整个人阴沉了好多，我以为他是生病了，但他说没有，只是最近心情不好，说上个月从国外领完奖回来后就没再出过门了，所以我就想带他出来走走。"

"哦，然后就走到我们店来了？"

钟冕笑得很腼腆："这家店让我觉得很温暖，慕小姐的料理很神奇，总是能将我从瓶颈中救出来，我猜纪远心情不好可能也是创作中遇到困难了吧，所以就把他带过来了。"

侯彦霖现在看钟冕，只能看到三个字：老好人。

都说宠物随主人，侯彦霖都和钟冕成了朋友，烧酒和阿西莫夫斯基的关系也大有改善。

"喂，阿雪。"烧酒走到阿西莫夫斯基面前，毫不客气地用厚实的肉垫拍了拍它白花花的身体，"我怎么觉得你胖了？"

阿西莫夫斯基保持着优雅的微笑，忽地用狗爪子将它按趴在地上，然后低头友好热情地舔了下它圆乎乎的小脑袋。

烧酒崩溃道："啊啊啊啊别舔啊我叫你别舔！本喵大王帅气的发型啊啊啊！"

阿西莫夫斯基似乎很高兴，又不停用嘴顶着它，硬是把它在地上翻了个一百八十度。

就在一猫一狗玩得正起劲的时候，烧酒一个抬头，不经意地对上两道幽深的目光。

——钟冕带来的那个朋友，一直在看着它。

不是像其他客人看猫猫狗狗打闹时那样饶有趣味地看，而是投以一种很复杂的目光，沉甸甸的，其中暗藏的多种情绪就像是颜色各异的颜料，放在一起混成浓稠的黑色，反倒看不出调和前的成分。

按理来说，对上这么一双眼睛，它应该觉得毛骨悚然才是。

但是奇怪的是，它不仅不觉得可怕，而且还从这个眼神中感受到了浓浓的悲伤。

——已经远超过忧郁的程度了，是带着绝望意味的悲伤。

这个人，是怎么回事？

烧酒从阿西莫夫斯基的狗爪下翻了个身，走到纪远的脚边蹭了蹭，见他没有任何反应，又大着胆子跳到了他的腿上。

"喵喵喵？"骚年你怎么啦，人生在世最重要的就是开心嘛，如果不开心的话就撸猫，再不开心的话就多撸两次。

然而纪远并不能听到它说话，只是凝视了它好一会儿，才伸出手摸了摸它的脑袋，但并不是像其他人摸猫那样摸，而是动作谨慎地碰了下，像是为了确认它是否真实存在似的。

也许因为话说得少，他开口时嗓子都是沙哑的，说话很小声，就像是喃喃自语："我看得不是很清楚……你怎么会变成这样？"

啊？我变成什么样了？

烧酒被问得一头雾水，开始快速回忆之前是否有接触过眼前这个人，但无论是检索它自己的记忆还是这副身体内存在的记忆，检索结果都为零，校准了查全率和查准率后结果还是不变。

它能对自身的感官做一些特殊的调整，比如说刚刚它就把自己的听觉能力调高，而且面向的不是所有事物，仅仅是特别留意靖哥哥和大魔头那边，听钟冕过去跟他们说了什么，所以它对纪远的情况也有了大致的了解。

内设程序将刚才纪远说的那句话翻来覆去回放了三次，烧酒才听清纪远的前半句说的是"我看得不是很清楚"。

——所以这个人悲伤的原因是因为他身为一个画家却患了眼疾吗？

而就在它寻思着该怎么凭着一猫之力给予对方一点安慰的时候，却发现纪远的身体突然颤抖起来，就像痉挛了一样。

"喵！"

烧酒一抬眼就见一片阴影覆下来，吓得它一个敏捷赶快跳回了地上。

下一秒纪远就整个上半身都扑到了桌子上，身体不舒服似的，弯着瘦骨嶙峋的背脊，单薄的肩膀抖动着，看起来就像是在街头寒风瑟瑟发抖的流浪汉。他把脸埋在手上，嘴里发出模糊不清的闷哼。

随着痛苦加剧，他难以忍受地抬手捂住了头，身体一晃，从椅子上重重地摔到了地上。

这下连阿西莫夫斯基都受到了惊吓，开始吠起来："汪，汪！"

听到这不小的动静，餐厅内所有人的目光都望了过来，离这儿最近的是正在附近桌收餐具的雨哥，见状赶快把碗碟放下一个箭步冲上来："这位先生你怎么了？"

钟冕也赶快跑过来，和雨哥一左一右地把纪远扶了起来，满脸担忧与紧张："纪远，你、你怎么了？是不是哪里不舒服？啊？"

"头好痛……"纪远发出一声呻吟，然后费力地抬头看了钟冕一眼，皱起了眉头，脸上浮现出疑惑的神色，"不晓哥？"

钟不晓是钟冕的笔名。

钟冕握住他冰凉的手，忙道："我、我在这里。"

纪远嘴唇发白，眼神流露出几分茫然："不是……你什么时候来的？"

钟冕以为他指的是从吧台回到座位，于是干巴巴道："看到你突然摔倒在了地上，我就回来了……对不起！我刚刚就是去跟熟人打个招呼，我没想到你会这样……对不起！"

"打招呼？"纪远愣了下，然后缓缓地打量了下周围，声音颤抖起来，"这里是……我怎么会在这里？"

他的声音虚弱，后半句含混不清，钟冕没有听清楚，关切地问道："纪远，你说什么？你哪里不舒服，我现在送你去医院吧！"

"不用……我昨天才去医院体检过。"

"讳疾忌医是不行的！你还这么年轻！"钟冕急道，"你都一个星期没出过门了，昨天我才去了你家，你哪有去医院？！"

纪远睁大了布着血丝的双眼，"你说什么？我……啊！"

话还没说完，他的脑袋又是一阵撕裂般的疼痛，痛得他叫出了声。

侯彦霖走了过来，看他这样子，说道："直接打 120 吧，我看他意识都不太清楚了。"

钟冕是关心则乱，听对方这么一说才想起叫救护车，赶快掏出手机，但气人的是指纹识别不给力，试了好几次都没解锁成功，等输密码的界面弹出来后，他着急地输入密码，还没输完，手腕就被人用力地握住了。

纪远舒展开了眉头，虽然脸色还是不太好，但神色轻松了许多，他清咳两声，讲话恢复了正常音量："不晓哥，真不用了，我就是没休息好，一下子有点天旋地转，现在已经没事了。"

钟冕才不相信，"你刚刚发作得这么厉害，怎么能说没事就没事呢？不行，我不能让你逞能。"

纪远拗不过他,只有无奈道:"那就去医院吧,别喊救护车,我自己能走。"

"纪远!"

纪远看着他道:"不晓哥,打个车就行了,没必要大张旗鼓。"

"那好吧,我带你的去医院。"钟冕叹了口气,一边扶着纪远,一边对侯彦霖道,"侯先生,抱歉,刚才的订单要取消了,但是钱我会给的,晚上回来付。"

侯彦霖也不跟他客气,指着萨摩耶道:"正好你这狗也带不去医院,就放我们店吧,相当于押金。"

钟冕刚才被纪远吓得快魂飞魄散了,差点忘记了阿西莫夫斯基的存在,他忙道:"谢谢!"

两人说话的时候,旁边的纪远就一直低着头,目光定在烧酒身上。

突然,他动了动嘴唇,用着极轻的声音说了一句话——

"我真的,很羡慕你。"

下午茶时段结束后,侯彦霖进后厨帮忙。

慕锦歌看到他时不时拿出手机来看,猜到他是在和钟冕联系,于是问了句:"钟冕他朋友怎么样了?"

侯彦霖笑眯眯地汇报道:"说已经到医院了,挂了急诊,不过应该要晚点才能过来把狗带走了,急诊人也挺多的,而且到了晚上市医院过这边的路会很堵。"

"嗯。"慕锦歌淡淡地应了一声,然后用烧酒的猫饭碗盛了份炒饭递给他,交代道,"拿这个喂阿雪。"

"哇,靖哥哥你居然还给萨摩耶做了特制炒饭?"侯彦霖接过喷香的炒饭,挑眉道,"烧酒会嫉妒死的。"

慕锦歌道:"它平时吃得还少?你看着点,别让它抢阿雪的。"

侯彦霖笑道:"遵命。"

他把炒饭端出去,发现烧酒就紧挨毛白胜雪的萨摩耶趴着,两眼放空,不知道在想些什么,连闻到炒饭的香味都没有反应。

侯彦霖把碗在阿西莫夫斯基面前放下,看它乖乖开吃后烧酒还没动静,心里好奇,便伸手捏了捏那张扁脸:"蠢猫,想什么呢?"

烧酒语气深沉道:"那个纪远,有点奇怪。"

侯彦霖摸了摸它手感满分的肉垫,漫不经心地问:"哪里奇怪?"

烧酒愁眉苦脸道:"他说他羡慕我。"

侯彦霖噗的一声笑了:"这有什么,我还羡慕你呢,每天吃了趴趴了睡,晚上进靖哥哥的房间畅通无阻，还能享受靖哥哥的照顾。"

烧酒严肃道："问题是他看我的眼神很悲伤。"

侯彦霖只觉得它是猫心敏感了，不以为奇道："搞艺术的，差不多都这气质，特别像他这种天才，脑回路都和我们这种凡夫俗子不一样。"

"好吧……"烧酒也想不出个所以然，索性暂且将其不管。从思考中脱离出来后，它才被打通嗅觉似的，一个甩头看向已被阿西莫夫斯基吃了一半的炒饭，瞬间炸毛，"靖哥哥竟然给这白毛怪做了炒饭？！"

萨摩耶抬起头，微笑着看着它："嗷？"

侯彦霖强行把它的脑袋板正面向猫粮，带着几分幸灾乐祸的语气说道："靖哥哥说了，这是专门给阿雪的，你不许吃。"

烧酒愤愤道："啊啊啊靖哥哥偏心！她给我做的时候从没放过这么多肉啊啊啊！"

侯彦霖笑了笑，正想说什么，就看到电视上出现一张熟悉面孔："哎，那不是周琰吗？"

只见电视上正在重播徐菲菲挑战周琰的那一期《满意百分百》，周琰做的松鼠鳜鱼卖相极佳，橙红橙红的淋汁散着热气，形如松鼠的鱼身还撒着蒜末、豌豆、虾仁、笋丁和香菇，色彩丰富，隔着屏幕仿佛都能闻到香味。而相比之下，徐菲菲的鱼汤虽也有红有绿，但却看起来寡淡得多，在舞台的灯光下显得小家碧玉。

小贾完成任务后出厨房来休息，看到电视屏幕正在播放的画面，脚步一滞，"哎，我一直说想回去找这一期看来着，老是忘了。"

小丙路过瞥了他一眼："怎么，想看这徐菲菲啊？"

"虽然以前看过她的直播，但她的长相实在不是我的菜。"小贾笑呵呵地看着她，忙表忠心，而后又道，"你不知道吗？就这期《满意百分百》爆出黑幕，说孙老师和这个徐菲菲有不可告人的交易。"

小丙："啊，我刷微博时好像也看到了，但没有点开看，究竟怎么回事啊？"

小贾将两手抱于胸前，意有所指道："一个是特级厨师，一个是美食主播，谁更专业不用想也知道，但评委里最具权威的孙眷朝却在大家一边倒投周琰的时候把票投给了徐菲菲，简直不可思议，况且你要知道，周琰可算是孙眷朝的半个学生，孙眷朝竟然连自己的学生都不支持了，转而支持个半路出来的女主播。"

小丙当然听出了他的言下之意，"但这都是节目组为了制造话题故意安排的吧？"

"节目官微可都出来澄清了，没有干涉每一位评委的投票。"小贾将自己掌握的所有情报都娓娓道来，"重要的是有实锤啊，其他两个专业评委都说节目前看到徐菲菲和孙眷朝私下接触，而且除夕那天两人不好好待在家里过年，反而出现在周记约会，虽然没有同框图，但有他们同一天分别出入周记的监控截图。"

小丙惊诧道："不会吧，孙老师的年龄都可以当徐菲菲他爹了吧？"

小贾啧道："现在孙眷朝就是被群起而围攻的对象啊，还有人匿名爆出他以前收钱写评，尽管没有放实锤，但你知道的，网上键盘侠那么多，现在主播什么的又是热点，孙眷朝的一世英名都在网上被毁得差不多了，甚至有个话题让他滚出美食圈呢。"

"天啊，孙老师没辩解吗？"

"他这个岁数的人不太经常上网，微博都没一个，倒是那个因为生病所以暂时退出节目录制的王秉老师出来替孙眷朝说话，还和节目组怼上了，说身体康复后也不会回去当评委了，那个徐菲菲也发微博了，说她那天根本没去过周记，欲盖弥彰，截图一出来就打脸了，她现在把评论都关了。"

小丙半信半疑："我觉得孙老师不像是那样的人啊！"

"知人知面不知心啊！"小贾看热闹不嫌事大，笑道，"你别看孙眷朝文质彬彬的像个老绅士，说不定就是个衣冠禽兽一个，会玩得很。"

侯彦霖不怎么关注美食圈的资讯，所以这还是头一次听说这件事。

他听得一愣愣的，心里愈发觉得不对劲，正想转头问小贾要链接，就看见慕锦歌不知道什么时候也出来了，站在小贾身后，面无表情，眼神冷得结冰。

等前面两人叽叽喳喳得差不多了，她才缓缓开口道："小贾。"

"方便把你刚才说在网上看到的爆料，给我也看一看吗？"

♥ 第十五章 ♥
| 栀子 | 糍粑 |

清明的时候，侯彦霖跟着慕锦歌回了 J 省的 N 市。

N 市离 B 市还是有点距离的，慕锦歌考虑到烧酒，本想坐火车的，但她现在是餐厅的老板兼主厨，出门的时间有限，况且想到坐火车可能会很委屈某人，于是最后还是订了机票，给烧酒打了疫苗开了证明，准备当天托运。

明明之前征询意见时，某猫还是满口答应，甚至一副高兴的模样，嚷着终于可以一猫享受旅途耳根清净眼不见心不烦了，可等他们到了机场，看到高扬把事先准备好的航空箱搬来后，烧酒死活不肯离开侯彦霖的怀抱，并且喵喵喵地叫起来——

"啊啊啊我不要进小黑屋！

"呜呜呜大魔头你不是有钱有势吗？就不能包个私人飞机带我一起飞？

"你们不在的时候我发生点什么意外怎么办啊到时我一只猫客死他乡……"

高扬："……"

讲真，他上一次看到这么生离死别般的画面，还是去年第一次从慕锦歌那儿带走烧酒的时候。

侯彦霖看它叫得撕心裂肺，想了想道："要不你就留在 B 市，别跟我们去了吧。"

烧酒强烈反对："不行！"

侯彦霖耐心道："那你就放宽心，很安全的，你睡一觉就到了。"

烧酒的两只前爪死死地抓住他的外套不放手："呜呜呜安全个屁啊！我在网上看到好多宠物被托运死的帖子！"

碍于高扬还在旁边，侯彦霖没有提系统这样的字眼，而是委婉道："不会的，你比普通小动物都要聪明。"

然而烧酒丝毫听不进劝，爪子抓得更紧了："我才不被你忽悠！总之我就不放手！"

侯彦霖抬起头，眼神示意高扬抓好烧酒，然后径自将身上的外套脱了下来。

没了人肉衣架子支撑，灰色的外套往下掉，烧酒还没反应过来，要不是身后有高扬抱紧了它，它早被衣服拖着摔到地上了。

"……"抓着衣服的烧酒一脸蒙圈。

"把衣服连着猫一起放进箱子里。"脱下外套，侯彦霖里面穿的是件白色印花的纯棉长T，他指挥完高扬，又伸手摸了摸烧酒的下巴，笑眯眯道，"既然你这么舍不得我，那就枕着我的衣服睡吧，紧张的时候闻一闻衣服上熟悉的气味就不怕了，乖。"

烧酒："……"我真是日了钟冕的狗了。

等慕锦歌上完厕所回来，就发现猫和箱子都没了，她问："烧酒呢？"

侯彦霖指了指前方："已经托运了。"

慕锦歌愣了下："怎么不等我回来？"

侯彦霖叹了口气，语气颇有些吾家有儿初长成的意味："孩子懂事，说怕你舍不得它，就让我趁你不在的时候把它送走了。"

慕锦歌看了看他："你的外套呢？"

侯彦霖解释道："我怕它冷，就把衣服垫在箱子里了，等下高扬会回去帮我再拿一件的，车上有备用的。"

高扬："……"颠倒黑白，我只服侯少。

慕锦歌点了点头，倒也没有怀疑。

侯彦霖握住她的手，笑道："别担心啦。"

其实他看得出来，慕锦歌的心情不大好。

那天听小贾说了孙眷朝和徐菲菲的传闻后，她虽是没说什么，神色也无异样，但他还是能够感觉得到她对这件事的在意，整个人这几天都少了几分精神，沉默变多了，明显有心事的样子，又谁都不说，连烧酒都没告诉。

238

侯彦霖有点犹豫。

当他看到网上盛传的那些"实锤"后，反而相信孙眷朝是被冤枉的——纵观通篇爆料，最实的锤就是除夕那天孙眷朝和徐菲菲同时出现在周记饭店的监控照片了，可是那天孙眷朝去到周记明明是约了他见面，地点让给他选的，他会选在周记，也是想顺便来看看烧酒那缺德的前宿主把餐厅经营得怎么样，最后谈完话后，他出于晚辈的礼节，让高扬先开车把孙眷朝送回了家，才回头去奇遇坊接慕锦歌一起回侯家。

所以说，除夕那天孙眷朝根本不可能是在周记和那个年轻女主播约会。

发现这个最大的破绽后，他立即暗中找人调查，下面的人很快就反馈了情报上来，结合目前手上的信息来看，不难推测出孙眷朝是被人陷害的，《满意百分百》中另外两个专业评委就是幕后最大的推手。

如果说美食评论界按档次划分梯队，那也是个三角形，孙眷朝是顶尖的一线，而林珏和刘小姗则是二线中的翘楚，说出来光鲜，其实处境很尴尬，后有顾孟榆等一批真正年轻的有实力者步步紧逼，前头又有一个孙眷朝死死地压着，多年来上不下下，谋求不到一点地位提升，就开始动一些歪脑筋。

挤对新人什么的已是家常便饭，但说实话，年轻一辈在这行对他们最有威胁的大多都是家里有些背景的，像是顾孟榆，他们哪敢动，所以忙活来忙活去，就只铲除了几个小喽啰，于事无补。

既然除不掉追兵，那就推翻横在前面的高墙。

然而这两人毕竟不是专业搞大新闻的，很多事情做得还是留了漏洞，要在舆论上反戈一击也不难。

难的是，扳得倒两个小兵，但动不了藏在背后借刀杀人的 Boss。

不过暂时不动 Boss 也可以，当务之急是先把孙眷朝从舆论风波中捞出来，而最简单粗暴的方法就是他站出来告之实情，说明当天孙眷朝见的人是他而不是徐菲菲。

——其实要真是见了徐菲菲，也未必有什么，现在很多人就是对女性有偏见，裙子穿短点妆化得浓点，当个网红做个主播就要被戴上有色眼镜看待，还没经过了解，就主观给别人贴上了花瓶、轻浮、妖艳贱货的标签，觉得她跟异性见面就肯定不可描述，能在大舞台上获得一点支持和鼓励都是背地里有什么肮脏的交易，这种思想实在吃人。

如果是普通的一名平民百姓跳出来证明，百分之九十没人会相信，但他好歹也是微博大号粉丝上万的人，互相关注的都是耳熟能详的大人物，可信度较高，出面解释的话很快就能帮孙眷朝脱离困境。

但是这样的话，慕锦歌就会知道他私下和孙眷朝联系的事情了。

这才是令侯彦霖犹豫的重点。

上了飞机后，慕锦歌坐在座位上睡觉，侯彦霖动作轻柔地将她的脑袋靠在自己肩膀上后，偏头望向窗外的蓝天白云，一直保持的笑容渐渐隐去，取而代之的是眉头微皱的沉思模样。

将近两个小时的飞行后，他们抵达了 N 市。

在行李转盘处取到了烧酒，一打开箱门，圆滚滚的扁脸猫就扑到了慕锦歌身上，像是几百年没见面一样："靖哥哥我想死你了！"

侯彦霖把它从慕锦歌怀里拎走，笑着问道："儿砸，枕着爸爸的衣服睡，是不是特别有安全感？"

烧酒晃了晃尾巴，颇有几分得意道："对啊，安全得我忍不住在上面撒了泡尿。"

"没关系，一件衣服而已。"侯彦霖摸着它的猫背，不紧不慢道，"说起来，我穿过羊毛貂毛，倒还真没穿过猫毛。"

烧酒脊背一凉，瞪大眼睛看着他，"你你……你想干什么？靖哥哥，你看看他！"

慕锦歌没有理会他们幼稚的小打小闹，直接道："我们出去坐地铁。"

N 市是 J 省省会，四大古都之一，文化底蕴不比 B 市差，水域面积较大，旅游景点一箩筐，整个城市也很宜居，四季分明，雨水充沛，当地人也很热情友好。

虽是差不多一年只回来一次，但慕锦歌对家乡的交通还是很熟悉，带着侯彦霖和烧酒转了两次地铁线，出地铁后进了老城区的一个居民小区。

望着眼前水泥灰的旧房子，一人一猫动作一致地仰头，侯彦霖好奇道："这里就是你家吗？"

慕锦歌淡淡应道："嗯，我妈的房子。"

侯彦霖问："来 B 市学艺前你就住在这里？"

"对。"慕锦歌带他上了楼，一边走一边道，"我也是在这附近上的小学和初中。"

侯彦霖放烧酒自己下地走，然后拿出手机拍了张楼梯照后，才动手搬行李。

他腿长力气大，三两步就追上了慕锦歌的脚步，笑吟吟地问："那之后可以带我去看看吗？"

慕锦歌瞥了他一眼："这有什么好看的。"

侯彦霖眨了眨眼："靖哥哥，求求你了。"

慕锦歌最受不了他撒娇，有些别扭地偏过头，过了几秒才回答道："知道了，吃晚饭的时候路过那里指给你看。"

侯彦霖露出得逞的笑容。

慕锦歌家楼层不高，就住在三楼，进去后屋内比外面看起来要大，有七十五平方米的样子，两室一厅，得亏买得早，不然放房价炒得比天高的现在，像慕芸这样的单亲妈妈很难在这个地段有能力买下这么一套房子。

屋内收拾得很整洁，家具上都铺好了防尘布，只要把布一掀，通通风拖拖地，差不多就能住人了。

慕锦歌从一个房间的柜子里抱出一套干净的床单和枕套，递给侯彦霖，指了指右侧的卧室："你去把那边卧室的床给换了……你会换床单吧？"

侯彦霖自卖自夸道："靖哥哥，我可是居家必备好男人。"

慕锦歌面无表情："那你等下把地也给拖了吧。"

侯彦霖趁机凑上去亲了她的脸一口："遵命！"

一旁的烧酒闲着无聊，语气期待地问道："靖哥哥，我能干什么啊？"

慕锦歌指了指阳台："出去待着，别掉毛。"

侯彦霖毫不留情地笑起来："哈哈哈！"

烧酒："……"

等两人把屋子收拾出来的时候，已经快六点了。

侯彦霖拖完地后又在他负责换床单的房间转了圈，看到桌子上透明防尘袋装着的教科书，问道："靖哥哥，这是你的房间啊？"

"嗯。"慕锦歌把换好被套的棉被抱了一床过来，安排道，"今晚你就睡这儿，我睡我妈的房间。"

侯彦霖看着她，装作漫不经心地提议道："靖哥哥你看，这天气还凉着，要不咱们挤一挤，睡一块儿也挺暖和的。"

慕锦歌看都懒得看他："你要是怕冷，就抱着烧酒睡。"

侯彦霖笑嘻嘻道："我这不是怕你冷吗？"

慕锦歌冷冷道："被子很厚，我不冷。"

侯彦霖："……"以前是日常撩妹，现在是日常撩靖哥哥和日常撩靖哥哥失败。

不过也没关系。

虽说睡不到靖哥哥的人，但能睡靖哥哥的床不是？

这也是足以载入史册的一大飞跃啊！

做人嘛，就要懂得知足常乐。

把要做的都做完后，慕锦歌换上鞋，抱着烧酒道："走吧，带你们去吃晚饭。"

她带侯彦霖和烧酒去的不是 N 市随处可见的 × 味连锁店，也不是当地有名的某大排档，而是一家名不见经传的小店，就在这附近的一条小巷子里，看店面也有些年头了，现在正值饭点，里面的年轻客人没几个，看起来都是老熟客。

慕锦歌不用看菜单，进去直接便道："老板，来两份鸭血粉丝，一份蟹黄小笼包和一份汤包。"

"好嘞。"正低头结账的中年妇女回头望过来，看到她时愣了下，惊奇道，"哎呀，这不是慕芸的女儿吗？"

慕锦歌微微颔首："栢姨，好久不见。"

姓柏的老板娘热情地招呼他们坐下，"一年没见了，算算时候你也该回来了……这次待多久？"

"待过清明就走。"

"哎，怎么不多待几天呀？你现在还在 B 市那个什么食园学习吗？"

慕锦歌简洁道："没，我自己开了家餐厅。"

"在 B 市开店啦？出息了！"老板娘高兴得好像是自己在首都开了店似的，随后她才把注意力放到侯彦霖身上，"这位是……"

慕锦歌介绍道："我男朋友。"

侯彦霖最擅长讨长辈欢心了，他笑道："阿姨你好。"

"噢，你好你好！"老板娘看了看他，又看了看慕锦歌，立即领会两人这次回来的意义，"你俩真般配，要是慕芸看到了，一定会很欣慰的。"

慕锦歌淡淡笑着应了声："嗯。"

吃完饭后，她履行诺言，带侯彦霖去看了她以前就读过的小学和中学，她对上学时的事情记得不是很多，所以也没什么可说的，简单介绍了一下就抱着烧酒往前走，走了会儿才发现侯彦霖没有跟上来。

回头一看，某人竟然还站在原地，拿着手机借着路灯的光线拍照。

慕锦歌走回去，蹙眉问："你在干什么？"

侯彦霖抬头，冲她挑眉一笑："拍照啊！"

毕竟我来到了你的城市，走过了你走过的路。

第二天就是清明节，两人一猫吃过早饭后，就来到了墓园。

今天一年一度的特殊日子，十一点不到墓园门口就停满了车，园里都是前来扫墓祭祀的市民，提着祭品香火，大多都是以家族为单位，一边聊天一边走上公墓间逼仄的石阶。

空气中弥漫着纸钱燃烧的气味，如同一股淡淡的轻烟般萦绕在整片墓园间，墓地的广播响着悠远的钟声，其中夹杂着佛教诵经的音乐，让每个走进来的人都不由得放慢了步伐，好像稍有点急躁都是对这里的亵渎。

慕芸的墓在坡头，要走很长一段台阶，然后是在一排墓地的最尽头。

她们这种小老百姓，能在这主城区的墓园里买一块墓已经是倾尽所能了，自然不能和侯彦霖他们家族的墓地比，专人管理负责，修得各种气派，墓志铭洋洋洒洒，记录着墓主不凡的一生。

慕芸的碑很简朴，就是用黑色大理石砌的碑身和碑台，上面贴着慕芸二十岁出头时的一张照片，虽然是黑白的，但并不影响她的美貌，一双丹凤眼黑白分明，眼角上挑，配上那对柳叶似的眉，透着股冷傲，也许是出于拍照时摄影师的要求，她微微勾起了嘴角，淡漠多过笑意，但这一点弧度多少让她的神情看起来柔和了些许。

烫金色的碑文与隔壁的墓碑相比要简洁太多，无兄弟姊妹，无爱人伴侣，只生有一女，立碑的落款也是慕锦歌的名字。

真是短暂又冷清的一生。

慕锦歌停下脚步，目光下移，眉头皱了起来——

只见墓前不知何时放了一束洁白的栀子，用着点满白星的透明包装纸包着，静静地靠在石碑前，散发着清新的香气。

四月天里尚且春寒料峭，再热一点才是栀子花盛开的最好时节，所以这一束栀子开得并不算好，只有两三朵彻底展开了，瓣尖还染着点点青色，革质的绿叶间是覆着青黄的花苞，鼓囊囊的，酝酿着未来盛开时才会展露的惊艳。

有人来看过慕芸，不仅送了花，还把墓碑和墓台擦过了。

侯彦霖把手中提着的祭品和纸钱放下，蹲下来看了看那束花，观察道："这花应该是在这儿放了一夜吧，花瓣都有点蔫了，而且今天凌晨不是下了阵雨吗？这包装纸里还是湿的。"

慕锦歌弯腰将手中抱着的白菊放在墓碑另一侧，拿出带来的废报纸垫在膝下，跪着把塑料袋里的东西都拿出来，一边寻思道："不知道是谁。"

栀子是慕芸最喜欢的花。

侯彦霖看了她一眼，试探性地问道："会是你家其他人吗？"

"我妈没有兄弟姐妹，远房亲戚都没感情。"慕锦歌将橘子放在盘中，然后又给杯子满上了白酒，轻描淡写地说道，"我外公去得早，我外婆改嫁后有了新的家庭，去了外地，那时候我妈已经能够自己养活自己，就也跟我外婆断了联系，没一起走，而是一个人来了N市用我外公留给她的遗产开了私房菜馆。"

能听她这样谈及家事，实在很是难得，侯彦霖珍惜着这次机会，又问道："那你外婆来看过你妈妈吗？"

"没有，我没通知她，她大概还不知道有我的存在。"慕锦歌淡淡道，"我妈以前跟我说过，孩子是母亲身上掉下来的肉，这是什么都改变不了的，外婆虽是改嫁，但心里还是会记挂着她的，这样就足够了。外婆有追求幸福的权利，既然我妈当时已成年，就不想做那个累赘，不联系也是希望外婆在新家庭里的处境不会变得尴尬，而且这样的话外婆也不会知道她的磕磕绊绊，为她难过担心。"

听了这番话，侯彦霖只觉得这样的想法看似温柔，实际上非常残忍。

不难想象当初慕芸也是抱着这样的想法，在身患绝症时也没告知远在B市学艺的女儿，然后孤独地在医院死去，所有的消息都是在她死后由医护人员告知慕锦歌的，突如其来，晴空霹雳。

不过每个人都有每个人的苦衷，逝者已逝，不加妄议。

侯彦霖帮着把东西摆好，然后跪在报纸上，倾身鞠了一躬，郑重其事地说道："阿姨，初次见面，我是侯彦霖，以后我会好好照顾锦歌的，您就放心地把女儿交给我吧。"

慕锦歌愣了下，脸上有些烧，不自在地别过头不看他，"你说这么大声干什么？我妈耳朵又不背。"

侯彦霖笑眯眯道："这里那么吵，阿姨之前又没见过我，万一以为是隔壁墓地传来的说话声那不就惨了，说不定晚上还会给你托梦，说你瞧瞧住她隔壁的那谁谁谁的女儿都领男朋友过来了，岂不是很尴尬？"

慕锦歌："……"净是些歪理。

两人分别上完香跪拜完后，就找了个墓园免费提供的火盆，开始烧纸钱。

大概是被侯彦霖的话痨给感染了，慕锦歌一边烧着纸钱一边也絮絮叨叨起来，讲了讲这一年跌宕起伏的经历，讲她从食宅出来了，讲她捡了一只猫，但因为怕它受不了香火的气味所以今天没带出来，讲她在Capriccio遇到了一群很好的人，讲她遇见侯彦霖，讲她赢了比赛，现在有一家自己的店。

虽是絮絮叨叨，但每件事她都差不多是一笔带过，特别是那些不好的事情，就只是提了一下，有的甚至直接忽略了。

黄纸在火盆里烧成黑色，一阵微风吹过，将些许纸灰吹到了墓台和两人的衣服上。

说完自己的现状，慕锦歌沉默了一会儿，才沉声缓缓道："我见到了那个你念念不忘的人，但他已经把你忘得一干二净了，表面看还是个人样，但做的事却很龌龊，让人失望。"

听了这话，侯彦霖抬头看着她，抿了抿嘴角，神色复杂。

等把带来的纸钱和冥币都烧完后，慕锦歌把垃圾收进塑料袋，拍了拍身上的灰，对侯彦霖道："走吧。"

"等等。"侯彦霖站了起来，突然道，"我还有一些话想跟阿姨说。"

慕锦歌没有管他，只以为他又要说些令人难为情的话了。

侯彦霖凝视着碑上慕芸的照片，却是道："阿姨，其实孙老师并没有忘记您，他当时离开时根本不知道您怀了身孕，这些年来他一直都没结婚，就是心里一直还记挂着您，但是他回国后听说您已经有了儿女，就以为您已经结婚成家了，所以才没有来找您，一是怕自己痛苦，二是怕打扰到您。"

慕锦歌怎么都没想到他会说这些内容，登时一怔，惊愕地望向他。

侯彦霖继续道："'慕'这个姓氏本就比较独特，'锦歌'这个名字又可以说是当年他和您的定情信物，所以决赛那天他看到锦歌就想起了您，顺着锦歌的参赛资料调查下去，这才知道原来您一直是单亲妈妈，不仅没有如他预想的那样幸福地生活下去，而且还在五年前就香消玉殒。"

慕锦歌脸色一变，声音转冷："你怎么会知道这些？"

侯彦霖回头，将目光落在了她身上。

"因为在那之后孙老师就找到了宋阿姨，了解了你的情况，后来宋阿姨离开B市后，他又从宋阿姨手中要到了我的联系方式，并通过宋阿姨跟我打了招呼。"侯彦霖收起了脸上的笑意，正色道，"我不能保证孙老师的人格，也不是在为他洗白，但起码在最近这件事上，我知道他是被冤枉的，因为除夕那天他之所以出现在周记，是约了我谈话，谈完后我亲自把他送到了家门口。"

慕锦歌突然想起什么，动了动嘴唇："那个放了各种调料的袋子……"

侯彦霖点头承认，"对，是孙老师交给我，让我以自己的名义送给你的，是新年礼物。"

慕锦歌寒声道："你为什么不告诉我？"

"锦歌，对不起。"看到对方的眼神，侯彦霖其实已经慌了，但他还是做出一副镇定的样子，向慕锦歌伸出了手，温声道，"我本来想找个时机好好地告诉你，但是刚刚听你对阿姨说的话后，我突然觉得必须要在这里把话说清楚。"

但是慕锦歌却把他的手给拍开了。

她冷冷地看着他，咬牙道："你早就知道孙眷朝和我的关系了，还一直私下跟他联系。"

侯彦霖只觉得刚刚手上轻轻的一拍却让他浑身上下都疼痛起来，他的喉结上下滚动一番，最后哑声说道："对不起。"

"侯彦霖，我在你面前是不是一点隐私都没有了？"慕锦歌很少生气，但她一生气，说话就会比平时尖锐十倍，显露出毒舌的隐藏属性，"你以前调查我也就算了，你说你会改，我信你，但你不仅没有改，还变本加厉，直接瞒着我插手进来干预！看着我什么都不知道的样子，你很得意是不是？你是不是觉得全世界就你最聪明，其他人都很蠢？"

侯彦霖曾经一度以为自己在谈话上战无不胜，没有他圆不回的破绽，没有他说服不了的人，但是此时此刻在慕锦歌面前，他却有种哑口无言的感觉，脑袋一片空白，他甚至有点语无伦次："锦歌，我不是这个意思，我只是觉得这样……这样或许能帮到你一点。"

慕锦歌闭上眼，深呼吸一口，冷冷道："算了，你别说了，我看过你是怎么忽悠别人的，硬是把黑的说成白的，我不想看你也用这一招来对付我。"

"锦歌……"

慕锦歌拿着东西转过身，径自下了石阶。

"暂时不要跟我说话，我要冷静下。"

烧酒在家里瘫了一上午，百无聊赖。

它刚把慕锦歌走之前事先给它准备好的猫粮吃完，正寻思着是睡觉好呢还是睡觉好呢，就听见大门处传来开锁的声音，于是它立即兴奋地翻身，屁颠屁颠地跑到门口蹲着，浑然不觉自己的举动更像一只汪而不是只喵。

"靖哥哥！大魔头！你们可算回来了！"

先进门的是慕锦歌，烧酒在她腿边蹭了蹭，闻到淡淡的香火气味，挟裹着丝丝冷冽。

它敏锐地察觉到了对方此时不一般的气场，有些疑惑地抬起扁扁的圆脸朝上望去，从它这个角度至多只能看到慕锦歌紧抿的嘴角，没有一点弧度，她并没回应它热情的迎接，而是冷着张脸，一言不发，好像又变回了最开始相遇时的那个大冰山。

烧酒不明所以，扭头望向跟在后面进来的侯彦霖，只见一向吊儿郎当嬉皮笑脸的大魔头居然也是一反常态，脸上没有一分笑意，面色凝重，平时总是望着慕锦歌发亮的眼睛也暗淡下来，就像是乌云遮住了闪烁的群星。

——有情况！

它走到侯彦霖跟前用前爪扒拉了一下他的裤腿，却同样没有得到回应。

"锦歌，"忽然，侯彦霖开口了，他看着正在换鞋的慕锦歌，沉声道，"如果你看到我会觉得心烦，那我今天……还是不住在这儿了吧。"

一听这话，烧酒更惊了，它抬头忙问道："大魔头你怎么啦？发生什么事了吗？"

然而对此慕锦歌却并没有回答，她提着包径自进了房间，然后还把卧室门给关上了。

如果说刚刚侯彦霖的眼底失去了星光，那这下连夜幕下的万家灯火也一齐拉了闸，黑得彻彻底底，伸手不见五指。

他叹了一口气，蹲下身摸了摸烧酒的脑袋，低声道："替我好好陪在靖哥哥身边。"

烧酒见他站起来后转身走了出去，惊慌道："喂！大魔头你去哪儿？！"

侯彦霖走到了门外，简单交代道："今天我去外边住，明天我会回来和你们一起去机场的。"

烧酒一脸蒙圈："到底发生了什么？你们好歹给个前情回顾啊！"

可惜侯彦霖现在并没有那个心情给它讲讲前因后果，大门"啪"的一声在烧酒面前关上了，带起一阵冷风。

——所以这两人是闹矛盾了吗？

烧酒没想到自己猫嘴这么灵验，早上自己待在家里时还嘀咕说这俩人秀恩爱秀个没完，它在一旁看着都要齁死了，没想到中午回来两人就闹别扭了？

唉，不过它现在倒觉得与其吵架，还不如发狗粮塞死它算了。

所以难怪说夫妻吵架冷暴力要不得呢，这让夹在两人中间的孩子多难受啊！虽然隔着房间的门，但慕锦歌还是能听到外头关门的声音。

她静静地躺在床上，心烦意乱，说不清到底是对侯彦霖生气多一点，还是对一时口不择言的自己怄气多一点，抑或是对后悔吵架的自己气恼多一点。

她其实知道侯彦霖是为她好。但世上大多的"为你好"都有毒，去做你根本不想让别人做的事，去了解根本不想挖出去给人看的过往，去帮你做一些你会不假思索拒绝掉的决定。

她不认为自己的出身有什么悲惨，单亲家庭又怎么样，现在这个社会上单亲家庭跟批量生产的似的，随处可见，总比父母双亡的孤儿幸福千百倍吧，再加上家里又是开馆子的，经济条件不错，她从小吃穿不愁，强过贫苦人家的孩子，还有什么不满足的呢？

可她不确定侯彦霖会怎么想。

那个人锦衣玉食，父母健在不说，还有关爱他的哥哥姐姐，出生就是特权阶级，站在金字塔高处，光芒万丈，对比之下她的这点背景好像真的显得不幸起来。别人怎么看她，她都无所谓，但她无论如何都不想侯彦霖可怜她。

世界上比她可怜的人多得是，但慕锦歌只有一个。

所以她希望侯彦霖只是纯粹地因为爱着她而对她好，并不含丝毫同情的成分。不然她会害怕太阳有一天会离开她的世界，去照耀比她的世界更荒芜的地方。

——这大概，就是很多人所说的"患得患失"吧。

慕锦歌躺在床上，不知道怎么就睡了过去。

等她醒来的时候，发现床尾叠好的被子展开了一半，别别扭扭地盖在她身上，主要遮住了后背和小腹。她的意识还不是很清楚，迷迷糊糊地唤了声："……侯彦霖？"

然而回应她的并不是那个总带着几分笑意和懒散的熟悉声音。

扁脸猫用肉垫拍了拍她的手："靖哥哥你醒啦？"

"烧酒？"慕锦歌渐渐清醒过来，她看到烧酒的嘴巴和鼻子间有一小块结痂的红色，"你的嘴怎么了？"

烧酒伸出舌头向上舔了舔，"这个啊……嘶，我开门撞的。"

慕锦歌："开门？"

烧酒的语气颇有些得意，像是在炫耀自己干的一桩大事："对啊，你不是把卧室门关了吗？我挠了好一会儿的门都不见你搭理，就想学网上视频里的那些宠物一样跳起来把门把给咬下来，没想到第一次跳的时候没控制好，把脸给撞了，不过好在我机智，又从餐桌那里把椅子给一路推了过来，最后是站在椅子上用爪子开的！"

慕锦歌撑着坐了起来："被子也是你给我盖的？"

烧酒一副求表扬求小红花的样子："那当然了！快夸我是贴心小棉袄！"

慕锦歌从床上抓了把灰蓝色的猫毛："嗯，这件小棉袄还掉毛。"

烧酒："……"

睡了一觉后，慕锦歌觉得心情好多了，她把被子重新折好，然后揉了揉掉毛小棉袄的脑袋，说道："烧酒，谢谢你，不好意思让你担心了。"

烧酒仗义道："没事，我可是答应了大魔头要好好陪着你。"

慕锦歌道："他人呢？"

"早出去了，说今天去外边住。"烧酒问道，"靖哥哥，你和大魔头究竟怎么了？"

慕锦歌淡淡道："吵了一架而已。"

烧酒道："怪不得你俩看起来都怪怪的……啊，对了！我一直等你醒，是想跟你说件事！"

慕锦歌问："什么？"

烧酒从床上跳到了放着包的床头柜上，从那里叼起一团黑乎乎的东西，但它的嘴太小了，没叼住，所以只有用爪子把东西推到了地上，道："刚刚想在你包里翻逗猫棒，结果发现大魔头的钱包还在你这儿，他什么都没带就出门了，怎么吃饭住宿啊？"

慕锦歌弯腰从地上捡起侯彦霖的黑色钱夹，打开一看，发现现金、银行卡果然都在里面，甚至身份证也在。

——连身份证都不带，那个二傻子怎么住酒店？

就在她准备合上钱夹的时候，才注意到右下角的塑胶框里放了张去年她为了开店跑手续而拍的一寸免冠照，也不知道钱包主人是怎么偷偷搞到手的。

慕锦歌迟疑了一瞬，但终究是没有出于个人肖像的维护把照片拿出来，而是任那张证件照留在那里，然后关上了钱夹。

她拿起手机，准备在微信上问下某个二傻子的地理位置。

而就在她打开微信界面后，却发现朋友圈那里有个标识为"1"的小红圈，点进去后屏幕显示侯彦霖在朋友圈提到了她。

那条朋友圈是昨晚发的。

慕锦歌不怎么玩手机，平时用微信更多的就是和侯彦霖聊天，这两天两人同吃同住，犯不着网上交流，所以她昨晚到现在都没打开过微信，店里的其他人知道她的习惯，有什么事情都是短信告诉她的。

——我来到你的城市，走过你来时的路。

配图是九张照片，前八张分别是出机场、上地铁、进小区、上楼梯、进家门、到鸭血粉丝店、过小学、逛高中这八个情景的照片，风格呼应文案，没有拍人和景，拍的都是脚下的路，从阳光正好到夜色降临，入镜的除了道路以外，还有两双脚，一前一后，走在前头的一直是慕锦歌，跟在后面的则是侯彦霖，步步跟随，不曾变更。

而第九张图好像是晚上他们回来在人行道等红绿灯时拍的，拍的是地上的影子。身后的路灯给水泥地覆上层暖暖的橘黄，两人的站位还是一前一后，影子被拉得很长，身后的人不知道是什么时候半展开了手臂，没有让她察觉，但是从影子上看却像是他从后边抱着她似的，两人紧紧相依。

慕锦歌盯着手机屏幕，感觉自己真的是一点脾气都没了。

烧酒见她一动不动，开口问道："靖哥哥，你问大魔头了吗？"

慕锦歌把九张图片都保存下来后，直接退出了微信界面，站了起来，然后一边往外面走一边拨通侯彦霖的电话。

响了两下后，对方就接通了，语气透着些紧张："……锦歌？"

慕锦歌直截了当地问："在哪儿？"

侯彦霖愣了下："啊？"

慕锦歌用肩膀夹着电话，一边坐在凳子上穿鞋："你现在在哪儿？"

侯彦霖："其实我也不知道该怎么描述这个位置……"

"发个定位给我。"慕锦歌揣好钥匙打开了门，"你就待在那里，不要乱走。"

刚挂电话，侯彦霖就把位置发过来了，慕锦歌看了看，不远，就在她初中那一块儿。不过这个定位也并不是百分之百精准的，等慕锦歌到了手机地图上显示的目标点时，发现这里是条大马路，而四周并没有侯彦霖的踪影。

于是她再次打侯彦霖的电话，却没想到手机里的女声提示对方已关机。

虽然知道他那么大一个人出不了什么事，但慕锦歌还是不由得心急起来，她绕着中学走了一圈，最后终于在学校对面马路的报刊亭找到了他。

只见侯彦霖随意地靠着报刊亭侧面的绿墙站着，身材修长，引得路过的女性纷纷侧目，忍不住悄悄打量和窃窃私语。对于这些带着少女心的好奇目光，侯彦霖早已见怪不怪，一副淡定自若，倒也没瞎撩，很有名草有主的矜持。

慕锦歌一路走得急，走近时还在微微喘气："侯彦霖。"

侯彦霖寻声看去，眼睛一亮，就差一条狗尾巴在后面摇了："锦歌？你竟然真的来找我了！"

慕锦歌看着他，面无表情地问："给你打电话为什么关机？"

侯彦霖可怜兮兮道："手机没电了，你让我不要乱走，所以我就一直站在这儿。"

慕锦歌这才注意到他手上还端着一份糍粑，疑惑道："你没带钱包，哪里来的钱买的糍粑？"

"我也是出来后才想起钱包放在你那里，"侯彦霖笑了笑，"不过现在很多小贩都能支持手机转账和扫码支付。"

"……"她怎么就没想到还可以网上支付？

慕锦歌装作自己上个问题只是随口一说的样子，接着又问："那你没想起来你的身份证也在钱包里吗？没有身份证你打算怎么住酒店，你是打算睡大街吗？"

侯彦霖如实相告："N市有我家投资的连锁酒店，我不用身份证和钱也可以入住。"

"……"慕锦歌觉得自己真是傻透了。

"哎，锦歌，"看到对方神色微妙然后转身就走，侯彦霖心里一喜，迈开长腿，追了上去，嘴角都快咧到耳根子了，"你难道是怕我挨饿受冻，所以才这么着急地出来找我？"

"……"

"你很担心我？"

慕锦歌恼羞成怒，冷冷道："闭嘴。"

侯彦霖眨着眼，喜滋滋地问："靖哥哥，我们这算是和好了吗？"

慕锦歌："……"

侯彦霖趁机解释道："靖哥哥，我真的知道错了，我就是在孙老师找到我后有点得意忘形，觉得自己有资格为你做些事情，觉得你的事就是我的事，想炫耀下，结果一不小心就……越界了，对不起。"

过完马路，慕锦歌的脚步停了下来。

她回过头，看向身后那人，正色道："侯彦霖，你给我听好了。"

侯彦霖也跟着停了下来，心里一紧，神色认真。

"你认为的没错，你当然可以帮我做主一些事，就如同你默认我可以代表你处理一些事情一样。"然而出乎他意料的是，慕锦歌并没有再怼他，而是心平气和道，"但是，不要瞒着我，在做之前要告诉我一声。"

侯彦霖忙道："好的，我会记住的。"

慕锦歌转过身，继续往前走，一边走一边道："今晚不许睡外面，跟我回去。"

"睡外面？"侯彦霖理解的"外面"显然和慕锦歌说的"外面"不一样，"靖哥哥的意思是我俩可以睡一间房了？"

慕锦歌毫不留情地打碎他的美梦："我是说外面的酒店。"

侯彦霖笑了笑，又绕回了之前的话题："那靖哥哥，你还没回答我，你刚刚急匆匆地出来，是担心我吗？"

"……"

"靖哥哥，你走这么快是害羞了吗？"

"……"

"靖哥哥，你要不要尝尝这糍粑，味道还不错，挺甜的。"

"……吵死了！"

由于两人的平均海拔和颜值都很高，所以不少旁人投来围观的目光，看女的在前面快步走着，男的在后面凭着两条大长腿毫不费力地追着，一个板着脸不说话，一个笑如桃花絮絮叨叨。

不知那男的失败了多少次后，他女朋友终于肯把手伸出来给他握着了。

只见两人十指相扣，并排而行。

♥ 第十六章 ♥
| 松饼 | 苦瓜 |

网上有关孙眷朝的不实传言突然就被压了下来。

四月初，徐菲菲以网红身份签约娱派，随后她的经纪团队就以一纸诉讼杀鸡儆猴，把率先带起来传播的微博大 V 告上了法庭，同时华盛娱乐的公关出来澄清说明，因为公司内部购买了美食元素的 IP，为了更好地筹备，某位高管在除夕那日约了孙眷朝在周记短暂交谈，了解业界详情，两人交谈完后就一起离去，有街道的监控为证。

在这之后，网上又有新声响起，匿名扒皮刘小姗和林珏，并暗指幕后是有周琰授意协助。

其实这只是条毫不引人注意的微博，却在人为的炒热下有了上千的转发，对此，刘小姗和林珏本就心里有鬼，不敢做什么，只是底气不足地发了类似"清者自清"的声明，但周琰自认落下的把柄不多，便打算采取和徐菲菲一样的做法，以转发不实信息超过五百次的罪名理直气壮地控诉对方。

结果他刚要出手，那博主就像是早有所料似的，把微博删了个精光，连账号都注销了，功成身退，只留下抹不去的痕迹——很多杂七杂八的营销号或私人号都保存了 TA 当时发的长图，见 TA 把微博删了，就零零散散地又发了出来，大杂居小聚居，每条转发都不过五百，让他想告都告不成。

这可把周琰气得够呛。

说实话，这种舆论战在侯彦霖他们这些专业搞事情的人的眼中，连小儿科都算不上，顶多算个宠物科吧。

而就在这时——

"什么？你要报名参加《满意百分百》？！"

因为自觉愧对老友，王秉退出《满意百分百》的评委阵容，留下个空位，正好顾孟榆这段时间在B市写稿，没什么事，节目组就找上了她，邀请她去补了王秉的位，哪怕只有一期也行，就当救场。

顾孟榆虽然自身已经是小有名气的评论家了，但同时还是孙眷朝的粉，她见自家偶像上了这个节目后被泼了一盆脏水，自然不可能那么干脆就答应节目组的邀请，说实话，她心里已经做好了拒绝的打算，只是不想那么直白，就委婉地说要考虑考虑。

却没想到今天她来到奇遇坊，跟侯彦霖和慕锦歌说起这事后，慕锦歌竟然一脸淡定地跟她说她要参加这档节目。

顾孟榆表示受到了惊吓，毕竟那可是比赛采访时惜字如金、录视频传网上也不露一点脸的慕锦歌啊！

上电视录节目什么的，感觉完全不是她的风格好吗？

于是她下一秒便看向站在一旁撸完猫的某人，质问道："彦霖，你说，是不是你在背后搞鬼？"

侯彦霖露出无辜的表情，"孟榆姐，这次真不是我，是锦歌自己想去的。"

"开了奇遇坊后，就没和别人比试过了。"慕锦歌神色淡定地解释道，"有竞争才有进步，我就是想去试试。"

顾孟榆道："可是擂主是周琰啊！"

慕锦歌道："周琰是很厉害，但你看，不还是不能全票通过吗？"

侯彦霖抱着猫，在一旁瞎凑热闹道："孟榆姐，你的意思是我们家锦歌拼不过那个姓周的？"

"也不是……"顾孟榆看了看两旁，然后压低声音道，"很多人都以为这次背地里整孙老师的只有刘小姗和林珏，但我觉得这事跟周琰脱不了干系，现在网上的舆论虽有反转，但刘小姗和林珏却仍得节目组网开一面，留了下来，恐怕多是周琰在其中斡旋，在这之后这三人就是一伙的，这可就是两票，还有……好了，我决定了！"

侯彦霖和慕锦歌话听到一半，都不知道她突然决定了什么，两人一猫动作一致地抬眼看向她。

顾孟榆拍桌子道："他们有人，我们也有人啊，反正这段时间我很闲，去给这破节目当当评委也不错。"

听她这句话，慕锦歌却蹙起了眉头，"你不用这样。"

顾孟榆知道她在担心什么，于是认真道："放心，我会公正评判的，如果周琰真的做得比你好，我就把票投给他，不然到时位子一直空着，周琰又跟节目组推荐他的熟人，最后评委席清一色他的人，还谈什么公平竞争。对了，不还有个随机的明星评委嘛，侯彦霖，这就是你的事了，搞一个凶神恶煞点的过来，黑脸包公那种，让他们知道什么叫比赛精神，别……"

正说得起劲处，她突然觉得脚边有个毛乎乎的东西在蹭她，触感熟悉。

低头一看，就看见白乎乎的一大团，正是阿雪。

再一抬头，就看见钟冕走了进来，只见他脸色极差，眼眶发红，说话也有气无力，带着点沙哑，像是感冒了："朔月老师，侯先生，慕小姐。"

"宝贝儿，你怎么了？熬夜赶稿了？"顾孟榆把他拉到身旁坐下，夹了盘里的一块点心喂给他，"快坐快坐，这是锦歌刚刚做好的，人没休息好的时候就得吃点东西。"

钟冕本就瘦弱，现在更跟个纸片人没什么两样，被顾孟榆一拽就踉跄着坐到了吧台前，刚张开嘴巴，还没来得及说什么，口里就被严严实实地塞了块温热的松饼。

钟冕："……"

和平时在外面吃到的咸松饼或甜松饼不一样，这块松饼入口时的味道有点微妙，让人一时说不上来是甜还是咸，然而咀嚼时口感香软，一股浓郁的酸奶味道席卷舌尖，细碎的青椒和火腿隐藏其中，带来些许清脆的辣意和肉质的咸味。

一时间舌头就像一块土地，一阵挟裹着几分湿润气息的春风拂过，洒下几粒种子，随即飞快地破土发芽，舒展出新绿的叶子和粉白色的小花，春意盎然，令人心神荡漾。

一派温馨美好。

顾孟榆之前已经尝过了这盘酸奶火腿松饼，自然知道有多好吃，所以她期待着这个斯文腼腆的男人露出兴奋赞叹的笑容，重新唤起蓬勃的生命力。

可当她抬眼看过去，却是一愣。

只见钟冕低着头，鼻子和眼睛全红了，手中拿着还剩半块的松饼，抿着嘴，有些艰难地把喉间的食物咽下，下巴微微颤抖，豆大的泪水止不住地从他眼眶涌了出来，打湿了他厚重的眼镜片，落到了木桌上，积成个小水滩。

"你，你怎么了？"顾孟榆长这么大，第一次看见有男人在自己面前哭，

255

顿时有些手足无措，"不想吃的话你就拒绝我啊，哎，我不是想欺负你，我是关心你，真的……"

"嗷。"阿西莫夫斯基也看向它的主人。

钟冕吸了吸鼻子，摆手道："朔月老师，我没事。"

顾孟榆忙给他递纸巾，"眼泪都止不住了，还说没事。"

侯彦霖也发现了他的不对劲，惊讶道："大作家，你怎么了？"

慕锦歌本来在专心烤肉的，听他这么一说也抬头看向弯着身的钟冕，问道："是觉得不好吃吗？先喝口茶吧。"

"不……很好吃，"钟冕取下眼镜，用顾孟榆递来的纸巾擦了擦眼泪和鼻涕，"对不起，我、我有点控制不好自己的情绪……"

侯彦霖挑眉："不是吧，难不成真的是好吃到哭了？"

钟冕小声道："我……忍不住就在想，如果当时、当时纪远能吃到、吃到慕小姐做的料理，那该有多好，可惜他没吃到。"

侯彦霖笑道："没事，我们家店又不搬迁，他想吃的话可以随时来啊！"

钟冕轻轻地摇了摇头，哽咽道："他，来不了了。"

"就在昨天，纪远跳楼自杀了。"

一代天才画家就此陨落。

纪远成名极早，十四岁时异军突起，势不可挡地成为国内绘画界最闪耀的一匹黑马，声名鹊起，力压众多出身绘画世家的同辈，十六岁包揽国内各项美术大奖，十七岁进军国际，其兼容中国水墨和西方抽象的独特画风迅速为他在国际舞台上赢得一席之位，开始夺得各种奖项，十九岁举办个人全球巡回画展，同年创办了个人工作室，二十岁时拥有了三家自己的画廊，两家在国内，一家在意大利。

二十二岁，死于自杀，璀璨的光芒沉没在茫茫黑夜。

这样一个大人物死去，在基本核查清楚实情后，自然要封锁消息，和美术界八竿子打不到的奇遇坊众人没听说也正常，只有美术界的人和纪远的亲朋好友知道消息。

而就在钟冕流泪说出纪远死讯的那一天，当地的晚间新闻播放了这则消息，确认为坠楼自杀，而非他杀，随后相关的新闻在网上传开了，推特和脸书上也出现一批海外同行和粉丝悼念点蜡，一时间纪远的画作在原本的高价上又翻了好几番。

其中有一位著名的国外艺术家感叹道："纪就是一个奇迹，但我们忘记了，奇迹出现的时间总是那么短暂。"

据说纪远患有很严重的抑郁症，但随后又有个说法，说他有人格分裂。

证据是刑警发现纪远在自己家里到处都安了摄像头，连厕所和阳台都有。监控记录里显示，纪远当晚原本在家里的画室创作，却突然倒在了地上，一边头疼似的捂住脑袋，一边叫嚷着"不要来，不许出来"，他在地上挣扎了一分钟后，又突然静了下来，不再疼得满地打滚，而是虚弱地站了起来，哭着说"对不起，对不起"，然而就在他刚走出画室，整个人又捂住头弯下了腰，发出痛苦地低吼，随后直起身跟跟跄跄地走到客厅，暴躁地摔东西，如同在驱赶什么似的，大喊"滚"，可是没一会儿，又重复了之前的场景，突然呜咽起来，无助地说着"我也不知道该怎么办才好"。

将整间屋子弄得一片狼藉后，纪远掐着自己的脖子来到了阳台，背抵着围栏的时候，纪远摇着头喊着什么，由于当时室外风太大，有点听不清楚，后来经特殊处理后才听清，他当时说的是"我求求你不要这样"，而下一句话却是"既然你霸着我的身体不走，那我就让你什么都得不到"。

说实话，看这段监控录像会让人有些毛骨悚然。

这段视频因为实在太容易让人联想起怪力乱神，所以被严令禁止外传。因此，刑警和媒体放出的消息是目前唯一能解释这段视频的科学推论——纪远拥有双重人格，主人格和次人格发生冲突，未及时寻求心理咨询和药物治疗，以至于酿成悲剧。

这样的话也能解释为什么纪远会在家里安那么多摄像头了，据警方调查，这批监控都是四月一日装的，就是一周前，可能那时纪远开始察觉到自己体内有另一重人格，于是想留下视频来查证，却没想到在监控记录里看到了自己的另一面，难以接受，对次人格产生反抗情绪。

不过也许是纪远有看完就清理文件的习惯，四月一日到他自杀前一天的记录都被删除了，因为警方已经完全排除他杀可能，所以也没在这一点上多存疑。

在餐厅的电视上看到这则新闻后，烧酒晚上回去就做了个梦。

倒也不是什么恐怖的梦，就只是梦见纪远来奇遇坊的场景，单薄的青年脸色苍白，望向它的眼睛布满血丝，十分憔悴。看他的神情，像是有很多问题要问、有很多话要说，欲言又止，最后却只是说了一句话——

"我真的，很羡慕你。"

梦醒之后，烧酒总觉得有点毛毛的，于是离开猫窝，屁颠屁颠地跑进了慕锦歌的房间。

它这一觉睡的时间不长，也就半个小时，卧室里的人还没有睡，正盖着被子坐在床上看杂志。

室内大灯没有开，只亮着床头的台灯，暖橘色的灯光在昏暗中晕染出一片光亮，柔和了那人的眉眼，安静地覆在它垂在胸前的长发和蓝色的被角上。

看到这一幕，烧酒感觉自己像是得到了无形的安抚，梦醒时的不安顿时烟消云散，脚步也没那么急促了，不由得放慢下来。

听到它进来的动静，慕锦歌放下杂志，问："怎么了？"

烧酒跑到靠台灯一侧蹲坐下来，闷闷道："没事，我就做了个噩梦。"

"来。"慕锦歌倾身将它从地上抱了上来，隔着被子放在自己的腿上，动作轻柔地抚摸着它的猫背，手法娴熟，抚得它舒服地翻了个身。

过了一会儿，烧酒小心翼翼地问道："靖哥哥，我今晚能睡床上吗？"

慕锦歌想着反正明天也要换床单了，于是答应道："行啊！"

"好耶！"烧酒软软地叫了一声，用着那张大扁脸蹭了蹭慕锦歌的手腕，"有靖哥哥在身边，做噩梦我也不怕了！"

慕锦歌奇怪道："你不是智能系统吗？也会做梦？"

"对哎，"听她这么说，烧酒才意识过来，陡然睁大了眼睛，"说起来，这还是我第一次做梦，好神奇。"

慕锦歌问："还是因为这具身体的原因吗？"

"是吧……"烧酒毛茸茸的尾巴晃了晃，"刚开始变成猫时，我还觉得自己挺惨的，现在却觉得是因祸得福，有了这具身体后，我可以尝很多美味，拥有以前没有的感官，还能体会做梦的滋味，想想这次不仅不亏，还……啊，赚了呢。"

说着说着，它打了个猫哈欠，要不是做了这么场梦，它可是能一觉睡到天亮的呢。

慕锦歌挠了挠它的下巴，又拍了下它的头，淡淡道："不早了，睡吧。"

听了这话，烧酒乖乖地从她腿上跳到了她身旁的空位，慵懒地蜷成一团："靖哥哥晚安。"

"晚安。"

两天后，慕锦歌来到了 V 台。

她现在已经是小有名气的青年厨师，节目组当然优先通过了她的报名申请，并且直接把她安排在了下一期的录制。

因为徐菲菲那一期惹出了事端，《满意百分百》收视突涨，节目组决定再接再厉，紧接着制造新的噱头把这收视留住，而素有"黑暗料理女神"

之称的慕锦歌就是他们看到的希望，黑暗料理加美女厨师，还是相当吸引眼球的。

一进电视台大楼，就有个实习助理在门口等候，见到慕锦歌抱着烧酒进来，便微笑着上前道："慕小姐是吧？请跟我到这边化下妆。"

慕锦歌跟着她乘电梯上了三楼，刚出电梯没走几步，迎面就走来一张熟悉的面孔。

周琰刚化完妆出来，原本苍白的脸色在化妆品的助力下终于显得有了些血色。他事先就知道了这期挑战者是慕锦歌，所以并不惊讶，反而主动上前打招呼道："真是好久不见啊，慕小姐。"

一看到是他，被慕锦歌抱在怀里的烧酒瞬间把脑袋给低下去了，眼不见心不烦。

慕锦歌只是客气地微微颔首："你好。"

周琰两手插兜，很随意的样子，像是突然想起什么似的，对实习助理说道："小敏，我刚刚看策划好像找你有事，你要不要过去看看？"

实习助理愣了下："啊，可是我要带慕小姐去化妆间。"

周琰微笑道："反正我都准备好了，闲着也闲着，就让我带慕小姐去吧。"

实习助理忙道："那实在是太感谢你了，周老师。"

实习助理走后，周琰带着慕锦歌往他刚刚来的方向走，他看了看身边人一直抱在手里的加菲猫，心里暗想果然还是个愚蠢的小女生，表面却笑道："慕小姐你真是爱猫如命呢，来录节目都把猫带着。"

慕锦歌道："我不能带吗？"

"也不是说不行。"周琰似是笑得毫无恶意，"就是希望慕小姐你换好衣服后就别抱猫了，不然等下一身猫毛落到了菜里，就很对不起食客了。"

慕锦歌淡淡道："多谢，那我也想提醒你一句。"

周琰道："什么？"

慕锦歌看了看他的头，又看了看他的肩，面无表情道："换好衣服后记得戴好帽子，不然等下头皮屑落在衣服上，做菜时又落到菜里，就很对不起食客了。"

周琰脸上的笑容一僵："慕小姐今天是怎么了，之前说话没有这么冲啊？"

慕锦歌认真道："那是因为你那天头屑没今天多。"

周琰："……"

等把慕锦歌送进化妆间后，周琰转过身，看似若无其事地用手拍了拍两边的肩头。

然而他的内心并没有外表看起来那么淡定，早就暗自给慕锦歌狠狠地记上一笔。

——这个黄毛丫头！

他觉得慕锦歌会这样对他，肯定是因为孙眷朝。

孙眷朝是B市新人大赛决赛的评委，据说当时比赛，他是评委里给慕锦歌评分最高的，对慕锦歌来说有知遇之恩，慕锦歌维护他也是情有可原。

现在像她这样年轻的小姑娘，哪个不混社交网络啊，肯定是看了微博上的反驳帖，跟着怀疑他是幕后捣鬼的真凶，所以今天才会这么跟他作对。

她信的倒也没错，他的确就是幕后黑手，但她竟然不知天高地厚来挑衅他，这就实在是太蠢了。

真是可笑，只会逞口舌之快，孙眷朝看人的眼光真是越来越差了。

更可笑的是节目组的策划事前还正儿八经地说他这次可能面临一个劲敌，提醒他不要轻敌，不然擂台位置可能不保。

他严重怀疑这人脑袋里是不是进了水。

——无论来谁，他都不可能失败。

因为美食界注定是他的天下。

这一期《满意百分百》抽中的幸运观众居然是一名小学生。

是个男生，还没到冲个头的年龄，一米五的个头在同龄男生中算高的了，但他长得也胖，穿着件外套都遮不住他圆鼓鼓的肚子，脸也胖乎乎的，看起来体重肯定有一百斤以上。他小小的鼻梁上架着副深蓝色金属框眼镜，镜片有点厚，估计两三百度没得跑。

主持人莫堃把话筒递给他，笑得一脸和善，"小弟弟，简单地来个自我介绍吧。"

男生一本正经地开口，认真得像是在国旗下发言，有点紧张："大家好，我叫罗俊宇，今年11岁，上小学六年级。"

莫堃按着台本问："你喜欢看我们的节目吗？"

罗俊宇点了点头："喜欢啊！"

莫堃笑着问："为什么喜欢呢？"

罗俊宇有点不好意思："因为有很多好吃的，平时见不到，就看看电视解解馋。"

"原来是个小吃货呢，怪不得肚子圆鼓鼓的。"莫堃还是点题了，"今天可就不是望梅止渴，而是要真正吃到为你量身定做的美食了，期待吗？"

罗俊宇露出参差不齐的两排牙："期待！"

莫堃转身踩着细高跟走回台上："那我们现在就为台上的擂主和挑战者公布本期食客罗俊宇小朋友的档案，请看大屏幕——"

为了考验选手的信息筛选能力和迷惑观众，节目组给出的人物资料含有许多混淆视听的信息项，杂七杂八，例如星座、血型、属相这种无用项，以及梦想、座右铭这种可以拿来搞笑一下或卖鸡汤的点。

真正对厨师有用的信息其实只有那么几个，必记的是过敏食物，除此之外大多数人基本都还会有食客喜欢的食物、不喜欢的食物和想要在本次节目吃到的食物，剩下的信息点因人而异，有的厨师自以为捕捉到别人都没注意到的点，沾沾自喜，然后火力全开投入到那条信息上，结果本末倒置，为了抓一片落叶结果失掉整片森林。

比如说某期来的一位挑战者，见食客的档案上有写最喜欢的颜色是橙色，于是竭尽全力让做出来的料理看起来橙黄橙黄的，跟上了色素似的，片面追求于"色"，天平失衡，就很难顾全"香"和"味"了，最后做出来的菜在口味上存在各种瑕疵，被王秉痛批了一顿。

在这众多信息项中，就有一条让食客填写自己想要在节目中吃到的菜式，前面几期的目标观众都比较客气，表示厨师们做什么都可以，没有特别要求，但罗俊宇小朋友显然很有想法，表示很想吃派，还打了三个感叹号。

因此，慕锦歌和周琰都打算做派。

虽是做同一种类型，但两人的选材却截然不同——周琰依据脑内系统给出的菜单，挑选了巧克力和做某种蛋糕所需的食材。而慕锦歌选的是做派比较传统的食材，低筋面粉、黄油和鸡蛋。

出乎在场所有人意料的是，她并没有和周琰一样选择罗俊宇最喜欢吃的任意一样食物，而是拿了苦瓜、胡萝卜还有芹菜。

——这三样食物可都是明明白白写在罗俊宇档案上"讨厌的食物"中一栏的东西！

为了保持料理的神秘感，评委和目标观众要戴着耳机背对舞台，只有主持人和观众能够看到厨师们的选材和制作。

两位主持人一人跟一位，男女搭配，莫堃跟周琰，郎桓跟慕锦歌。

郎桓刚才也认真读了遍罗俊宇的资料，所以很是担心地说道："慕小姐，你选这食材，是不是有点不太合适啊？"

慕锦歌低着头搓面，一边淡淡道："我觉得很合适。"

郎桓不好说得太直白，只好用着打趣的口吻说道："万一罗俊宇小朋友不吃，该怎么办啊？"

慕锦歌道："他不是目标观众吗？"

郎桓反被她问得一愣："是啊！"

慕锦歌道："作为评审的一个环节，目标观众不是必须每样都吃至少一口吗？"

郎桓："……"

如果不是考虑到还在录节目，郎桓很想摇着慕锦歌的肩膀大喊：大妹子啊！你不要才刚开始就放弃比赛好吗！正面杠周琰不要怕！拜托你好好按食客的喜好来选材行吗！

但他不仅没有机会摇醒"执迷不悟"的慕锦歌，还受到后者无情地驱赶："你可以暂时不要和我说话吗？时间有点赶，不好意思。"

郎桓："……"

四十分钟后，双方皆完成料理，评委和目标观众取下耳机，面向舞台。

评委席里，王秉的位置的确是顾孟榆在坐了，今天她穿着一身干练的休闲小西装，为了上镜头好看还专门去把头发挑染了酒红色，妆容精致，戴着几何金属的耳环，衬得身旁的刘小姗愈发土气，一切机位，镜头都很少给刘小姗和林珏了，大多停留在顾孟榆和她身边那位明星评委的脸上。

据说这期《满意百分百》现场录制的观众席票在公布评委阵容后便一售而空，再现第二期时某娱乐圈小鲜肉来坐镇时的场景，只不过那时候买票的清一色是二十五岁以下的女孩子，进场时还偷偷把应援棒和影院旗给藏着带进来了，等主持人介绍到那位小鲜肉时，便一字打开，统一颜色的荧光棒亮起，还喊起口号来，闹得主持人和评委们都十分尴尬，最后工作人员不得不把她们带来的工具统统收缴了，将主持人介绍评委的环节重新拍了一遍才算完事。

不过这一次，观众席上的男女比例倒是出奇的协调，年龄分布也广泛，不像上一次光是追星的热血少女们。

毕竟今天坐在顾孟榆身边的，是巢闻。

出道以来，他就只混大荧幕，不走综艺和电视剧，简直可以说是高岭之花，很难看他出现在什么节目，而四月底郭城导演的《小人物》开拍在即，他却破天荒地在开拍前一周来给一档美食节目当评委，真是天下红雨。

台里的人只道是这档节目的策划和巢闻的经纪人梁熙熙是老交情，从梁熙熙带荣禹东时就认识了，所以梁熙熙看这节目陷入负面新闻，出手相助，派了个大咖来助阵，而粉丝们哪想得到那么多，机会百年难遇，别说这节目是做菜的，哪怕是相亲的，他们也不会放过。

巢闻黑眸如夜，神色淡漠，明明是雕刻出来一般英俊的脸，却让一旁的顾孟榆总是忍不住想笑——

她让侯彦霖找个包公脸，结果那家伙竟然找了巢闻哈哈哈！

这个梗她可以笑一年哈哈哈哈！

就在顾孟榆暗自狠掐自己忍住笑意的时候，工作人员把周琰做好的派分好后端了上来，每人一份，接着就听莫堃声音清甜道："现在有请评委老师和目标观众品尝播主周琰的作品。"

一闻到巧克力的香味，小胖子罗俊宇眼睛都亮了，迫不及待就拿起了叉子，将整块叉起来，然后毫不注意形象地大大地咬了一口——

那一瞬间他觉得自己仿佛整个人都浸入香浓醇厚的巧克力酱之中，连指甲缝隙里都塞满了浪漫的甜意，满足得像是在花海里畅快飞行的蜜蜂！

周琰的这道派采用的是标准两层式，上下两层是烤好的巧克力软饼，撒着层糖粉，可可味浓郁，质地湿软，外表看起来有点像 Whoopie pie（无比派），但它中间夹的却不是甜馅料，而是口感细腻扎实的红丝绒蛋糕，其鲜艳的颜色和黑褐色的软饼搭配出来十分好看，就像是绽放在黑夜里的一朵红花，有一种摄人心魄的美感。

据说红丝绒蛋糕的配方来自纽约的 Waldorf-Astoria（华尔道夫）酒店，在上个世纪五十年代，一位女顾客在这家酒店吃到了这种蛋糕，心生好奇，便向酒店的蛋糕师询问了配方，对方满足了她的要求。但没过多久，女顾客就收到酒店的高额账单，告诉她红丝绒蛋糕配方的告知并非无偿，女顾客一怒之下把配方昭告天下，所以后来越来越多人会做红丝绒蛋糕，这再也不再是那家酒店的专属。

——如果 Waldorf-Astoria 酒店的那位蛋糕师健在并且来到现场，吃到周琰做的这份红丝绒蛋糕，不知道会不会心情复杂，感叹一句"长江后浪推前浪，前浪死在沙滩上"。

不过罗俊宇没想那么多，他连"长江后浪推前浪，前浪死在沙滩上"的英文都不知道怎么说，只觉得这个派真的太好吃了！

他狼吞虎咽地吃完这块巧克力红丝绒派后，恨不得马上把票投给周琰。

巧克力、蛋糕、甜食……整道料理从头到脚都正对他的胃口，美味至极。

一份吃完，他忙着舔嘴角回味，都不知道慕锦歌的菜是什么时候端上来的。

这次换郎桓走程序道："现在有请评委老师和目标观众品尝挑战者慕锦歌的作品。"

罗俊宇低头一看，愣了一下，顿时大失所望。

真是应了那句话，没有对比，就没有伤害。

只见慕锦歌做的派是用的蛋挞模，做出来就是蛋挞大小，一人一个。这道派的外观其实是很传统的，用派皮切成条，覆在馅上编成网格状，烤出来的效果就像是外国动画片里苹果派的样子，本该也不差才是。

但问题是！派皮并不是像外国动画片里那样黄灿灿的，而是绿色的！

由于和面时加了许多蔬菜汁的缘故，纵横交错的派皮都是绿色的，刷了油烤出来后颜色更是深了一层，最中间还沉淀出近乎墨绿的颜色！

噫……

虽然不得不说慕锦歌的手法很好，编织的缝隙适中均匀，就跟机器做出来的一样工整，但横看竖看左看右看都很难看出这颜色诡异的派皮下包着的馅究竟是什么，让人心生一种对未知的不安来，不祥的预感油然而生。

评委席上，林珏怀着几分恶意故意说道："慕小姐，我们吃了你的这个派会不会中毒啊？"

然而还不等慕锦歌回答他，同在评委席上的顾孟榆就微笑着开口道："林老师既然这么惜命，那我就自动请缨，当一次试毒的好了，先吃为敬。"

巢闻一向话少，在顾孟榆还没说完话的时候就已经自己拿起派来吃了。

林珏被顾孟榆的话噎得有点尴尬，又见最右边的巢闻已经一言不发地吃起来，于是和刘小姗面面相觑数秒后，还是跟着一起吃了。

坐在一边的罗俊宇很想说他不要吃这种东西，但他已经十一岁了，知道上电视意味着什么，他不能任性，不然节目组的人会找他妈妈谈话，他妈又找他爸告状，到时回去少不了一顿说，搞不好又要提逼他减肥断他零食的事了。

这事就像是多米诺骨牌，一个倒下接一个，影响巨大。

于是他迟疑地端起蛋挞托，把绿油油的派放在鼻前嗅了嗅，没想到的是，他这时竟闻到一股出奇好闻的香味，勉强勾起了他原本萎靡下去的三分食欲。

深吸一口气，把锡纸托中的派咬下一口，想象中的可怕味道没有来，反而是一种从未尝过的美味瞬间征服了他的味蕾！

罗俊宇整个人都惊呆了，他抬起头，甚至都忘了向节目组的叔叔阿姨要麦，而是直接问慕锦歌道："这是、这是用什么做的啊？！"

慕锦歌看向他，却先是问道："好吃吗？"

"好吃，好吃！"罗俊宇咽了咽口水，好奇地问道，"这酸酸的味道是怎么来的？"

慕锦歌回答："加了甘梅粉。"

罗俊宇又急切道："那其他的呢？"

慕锦歌倒也不卖关子，轻描淡写道："皮加的是香芹汁，馅用的是胡萝卜和苦瓜。"

什么？！这这这……这不是被他拉入黑名单的三种蔬菜吗？！

罗俊宇惊愕道："怎么可能！"

慕锦歌淡然道："只有不去做，没有什么不可能。"

什么鬼，真当他小学生好糊弄吗！

不相信她所说的话，罗俊宇又咬了一口。

——可能他自己都没意识到，与尝上一道巧克力红丝绒派的狼吞虎咽正好相反，他吃慕锦歌的料理时每一口都嚼得特别细，像是生怕一个不注意就会错过什么似的，吃得非常细心认真，一口咬下到吞咽至少二十秒。

不仅仅是他，在听了慕锦歌的话后，所有评委也都在一边吃一边细细品味。

苦瓜和胡萝卜切碎，混在一起，苦瓜的苦和胡萝卜的甜奇妙地互相调和包容，形成一种绝妙的口感，再加上微酸的甘梅粉，裹上散着香芹清香的派皮，在嘴中像是建起了一座高塔，每种口感是一层，随着咀嚼的时候，更上一层楼，每一层都是不一样的风景。

如果说周琰的料理是沉醉不愿醒，那慕锦歌的料理就是我欲上高楼。

"现在有请评委们投票点评——"

品尝环节后，主持人莫堃宣布进入投票点评环节。

林珏坐在评委席的最左侧，是第一个亮牌说意见的，虽然他吃下慕锦歌的胡萝卜、苦瓜派后的确颇为震惊，但他依然是在白板上写下利益共同者周琰的名字。

他放下牌子后，两手交握放在桌前，用着位置上的座麦，说道："这一票我投给周琰老师。他做的这道派，无论是上下两层巧克力软饼还是中间的红丝绒蛋糕，都无可挑剔，甜而不腻，别说小孩子爱吃，就连我这个对甜食没太大兴趣的老男人吃了后也欲罢不能。至于慕小姐的作品，不得不说的确是有惊喜，但无论是色还是味上，都稍逊周琰老师的巧克力红丝绒派一筹。"

他说完之后就轮到刘小姗表态，刘小姗没有他老练，眼神中还透着几分动摇，但白板上却明确地写着周琰的名字，只听她细声细语道："我也投给周琰老师，看法跟林老师一样，两位厨师做出来的派都很美味，但周琰老师的作品更加美观，我觉得对小朋友来说也更适合。"

"也就是说现在擂主周琰已经有两票在手了，"男主持郎桓看向坐在刘小姗旁边的顾孟榆，"朔月老师，到你了。"

顾孟榆笑着将牌举起来，不紧不慢道："我的这一票投给慕锦歌老师。"

还不等她开始点评，最早发言完的林珏却突然发难道："朔月老师，我记得当初你曾为慕小姐在《食味》上写过一篇专栏，大为赞赏……今天你来做评委，不会偏心老朋友吧！"

站在主持人旁边的慕锦歌面无表情地看向他。

坐在评委席上的顾孟榆红唇轻启，缓缓道："林老师真会开玩笑，我去年的时候的确为锦歌老师写过点评，算起来私下和锦歌老师认识了快一年了，但据我所知，你和周琰认识至少有两三年了吧，要是我和锦歌老师认识并且投了她的票就是偏心，那身为周琰老友的你期期都站周琰那边，是不是也可以怀疑是徇私偏袒的结果？"

林珏怒道："朔月老师，东西可以乱吃，话可不能乱说。"

"这句话我原句奉还。"顾孟榆神态从容，"既然林老师的疑心病这么重，那我就好好地说一下我支持锦歌老师的理由吧。"

"从这个节目开播以来，在这个舞台上的厨师一般都会抓住食客资料中透露的喜好，然后尽量选用观众喜欢的食物，避开不喜欢的食物，所以周老师今天的做法也无可厚非，但是锦歌老师的选择却让我感到惊喜。"

顿了顿，她继续道："如大家所见，这一期的目标观众是一位小朋友，他有点胖，视力也不好，从资料中我们可以看出，他有点挑食，不爱吃蔬菜，尤其是胡萝卜、苦瓜、芹菜，最爱吃的就是甜食，尤其是巧克力，而我们这个节目旨在为目标观众制定一个适合他的料理……"

林珏打断道："朔月老师，说不出来就别勉强说了，时间宝贵。"

顾孟榆冷冷冷道："林老师，你是在担心我说出后面的话提醒观众吗？如果不是，请你闭嘴，只要你不打断我，时间就够用。"

眼看两人隔着一个刘小姗就要怼起来，坐在最右侧的巢闻突然开口了，他沉声道："甜食吃多了，会造成肥胖，对眼睛也不好。"

顾孟榆接道："没错，而恰恰与之相反，胡萝卜、苦瓜和芹菜都是健康的蔬菜，不仅可以改善肥胖，其中胡萝卜和苦瓜还有明目的功效。"

被夹在她和林珏之间的刘小姗出来刷存在感："可是食客明确说明了不喜欢吃啊！"

"我前面说了，我们这个节目是旨在为目标观众制定一个适合他的料理，"顾孟榆毫不留情道，"他喜欢的，难道就适合他吗？反之，他不喜欢的，难道就不适合他了吗？刘老师，枉你做评论家前还是营养师，连这点道理都想不明白吗？说白了，现在越是满足罗俊宇小朋友吃甜食的需求，就越是助纣为虐。"

林珏嘲道："朔月老师，你不要太夸张，平时我们见到自己不喜欢吃的东西，谁会主动动筷？厨师最基本的就是调动食客的食欲，首先要让客人愿意吃他做的菜！"

顾孟榆道："你读过名著吗？很多书刚开始看都是无比艰涩，才看一两行就让人感到枯燥无味，只有硬着头皮看到底的，才知道那本书有多么经典。但就算开头让人很难读下去，也不能否认那是一本好书。"

林珏以为她是在借此讽刺自己文化程度低，气得一时语塞，"你，你……"

顾孟榆才不等他把要说的话给结巴出来，随即便道："的确，锦歌老师的派在外表上是输给了周老师的派，但是瑕不掩瑜，除了外观稍逊外，其余的都无可挑剔，派皮的厚度掌控得很好，编织也很精巧，馅的味道层次丰富，蔬菜碎粒在保持了嚼劲的情况下也十分软糯，无论是甜味、酸味还是苦味，都是淡淡的，点到为止。如果有不服气，你就别老揪着料理的外表，有本事从其他方面找个不如意的地方！"

顾孟榆这段点评因为夹杂着其他三个人的争论，所以时间拖得太长，后期制作肯定会把冲突剪掉一部分，然后留一部分下来做噱头。

郎桓见顾孟榆没有什么话要补充了，于是看向最后一位评委，"三位专家评委争论得很热烈啊……那么接下来，有请本期的明星评委，也是我的老朋友，巢闻，来投票举牌。"

巢闻把白板一翻，"慕锦歌。"

郎桓以前跟他一个剧组拍过戏，知道他话少，所以主动问道："能说说理由吗？"

"在这之前，我也不喜欢吃胡萝卜和苦瓜，"巢闻言简意赅，"比起用好吃的材料做出好吃的菜，用不好吃的材料做出好吃的菜更要费心思和技术含量。"

郎桓活跃气氛道："喂，什么叫'不好吃的材料'？我可是胡萝卜本命！巢闻，你等下录完节目别走！"

观众席一片哄笑。

巢闻不置可否，难得地没有就此结束，而是多加了段点评道："至于刚才两位评委说的外表问题，我觉得这个派虽然没有另一个好看，但也不至于难看得吃不下去，用它在味道、创意和心思上的胜出来弥补这项短板绰绰有余。"

绰绰有余。听到这个词，周琰眼底闪过一丝阴鸷。

站在他身边的女主持莫堃却毫无察觉，而是笑道："所以现在评委席的情况是两票周琰两票慕锦歌，打成了平手哎。"

郎桓指向罗俊宇，道："那最后就让我们的目标观众投出最关键的一票吧。罗俊宇小朋友，你觉得哪一位的作品更令你满意呢？"

罗俊宇的脸上出现了茫然。

要说满意，当然是周琰的巧克力红丝绒派百分之百地符合他的心意，可是慕锦歌的派完全颠覆了他对胡萝卜、苦瓜和芹菜的认知，那种美味实在太过于震撼，将他猛然从对甜食的沉醉中拎了出来，扔到了那些他曾如视大敌的蔬菜面前，而就在他打算跪地求饶或是落荒而逃的时候，眼前的"仇敌"们却给了他温暖的拥抱。

一时间他竟然疑惑起自己之前为什么会讨厌这些蔬菜。

究竟是为什么呢？

明明这样吃起来，是那样的好吃。

他今年十一岁了，不是一岁，虽然台上的人都叫他小朋友，但作为一个即将小升初的男生，他已经能独立思考很多事情了。

他当然明白刚才那个漂亮的评委姐姐说的道理，老实说，他也曾为自己的肥胖自卑过，一些和他不对盘的同学吵起架来总是骂他是四眼大肥猪，让他听了后很难过，下定决心一定要减肥，可一放学路过蛋糕店，看到橱窗里的巧克力蛋糕，就忍不住了，把之前的决心忘得一干二净，只把一切希望都寄托在大人们说的青春期抽条上。

他是喜欢巧克力，但他也想要改变自己。

——投给慕锦歌吗？

可是，他又无法拒绝周琰的派，就像是他每次无法拒绝放学路上橱窗内的蛋糕一样……

一番纠结后，罗俊宇无措地看着郎桓："我、我可以弃权吗？"

郎桓愣了下，他主持这个节目这么久，还第一次遇到这种情况，于是他往导演那边望了一眼，才给了罗俊宇答复："按照规则来说，是不行的哟，现在就差你一票了。"

罗俊宇心里两个小人在打架，那么多年都不见胜负，很难也在今天这么短的时间有个结果。于是他道："我选不出来……"

莫堃想着他毕竟还是个孩子，上节目难免有压力，于是温声安抚道："想投谁就说，不要紧张。"

罗俊宇索性站了起来，耍起孩子脾气："选不出来，就是选不出来啊！"

"Cut！"

现场陷入僵局，节目组总导演赶快喊了停，以中场休息15分钟为借口，放观众去上洗手间和到外面自由活动，而他则是和罗俊宇的妈妈一起过来跟罗俊宇沟通。

　　总导演也不好对一个小孩子摆冷脸，只有道："就这十五分钟，你快想清楚投给谁吧。"

　　"我不知道……"罗俊宇都要被逼哭了，"很难选啊，如果不能弃权，那你们帮我选一个吧！"

　　一旁的助理提议道："傅导，要不就平局吧，然后问下慕小姐愿不愿意来下一期继续打擂。"

　　肖悦和叶秋岚走进来正好听到了这么一番话——她俩是来看节目录制的观众，侯彦霖给了她们 V 台的工作通行证，所以即使现在其他观众都被赶出去上厕所了，但她俩还是能进到室内，并且和慕锦歌说上话。

　　肖悦走过去，给慕锦歌递了一瓶矿水泉，一边压低声音道："锦歌，他们说让那小胖子弃权的话，你和周琰就是平手，然后下期定胜负，你还想上这个节目吗？"

　　慕锦歌抬起头。

　　叶秋岚倾身凑到她耳边，低声道："侯二少的意思是，如果你赢了周琰，就要一直留在节目里当擂主，他猜你肯定不想，所以托我们跟你说，要不就主动让罗俊宇把票投给周琰，算你让给他的，你以一票之差败给他，也不难看，没什么损失，而周琰那么要面子，肯定不会说什么，这明面上是他赢了，但他清楚是你让给他的，肯定一个人在心里气个半死。"

　　这种蔫儿坏的损招，一看就是侯彦霖的手笔。

　　慕锦歌嘴角微勾："他人呢？"

　　叶秋岚道："在工作人员那里领了烧酒后就出去了，说留在场内太明显。"

　　肖悦不屑道："搞得跟地下工作似的。"

　　叶秋岚解释道："侯二少也是为锦歌着想，怕被人看图说话。"

　　毕竟，孙眷朝和徐菲菲的前车之鉴就摆在面前。

　　慕锦歌心下了然，于是她走到总导演面前："傅导。"

　　一旁的助理道："啊，慕小姐，正想去找你过来呢。"

　　慕锦歌朝两人微微颔首算是打招呼，然后径自看向坐在位置上一脸做错事模样的罗俊宇，用着不大却足以让周围的工作人员都听清的声音，淡淡道："罗俊宇，你就把票投给周先生吧。"

　　不远处的周琰自然也听到了这句话，顿时睁大了眼睛。

　　罗俊宇一脸惊诧地抬起头："可是你……"

慕锦歌面无表情道："我不想当播主，这次来报名上节目就是试一试，果然我还是不太习惯站在台上，被这么多台机器对着，你如果投给周琰，就相当于在帮我忙了。"

周琰走了过来："慕小姐，你这是在干什么？"

慕锦歌没有理他，而是对总导演道："就算我赢了，我也不会当播主的，到时这个节目没有播主留着该怎么办？那不如就投给愿意当播主的人。"

傅导摸着下巴道："的确……"

周琰皮笑肉不笑："没想到慕小姐这么宽宏大量，竟然把播主的位置让给我。"

慕锦歌语气随意道："不用谢，你挺适合出现在电视上的。"

傅导觉得这个提议挺好，本来他还担心慕锦歌求胜心强，非得要有个结果，没想到小姑娘还挺识大体，主动退让。他拍了拍周琰的肩膀，决定道："那么周琰，就拜托你了。"

"……好。"

周琰气得脸上的微笑都有点扭曲。

但如果不同意，他的不败神话就此终结，节目播出后所有人都会知道，他，全国最年轻的特级厨师，居然被一个搞黑暗料理的黄毛丫头给打败了！

——他绝对不能允许这种事情发生！

他是这个圈了的王，高高在上，不可动摇，怎么能让位给一个不起眼的蝼蚁，让其他人看他的笑话！

所以，他不会拒绝。可如果同意，那这个播主就是慕锦歌"让"给他的，搞得他好像输得有多可怜似的，需要她的施舍。

这实在是太窝火了！他恨不得把整个录制厅给砸飞！一腔怒火无处发泄，周琰只有暗自冲着体内的系统发火，"系统，这是怎么一回事？你是死了吗！"

系统的声音不紧不慢："亲爱的宿主，反正最后还是你赢了，有什么好气的呢？"

"赢？这叫赢？"周琰在心中冷笑，"这是那个女人不要的！"

系统道："宿主，请您冷静，休息时间快结束了，马上您就要上台接受结果了，得保持优雅的仪态。"

周琰在心中咆哮："优雅？去你的优雅！你个废物，为什么不能给我更好的菜单？"

"亲爱的宿主，这已经是我对节目提供的食材进行计算后制定的最佳菜单了。"

"屁！那慕锦歌做的那玩意儿是怎么回事？"

"宿主，请您冷静，导演喊你上台了，要开录了。"

周琰脾气一直不算好，以前就会骂烧酒，但最近是越来越不好，好像每天不骂一顿系统就过不去似的，"成事不足败事有余的东西！你……"

突然，他感到一阵晕眩，身体晃了下，还好被一同上台的郎桓扶住了。

郎桓问："周琰，你没事吧？"

"没事……"

男人抬起头，眼底一片风平浪静，脸上也挂着优雅得体的微笑，总感觉和刚才不太一样。他对郎桓道："谢谢，刚刚打光灯闪了我一下，现在已经没事了。"

——50/100。

♥ 第十七章 ♥
|冰激凌|棉花糖|

　　烧酒一脸蒙圈。

　　此时，它正坐在侯彦霖的副驾驶座上，看着车往与电视台完全相反的方向渐行渐远，满头问号："你这就……走了？节目还没录完呢！"

　　侯彦霖掌着方向盘，漫不经心道："就差那么十几分钟宣布结果而已，看不看都一样。"

　　"什么叫'而已'？宣布结果的环节才是最不能错过的好吗！"烧酒分分钟想要跳车，炸毛地抗议道，"尤其是在喊停前靖哥哥和周琰打成平手，现在就看那小胖子的一票，正悬念着呢，你怎么就把我给带走了呢？！"

　　侯彦霖空出一只手抚了抚它的毛，道："因为我已经知道结果了，所以没有悬念。"

　　烧酒狐疑地看向他："你知道结果？"

　　侯彦霖淡然道："最后会是周琰赢。"

　　烧酒再次炸毛："为什么！"

　　侯彦霖耐心地解释道："动动你的猫脑子想想，继续录制后只可能有三种情况：第一，小胖子选了周琰；第二，小胖子还是犹豫不决，最后节目组同意平局，锦歌和周琰下期再比一轮；第三，小胖子选了锦歌，那就意味着锦歌要成为节目的擂主，之后也还要过来录制后面的节目。你觉得以锦歌的性格，会愿意接着来录节目吗？"

会……才有鬼了。

烧酒愁眉苦脸道："那万一真是前两种情况，那怎么办？"

侯彦霖道："锦歌现在看不了手机，所以我已经让肖悦和叶秋岚帮我传话了，主动把这一票让给周琰，让他赢了也气死。"

烧酒愣了愣，但很快就反应了过来，语气兴奋道："厉害了！那家伙心高气傲，肯定没把靖哥哥放眼里，没想到最后胜出还是靖哥哥让她的……哈哈我都能想象他有多气恼！"

"这还不止，让他赢还有很多好处，"侯彦霖勾起了嘴角，"我提前去打了招呼，节目组后期不敢乱剪，孟榆姐对锦歌料理的解析和点评会一字不落地播出，到时肯定能获得很多观众的认同，然后他们就会奇怪最后赢的居然不是锦歌，接着再有口风不严的现场观众匿名爆料说最后一票出来前全场突然中止过录制……你想想，大家会怎么想？"

烧酒顺着接道："会认为背后有黑幕，觉得原本最后一票该是靖哥哥的，是周琰用见不得人的手段把票改成了自己的。"

侯彦霖笑着看了它一眼："还不太蠢嘛。"

"那当然，本系统可是智慧的化身，聪明无双！"烧酒骄傲道，"啧啧，大魔头，你行啊，虽然早知道你一肚子坏水，但阴险起来还是那么出乎我的意料。"

侯彦霖哼笑道："他之前不是玩舆论玩得挺爽的吗？我就让他见识见识专业和非专业的差距。"

所以说啊，惹谁都不要惹大魔头！——烧酒一边暗爽一边如是总结道。

车开了有一会儿，烧酒才发现这根本不是在往奇遇坊的方向开，于是问道："不对，你还没说你这是要带我去哪儿？"

侯彦霖道："美容院。"

烧酒以为自己听错了："去、去哪儿？"

侯彦霖笑道："宠物美容院啊！"

烧酒整只猫都往后退了一步。

"啥？"

"侯先生，您的宠物好了。"

两个多小时后，美容院的总经理亲自把烧酒抱了出来，放在了侯彦霖面前的桌台上。侯彦霖眉毛一挑，然后伸手握起它的小爪爪，脸上笑眯眯道："啧，哎呀，这是哪家的小帅猫啊？"

烧酒："……"它感到很无奈。

手无缚人之力的它就这么稀里糊涂地被侯彦霖带到了这个什么宠物美容院，又稀里糊涂地做了毛发、口腔、头发的护理，一番折腾，从原本的奋力挣扎到无力妥协，两个小时就像是有两年那么长。

等它重新站在侯彦霖面前时，已经是一身干净利落的短毛，指甲也修了，浑身散发着专用沐浴乳香喷喷的味道，身上还被套了件量身定做的白底印花卫衣和小短裤，一条毛茸茸的猫尾巴可以从裤子上的洞里钻出来，不松不紧。

"喂，大魔头……"

可是还不等它把话说完，就见侯彦霖打了个响指，招来一个脖子上挂了单反相机的胡楂儿男，然后道："现在去你们的影棚吧。"

胡楂儿男毕恭毕敬道："好的，请侯先生跟我来。"

烧酒十分茫然道："什么影棚？你又要带我去做什么？"

"嘘。"侯彦霖低头看向它，笑着眨了眨眼睛，道，"给你出写真集。"

于是它又这么稀里糊涂地被侯彦霖抱进了这家高级宠物美容院自带的影棚，稀里糊涂地拍了一个小时的照，有和侯彦霖一起拍的，但大多都是只有它，用后腿挠个痒痒都能被那个胡楂儿男咔嚓咔嚓按几十次快门。

结束后，胡楂儿男摄影师还说："侯先生，您家猫真乖。其实猫咪都是不喜欢穿衣服的，总是一穿就趴下耍赖不配合什么的，但您这只就很听话，穿了后反而安静了，很可爱，可以试试去当动物模特。"

大兄弟，你可真识货！

烧酒一听，满腹郁闷顿扫而光，整只猫都有点轻飘飘的，扬扬得意起来。

它趁侯彦霖在和胡楂儿男商量洗照片事宜的时候，偷偷跑到室内的一面镜子前，照了左边照右边，照了前边照后边，打滚照，转圈照，百看不厌。

——唉，我怎么就这么好看！

就在它自我陶醉得不要不要的时候，侯彦霖已经结束了和胡楂儿男的谈话，弯腰把它抱了起来："走吧。"

烧酒心里有个大胆的猜测："大魔头，你……你不会是要带我去相亲吧？"

侯彦霖"噗"的一声笑了出来。

烧酒一本正经道："我告诉你，我可不是随便的猫！"

侯彦霖失笑："哈哈哈你就做梦吧，哪只母猫能看上你。"

烧酒瞪道："谁说没有？本喵大王智勇双全……"

侯彦霖幽幽地提醒道："但是你早就被阉割了。"

"英俊潇洒……"

"被阉割了。"

"多才多艺……"

"阉割。"

烧酒在他怀里挣扎起来："大魔头，我今天不挠死你，本大王就不姓烧！"

——然而，直到在第二个目的地下车，它还是连侯彦霖一根毛都没伤到。

真是个悲伤的故事。

于是当它被侯彦霖抱进商场的时候，脸上只有三个大字：不、开、心。

当然，由于五官长相的原因，它每天看起来都很不开心。

"不对啊，你这样把我放在购物车里，商场的人不说你？"第一次得以坐在购物车上，烧酒有些紧张起来，它的两只前爪攀在车筐上，奇怪地环顾了下四周，"这不是间大商场吗？怎么除了我们都没有其他人？"

侯彦霖推着车，"因为我把这里包场了啊！"

"哈？"

侯彦霖大方道："想买什么就买，今天全部满足你。"

"不是，等等"烧酒跳到了车里的儿童座上，站得离侯彦霖更近了一点，"你今天到底怎么了？"

"嗯？"

"莫名其妙地带我去美容院，然后又是请人给我拍照，最后还包场来带我买买买。"

侯彦霖笑了，"对你好还不行吗？"

烧酒语气凝重道："你这突然对我太好了，让我有种自己即将喂饱上路送屠宰场的感觉……"

侯彦霖揉了揉它的小脑袋，"你放心，这不是最后的晚餐，只是因为今天是个特别的日子。"

烧酒疑惑地抬起头，"特别的日子？"

侯彦霖却卖起了关子，"暂时保密。"

烧酒道："什么鬼！"

侯彦霖话锋一转，"能随意宰我的机会就这么一个，爱要不要，所有猫粮玩具任选，其他的也是，只要不超出我车的运输量就行。"

烧酒顿时眼睛一亮。

——要知道，侯彦霖今天开的可是一辆 SUV ！

今天到底是什么日子！竟然能够让它享受到如此待遇？

难道是……

国际爱猫日？

一番疯狂购物后，侯彦霖直接把它送回慕锦歌的住所。

从电视台出来时还是白天，等回到家的时候已经是晚上了。

《满意百分百》是周一录制，奇遇坊正常营业，照理说录完节目后慕锦歌和侯彦霖应该都先回到店里才是，但不知道为什么，侯彦霖却跟它说，在正值晚饭厨房忙碌期的现在，慕锦歌竟然待在家里。

侯彦霖双手要提东西，抱不了它，所以它只有自己跑上楼梯。

当它看到侯彦霖没有敲门而是从兜里掏出备用钥匙时，很是惊讶道："你什么时候有这里的钥匙的？"

侯彦霖有些得意地在它面前晃了下钥匙才开门，一边道："在你不知道的时候。"

门一开，烧酒就撒欢似的冲进去："靖哥哥！"

"回来了啊！"慕锦歌从厨房出来，手上还端了盘菜放到桌子上，"上桌吃饭吧。"

和慕锦歌在家的时候，烧酒经常上桌吃饭，所以并不会觉得慕锦歌这句话只是在招呼身后的侯彦霖。

于是它熟练地跳上饭桌，打算瞧一瞧今晚的菜式，却在看清这一大桌菜后登时瞪大了猫眼，口水差点流出来！

小鱼干、蓝莓炒饭、爆浆鸡蛋、柑橘乳酪条、果冻卷、薄脆饼……

全部都是它喜欢吃的东西！

所有菜都各自被放在一个小盘子里，分量不多，好像都是一人份，桌上摆了有十多盘，有几道它只远程记录过，都没有亲口尝过。

而就在它以为这就是所有的时候，又看见慕锦歌从冰箱里取出一小份冰激凌似的东西，似乎在查看是否冻好了。察觉到那两道灼灼的目光，慕锦歌看向它，"想吃？"

烧酒猛点头。

慕锦歌将冰激凌从容器中取出一小部分，扣在小盘子上，然后又端进厨房不知道加了什么，很快就端了出来，放在烧酒面前："少吃点冷的。"

只见冰激凌通体是很普通的淡黄色，但不知道上面淋了什么，从样子来看，应该不是刚刚淋上去的，而是早在冷冻之前就淋上的，深浅不一，颜色比蜜糖汁要深得多。别的冰激凌要装饰，大多都是在顶部插片薄荷或洒彩豆，可是这份冰激凌却不走寻常路，顶端竟是舀了一勺橘红色的鱼籽，很是奇怪。

然而烧酒知道，比起慕锦歌最初做出来的料理，现在的这些"黑暗料理"的颜值已经有了很大的提升，或许厨师本人都没有察觉到，但其实她的料理已经渐渐地没有那么具有视觉杀伤力了，只是看起来会奇怪而已，并不会给人造成不适。

　　在不知不觉中慕锦歌已经慢慢成长。

　　烧酒伸出猫舌，从下往上舔了一口，细薄的舌尖灵活地勾起了一小块沾了鱼籽的冰激凌——

　　我的天啊，淋在冰激凌表面的竟然是酱油！

　　酱油的味道抢先侵入味蕾，随即一股冰凉的甜意紧追其后，和最开始的微咸味撞击在一起，像是一阵浪潮向礁石拍来，将没未没。

　　而就在这个时候，混了一点点芥末的鱼籽如同一道惊雷，在海岸中炸开，震荡得海面又掀起一浪！

　　太绝了！

　　可它还没来得及说出一句赞美之词，就听"啪"的一声，所有灯都关上了，整个屋内突然之间陷入了一片昏暗之中。

　　怎么回事？跳闸了吗？

　　烧酒抬起头，正想问问慕锦歌和侯彦霖，结果一抬眼就看到前方亮起了一抹温暖的烛光。

　　"祝你生日快乐，祝你生日快乐……"

　　只见慕锦歌手上端着一份只有五寸大的圆形蛋糕，上面插着一只点燃的粉红蜡烛，而侯彦霖则跟在她后面一边拍手一边唱歌，一齐从厨房向它走了过来。

　　他手上还拿了个硬纸板围的特制小皇冠，走近后一下子扣在了它的头上。

　　烧酒睁大了双眼，愣愣地看着他们，它的这副神情配上头上这顶金灿灿的皇冠，看起来有些违和，很是滑稽。

　　侯彦霖看它还是茫然的，于是换了英文版的歌词唱道："Happy birthday to dear 烧酒……"

　　烧酒更加震惊了："生日？我？"

　　慕锦歌解释道："我第一次在垃圾桶旁看到你，是去年的4月21日。你说你在外流浪了三天，所以我猜你应该是18日被周琰强行剥离，然后当天进入到这具身体的。"

　　"摆脱人渣，就是新生。"侯彦霖笑嘻嘻道，"所以我和锦歌商量，决定把这一天当作你的生日！惊喜吗？"

烧酒整只猫都傻掉了，怔怔道："可是我读取这具身体的资料显示……"

侯彦霖注视着它，缓缓道："都说是'你'的生日了，而不是猫的。"

一时间，烧酒都不知道说什么好。身为一个系统，它向来都是记录和储存别人的资料，其实当然少不了生日这项。

——但它从没有想过，有一天它也能拥有这么一个吃蛋糕吹蜡烛日子。

它不知道它从哪里来，也不知道自己是什么时候开始存在的。

说白了，它只是一个工具，谁会记得一个工具是何年何月何日出产，并且在之后的每一年为其庆祝的呢？

可是现在，它居然被赋予了生日，在这一天受尽了恩惠，收到了礼物，吃到了生日宴，还能像人类那样，吹蜡烛许心愿……

这样的自己怎么会是史上最悲催的系统呢？

等烧酒回过神来的时候，发现自己居然哭了，眼泪不断地从它那双玻璃珠似的眼睛里往外涌，打湿了它脸上的毛。它忙低下头，不愿让自己这副狼狈样被看见，接着，它就感觉到有两只完全不一样的手同样轻柔地抚摸着它的背，两个声音也随之响起——

"烧酒，生日快乐。"

"小哭包，都一岁了，以后可别这么爱哭了。"

烧酒不知道的事情有很多。

但它知道，它最爱的两个人此时一定正温柔地注视着它。

烧酒满心欢喜地看着侯彦霖把今天新买的猫窝给摆好，然后迫不及待地钻进干净舒适的新屋，盘着身体趴下，发出一声惬意的喵叫。

——猫生如此，死而无憾！

这时，它听见侯彦霖状似漫不经心地问道："靖哥哥，外面是不是下雨了？"

慕锦歌看了看窗外："是吧。"

"你看，"侯彦霖若有所指，"都这么晚了……"

慕锦歌："现在才九点。"

侯彦霖一本正经地道："靖哥哥，九点已经很晚了，为了保持健康的生活，不工作时晚上应该十点半前就睡觉，所以算了算现在只剩下一个半小时了。"

慕锦歌面无表情地拆穿他："可是每周休息日过了十一点你都还在回我消息。"

侯彦霖说得跟真的似的："那是我很努力地克制睡意，凭着仅存的意识在坚持。"

"那请你以后不用坚持了。"

"那我可能会梦游。"侯彦霖看着她，缓缓道，"靖哥哥，今天我带烧酒跑了一下午，也累了，现在外面还下着小雨，天色又暗，开车的话多危险啊！"

慕锦歌问："所以你是要向我借伞然后走路回去吗？"

"如果可以的话，"侯彦霖小心翼翼地说，"我能留宿一晚吗？"

慕锦歌："……"

"我睡沙发就可以了！"侯彦霖忙道，"烧酒换了新窝，晚上肯定睡得不太适应，正好我可以在客厅陪它……你说是吧，烧酒？"

呵，不求猫的时候叫人家蠢猫，这会儿有求于它了，就叫正名了？

虽然很想这样嘲讽他，但正所谓吃人嘴短拿人手软，烧酒舒舒服服地躺在侯彦霖给它买的猫窝里，慵懒地接道："靖哥哥，要不你今晚就让大魔头留下吧，我看他这尿样也搞不了什么大事，睡在客厅还能当保安了，有强盗进来先捅他。"

慕锦歌只觉得这人脑回路清奇，放着自己家里好好的床不躺，非要来睡她家的二手沙发。她看了侯彦霖一眼，淡淡道："随便你。"

说完，她就转身进卧室拿衣服，准备等下去浴室洗澡。

等慕锦歌拿着东西进浴室后，烧酒从猫窝里伸出一只猫爪："Give me five（注：意指双方举手相互击掌，用于打招呼或相互庆贺）！"

侯彦霖轻轻跟它击了一掌，然后手指便捏上了那张大扁脸，皮笑肉不笑道："蠢猫，你说谁尿样呢？"

烧酒叫起来道："啊啊啊我要打小报告！"

侯彦霖道："新窝还想不想要了，嗯？"

烧酒是一只能屈能伸的好猫，"霖哥哥！我再也不敢了！"

侯彦霖这才放过它，笑眯眯地揉了揉它的小脑袋："乖。"

十五分钟后，慕锦歌洗完澡从浴室出来，当她看到自家客厅不知道什么时候竟然多了个20寸的小黑箱子时，不由得愣了下。

她看向坐在沙发上一脸无辜的侯彦霖，问："这个箱子哪里来的？"

侯彦霖十分坦诚道："我刚刚下楼去车里拿的，里面有我换洗衣物和一些日用品。"

慕锦歌有些无语："没想到你还是有备而来。"

侯彦霖笑道："备了好久了，每次来你这儿都带着，就这次终于能在你面前露个脸。"

慕锦歌嘴角一抽，显然听了这话后不太想理他，转身就走了。

侯彦霖在她身后问道："靖哥哥，我可以用你家的浴室洗澡吗？"

慕锦歌心想你要住下来时也没那么客气啊，嘴上答道："等我把衣服洗了。"

这间屋子只有一间浴室，还不是独立卫浴，对于侯彦霖这种大少爷来说，这应该是人生目前为止进过的最狭窄的浴室了。

本来就不大，他一个一米八五的汉子进去，长手长脚的，不小心就要磕哪儿撞哪儿。

但是就算这样，他的脸上也没有露出一分嫌弃，反倒是一脸兴致勃勃的样子，饶有趣味地看这看那儿。

把衣物和毛巾放到马桶上方的置衣架后，他也不忙着洗，而是先观察了下慕锦歌牙刷和漱口杯的颜色，又看了看洗手液的类型，然后才脱了衣服，走进淋浴区。

慕锦歌租的是一套老房子，装修时间有些年头了，虽然后来有新装玻璃门来隔开厕所和浴室，但喷头还是比较老式的，可以取下的那种，而不是大花洒。

大概这间房子的原房东一家也没他这么高的人，所以挂喷头的位置安得也不高，和他的个头差不多，所以洗头时他必须得弯着腰，有些辛苦。

然而侯彦霖却乐在其中。

他一边淋着热水，一边好奇地打量起放在架子上的洗浴用品，感觉像打开了一扇未知世界的大门，两眼发光，就差带个手机进来拍照留念了。

侯彦霖对着这些他从未用过的平价牌子思忖了老半天，任热水在自己背上哗啦哗啦地流，丝毫没有节约用水人人有责的意识。

过了会儿，门外响起慕锦歌询问的声音："侯彦霖，水温还合适吗？"

"合适。"因为有流水声，所以侯彦霖抬高了声音，"靖哥哥，我能用一下你的沐浴乳吗？"

慕锦歌只以为是他没带，也不怎么介意："你用吧。"

侯彦霖道："谢谢……啊！嘶——"

慕锦歌听到他吃痛的声音，忙问："怎么了？"

门后传来有点可怜兮兮的声音："后脑勺撞到喷头了。"

慕锦歌："……你快洗完出来吧。"

而等流水声终止，已经是十分钟后的事了。

侯彦霖穿好衣服后站在洗手台的镜子前，用纸巾拭去镜面上的雾气，然后颇为满意地看着镜中映出来的画面——

只见他身上穿着一件深灰色的睡衣，说是睡衣，但款式却更像浴袍，两边袖子是宽口，抬手就能露出一截肌肉线条优美的小臂，胸前开着宽松的深V，露出紧致结实的胸肌，腰间系着一条松松的腰带，性感块状的腹肌在布料的遮掩下若隐若现。

为防止一出浴室就被扫地出门，他还是很老实地穿上了样式中规中矩的睡裤。接着，他用干毛巾擦了擦湿漉漉的头发，然后将头发往后面一抹，露出饱满光洁的额头。

对着镜子，他露出透着几分邪气的笑容，伸出舌尖舔了舔下唇。

很好，很性感，很完美。今天，他一定要把靖哥哥给迷死！

暗自得意了一会儿，他终于打开卫生间的门，走了出去。

慕锦歌此时正蹲在客厅打包垃圾。

侯彦霖故意每一步都走得很重，然后在对方不远处停下，身体半靠着墙，确定拗好造型后，才缓缓开口，语气慵懒：“锦歌，你能帮我晾下浴巾吗？”

慕锦歌头都没有回一下：“晾衣竿和衣架都在阳台，自己晾。”

侯彦霖的声音带着恰到好处的沙哑：“可是，我想要你帮我晾。”

等到把垃圾拎到玄关处放好后，慕锦歌才回头望向他。

侯彦霖维持着自以为最能打动异性的神情，看到慕锦歌愣了一下后，心里一喜，感觉自己离成功只有一步！

而就在他考虑换个 Pose 乘胜追击时，慕锦歌走了过来，轻蹙起了眉头：“本来想让你下楼帮忙丢下垃圾的，但你穿得这么少，还是我自己下去吧，免得你感冒了。”

侯彦霖：“……”

惨败。

——太过分了！

我都在你面前展现睡衣诱惑了，而你却还想着扔垃圾！

我难道还没有一个垃圾吸引你吗？

侯彦霖暗自叹了口气，闷闷道：“那我换好衣服下去扔。”

慕锦歌看着他，突然道：“把浴巾给我。”

侯彦霖有点委屈：“你不是让我自己晾吗？”

“给我。”慕锦歌只是淡淡道，“你去沙发上坐着。”

虽然心里有点小失落，但侯彦霖还是照着她说的话去做了。

然而出乎他意料的是，对方并没有拿着他的浴巾转身走向阳台，而是在他坐下后，跟着走到了他面前，然后把浴巾搭在了他的头上。

浴巾包住侯彦霖的头，他能感觉得到对方的双手隔着毛巾，有力却又不失轻柔地揉着他的头发，每一下都揉到了他的心里。

慕锦歌的声音从头顶传来："没事找感冒是吧，头发也不擦干，跟个水鬼似的，滴得地上都是。"

"……"

侯彦霖整个人都傻掉了，没有吭声，就像只听话安静的大狗狗，乖乖让主人擦毛。他还能感觉得到，当碰到后脑勺的部位时，对方的动作明显慢了下来。

然后就听慕锦歌问了一句："的确有点肿起来了，还疼吗？"

他终于有点反应了："嗯？"

慕锦歌道："不是说撞到喷头了吗？"

"……"

"谁叫你没事跑来找折腾，又不是不知道我这儿房子窄。"

就在这时，侯彦霖突然伸手抱住了慕锦歌的腰。

慕锦歌问："怎么了？很疼吗？要不要抹点药？"

侯彦霖低头闷声道："不抹，它自己会消肿的。"

慕锦歌："那你抱住我干什么？"

侯彦霖沉默了数秒，才语气微妙道："你真是气死我了。"

慕锦歌不明所以："我怎么了？"

"忽视我的睡衣诱惑也就算了，"侯彦霖坐在沙发上抬起头看向她，语气颇有些怨念，"还居然趁我洗澡的时候，偷偷把头发给吹干了！"

"……偷偷？"

侯彦霖哀叹一声："枉我还在浴室里幻想了下给你吹头发的场景。"

睡衣诱惑？吹头发？

回想起刚才对方的种种表现，慕锦歌忍不住笑出来："你电视剧看多了吧？"

侯彦霖把她抱得更紧了，幽幽道："现在还嘲笑我！"

慕锦歌哄他道："好好好，那下次留给你吹，行了吧？"

"下次？"侯彦霖眼睛一亮，像是全城点起了灯火，"我以后都能留宿吗？"

慕锦歌觉得有些好笑，俯身在对方额头上落下一吻："看你表现。"

侯彦霖抬头望向她，宽厚的大手抚着她的后脑勺往自己这边一按，有些用力地吻上慕锦歌的嘴唇，一番交缠吮吸后低声道："真甜。"

"……"

与此同时，明智无比的烧酒早就钻进了猫窝，用浑圆的猫屁股对着外面，眼不见为净。

唉，孤单的人（猫）啊，请抱抱自己。

♥ 第十八章 ♥

|芋圆|肉酱|

正如侯彦霖所说，这一期《满意百分百》播出后确实引起了一阵热议。

不少人都认为慕锦歌的派更加符合节目的宗旨，应该是下期擂主，所以纷纷在微博上发表自己的意见，质疑周琰获胜的真相，围攻节目组的官微。

节目组有苦说不出，索性置之不理，周琰微博下也一片诘问，气得他一怒之下关了评论，而反观慕锦歌和顾孟榆，粉丝噌噌噌地往上涨，除了很多美食控外，还有不少巢闻的粉丝秉着"我爱豆欣赏你所以我也欣赏你"的心态顺手来锦上添花，奇遇坊的生意也因此更好了。

可喜可贺，可喜可贺。

这天侯彦霖打开奇遇坊的官方邮箱，发现有一封未读邮件很特别。

邮件是三天前发的。

现在有什么商业合作，一般都是微信联系，很少只用邮件往来了，再加上奇遇坊的对外业务本就少，所以他不会每天都上邮箱查看，只是设置了邮件提醒，如果有新邮件进来了，助手软件就会提醒他查阅。

但是关于这封邮件，他确定没有收到任何提醒。

而最让他惊诧的是，发件人的默认账户昵称为"纪远"。

——和三周前去世的那位天才画家同名同姓。

侯彦霖看了眼在桌子上趴着吃爪爪的烧酒，神色平静地点进了这封主题为"致奇遇坊猫先生的主人"的邮件。

发件人：纪远（jiyuanchina@745.com）

收件人：奇遇坊（miraclehouse@745.com）

致奇遇坊猫先生的主人：

您好。

我知道这封邮件或许会给你带来惊愕与困惑，但是很抱歉，我不知道如何才能在不惊动世人的情况下把我所得知的真相留下。这封邮件是定时发送的，写下这些话的时候是 4 月 1 日的凌晨，也就是我从贵店离开九小时后，如果这封邮件真的在半个月后发了出去，那么说明那个时候我已经不在了。

我是纪远，3 月 31 日被钟罡先生带来贵店吃饭的那个纪远，但其实我并不是纪远，我是他的美术系统，如果您愿意的话，可以和小远一样称我为"1012"，为了纪念八年前我在十月十二日寄宿在了他的身体内。

当看到"系统"两字时，侯彦霖不由得睁大了眼睛，整个人愣了下。

几秒后，他松开鼠标，伸手拿来自己的手机，把这封邮件的发件地址发给了助理，让助理迅速核实这是否就是月初刚去世的纪远的邮箱。

在确认之前，他不打算继续读下去，因为他不想被一封伪造死者的邮件搞得自己七上八下，影响心情。

高扬办事一向效率极高，还没五分钟，回复就发了过来。

——这的确是那个纪远的个人邮箱。

看到这个结果，侯彦霖脊背一凉。

他神色凝重地放下手机，重新点开了这封让他震惊无比的邮件，重新往下阅读起来——

身为一个系统，我是无法窥见其他人体内是否存在系统的，但不知道为什么，当我来到贵店看到那只灰蓝色的猫时，却能隐约感知到猫身内寄宿着我的一位同类。正常的系统一旦脱离宿主，很难继续存在，因为要靠宿主完成进度，而一只猫显然并不能完成任何成就与进度，所以我大胆猜测猫先生是找了代理宿主，这个人最有可能就是猫的主人。

如果您对以上我所说的事情一无所知，那么请不用看下去了，因为看到最后您可能会觉得这是一封耍人的邮件。我也想过我的猜测不一定正确，但我实在走投无路，只有放手一搏，所以还是坚持写到了这里。

我不知道是什么使猫先生变成了现在这副样子，但我想要告诉您的是，这不是件不幸的事，恰恰相反，这让它与宿主都免遭痛苦。宿主们都相信，

系统是让他们成功并且幸福的工具，作为一个系统，我曾经也是如此深信的，但是最后明白到的真相却很残酷……

这时，侯彦霖发现他还未读到的文字突然之间从整齐的文字变成了一堆乱码，就像是有一只神秘莫测的手以眨眼之速在他眼前把先前摊开的一张张纸牌翻了回去！

怎么回事？

他难以置信地拉动上下滑条，却发现不仅后面的内容变成了乱码，就连前面他刚才读过的部分也瞬间变成了一堆毫无意义的符号字母！

"喵……"

就在他不知所措的时候，烧酒略有些怯生生的叫声将他的注意力拉到了电脑屏幕之外。

侯彦霖顺着它的目光看去，才发现不知道什么时候周琰来到了他们的店里，两手插兜站在门口。

而他就坐在进门处的柜台后，两人相隔很近。

一个有些诡异的想法在他脑海中油然而生——

纪远有系统，这封邮件就是那个叫作"1012"的系统写的。

周琰也有系统，而周琰一进到他们店里，他原本看得好好的邮件就瞬间变成了一堆乱码。

这难道仅仅是巧合？

"1012"说要告诉他一个真相，而从前文来看，这个真相肯定和系统有关。

会不会是周琰的系统察觉到了他在看这封邮件，不想让他知道这个所谓的"真相"，所以出手阻挠了呢？

如果真的是这样，那么那个将烧酒挤对走的系统为什么不想让这个"真相"被人知道？

而就在侯彦霖皱眉思索的时候，周琰已经迈开脚步，走到了刚从厨房出来进了吧台后的慕锦歌面前，脸上挂起客气的微笑："慕小姐，下午好。"

慕锦歌看了他一眼，神色淡漠，很快便低下头看手头做的事，一边淡淡道："周先生要点单的话请找服务员。"

周琰藏在衣兜里的拳头握得更紧了些，脸上却笑容不改："慕小姐你真会开玩笑，我又不是第一次来了，怎么会不知道这里的规矩，我今天来这里，是找你有事要说。"

慕锦歌垂着眼："什么事？"

"慕小姐，我想收你做我的学生，不知道你意下如何？"

周琰没想到这期节目播出后竟然会是这么不利于他的反映。

明明是势均力敌的平局，现在倒好，在众人口中他倒成了输的那方，众口铄金，他被黑得措手不及，还像哑巴吃黄连似的，不能道出真相为自己辩解——难不成要他广而告之，这次他能赢得比赛，是慕锦歌主动让出了一票？

那和被网友质疑是靠不光彩的手段赢得擂主又有什么区别？

节目播出的这两天他忍不住地想，难道慕锦歌早知会有这样的结果，所以当初才那么大方地让小胖子投票给他的吗？这一切是不是她早就设计好的陷阱？但他又一次次地否决了自己这个想法。

不可能的，连他都没有料到的事，那个黄毛丫头怎么可能预料得到。

就在他为无法反击网上的攻击而气急败坏时，他的现任系统指明了台阶让他下，建议他主动去收慕锦歌为徒，这样既能挽回颜面，堵住众人的悠悠之口，又能体现出他的宽容大度，提升形象。

于是，此时他来到了这里。

"慕小姐，我想收你做我的学生，不知道你意下如何？"

说出这句话，他的脸上始终保持着谦逊客气的微笑，语气温和恳切。

当听到周琰对慕锦歌说"我想收你做我的……"的时候，侯彦霖差点就举起烧酒并向他扔过去了，可当他听完这句话的后文，抱起烧酒的动作一滞，心想这个人脑袋是不是坏掉了？

如果不是坏掉了，那就是蠢透了。

果然，慕锦歌眼皮都没抬一下，冷漠道："不愿意。"

周琰对她的拒绝早有所料，他也不退缩，反而笑着问道："我可以问下为什么吗？"

慕锦歌冷冷地看了他一眼："你未必比我强，我为什么要认你做老师？"

周琰愣了下，他想过慕锦歌会拒绝他，但他没想到对方竟然说得这么直白。

未必比她强？这个臭丫头是哪里来的自信？

"慕小姐，你该不会以为只凭借一场作秀性质的比拼，就能说明强弱之分了吧？"周琰理了理外套，慢条斯理道，"如果你真的这样想，那我只能说你还太年轻，目光还是短浅了些。你要知道，就连你的前师父程安都曾是我的手下败将，他既然都能给你当师父，那我做你的老师理应是绰绰有余。"

慕锦歌淡淡回道："程先生从业二十多年，我跟在他身边学习，能学习到很多厨房工作的经验，可是你不过是比我早入行了两年，有什么值得我学习的地方吗？"

周琰的笑容中带了几分嘲弄："慕小姐，你的态度这么狂妄自大真的好吗？"

慕锦歌道："突然跑过来说要给别人当老师，这才是狂妄自大。"

周琰眯起了眼睛，眼底飞快闪过一丝阴鸷，但他还是维持住了笑容，不在人前黑脸："既然你认为我不如你，那我们再来比试一次好了，时间、地点、形式、内容任你决定，如果我赢了的话，你要承认我比你厉害，然后做我的徒弟。"

慕锦歌在干抹布上擦了擦手，抬起头漫不经心道："行啊，那就现在吧。"

周琰以为她起码要回去计划个十天半个月，怎么都没想到对方说来就来，一时忍不住惊讶道："现在？"

慕锦歌看向他："你我各做一道菜交换品尝，然后尽可能地还原彼此的料理，这样既不会兴师动众麻烦其他人，又能效率地解决问题。"

周琰挑了下眉："解决问题？"

"如果我能轻而易举地复制你的菜，而你却摸不透我的菜是怎么做的，"慕锦歌看着他，漆黑的眼眸映出他的缩影，"那不应该是我当你的学生，而是你该喊我叫老师。"

周琰被她激到了，很爽快地答应下来："好啊，那就这么比。"

两人的比试突如其来，慕锦歌让小山挂了暂停营业牌子出去，然后处理完最后一批订单后，她和周琰抽签决定位置，最后定下来周琰用里面的后厨，慕锦歌用吧台后的开放式厨区。

问号今天不上班，所以他的围腰给周琰穿了。周琰系好围腰，在开始前多问了一句："厨房里的食材都可以用？"

慕锦歌也没有多做什么准备，一切都和平时一样，她道："都可以。"

周琰看了看她，问："我怎么知道你在外面有没有小动作？"

慕锦歌道："周先生放心，我们的外厨、后厨都有监控，还能收声。"

周琰点了点头："那就好。"

听到二人的谈话，侯彦霖抱着手中的猫，用着只有他俩能听到的声量开口道："烧酒，你说你有联机功能，那你能不能抵制线路入侵？"

烧酒舔了舔爪子，懒洋洋道："你以为我是杀毒软件吗？"

侯彦霖轻轻捏了捏它的耳朵，语气却没有他脸上的笑容看起来慵懒，他低声道："我担心周琰的系统会调我们这儿的监控给周琰看。"

听他这么说，烧酒顿时放下了爪爪，有了紧张感。

"很有可能，"说着，它闭上眼睛，浑身僵直了数秒，而后才恢复正常，"好了，如果我们店的监控被动，我能第一时间感知并且阻止。"

288

侯彦霖挠了挠它的下巴："多谢。"

烧酒哼道："谢什么，我才不想靖哥哥给周琰当徒弟呢。"

侯彦霖抬头看向已经开工的慕锦歌，寻思道："不过锦歌不是冲动的人，这次怎么决定得这么突然？"

烧酒晃了晃大尾巴，说道："其实并不突然，靖哥哥早就在想对付周琰的办法了，只是没想到刚有了主意，周琰自己倒送上门来。"

"办法？"侯彦霖似乎明白了什么，"所以锦歌才提出比试内容是还原对方的料理……"

烧酒喵了一声："没错，靖哥哥抓住了周琰最大的一个破绽。"

而看那个人答应得那么爽快的样子，显然是已经忘记了还有这么个漏洞存在。也难怪，那个人记仇很厉害，记性却不怎么好，七年前告诉他的那些话，他肯定都不记得了。

营业被突然中止，原本在厨房里的肖悦和小贾不得不出来，站在门口围观周琰做菜，而外面则是坐着侯彦霖、小山和雨哥，再算上个监控防毒软件烧酒和店内看热闹不嫌事大吃完了还不走的客人们，这就是这场厨艺切磋所有的观众了。

监控录像毕竟不够清晰，所以为了完整记录下两人制作的工序以方便事后对比，里外各有一个人开手机录像，小贾录周琰（本来肖悦吵着要来的，但她的个头太矮），雨哥录慕锦歌。

不一会儿，整个餐厅便洋溢着两股勾人食欲却互不相容的香味。

想着从哪里跌倒就要从哪里爬起来，周琰这次做的还是派，但画风却和之前的巧克力红丝绒派截然不同了，不再走甜品路线——派盘的表面覆着一层喷香的马铃薯泥，上面布着一道道深浅一致的纹路，经半小时的烘烤后表面微焦，边缘染着诱人的深橘色。

一勺下去，掩在土豆泥下的肉香扑面而来，番茄红的汤汁收汁至浓稠，裹着每一颗肉粒，让人光是看着都能想象出一口吃下后口中会有多么醇厚绝妙的口感。

一个小时的时间，他用得满打满算，时间计时结束的那一秒他刚好把派从烤箱里拿出来放在桌子上。

慕锦歌也用到了烤箱，却比他提前了将近二十分钟完成烹饪。——如果真的要找一个词来形容她的这道料理，勉强可以算得上是布丁。

两人彼此交换成品，周琰低头看了眼慕锦歌做的布丁，笑道："慕小姐，你的这道菜未免也太小气了，难不成是怕我多尝几口就完全摸清其中的规律？"

慕锦歌道："周先生，我只是不想浪费太多食材而已。"

周琰只当她是找借口，又问："还原时间是九十分钟？"

"太久了，缩短吧。"慕锦歌还想早点结束开店赚钱，"七十五分钟就够了。"

七十五分钟，只比原料理制作的时间多十五分钟。

见她都这样说了，周琰怎么能认尿，于是不顾体内系统的反对，直接点头道："好，七十五分钟。"

之后，他将慕锦歌的布丁端回后厨，在肖悦和小贾无声的监视下，随意舀了一勺，喂进了口中。

——这是什么？

完全没有布丁的细滑感，反而是一种绵绵的口感，像是豆沙，但比豆沙要更细，在焦糖的渗入下很难立马辨认出这究竟是什么，而在这团甜润之物间还夹杂着某种肉丁，有点辣，又有点咸。

周琰状若无事地扫了两位监视者一眼，暗自在内心对系统命令道："系统，解析下这道菜的构成和做法。"

脑海里响起现任系统细声细气的回应："抱歉，亲爱的宿主，这不在我的能力范围之内。"

周琰微微睁大了眼睛，"什么？"

系统语气死板道："宿主，'它'寄宿在您体内时应该就告诉过您，系统的解析功能只针对宿主本人，对其他人无效。"

周琰急了："可你不是会很多违规操作吗？！"

"是会很多，但并不是无所不能。"系统顿了顿，冷静地告诉他这个事实"刚才在慕锦歌说出比试内容时，我就劝您不要接受，但您还是一时冲动答应下来。"

"那现在怎么办！"周琰突然想起之前和慕锦歌的对话，"对了，这里有监控，你把刚刚慕锦歌做菜的监控调出来，看她是怎么做的这道菜。"

系统道："好的，请宿主您稍等片刻。"

周琰催促："快！"

然而数秒钟之后，系统却给他带回一个并不太好的消息——

"亲爱的宿主，抱歉，这家店的监控无法侵入获取。"

与周琰那边的焦头烂额相比，慕锦歌这边显然是游刃有余。

在鹤熙食园的时候，有段时间她对派的做法很感兴趣，就去好好了解了一番，所以之前录节目时她才能编出这么工整漂亮的网格状派皮，第一次编的话天才也难以编得如此完美，她是经过反复练习后，才掌握了如此娴熟的手法。

她在资料里见过周琰做的这道派，并且之前还实践过一次。

周琰做的这个派是英国的一道传统料理，叫作Shepherd'Pie（牧羊人派），也叫Cottage Pie（英式农舍派）。这种派最大的特点在于它不含面粉，以土豆泥做皮，羊肉或牛肉为馅，加入适量的蔬菜作为配料，气味香，分量足，是一道主食。

——真的如烧酒所说，周琰做的菜都是既有的菜式。

哪怕是上次节目上被视作有所创新的巧克力红丝绒派，其实也只是将巧克力无比派和红丝绒蛋糕的菜谱进行简单拼接而已，无论是用料还是做法上，周琰都是按部就班，没有做出任何改动。

烧酒说过，系统在宿主体内时会有一个进度条，前一半是宿主按照系统所给的菜谱和指导做菜，后一半则是宿主功成名就以后，开始自己的创造，然后原创的菜式将被系统收录进美食图鉴里，推动进度条的发展。

据烧酒所说，当时进度条到一半后，它多次提醒周琰要开始图鉴的创建，但周琰总是以没有时间为借口拖延，后来被它问得烦了，直接表明不想冒这个风险。再后来，周琰就把它给强行剥离了。

烧酒曾经以为它走了后进度条的进度会保存在周琰体内，那个把它挤对走的系统就是想不劳而获，所以在它结束系统做主导的那一半进度条后杀了出来，鸠占鹊巢，把它给赶走了。

但是在看了周琰在《满意百分百》中做的所有料理后，它愈发觉得进度条清零了，因为周琰虽是把每道菜都做得完美无缺，但都依循的是已经存在的菜谱。

——不然这都一年了，那个急于求成的现任系统为什么还能容忍他没有丝毫创新和长进？

听了烧酒的疑虑后，慕锦歌便萌生了让周琰和她互相还原彼此料理的想法。

看准系统不能解析除宿主外的人的料理是一方面，另一方面则是看周琰到底有没有自创的料理，毕竟这实际上是一场互相解析推敲菜谱的比试，一般都会优先选用原创料理，因为既有的实在是太好猜了，稍遇上个正好吃过或看过这道菜的对手，就立马完蛋。

但是就算在这种情况下，周琰还是用了既有的菜式。

他的系统是怎么允许他做出这样失算的决定？抑或是那个现任系统也是个蠢货？慕锦歌觉得有些不对劲，但具体也说不上是哪里不对，于是暂且将这些疑惑抛置一边，先做手头的事情。

尝了三分之一的派后，她得出大致的食材和调味，开始动作利落地将西红柿开十字烫水去皮，切成碎丁，然后开火爆香事先切好的洋葱丁和蒜末，放入牛肉末同炒，炒变色后再把最开始切好的西红柿加进去炒软，接着加番茄酱增味增色。

她用小勺舀了一点汁放入口中尝了尝，短暂思考了几秒，弯腰从柜子里拿出一瓶用了一半的红酒，倒了些许酒在锅里，之后加入黑胡椒和热水，重新尝尝似乎觉得还差点什么，想了想又让等在外面的小山进去帮她把香草罐拿出来，加了几片香草进去。

锅内煮沸后转小火炖半个小时，二次调味后开大火收汁，在这等待期间开始准备土豆泥，加牛奶、黄油、盐和胡椒粉搅拌，待番茄肉酱收好汁后盛入派盘，再在上面铺好土豆泥，放入烤箱。

之前各自烹饪时，便是周琰比她完成得要迟，这是正常的，因为这道菜的确比较费时，炖肉酱时要时间，最后烤的时候也要时间，如果动作有一点拖延，时间都会不够用，周琰已经在系统的精密计算下把时间压至最短了。但是现下还原，两人调换了要做的料理，她做这道费时费力的派反而比做布丁的周琰要快，这已经足够说明一些问题了。快结束的时候，肖悦负责提醒报数，当报到还剩五分钟时，后厨里传来一阵锅碗瓢盆碰撞的声音，周琰显然有些手忙脚乱。

不过最后，他还是端着像模像样的成品出来了。

"周先生，你先请吧。"

慕锦歌将新鲜出炉的派往周琰那方推了推，除了派盘的图案和尺寸不同外，她做出来的这份派从外表上和香味上与周琰之前做的那份并无两样。

周琰愣愣地盯着那份热腾腾的派看了数秒，才沉默地拿起勺子，从中舀了一勺，吹了吹，吃下一小口。

一勺还没吃完，他的心就凉了大半。

——这个味道，和他做出来的一模一样！

他难以置信地整勺吃下，细细地在口中抿吮，想要从中找出什么瑕疵，但直到他把慕锦歌做的派吃了都快一半时，他都没有找到什么可以挑剔的地方。

怎么会一点差异都没有？

周琰的脸色沉了下来，脸上的微笑早在刚才的慌乱中已经消失了，他只是对慕锦歌道："我要看监控和手机录像。"

慕锦歌点了点头："当然可以，你随意。"

周琰其实知道她不可能搞什么把戏，毕竟她在外厨烹饪，在场的客人都盯着她的一举一动，但他就是不愿相信自己按照系统指示才做出来的料理居然就这么被她轻而易举地百分百还原了，所以非要看到证据才满意，哪怕找到一点点毛病也行。两段视频加起来得两个多小时，为了节省时间，他是两个同时看的，熬制和烘烤阶段拉了进度条，准备食材和调味的镜头却翻来覆去看了好几遍，看得他眼球都起血丝了。

"这里……"最后，终于让他揪出点小小的差异来，"应该先放香草，再放黑胡椒粉和水，顺序错了。"

见他老半天才说出这么点不痛不痒的东西，连肖悦都忍不住嗤了一声。

慕锦歌只是淡淡地问了句："这里的顺序，并不影响最后的味道。如果你不看视频，你不也没有发现吗？"

周琰开始强词夺理："慕小姐，烹饪中任何一个细节都会影响到味道，哪怕是很小，那都不是百分百地还原，我就是觉得味道有点不对，所以才查看视频的。"

慕锦歌道："哦，也就是说如果不看监控和录像，你单靠自己品尝，是吃不出哪里不对的。"

周琰一时语塞："我……"

"就在你刚才查看监控的时候，我已经品尝完你做的这份料理了。"慕锦歌端起周琰做的那份布丁，顿了顿，而后缓缓道，"你真的是在还原我的作品吗？"

周琰身体一僵："你说什么？"

慕锦歌勾了勾嘴角，少见地露出一个微笑："周先生连芋头泥和山药泥都分不清吗？"

周琰瞪大了双眼。

慕锦歌见他不说话，又问了句："如果我的味觉没出问题，周先生你的这道布丁主食材是山药对吧？"

一旁的肖悦抢答道："就是山药，我看到了，剁成泥后还加了牛奶！"

"我确实记得锦歌姐也用了牛奶，"一直待在吧台前的小山发言道，"可是并没有用山药啊……倒是用了中午削好后泡水里的芋头。"

周琰的脸色顿时变得难看极了。

他向来是按照系统的指示做菜，从没有试过像慕锦歌那样边做边尝边补料，所以味觉上对食材的差别并不敏感，他又不是评论家，不需要给别人点评分析，所以这么多年也没有在意过这一点，更没有像其他厨师那样锻炼自己的舌头来辨别食材。

他从没有想过，自己有一天竟然会栽在这上面！但他还是嘴硬道："山药……比芋头更适合这道菜。"

在近处观战的侯彦霖抱着猫，懒洋洋地笑道："咦，但我记得今天比试的主题难道不是'还原'对手的料理吗？怎么就突然变成'改善'了？"

"但是也并不是改善，"慕锦歌不紧不慢地说道，"芋泥和山药泥的口感的确有相似处，但两者也有很大的区别，芋泥比山药泥要糯，山药泥比芋泥要脆和清爽，如果用山药泥的话，和焦糖不能咬合得那么好。"

侯彦霖用着学生听课的语气，拖长声音帮腔道："哎，原来是这样……"

周琰感觉在座所有人的目光都像一个个滚烫的铁烙，此时正纷纷毫不留情地灼在他的身上，烧得他疼痛难耐。

他隐约听到餐厅内客人们的交头接耳——

"哈哈这人真是丢脸丢大发了，这谁啊？"

"你不知道？他就是这周在 V 台那档美食节目里赢了这店老板娘的那个人。"

"可不就是'周记'的老板周琰吗？还特级厨师呢，啧啧。"

"不是吧，特级厨师这么菜？"

"哇，好惨，我偷偷拍个照发微博会不会搞出个大新闻？"

"这人是不是背后有人啊，没看有多牛逼啊，怎么被媒体吹得像个什么似的……"

"嘘，他看过来了！"

"怕什么，就他还说要收老板娘做学生呢。"

"噫，我看他就是看上老板娘的美貌，看老板不拿猫抓死他。"

"哈哈哈哈李鱼你好搞笑哦！"

…………

周琰在心底向系统求助了千千万万次，但不知道为什么，那个细声细气的声音却迟迟没有响应，就像是不存在似的。

浑蛋！

而就在他不知所措的时候，慕锦歌走近，居高临下地看着坐在椅子上的他，冷冷地说道："就连非专业的烹饪爱好者都能通过品尝一道菜而推出其中的食材做法来还原，而你身为从业七年多的正职厨师，开餐厅上节目赢比赛，却连最基本的分辨都不会，舌头迟钝得连外行人都不如，你有什么资格自以为是，觉得自己厉害得不得了？"

周琰脑袋里一片空白，握紧的双手微微颤抖。

突然，慕锦歌压低了声音，但她说的话却如一道惊雷劈在了对方的心中："周琰，你有没有想过一个问题？离开了系统，你还算是个什么呢？"

"离开了系统，你还算是个什么呢？"

慕锦歌的话语如同走不出山洞的回音，一遍又一遍地在周琰耳边回响，他不记得自己是怎么走出的奇遇坊，感觉就像是喝断了片儿，等他有意识的时候发现自己已经走到了大街上。

抬起头，他看到墙壁上光滑的金属带上映出他苍白的脸，毫无血色，白得像鬼，一双失神的双眼布满血丝，看起来十分憔悴。

他就这样扶着墙盯了有五分钟，脑海里突然冒出一个怪诞的念头——

这个人，是谁？

苍白、瘦弱、单薄、无力，走路时总是不自觉地微微驼着背，低眉顺眼，一副狼狈相，神情中流露出明显的无措与不安。

十分陌生，但又隐隐有几分熟悉。

……啊，记起来了。他在以前还读书时的大合照里看到过这样的自己。

那时他还没有拥有系统，过着辛苦又平庸的生活，学校里的同学在谈论假期去哪儿旅游的时候，他看了看手上的烫伤和茧疤，抬不起头来，沉默不语。

那都是很久很久以前的事情了。

后来的他声名鹊起，年纪轻轻就经济独立且能在首都过上优渥的日子，走到哪里听到的都是赞美与掌声，屡战屡胜，过去的自卑心态渐渐被骄傲取代，出现在人前时他总是保持着淡淡的微笑，显得谦逊又得体。

可是现在仿佛有一只手粗暴地扯下他因系统得到的自信与从容的外衣，毫不留情，干脆利落，他很快衣不蔽体，原本的自我就这样突然赤裸裸地暴露在众目睽睽之下，瑟瑟发抖。

——对了，系统！

周琰停下脚步，一腔怒气亟待爆发，他再次呼唤系统："你给我滚出来！"

明明之前在奇遇坊时无论他怎么求助都没有回应的系统，现在却又若无其事地出现了，并且好声好气地回应了他："亲爱的宿主，请问您有什么吩咐？"

"你……"周琰气得肩膀都在抖，"刚刚我一直叫你，你为什么不回我！"

系统疑惑道："宿主，您要我回您什么？"

周琰简直快气炸了："刚刚在奇遇坊，我向你求助，你死哪里去了？！胆小鬼！废物！"

系统心平气和地回答他道："宿主，您刚才的求助内容不在我职能范围内，所以我无法给出回答。"

周琰睁大了双眼："你说什么？！"

系统继续有条不紊地说道："作为一个美食系统，我具有在烹饪方面指导引领您的责任，但我并不是您的生活管家，我不负责调和您与他人的争执与矛盾，也没有责任为您的一言一行受支配。"

周琰咆哮道："你不是系统吗？你不是万能的吗？"

在他抓狂语气的衬托下，系统的声音显得更加冷静："宿主，恕我直言，您未免太过依赖系统了。"

"放屁！"周琰咬牙切齿地狠狠道，"既然你这也不行那也不行，那要你有什么用！我现在就把你强行剥离！"

系统也不急，只是道："亲爱的宿主，请您冷静。"

冷静冷静，冷静个屁！

周琰早就听烦了它的这一套，不再理它。他在这方面有经验，而且还记得方法，所以径自闭上了眼，尝试用强烈的自主意识将这个一无是处的废物赶出他的身体。

他满腔怒火，恨不得将系统粉身碎骨，以至于注意力难以集中，可等他好不容易全神贯注后，等待他的却不是和剥离上个系统时一样的轻松感，而是一阵催人发吐的眩晕。

他扶着墙弯下腰呕吐起来，眼前的事物越来越不清楚，脑子里都是闹哄哄的一片，好像有股类似困意的浪潮向他袭来，以至于他的意识也跟着模糊起来。

怎么回事？为什么他还能听见该死的系统在他体内说话的声音？为什么失败了？它在说什么？

为什么……

意识无法再继续坚挺下去了，周琰猛地垂下了头，脚下一软，身体瞬间如同失去了所有支撑，着眼就要倒在这大街上。然而就在他的膝盖即将着地的时候，整个人像是死机的机器又重启一般，脚下有了力气，稳了稳步子，然后缓缓站直了身体，不见方才的半分虚弱。他半低着头，额前散下的碎发及其覆下的阴影遮掩住了他的眉眼，看不清他的神情。

只见他动了动唇，自言自语般念了个数："百分之六十五。"

——70/100。

——75/100。

——80/100。

∵∵∵∵∵∵∵∵∵∵∵

周琰走之后，侯彦霖坐在桌前，摸着下巴陷入沉思。

他觉得周琰走的时候不太对劲。

虽然以周琰那种性格，当众输得一败涂地后夹着尾巴灰溜溜地走人也算正常，但他离开的时候未免也太过冷静了。

不知道是不是自己出了幻觉，侯彦霖好像看见周琰离开时微微勾起的嘴角，由于低着头所以不太明显，如果不是像他一样密切关注着，是无法发现的。

为什么还能笑得出来？

侯彦霖越想越觉得玄乎，于是重新打开"纪远"发来的邮件又看了遍，却失望地发现即使周琰离开餐厅了，这封邮件还是一堆乱码，没有恢复。有办法，他打开搜索引擎，输入纪远的名字，打算随便搜点相关新闻来看，想着能不能找到点头绪。然后他找到了一篇关于纪远跳楼自杀的详细报道。

一行行仔细地读下去，当看到"人格分裂"这个词的时候，他愣了下。

报道里写纪远为了确定自己是否有双重人格，所以在家里到处都装了监控，警方调出监控录像后发现纪远确实是自杀，并且自杀前夕主人格和次人格轮流转换，发生冲突，所以才酿成了悲剧。

——这个主人格，会不会就是"1012"？

脑袋里冒出这个可怕的猜想后，侯彦霖又想起临走时周琰那抹诡异的微笑，想着想着心里一惊，感觉后背凉飕飕的，竟有种冒冷汗的感觉。

他转头看向看完好戏后正准备美美睡一觉的烧酒，只见懒猫舒舒服服地侧躺在桌子上，像是摊开的一块厚毛毯，眼睛半合，神似打瞌睡的老爷爷。

换作平常，侯彦霖是不会在它要睡觉时打扰的，但这次他却忍不住伸手推了推它："烧酒，烧酒。"

"喵呜……"烧酒不满地叫了声，睁开了眼睛，十分不爽地看向他，"大魔头你干什么啊，我刚要睡着！"

侯彦霖一脸严肃地问道："你之前是不是说过，纪远离开咱们店的时候对你说了一句话？"

烧酒困得不行，反应也因此变得迟钝："纪远？"

侯彦霖提示道："就是那个自杀的画家。"

烧酒恍然："啊，我想起来了。"

侯彦霖问："他对你说了什么？"

对此，烧酒还是记得很清楚的："他说他羡慕我……"

羡慕烧酒？侯彦霖眼神一沉。

邮件里说当时纪远的系统来店里的时候就隐约察觉到了猫身体里有系统，既然如此，那当时会对着一只猫说话的，应该就是"1012"，而不是真正的纪远。

——"1012"为什么会羡慕烧酒？

他愈发觉得所有问题都一致地指向了他心里此时的猜想。

烧酒清醒了一半，奇怪地看着他："你怎么突然问我这个？"

侯彦霖摸了摸它毛茸茸的肚皮，"等我和锦歌商量好了再告诉你。"

烧酒一听，好奇心起来了，"什么东西啊，神秘兮兮的。"

侯彦霖却站起来道："乖，你先睡，我去找锦歌。"

烧酒说："喂！"什么人啊！把它叫醒后自己却跑了！

而罪魁祸首还没意识到自己干了件多么过分的事情，他钻进厨房，走到慕锦歌身旁，开口道："靖哥哥，我有件事要跟你说。"

慕锦歌手头忙着腌肉，没有抬头，"什么事？"

侯彦霖见她还在忙，便不想现在说这么沉重的话题来影响她工作，于是话头一转，脸上也浮现出笑容："唔，就是想知道你最后跟周琰说了什么，当着正牌男友的面跟别的男的凑得那么近，你就不怕我吃醋吗？"

慕锦歌瞥了他一眼："你真的想知道？"

侯彦霖点了点头："嗯。"

慕锦歌手上沾着佐料不能动，于是只有扬了扬下巴示意："把耳朵凑过来。"

侯彦语犹豫了一下。本来他只是随便问问，可没想到对方竟然一脸郑重其事，顿时让他有些紧张起来，怀疑对方对周琰说的并不是自己预想的狠话，而是其他方向的话语，例如什么"你干脆别干这行了我可以养你""小伙子长得不错要不要来服侍本宫"一类的……短短几秒，他的脑洞已经开至天际，但最后他还是乖乖地稍稍低下头，凑到了慕锦歌面前，做出一副洗耳恭听的模样。

然而出乎意料的是，他的耳边并没有响起那个熟悉的声音，取而代之，他的脸颊上落下一记温热的轻吻，如同蜻蜓点水。

蜻蜓很快就飞走了，但留下了一圈又一圈漾开的涟漪。

侯彦霖整个人都傻掉了。

……嗯？

咦？？

咦？？？

慕锦歌早就看出他藏着话，只是在这里不方便说，所以才胡乱问了这么一句话，于是她亲了一下后就退了回来，重新低头做事，一边淡淡道："有什么要说的，晚上回家时再说。"

"……"

"对了，你皮肤挺好的。"

"……"

侯彦霖感到了深深的震惊！

不得了，他家靖哥哥不仅会反套路了，还会调戏人了！

晚上开车送慕锦歌和烧酒回家的时候，侯彦霖把自己的设想都说了出来。

他将车停在小区楼下，打开车内橘黄色的灯，用手机登上餐厅的邮箱，把"1012"发来的邮件给副驾驶座上的一人一猫看，说道："就是这封，我才看了个开头，周琰就进来了，然后文字就都成了乱码。"

慕锦歌接过他的手机，盯着屏幕皱起眉头，没有说话。

烧酒只是看了一眼，就把目光移开了，干笑道："哈哈，大魔头，你这准备得还挺逼真的嘛，哈哈哈。"

侯彦霖正色道："烧酒，我知道你现在很难接受这个说法。但我真的没有在骗人，也不是在捉弄你，希望你能面对事实。"

"不不不，大魔头你的脑洞一向很大。"烧酒不由得往慕锦歌怀里缩了缩，语气有些僵硬，"系统们的宗旨是为命定的宿主带去幸福与成功，怎么可能最后鸠占鹊巢，夺取宿主的身体？这，这简直是在污蔑好吗！"

侯彦霖看着它问："宗旨？那我问你，是谁制定的这条宗旨？"

烧酒抬高了声音，着急地辩解道："这是每个系统生来便有的第一意识，就跟你们人类出生就知道喝奶一样！"

然而侯彦霖只是冷静地说道："也就是说，你并不知道是谁向你们灌输的这个理念。"

慕锦歌一只手拿着侯彦霖的手机，另一只手抚上烧酒的后背，低头温声问道："烧酒，去年我刚捡到你的时候问过你系统是从哪里来的，你说你不能说，为什么？"

烧酒的声音小下来："因为这是机密。"

慕锦歌又问："你可以不告诉我们，但你自己真的知道吗？"

"我当然知道了。"烧酒抬起脑袋，"我们系统可都是……"

它的话语戛然而止。

……是什么来着？

它居然记不起来了！

因为一直以来都将其奉为最高的绝密，所以不曾去触碰，将这件事束之高阁，只知道有这么个存在且是不可以告诉任何人的。

然而此时，当它自己伸手尝试去打开那封锁着秘密的宝箱时，却惊讶地发现里面其实空无一物。

烧酒完全愣住了，眼中渐渐布满了茫然。

侯彦霖将它的变化看在眼里，缓缓开口道："从我读过的部分来看，纪远的那个系统应该也对最后会侵占宿主身体的事情一无所知，所以当它发现自己开始侵夺纪远身体的时候才会那么悲伤。"

慕锦歌顺着接道："作为宿主，纪远很可能以为系统是早有图谋，所以最后才会起那么大的争执？"

侯彦霖点头："对，我猜那天纪远之所以会跳下楼，多半是在极其崩溃的情况下使出的撒手锏，因为他不想把身体让给'欺骗'了他的"1012"，反正横竖都是死，不如让"1012"也得不到他的身体，同归于尽。"

烧酒喃喃道："怎么会这样……"

侯彦霖用大手揉了揉它的脑袋，道："现在这一切都不过是我们的推测，要想核实的话，我们必须找到周琰现在的那个系统。"

烧酒看向他："它会知道？"

"烧酒，你不觉得很奇怪吗？"侯彦霖给它分析道，"你们系统本身现在就已经是团疑云，不知道从哪里来，不知道是谁创造了你们，但这其中又出现个违规系统，它为什么能违规，它究竟遭遇了些什么，为什么它不去找自己的宿主，非要来抢周琰？既然能违规，那它必然是知道了些你们不知道的事情。"

烧酒的耳朵都耷拉了下来，"我从来……都没想过这些问题。"

慕锦歌抱紧它道："不怪你。如果不是事情发展到这一步，很少有人会往深了想，像我最开始听你说这些的时候，就从没有想到这些问题。"

"烧酒，放轻松，如果真的是这样的话，那你也算因祸得福。"侯彦霖也安抚它，"纪远的系统说羡慕你，是因为你寄宿在了一只猫的身上，你的这具身体里只有你一个意识存在，你害不了任何人，你很安全，你周围的人也很安全。"

沉默了片刻，烧酒忧心忡忡地仰头看了抱着自己的慕锦歌一眼："可靖哥哥是我的代理宿主，会不会有事？"

听它这么说，侯彦霖也心里一紧。

慕锦歌却还是一脸淡然，她沉声道："别想太多，我应该没事，毕竟你没寄宿到我体内，你总不可能灵魂出窍侵占我的身体吧？"

烧酒看起来都快哭了："万一呢……"

"看来我们得赶快主动找到周琰的那个系统问一问。"侯彦霖皱着眉，开始琢磨起来，"可是该怎么让它出来呢？这样的话，周琰就会知道烧酒的事情了……"

就在这时，烧酒突然感觉到了什么异动，于是警惕地环顾四周，然后不经意地看到了被慕锦歌拿在手上的手机。

"靖哥哥！"它惊叫起来，"你看大魔头的手机！"

听到它这么说，本来在思索的慕锦歌和侯彦霖同时目光下移，落到了一直亮着的手机屏幕上，正好看见了令人瞠目结舌的一幕！

只见邮件里所有的乱码都动了起来，如同洗牌一般，最后大段大段的字符堆叠在一起，飞快地形成了一段可辨识的文字——慕小姐，如果方便的话，后天中午 12 点可以来周记总店一起共进午餐吗？当然，欢迎带上您的那只宠物猫。我愿意把我所知道的一切，都告诉你。

两天后，慕锦歌带着烧酒如约而至。

她在服务员的引领下进了周记的一间包厢，然后在包厢里不出意料地看见了恭候多时的周琰。

——准确来说，那并不是周琰。

"周琰"坐在位子上，没有起身，只是做了个手势，脸上挂着淡淡的微笑，语气很客气："慕小姐随便坐吧。"

慕锦歌面无表情地看了看他，然后直接坐在了离门口最近的位置，正好是他的对面。

"不用这么警惕我。""周琰"笑了笑，明明五官轮廓没有一处改变，却完全是变了个人，他转了转桌上丰盛的饭菜，"这些菜都是我算着时间让他们准时上的，还好慕小姐按时来了，不然这一桌菜冷掉了就不好吃了。"

慕锦歌注视着他，只是道："你是周琰的系统。"

不是疑问句，而是肯定句。

"周琰"依然保持着微笑，并没有因身份被识破而露出慌乱，反而是十分平静大方地承认道："是的，如果你觉得称呼起来不方便的话，可以叫我无形，这是以前某个人为我取的名字。"

慕锦歌道："某个人？"

"要从哪里开始讲呢……"无形想了想，然后招呼道，"慕小姐，你一边吃一边听我说吧。猫先生也是，这些菜你都可以吃。"

烧酒瞪大了眼睛，浑身的毛都立了起来，恨恨道："浑蛋！你当初把我排挤走的事情我还没找你算账呢！你给忘记了吗！"

无形看向它，"你难道不该感谢我吗？"

"哈？"

"如果不是我取代了你的位置，今天用着周琰身体的就会是你，这点你能接受吗？"

"是，我不能。"昨天烧酒已经想了很多了，"但别把你说得那么舍己为人，当初你唆使周琰把我强行剥离，根本就没考虑过我的存亡，如果不是正好有只猫死在楼下被我砸中，我可能现在已经灰飞烟灭了。"

没想到无形却轻笑了一声："灰飞烟灭又有什么关系呢？"

烧酒怒道："你说什么？"

无形摇了摇头，脸上的笑容依然淡淡的："我们本来就是不该存在的啊，能继续存在是幸运，不能存在也没什么可惜的。"

慕锦歌开口问道："这到底是怎么回事？系统究竟是什么？"

无形帮她盛了碗汤，一边不紧不慢道："我不知道系统是怎么来的，也不知道它们是谁创造的。"

烧酒才不相信："那你把我们约出来是想说什么？"

"我的确不清楚系统的事情，"无形放下汤勺，"但我知道'我们'是怎么一回事。"

慕锦歌敏锐地捕捉到了这句话隐藏的信息："你们并不是系统？"

无形颔首："对，我们不是真正的系统，而是伪系统。"

烧酒嗤道："越说越离谱，你的意思是我们都是山寨货？"

"猫先生，难道你没有发现吗？如果你真的是个系统，为什么言行举止都越来越趋向于人类？"无形突然发问道，"你回想下自己最开始到周琰身上时的语气和思维方式，再看看你现在，这就像是每天照镜子的人不会发现自己长胖变瘦一个道理，因为你的变化是日积月累的，所以你和你身边的人无法察觉到这变化，但一旦你跟最初的模样抽出来进行对比，你就会知道之间的差距有多么大。"

他这一问，把烧酒完全给问蒙了。

烧酒很想反驳说是因为受了这句猫身的影响，但它想起自己还在周琰身上时就已经有了这种苗头，而被周琰剥离后的一小段时间，它明明没有寄宿到任何一具身体里，不受宿主的干扰，但是却感受到了难过与心痛。

——对啊，那时它还奇怪来着，自己明明是个系统，为什么会像人类一样难过。

并且下清楚意识地到，这种感觉叫心痛。

就像它前段日子明明是第一次做梦，却想都不用想就知道那是所谓的"做梦"，没有任何起疑，如果不是靖哥哥问起来，它都意识不到这是它头一回体验做梦的感觉。

越来越像猫的同时，它的内里也越来越像人。

这是为什么呢？

无形见它不出声了，才发出一声轻叹："因为我们，原本就是人啊！"

"因为我们，原本就是人啊！"

听到这一句话，慕锦歌和烧酒皆是一愣，震惊得久久不能言语，一时之间包厢内陷入了奇怪的沉默之中。

半晌，烧酒才置疑道："不可能……如果我们都是人，那我内部的那些程序是怎么回事？"

"我不是说了吗？真正的系统是存在的，而我们都是伪系统。"无形耐心解释道，"我们才是真正被系统选中的人，不是像周琰那种货色，我们是真正在各行各业有潜力却缺失机遇和自我认知的天才，因为有了系统，所以金子表面的灰尘被擦去，我们开始闪闪发光，不至于一生都被埋没，那时系统的功能只是给我们创造发光发热的机会而已，而不是像操纵傀儡似的，手把手地指导宿主一举一动。"

烧酒睁大了眼睛，不确定道："那难道我们是被系统侵占身体后所以才……"

无形道："不是的，正如我所说，当时寄宿在我们体内的是'真正的系统'，也就是说它们才是真的人工智能，完全是由一堆数据和程序砌成，没有任何人类的情感和思维，我们现在之所以会侵占宿主的身体，是因为一山不能容二虎，一具身体里不能长期容纳两个灵魂，所以弱肉强食，强势的一方必然会吞噬掉相较弱势的那一方。"

烧酒奇怪道："可是我在周琰身体里待了七年都没有事，为什么你一来，就出现了侵蚀呢？"

无形问他："你还记得进度条这个设定吗？"

烧酒："……记得。"

"这个解释起来会有点复杂，希望你们能听我慢慢说。"

无形喝了一口茶后，缓缓地继续道："先说我们吧，在真系统的帮助下，我们年纪轻轻就达到了很多人一辈子都难以企及的高度，风光无限，但可能真的是天才都短命吧，功成名就后我们有病死的，也有意外身亡的，总之差不多都是英年早逝。

"不知道你以前有没有想过，系统完成任务后会去哪里？实际上，真系统在帮助我们在各自领域获得成功后，哪里都没有去，它不会消失，而是永久地和我们绑定了，以至于我们死亡后，它们还与我们的灵魂缠绕在一起，然后经过一段时间的相互作用，我们和真系统合二为一，成了伪系统。"

静静听完这一番话，慕锦歌问道："所以，你和烧酒身上才会保持着原系统的功能和结构？"

"对，你可以把我们理解成一颗糖果，外面那层糖纸是真系统，而里面包裹着的则是真系统宿主的灵魂。"无形点了点头，"当我们最开始寄宿在宿主身上时，我们的说话行事都更像一个系统，冰冷生硬，但随着时间的流逝，原本就为一代宿主工作了一辈子的真系统加速老化，糖纸渐渐剥开，只留下一些程序继续运转，我们的本性与人格开始显露，并且以进度条的二分之一为转折点，我们本性显露的程度开始影响宿主自身，这是默认的，而一旦宿主有负面情绪，那么我们的入侵速度就会加快。"

慕锦歌皱眉道："你刚刚说是强势的一方吞噬弱势的一方，同样是人，为什么宿主就是弱势的？"

无形轻轻道："因为依赖啊！"

"我们都知道，进度条分为两半，前一半是宿主按照系统的指示行事，后一半是宿主自己创造探索出新路。"他顿了顿，方道，"但是你想想，我们这些伪系统，选择的宿主本身就不是什么天赋异禀的人，大多都是资质平庸但又好高骛远，这样的人在前一半进度条完成的那些年里依靠我们一路飞升，早就产生了很严重的依赖性，所以到了后半段进度条时总是再三推脱，不愿冒风险自己尝试，只想着有我们就万事大吉，就像周琰，没了系统就不能活了，连独立思考的能力都丧失了，这样的人的灵魂怎么可能强势得起来？"

烧酒忍不住插嘴道："万一呢，万一真的有宿主在后半段进度条里有所突破呢？"

无形道："的确，理论上是可以存在的，但据我所知，现实中能够自觉努力最后反侵系统或免于侵入的，目前只有一个。"

慕锦歌了然："也就是说，后半段进度条相当于伪系统入侵宿主的进度条。"

无形承认："嗯。"

慕锦歌问："你现在的进度条是多少了？"

"百分之百。"无形微微一笑，"在这点上，我还要多谢慕小姐你，你的出现让周琰产生了极大的危机感，他两次败在你之手，愤怒到了极点，这正是我加速侵蚀的好机会，不然我现在可能还只有百分之六七十，这样缓慢的进程很容易让周琰本人发觉，到时候变成像那位姓纪的画家那样，可就不好了。"

慕锦歌猛地抬起了头，目光冰冷地看向他："你知道纪远。"

"我算是伪系统中的一个异类，能够感知同一个城市范围内的所有系统。"无形耸了耸肩，"其实我最开始是打算找上纪远的，但一直不知道该怎么下手，因为纪远和他的系统感情很不错，就在我苦恼的时候，发现另一个宿主——也就是周琰，和他的系统——也就是猫先生你，似乎存在矛盾，经过一段时间的观察后，我决定变换目标，寄宿到周琰身上。"

原来在事情一开始之前，还有这么段曲折。

虽然听了对方讲了这么多，但慕锦歌却觉得越听越多疑惑："为什么你能和其他系统不一样？你是怎么知道这么多东西的？"

无形的笑容很淡："这要多亏那个给我取名的人。"

慕锦歌推测道："他是你的前宿主吗？"

"周琰要是有你一半聪明，也不至于一年时间就被我完全侵占了。"无形赞赏地看了她一眼，然后点头，"是，那是我的前宿主，他姓林，就叫他林先生好了，他是一名工程师。"

"等等，"烧酒打断他的叙述，怀疑地看着他，"你开了金手指吧，又能当工程系统又能当美食系统，你说你还盯上过纪远，那美术系统的功能你也有？你怎么不上天呢？"

无形失笑："别急，你听我慢慢说。"

"刚刚我说了，目前我知道的免于系统入侵的宿主只有一个，那就是他。"他用着平淡无常的口吻慢慢地揭开了不为人所知的过去，"说起来，寄宿到林先生身上，大概是我最大的失误吧，毕竟我也不清楚伪系统是怎么选定宿主的，可能是我这儿最开始时程序发生了差错，寄宿到了他的体内。他是真系统会选择寄宿的那种人，很聪明，很有才华，求知欲也很强，平时爱搞点小发明，他一直对系统这个东西的存在十分好奇。

"周琰用了七年完成前一半进度条，还嫌七年太长，但我和林先生却用了整整十二年，因为期间他一直在花时间研究我。说出来可能你们不相信，他竟然成功将我实体化出来了，放在一个特制容器里，不用一直待在他体内，也就是从那时候起，就算我不寄宿在宿主身上，我也不会消散。"

慕锦歌问："后来呢？"

"我当时对系统的真相一无所知，只是很高兴自己的宿主能这么能干，于是就把自己知道的或疑惑的统统告诉了他，毫无保留，在当时的我看来，他是在做一件很了不起的事情，作为他的系统，我该全方面地好好配合与支持。"无形的微笑渐渐变得复杂起来，他双眼幽深，看不出喜怒，"随着研究的深入，他逐渐挖出了系统背后的秘密，也就是我刚才告诉你们的大多数内容，而就在我们开启后半段进度条不久后，他发现了伪系统会侵占宿主的事实。"

接着，他又轻描淡写道："虽然只要我不寄宿在他体内，他就不会被侵蚀，但他仍然因此对我感到恐惧，觉得我是个怪物，是个祸害，于是他态度大变，想尽各种方法试图消灭我，那段时间我过得真的很痛苦，每天饱受折磨，但百口莫辩，我的存在对他来说就是威胁，他根本不相信我一点害人之心都没有。"

慕锦歌和烧酒心中一凛，这次都没再插话。

只听无形继续道："可是那时候他已经消除不了我了，在前半段进度条的十二年里，他多次对我做出改造，扩展我的功能，让我成为一个可以转换多种频道的系统——其实用到的只是类似于作弊的小技巧，我能轻松获取其他功能系统的内存资料，这也是为什么我进入周琰体内后，他仍能有好的菜谱做菜，但不进反退的原因，因为我除了这么既有资料外，给不了他灵活的指导，我没有这方面的知识，我只会盗取别的系统的内存。"

"经历成百上千次大大小小改造试验的我，构造变得非常复杂，已经和一般的伪系统不一样了，可以说我是他最好的杰作，他根本想不出有效的办法来对付我。"

静默了好一会儿后，烧酒才开口道："所以你自己离开了他吗？"

"我有想过，毕竟没有什么比所爱的宿主讨厌自己更令系统痛苦的事了，但是我走不掉。"无形用手指有一下没一下地敲打着桌面，漫不经心地说出痛苦的过去，"林先生毁不掉我，就把我彻底关了起来，给我做了个牢笼，放在了柜子最上层的缝隙里，见不到一丝光亮。"

烧酒："你怎么逃出来的？"

无形低笑一声："他太厉害了，我根本逃不出去，只有待在那狭窄的瓶状容器中年复一年，实在是太煎熬了，我现在回想起来都不知道自己是怎么挺过来的，我被关了整整五年。"

五年，一千八百多个日日夜夜。

黑暗，孤独，不安，绝望。

但是这些阴霾都被无形好好地藏了起来，现在他展现出来的是无懈可击的笑脸："最开始被关的时候，我没有反抗，因为得知真相后我也很震惊，觉得对不起宿主。但随着时间的流逝，我'人'的部分显露得越来越多，对自由的渴望也越来越重，到了后来心态就发生了微妙的转变，想要从瓶子里出去，获得自由，再然后，我开始渴望有一具人的身体，想要像一个正常人一样生活。"

这就是人的本性。只会越来越贪心，越来越不觉得满足。

慕锦歌问："所以最后是林先生放你出来的吗？"

"不是，是一个搬运工。"无形摇了摇头，"我被关起来后没两年，林先生就得了重病，卧床不起，很快就去世了，在那之后房子就一直空着，直到三年后他亲人接受他的这套房子，开始处理里面的东西，一个搬运工以为那只是个普通的瓶子，想要偷偷带回去给他侄子装弹珠用，就把瓶口给打开了，我就趁机跑了出来。"

烧酒奇怪："你不是实体化了吗？他看不到你？"

无形解释道："看不到，我实体化只是相对宿主来说的，对于其他人，可能就是一股清风吧？"

等他说完后，慕锦歌凝视着他道："我有最后一个问题，你为什么要把这些都告诉我们？"

"我说了，我想过自由的生活。"无形笑着叹了口气，"现在终于有了身体，我想开始享受属于我的小日子，无拘无束，离开美食圈，做点自己喜欢做的事，然后慢慢等系统部分的职能退化至消失，彻底变成一个普通人。我知道纪远的系统发了邮件给你们，那时我担心你们会来阻碍我侵占周琰的身体，就把邮件内容破坏了，不过我猜到你们大概会来找我，为了之后的清闲日子不被打扰，我决定还是主动告诉你们，反正对我也没什么不利。"

烧酒还是忍不住问道："那周琰呢？"

无形冷静地陈述着这一事实："他不会再回来了，也不会像我一样成为伪系统，因为没有真系统与他融合。"

慕锦歌冷冷道："你这样相当于是杀了个人。"

"是这样没错，但做什么事都要付出代价。"无形毫无愧色，"当我们还是人的时候，我们得到真系统的相助，结果全都英年早逝，这是我们付出的代价；而周琰从一个根本不可能出头的小角色走到今天这一步，生命完结于此，也是他付出的代价。当然，本来他是该付给猫先生的，被我给夺了，真是不好意思。"

烧酒扭过头，闷声道："我也不想要。"

无形看着它微微颔首："你现在的结局就已经很好了，自由自在当一只猫，害不了自己也害不了周围的人，好好珍惜吧。"

听了关于系统的所有，慕锦歌和烧酒都无心吃饭了。

临走前，他们听见无形坐在位子上说了最后一句话："这段所谓的'传奇人生'，终于要落幕了。"

无形真的走了。

所有节目都停止了录制，社交媒体账号也统统注销，周记连锁饭店低价转让给了侯彦霖，侯彦霖拿到手后将其改名为"烧酒茶餐厅"，菜单也在慕锦歌的改动下更新换代，可以说除了地盘和员工外，这里已经日渐没了昔日周记的影子。

签完合同后，就再也没人见过他。

原来一个人真的能消失得这么彻底。

无形是，周琰更是。

那些曾经人们津津乐道的传奇，那些让人们惊叹不已的励志故事，如同断了篇的音符，旋律戛然而止，在一片静默中悄悄度过了尾声。

人们会觉得惋惜，会感到惊奇，但他们只能从多事者的自话自话里捕风捉影，自己拼凑出或与实情相差甚远的模糊印象，然后耿耿于怀，或是念念不忘。

但这是个健忘的社会，人才辈出，就算多么明亮的星星陨落，与此同时还有新的星星升起，等到新星们的光芒足够耀眼的时候，那些曾经璀璨的星光，都成了遥远的印记。

希望未来升起的星星里，没有人会重复周琰或纪远的路。

收购周记后，侯彦霖就忙了起来，终于把高扬和小赵从冷宫里放了出来，重新做回了他的左右护法，而他从奇遇坊的一个小老板，稍稍升级成了餐饮业的一个大老板。

孙眷朝则是烧酒茶餐厅的美食顾问。

慕锦歌没有和孙眷朝相认，两人维持着业内长辈和晚辈的普通关系，心照不宣。孙眷朝这半年都要帮忙搞茶餐厅的事情，所以一直留在B市，时不时会来奇遇坊吃一顿饭，如果碰上慕锦歌有时间，两人还会简单地聊上几句。

他们甚至会聊慕芸，但不会聊很深。

仅仅保持这样就好了。

他们没有一起生活过，没有日积月累的亲情基础，有的不过是同一个可以缅怀的人，以及说是浓于水却还是单薄的血缘关系，单凭这点就能成为家人的话，实在是没什么意思，而且很尴尬。

自从听无形说出系统的真相后，烧酒一直闷闷不乐。它表现得太明显，连神经大条的肖悦都察觉到了，还一惊一乍的，拍了张照片发给叶秋岚后又追着慕锦歌嚷，说怀疑店里的丑猫得了抑郁症，要不要带去兽医那里看一看。

慕锦歌却只是看了无精打采趴在桌上的烧酒一眼，淡淡说道："有些事情，得它自己先想一会儿才行。"

肖悦："……"不明觉厉。

虽然工作上很忙，但侯彦霖还是喜欢往慕锦歌家跑，耍赖留宿已经成了家常便饭。

看了眼趴在沙发上一动不动的烧酒，侯彦霖放下腿上的电脑，若无其事地走进厨房，绕到慕锦歌身后，先是偷香了一个，再抱着她低声问了句："它还没缓过来呢？"

慕锦歌只是淡淡应道："嗯。"

侯彦霖担忧道："会不会有事啊，我看它猫罐头都不怎么吃了，瘦了好多。"

慕锦歌面无表情道："那你出去多和它说话，别站这儿打扰我。"

侯彦霖："……"

——日常被靖哥哥嫌弃。

侯彦霖有些委屈地从厨房出来，但坐到烧酒旁边时，他的脸上已经挂上了一如既往的笑容，一双桃花眼稍稍弯了个弧度，眸若晨星。

他伸手抚了抚烧酒的猫背，一边道："宝宝，在想什么呢？"

烧酒闷闷道："没什么。"

"还说没什么，一脸心事重重的样子。"侯彦霖殷勤地做起了免费按摩师，指法娴熟，"说吧，看上哪只小母猫了，粑粑（爸爸）上门帮你送聘礼。"

烧酒："……"

侯彦霖挑了下眉，"看你这烦恼的样子，难不成是看上小公猫了？哎，没关系，粑粑麻麻（爸爸妈妈）思想都很开放，只要你喜欢，公的母的妖的都支持你。"

烧酒："……"

侯彦霖还在语重心长地说着："宝宝啊，世上没有迈不过的坎儿，如果真的迈不过去，那咱们就坐飞机飞过去。"

"……"

"做人呢，最重要的就是开心了，猫也一样，你不能被命运扼住喉咙……嗯，虽然我觉得命运很难扼住你，找脖子都要找个半天，哈哈哈。"

烧酒终于忍无可忍，炸毛道："……你奏凯（你走开）！"

就在这时，慕锦歌的声音成功化解了一场已经在倒计时的人猫大战，她从厨房出来，"饭做好了，过来吃吧。"

"马上——"侯彦霖拖长声音应了一声，然后径自抱起还保持着备战姿势的烧酒，走到了餐桌旁。

慕锦歌端了个砂锅出来，一揭盖子，顿时一股药膳似的香气混着白色的热气溢了出来。

待白气散去，侯彦霖和烧酒定睛一看，才发现锅内的景象远没有闻起来那么清淡，一锅炖品火红火红的，只能看到两块棒子骨露出半截，其他食材都沉在下面，看不到。

侯彦霖笑道："这是什么啊，好香！"

慕锦歌先是帮他舀了一碗，然后又拿比较浅的盘子给烧酒也盛了一盘："你也吃点。"

烧酒站在椅子上，两只前爪搭在桌缘，抬头看了她一眼，然后才低下头伸出红色的猫舌，舔了舔盘中的汤汁——

与寻常药膳炖品的醇厚内敛不同，这道红色药膳汤的味道十分张扬外露，就像是灿烂的夏日，肆无忌惮地在舌上洒下阳光与热度，并不是稍纵即逝，而是无穷无尽，仿佛这股热情与明媚永不枯竭，源源不断地向它奔流而来！

酸甜苦辣，四种味道竟俱容于这盅汤内，原本苍翠一片的远山上开满了姹紫嫣红的山花，黑白的水墨画上铺了色，绘出了一幅色彩斑斓的水彩。

这道菜的感觉有些熟悉，但又和印象中的味道大有不同！

烧酒惊讶道："这难道是……"

"锦歌。"慕锦歌缓缓道，"不是我母亲的'锦歌'，而是我自己的'锦歌'。"

一旁的侯彦霖还不知道这道菜的故事，好奇地问道："嗯？什么什么，这道菜和靖哥哥同名吗？"

慕锦歌简单地跟他介绍了下名字的由来，然后道："之前无论我做多少次，都总觉得少了点什么，但明明食材和做法一样不差，别人吃起来也不觉得有什么差别。"

烧酒点了点小脑袋道："我记得上次你让我尝时，也是这么说的。"

"现在我想明白了，"慕锦歌看着它，"的确，我可以完美复制我母亲的菜谱，但我不能复制她，我不是她，每个人都有能代表自己的料理，那道'锦歌'终归是她的，所以即使我做出来的味道和她一模一样，还是会觉得不够完满。"

烧酒愣了下。

"你能解析我料理的成分，那就应该发现了，我这道炖品的基础还是我母亲的'锦歌'，但是味道却有很大的改变，已经完全是我自己的风格了。"慕锦歌的眼睛像是藏匿在森林中的一片静湖，波澜不惊，淡然悠远，她语气认真道，"我不怎么会安慰人，只是想借这道菜告诉你，你虽然和无形、"1012"是同一段来时路，但这不代表你和它们永远都会在同一条路上，你是你，应该有你自己的活法，了解清楚你的过往其实是件好事，这样你才能坚定在未来走不一样的道路，避免重蹈覆辙。"

烧酒没想到她会对自己说出这么一番话来，一时有点无措："靖哥哥……"

"系统也好，人也好，猫也好，既然还活着，就好好地活下去，珍惜现在的每一天，而不是被过去绊住手脚，因为那些都已经是过去了。"慕锦歌顿了顿，"而我会一直在你前进的路上陪着你。"

"不是'我'，而是'我们'。"侯彦霖笑眯眯地纠正道，"烧酒宝宝，你看你多幸福啊，靖哥哥还没跟我说过未来让我一直陪着她呢，你嫉妒死我了。"

慕锦歌看向他，面无表情地问道："我不说，你就不陪了吗？"

侯彦霖在桌子上握住了她的手，嘴角的笑意更深了，"当然是奉陪到底。"

烧酒："……"

嘿呀好气哦，宝宝的小情绪刚好一点就又被塞狗粮。

心灵辅导结束，两人一猫正式开饭。

吃着吃着，侯彦霖看气氛不错，于是试探性地开口问了句："对了，靖哥哥，上次说的事情你考虑得怎么样了？"

慕锦歌抬头看了他一眼："什么事？"

侯彦霖小心翼翼道："就……搬来和我同居的事。"

一秒，两秒，三秒……

慕锦歌点了点头："可以啊，正好房租要到期了。"

喜从天降，侯彦霖开心得合不拢嘴，明明知道做人应该知足常乐，但他还是忍不住又问了句："那你看，咱这同居，什么时候有望合法化呢？"

慕锦歌面无表情地看着他。

侯彦霖与她四目相对，心里紧张，有些后悔刚才一时冲动问出这句话了。

但就在他打算开口说点什么转移话题时，他看见慕锦歌嘴角扬了扬，脸上浮现出一抹极淡的笑容。

"侯彦霖，你什么时候改掉绕着弯了说话的毛病，我就什么时候开始考虑。"

♥ 番外篇 ♥

致奇遇坊猫先生的主人：

您好。

我知道这封邮件或许会给你带来惊愕与困惑，但是很抱歉，我不知道如何才能在不惊动世人的情况下把我所得知的真相留下。这封邮件是定时发送的，写下这些话的时候是 4 月 1 日的凌晨，也就是我从贵店离开九小时后，如果这封邮件真的在半个月后发了出去，那么说明那个时候我已经不在了。

我是纪远，3 月 31 日被钟昃先生带来贵店吃饭的那个纪远，但其实我并不是纪远，我是他的美术系统，如果您愿意的话，可以和小远一样称我为"1012"，为了纪念八年前我在十月十二日寄宿在了他的身体内。

身为一个系统，我是无法窥见其他人体内是否存在系统的，但不知道为什么，当我来到贵店看到那只灰蓝色的猫时，却能隐约感知到猫身内寄宿着我的一位同类。正常的系统一旦脱离宿主，很难继续存在，因为要靠宿主完成进度，而一只猫显然并不能完成任何成就与进度，所以我大胆猜测猫先生是找了代理宿主，这个人最有可能就是猫的主人。

如果您对以上我所说的事情一无所知，那么请不用看下去了，因为看到最后您可能会觉得这是一封耍人的邮件。我也想过我的猜测不一定正确，但

312

我实在走投无路，只有放手一搏，所以还是坚持写到了这里。

我不知道是什么使猫先生变成了现在这副样子，但我想要告诉您的是，这不是件不幸的事，恰恰相反，这让它与宿主都免遭痛苦。宿主们都相信，系统是让他们成功并且幸福的工具，作为一个系统，我曾经也是如此深信的，但是最后明白到的真相却很残酷，现在的我觉得，系统对于宿主来说，并不是天上掉下来的馅饼，而是一颗定时炸弹。

因为我发现，不知道从什么时候起，自己开始一点点地侵占小远的身体，不受控制。

最开始只是意识上有些混入，我会有那么一瞬间拥有小远的视野，与他共享感官，但持续的时间十分短暂，不过几秒，回过神来的时候还以为是自己出现了错觉，然而之后这样的频次越来越多，时间越来越长，发展至今，我已经能用小远的身体活动半天以上，这种感觉如此鲜明，我通过他的肢体行动，通过他的嘴说话，通过他的眼睛看世界，通过他的耳朵听到城市的嘈杂……

有时候我甚至感觉，我就是纪远。

这种感觉实在是太奇怪了，身为一个虚拟的人工智能系统，我居然对人类所拥有的知觉没有丝毫陌生与排斥，我能拿起画笔自然而然地画草图打结构，在画室完完整整画一幅画，不觉得有什么奇怪，更令我羞愧的是，这一过程中我不得不承认我是享受的，甚至隐隐有些高兴，心里闪过"如果能一直这样就好了"的念头。

于是我总是趁着占用小远身体的时候画个痛快，但画完后立马醒悟过来，羞愧不已，急忙把刚画好的作品都烧掉，不想让小远发现。

真是太卑鄙了，我这样跟小偷有什么两样？

我多么想让一切停下来，但事情并不如我所愿，我就像是变成了小远身体里的一重人格，时不时就会冒出来，我知道这样下去小远迟早会知道的，但我不敢主动跟他坦白，他是我最敬爱的宿主，我不想让他憎恨我。

但是纸包不住火，昨天来奇遇坊那一趟，他终于还是意识到了。

果然如我所料，他开始质问并怀疑我，我能感受得到他巨大的情绪波动，他感到难过与愤怒，觉得被我欺骗背叛了，但怎么才能让他相信我并没有呢？最可怕的是，在他愤怒的同时，我感觉得到自己侵占他身体的速度在加快，明明小远还什么都没创造，但后半段的进度条却莫名其妙地蹿到了百分之八十五！我心里那个可怕的猜想被再次印证！

猫先生，这就是我要告诉你的事情，我怀疑后半段的进度条根本不是什么宿主创造成就的进度，而是宿主被系统吞噬的进度！

我不知道是不是所有系统都像我一样，抑或只有我出现了这种状况，但无论怎样，我都知道，我是逃不掉了。

小远对我说，如果我真的要夺走他的身体，那他宁愿死，也不会让我得逞。

其实我也是这样想的。如果未来某一天，我真的百分之百侵占了他的身体，那我也不会让自己心安理得地活下去，我会选择让自己死。

所以我写下这封定时邮件，目的并不是求助，而是想把我的这个情况多告诉给一个人，我自知是束手无策了，但没准别人能想到对策，毕竟我所剩的时间应该不多了，而猫先生和您不至于像我一样紧迫。但如果有些事情注定无解，那就放下吧，过好当下，安稳的生活来之不易。

很遗憾，没有吃到钟昃先生赞不绝口的菜肴，之后应该也不会有机会了。

我由衷地希望您和猫先生能够快乐幸福地生活下去。等待我的是一条绝望的死路，但你们的路依然阳光灿烂，通往未知的未来。

祝好，再见。

1012

2116 年 4 月 1 日